흉인저의 살인

兇人邸の殺人

KYOJINTEI NO SATSUJIN

흉인저의 살인

兇人邸の殺人

이마무라 마사히로 지음

김은모 옮김

엘릭시르

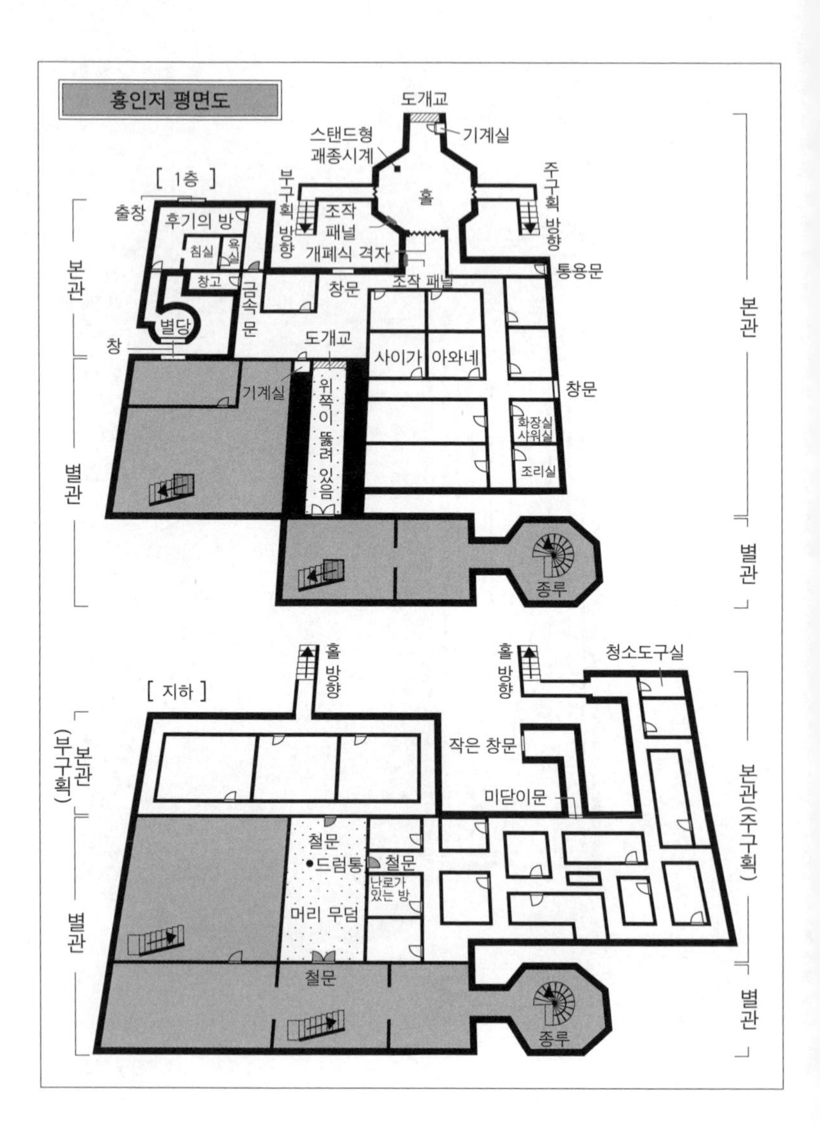
홍인저 평면도
[1층]
도개교
기계실
스탠드형
괘종시계
홀
부구획 방향
주구획 방향
조작
패널
개폐식 격자
통용문
출창
후기의 방
침실
욕실
창고
금속문
별당
창
창문
조작 패널
도개교
사이가 아와네
기계실
위쪽이 뚫려 있음
창문
화장실
샤워실
조리실
종루
본관
별관
[지하]
홀 방향
청소도구실
작은 창문
미닫이문
철문
드럼통
난로가 있는 방
머리 무덤
종루
본관(부구획)
본관(주구획)
별관

머리 무덤 내부

하무라 유즈루葉村譲

신코 대학교 경제학부 1학년. 미스터리 애호회 회장.

겐자키 히루코剣崎比留子

신코 대학교 문학부 2학년. 미스터리 애호회 회원.

나루시마 도지成島陶次

나루시마 IMS 서일본 사장.

우라이裏井

나루시마의 비서.

보스ボス

용병.

아울アウル

용병.

알리アリ

용병.

코치맨コーチマン

용병.

찰리チャーリー

용병.

마리아マリア

용병.

구엔 반 선グエン・ヴァン・ソン

우마고에 드림 시티 직원.

후기 겐스케不木玄助

연구자. 아시나 홍산 회장.

사이가 쓰카사雜賀務

흉인저에서 일하는 고용인.

아와네 레미阿波根令實

흉인저에서 일하는 고용인.

고리키 미야코剛力京

프리랜서 작가.

차례

진짜 감옥 같다.

그것이 목적지인 건물 앞에서 내가 느낀 솔직한 감상이었다.

인기척 하나 없는 늦은 밤. 수선스러운 바람 소리와 웅대한 산이 뿜어내는 건조한 흙냄새가 주변에 가득하다.

내 앞을 가로막은 철책은 길이가 좌우로 수십 미터, 높이는 사람 키의 두 배쯤 된다. 철책 안쪽에 우거진 나무 저편, 밝은 달빛 아래 기괴한 저택이 우뚝 서 있다.

문득 먼 옛날 국어 수업 시간에 배웠던 정경이라는 말이 떠올랐다. 내 심상과 일치하는 이 광경은 그야말로 그렇게 불러야 할지도 모르겠다. 지금까지 벗어날 수 없었던, 후회라는 이름의 어둠 속에 드디어 희망의 등불이 켜졌다.

그렇지만. 지금 나는 진심으로 기쁘지 않다. 오히려 할 수만 있다면 겁쟁이처럼 여기서 시간을 멈추고 싶다는 추악한 생각이 마음에 들러붙는다.

그렇다. 실은 이날이 오지 않기를 바랐다.

여기에 다다르면 내가 매달렸던 덧없는 가능성이 사라져 버릴 듯한 예감이 들었으니까. 진실을 확인한다고 하면 듣기에는 좋지만, 나는 분명 그 진실에 철저하게 박살 나서 증오에 몸을 맡긴 채 남은 인생을 보내게 되리라.

즉, 내가 지금부터 하려는 일은 나 자신에게 벌을 주기 위한 확인 작업에 지나지 않는다.

지금이라도 눈을 감고, 귀를 막고, 등을 돌리고 싶다.

하지만 가야 한다.

그 사람은 저기서 기다리고 있다.

단 하나뿐인 소중한 내 가족이.

001

언러키 걸

"하무라, 너희 동아리에서는 아무것도 안 해?"

학교에서 가장 가까운 전철역 근처의 패밀리 레스토랑.

고야마 아키라가 내 맞은편에서 스읍후루룩, 하고 지저분한 소리를 내며 진저에일을 들이마신 후 말했다.

"신입생 모집 기간이잖아. 벌써 3월이야. 너희 미스터리 어쩌고도 비공인이기는 하지만 동아리니까 홍보 정도는 하는 게 어때?"

일찍이 동아리 소속이었던 선배가 떠오를 화제임을 알기 때문인지 고야마는 염려스러운 표정이었다. 그가 없어지고 한동안 나는 스스로 자각할 만큼 마음이 시들었고, 지금도 남 앞에서는 그의 이름을 거의 꺼내지 않는다.

할 말이 바로 떠오르지 않아서 나는 앓는 듯한 목소리를 모호하게 흘렸다.

"하나만 알고 둘은 모르네, 고야마. 나 같으면 안 해."

드링크 바에서 잔을 들고 돌아온 야구치 다카시가 고야마와는 달리 천연덕스러운 어조로 말했다. 야구치는 오히려 숙연한 분위기를 조성하지 않음으로써 나를 배려해준다.

두 사람은 신코 대학교 경제학부 동기이자, 내가 사적으로도 어울리는 몇 안 되는 친구다. 어제도 셋이서 봄옷을 사러 갔다.

"홍보를 안 한다니, 왜?"

고야마가 야구치의 이야기에 장단을 맞췄다.

"생각해봐라. 기껏 미인 선배와 단둘이 오붓하게 동아리 활동을 하고 있는데, 라이벌을 들여놓을 필요가 있겠냐. 없지, 없어."

"아, 그러네! 야구치, 너 머리 좋다."

"그럼 그럼, 하무라의 생각쯤은 훤히 꿰고 있지."

그런 게 아니라고 나는 받아쳤다.

고야마는 개인 시간을 대부분 아르바이트에 쏟아붓는 행

동파다. 동아리 활동은 하지 않고, 언제부터인가 나와 어울리고 있다. 한편 야구치는 순도 백 퍼센트 게임 마니아다. 혼자일 때는 대체로 역 앞 게임센터에 죽치고 앉아 자칭 격투 게임 준프로의 실력을 뽐내는 모양이다.

거의 일 년간 학부 생활을 함께한 사이이므로, 반박해도 소용없다는 건 잘 안다. 속으로 한숨을 쉬며 씹어댄 빨대가 납작해져서는 원래대로 돌아가지 않아서, 괜히 사용하기만 불편해졌다.

"좋겠다, 겐자키 씨는 진짜 예쁘잖아."

"친구라고는 우리밖에 없는 하무라가 어떻게 그런 사람과 붙어 다니는지가 수수께끼야. 신이 캐릭터 능력을 설정할 때 실수한 거겠지."

야구치는 그렇게 말하고 방금 드링크 바에서 가져온 채소 주스를 단숨에 들이켰다. 생활에 필요한 비타민은 전부 채소 주스로 섭취한다고 한다.

"제발 저희만이라도 가입시켜주십시오, 회장님."

"우리 동아리는 그 이름처럼 미스터리를 사랑하는 사람을 원해. 너희는 적합한 인재가 아니야."

사실 지금까지도 몇몇 학생이 가입을 희망했다. 하지만 단순히 미스터리 소설을 좋아하는 사람들과 어울리고 싶다면, 학교 공인 동아리인 미스터리 연구회에 들면 된다. 비공인인데다 딱히 활동 실적도 없는 우리 미스터리 애호회에 가입하기를 희망하는 사람은, 딱 잘라 말해 나 이외의 유일한 동아리원인 겐자키 히루코가 목적이다.

그런 이유로 나는 가입 희망자들에게 "아, 동아리로 사람들을 받아들일 만한 모임은 아니라서요" 하고 얼버무리며 현재 상태를 유지하는 중이다.

"그럼 우리가 추리력으로 인정받으면 가입시켜주는 건 어때?"

예상치 못한 야구치의 제안에 나는 미간을 찌푸렸다. "추리력?"

"뭐든지 상관없으니 네가 수수께끼를 내. 나랑 고야마가 수수께끼를 풀면 겐자키 씨를 소개해줘."

"그거 좋다."

이야기를 듣고 있던 고야마까지 의욕을 보였다.

"가입은 안 하고?"

"겸사겸사 가입도 해야지."

어처구니없었지만 미스터리를 애호한다면서 수수께끼 풀이 대결을 거부하는 것도 불성실한 태도인 듯해서 결국 대결에 응하기로 했다. 문제는 어떤 수수께끼를 내느냐다.

나는 잠깐 생각하다가 말을 꺼냈다.

"우리 오늘 오후에 특별 강의를 들었잖아. 하지만 오전에 나 혼자 학교에 온 거 알지?"

"응, 모로미자토 교수님의 퇴임 강의가 있었잖아."

그래서 2학기 수업이 끝난 3월인데도 우리는 학교에 나왔다.

신코 대학교에는 정년퇴직하는 교수가 기말고사 후에 퇴임 강의를 하는 관례가 있는데, 오늘은 경제학부 모로미자토 교수가 2교시에 강의를 했다. 1학년은 전원 출석해야 하지만, 카드에 이름과 학번을 적어서 내는 방식으로 출석을 확인한다는 정보를 선배에게 들은 두 사람이 내게 대리 출석을 부탁해서 나만 강의에 출석했다.

그리고 점심을 먹은 후 오후에는 외부 초빙 강사의 특별 강의를 들었다. 정보 방송에도 자주 출연하는 경제 평론가의 이야기를 들을 기회였는데, 원래는 학기 중에 강의할 예정이었지만 상대방의 사정 때문에 일정이 연기돼서 오늘에야 강의 시간이 잡혔다. 두 사람도 이 강의에는 흥미가 있었는지 우리는 오후에 함께 강의를 들었다.

"하무라가 강의 시간 직전에 아슬아슬하게 들어와서 자리에 앉자마자 '엎친 데 덮친 격이네' 하고 투덜거리길래 무슨 일이냐고 물었지. 그랬더니 이렇게 말했잖아."

—본의 아니게 학교 식당에서 밥을 먹었어. 정말이지 나도 참.

역시 고야마는 정확하게 기억하고 있었다. 머리를 쓰기 전에 몸이 먼저 움직이는 타입이지만, 이런저런 아르바이트를 해서 그런지 고야마는 일상생활 속에서도 사소한 일을 잘 캐치한다. 물론 그걸 알기에 이 문제가 생각난 거지만.

"그 말을 바탕으로 내가 점심시간에 어떻게 행동했는지 맞혀봐."

"뭐야, 너무 어렵잖아. 이건 뭐, 추리력이 아니라 초능력을 발휘해야 하는 거 아니냐?"

고야마가 바로 불평했다.

"풀지도 못할 문제를 하무라가 내지는 않았겠지. 한번 생각해볼까."

야구치가 그렇게 말하면서 턱을 쓰다듬었다.

"어디 보자, '본의 아니게'라고 했으니 실은 학교 식당 말고 다른 곳에서 점심을 먹고 싶었겠지."

어이쿠, 느닷없이 날카롭게 찌르고 들어왔다.

"짚이는 구석이 있어. 실은 아침에 문자메시지로 오늘 모로미자토 교수님의 퇴임 강의가 있다는 걸 하무라한테 알려줬어. 한동안 쉬었으니 잊어버리지 않았을까 싶었거든. 아니나 다를까 까맣게 잊어버렸더라고. 급하게 집을 나섰을 테니 분명 아침은 걸렀겠지."

그 말을 듣고 고야마가 이해했다는 표정으로 입을 열었다.

"그래서 점심은 든든하게 먹고 싶었던 거구나. 학교 식당 밥도 맛있지만, 좀 비싸도 밖에서 밥을 먹고 싶을 때가 있으니까. 하지만 어느 가게로 가려고 했는지 어떻게 알겠어?"

"아니." 야구치는 고개를 젓더니 내 앞의 잔을 가리켰다. "하무라는 여기서 멜론 소다만 세 잔이나 마셨어. 다시 말해 새로운 것에 관심을 가지기보다 친숙한 것을 선택하는 경향이 있다는 뜻이지. 혼자 새로운 가게를 뚫어보려 했을 리 없어. 분명 우리도 아는 단골 식당에 갔을 거야."

으으. 생각했던 것보다 더 적확하게 추리하잖아.

"문제는 결국 거기서 밥을 먹지 않고 학교 식당으로 돌아오는 꼴이 됐다는 거지. 이유가 뭘까."

"그야말로 다양할 거 아냐. 돈이 모자랐다, 먹고 싶은 메뉴가 매진됐다, 임시 휴업이었다 등등."

“하무라는 ‘나도 참’이라고 했어. 그러니 실패의 원인은 본인한테 있을 거야. 임시 휴업이었다거나 사고로 길이 막혔다거나 하는 것처럼 예측할 수 없는 이유는 아니었을걸. 저기, 하나 물어볼게.”

야구치가 나를 보았다.

“뭔데?”

“네가 상식에 맞게 판단해서 효율적으로 행동했다고 봐도 되겠지? 이유도 없이 아무 데나 들르거나 변덕을 부리지는 않은 거지?”

과연, 추리의 전제 조건을 확실히 하겠다는 건가. 역시 준프로 게이머답게 빈틈이 없다.

“응. 그건 장담할게. 목적을 달성하기 위해 상식적인 범위에서 효율적으로 행동했어.”

야구치가 가방에서 노트를 꺼내 시간표를 그렸다.

“일단 하무라가 어떤 계획을 세웠을지 생각해보자. 점심시간은 한 시간. 하지만 모로미자토 교수님의 마지막 강의야. 인사니 꽃다발 증정이니 해서 시간이 지체되지 않았을까.”

공정하게 대결하기 위해 나는 정직하게 대답했다.

“응. 십 분 늦게 끝났어.”

"그렇다면 남은 시간은 오십 분. 캠퍼스 출입구인 정문과 남문은 둘 다 강의실에서 오 분 거리니까 왕복 십 분. 가게에서 주문하고 밥이 나오기까지 오 분. 하무라는 빨리 먹는 편이 아니니까 서둘러 먹어도 십 분은 걸린다고 치자. 남은 시간은…… 이십오 분인가."

"그게 가게와 강의실을 왕복하는 데 쓸 수 있는 시간이겠네."

고야마가 노트를 들여다보고 말하는 동안에도 야구치는 추리를 진행했다.

"하무라는 신중한 성격이니까 여유 있게 계획을 세웠을 거야. 오 분을 더 빼서 이십 분으로 보자."

"이십 분 안에 다녀올 수 있는 단골 가게라. 'BLTQ', '고기가 열리는 나무', '구로카와' 정도려나."

고야마가 술술 말하자 야구치는 각 가게의 특징을 노트에 적었다.

BLTQ는 남문에서 도보로 십 분 거리에 있는 레스토랑. 가성비가 아주 좋아서 점심시간이면 손님으로 넘쳐나는 인기 가게라 입장하려면 십 분은 줄을 서야 한다.

고기가 열리는 나무는 정문에서 도보로 오 분 거리. 정육점에서 운영하는 가게인 만큼 고기 질은 최상이지만, 메뉴가 전부 천 엔대라서 좀 비싸다. 하루에 이십 인분만 판매하는 불고기 정식은 금방 다 팔리므로 주의할 필요가 있다.

구로카와는 정문에서 도보로 십 분 거리, 고기가 열리는 나무에서 오 분쯤 더 가면 나온다. 노부부가 젊은이들을 배불리 먹이고 싶다는 마음에서 취미 삼아 장사하는 가게로, 600엔짜리 특곱빼기 메뉴가 명물이다. 교수 중에도 "거기는 옛날이나 지금이나 변함없어" 하고 흐뭇하게 말하는 사람이 많다.

"BLTQ는 빼도 되지 않을까? 왕복 이십 분이나 걸리는데 죄다 대기하지 않을 확률이 거의 없어. 계산이 안 맞잖아."

고야마가 지적하자 야구치는 고개를 저어서 부정했다.

"자전거를 타면 되지."

"하무라는 학교에서 두 정거장 거리에 살아서 전철 타고 다니는데."

"대여 자전거가 있잖아."

고야마가 "아" 하고 목소리를 흘렸다. 캠퍼스의 각 문에는 주요 역 앞이나 관광지 등에 설치되는 거리 주행용 자전거 대여소가 있으며, 한 시간 이내라면 100엔으로 자전거 이용이 가능하다.

"걸어서 오 분 거리라면 굳이 100엔을 내고 자전거를 빌리지 않겠지. 하지만 걸어서 십 분 거리라면 자전거를 이용해도 이상할 것 없어."

"자전거를 타면 이동 시간을 절반 이하로 줄일 수 있겠네. 즉, 어느 가게든 여유롭게 다녀올 수 있어."

어쩐지 초조해졌다. 두 사람이 추려낸 세 곳 중에 정답이 있기 때문이다. 정말로 진상에 다다른다면 미스터리 애호회의 회원으로 받아들여야 한다.

히루코 씨는 어떤 표정을 지을까. 동료가 늘어났다고 기뻐할까, 아니면…….

두 사람은 불안에 빠진 나를 거들떠보지도 않고 추리를 계속했다.

"세 곳 중 어디로 갈 생각이었든 간에, 결국 하무라는 뭔가 실수해서 거기서 밥을 먹지 못하고 '본의 아니게' 학교 식당에서 먹은 후 강의가 시작되기 직전에 돌아왔어. 무슨 실수를 한 걸까?"

그러자 고야마가 잠깐 생각하다 말했다.

"돈이 모자랐던 거 아닐까? 그 정도밖에 생각이 안 나는데. 학교 식당은 싸니까 먹을 수 있었겠지."

"……아닐 거야." 야구치는 다시 부정했다. "학교 식당도 한 끼 제대로 먹으려면 500엔은 들어. 그리고 지금 400엔짜리 드링크 바를 이용하고 있으니 돈은 나름대로 있었겠지."

"고기가 열리는 나무의 메뉴는 천 엔대야. 900엔밖에 없어서 하는 수 없이 학교 식당에서 먹었다고 보는 게 타당하지 않겠어?"

"기억 안 나? 고기가 열리는 나무는 걸어서 오 분이라 학교에서 제일 가까워. 헛걸음쳤더라도 시간을 많이 손해 보지는 않아. 강의실에서 가게에 갔다가 학교 식당으로 돌아오기까지 이십 분쯤 걸렸다 치고, 점심시간이 삼십 분이나 남잖아."

"삼십 분이면 학교 식당에서 밥을 빨리 먹으려고 너무 애쓸 필요 없겠네. 정문이냐 남문이냐에 따라 가까운 학교 식당은 다르지만, 오 분이면 강의실로 돌아올 수 있으니까."

고기가 열리는 나무에서 돈이 모자랐다고 해도 시간에 여유가 있다. 즉 구로카와나 BLTQ 중 한 곳으로 간 셈인데, 양쪽 다 900엔이 있으면 한끼를 해결하기에 충분한 가게다.

생각이 막혔는지 고야마는 드링크 바에서 콜라를 컵에 따라 왔다.

"그나저나 아침에 허둥지둥 집을 나서고 낮에도 헐레벌

떡 강의실에 뛰어 들어오다니, 하무라도 의외로 덜렁거리는 성격이구나……. 응?"

고야마가 의자 옆에 놓아둔 내 토트백에 시선을 멈췄다. 큰일 났다.

"하무라, 어제 옷을 사러 갈 때는 작은 가방을 메고 왔지? 그리고 오늘 아침에 허둥지둥 집을 나섰고. 그렇다면."

"그렇구나!" 야구치가 목소리를 높였다. "어제 가방에 넣어둔 지갑을 깜박하고 안 챙긴 거야!"

맙소사. 이 녀석들, 설마 그걸 알아차릴 줄이야.

"잠깐, 야구치. 지갑이 없으면 학교 식당에도 못 갈 텐데."

"맞아. 요즘은 스마트폰 결제 앱도 많지만 하무라는 그런 걸 잘 모르고 실제로 사용하는 모습도 못 봤어. 하지만 학생증은 학교 안에서 충전식 IC카드로 사용할 수 있잖아."

"보통 학생증도 지갑에 넣어 다니지 않나? 그리고 여기서는 어떻게 계산하려고? 학생증으로는 계산 못 해. 혹시 우리한테 빌붙을 생각이야? 그건 절대 안 돼!"

지금까지 마음이 참 좁은 고야마의 의견이었다. 하지만 안심해라. 상식적인 범위에서 행동하겠다는 말은 거짓말이 아니다.

알아차린 것은 야구치였다.

“아니, 하무라가 반드시 가지고 다닐 카드가 하나 더 있어. 교통IC카드야. 그게 있으면 대여 자전거도 결제할 수 있고. 분명 학생증과 교통IC카드만 지갑에 안 넣고 따로 들고 다니는 거겠지.”

정답이다. 나는 두 정거장 거리를 전철로 통학하기에 교통IC카드를 지갑과는 별개로 호주머니에 넣어 다닌다. 요즘은 음식점은 물론, 학교 식당에서도 그걸로 결제할 수 있다.

이리하여 그들은 결론을 도출하는 데 필요한 요소를 전부 손에 넣었다.

“하무라는 가게에서 자리에 앉으려다 지갑이 없다는 걸 알아차렸어. 학생증은 있지만 학교 밖에서는 사용할 수 없지. 교통IC카드의 잔액은 드링크 바를 이용할 정도밖에 안 됐고. 결제할 수단이 없는 걸 알고 하무라는 어쩔 수 없이 학교 식당으로 돌아왔어. 고기가 열리는 나무는 걸어서 오 분, BLTQ와 구로카와는 자전거라면 오 분. 이동 시간은 똑같지만 BLTQ는 대기 시간이 십 분이야. 강의실에서 남문, 남문에서 학교 식당까지 십 분. 거기에 BLTQ까지 왕복하는 시간과 대기 시간을 더하면 삼십 분. 학교 식당에서 주문하고 밥을 먹는 데 십오 분. 남은 오 분 만에 강의실로 돌아오면 확실히 아슬아슬하겠네."

"하무라가 간 음식점은 BLTQ. '나도 참' 다음에 이어질 말은 '지갑을 깜박하다니' 정도려나. 구로카와나 고기가 열리는 나무에 갔다면 기다리지 않고 바로 돌아올 수 있었을 텐데. 하무라, 우리 추리가 어때?"

고야마와 야구치가 자신만만한 얼굴로 나를 보았다.

혼신의 힘을 다한 그들의 추리 쇼에 나는 최대한 경의를 담아서 말했다.

"아쉽게 됐네. BLTQ는 본격 미스터리가 아니야."

두 사람과 헤어진 나는 단골 헌책방으로 향했다.

오늘의 목적은 애거사 크리스티의 '미스 마플' 시리즈와 아이작 아시모프의 '흑거미 클럽' 시리즈다. 둘 다 미스터리 팬이라면 친숙할 안락의자 탐정물이다. 둘 중 하나를 한동안 미스터리 애호회의 과제 도서로 삼을 생각이다. 직접 사건 현장에 가지 않고 남의 설명이나 입수된 정보만 활용해 진상을 추리하는 안락의자 탐정물은, 현장에서 사건과 맞부딪치기가 십상인 히루코 씨와는 정반대 입장이라 참신하게 다가오지 않을까 싶었다.

나는 길을 걸으며 아까 친구들이 들려준 추리를 떠올렸다.

미스터리 초급자치고는 합격점을 넘고도 남는다. 점찍은 정보와 그 정보를 요리하는 방법도 멋졌고, 무엇보다 수수께끼에 진지하게 몰두하는 두 사람을 보고 있으니 미스터리 애호회 회장으로서 정말 흐뭇했다. 그런 점에서는 둘 다 미스터리에 충분한 애정을 품고 있다고 인정할 만하다.

하지만 '수수께끼를 푸는 것'이 가입 조건이었으니만큼, 이번에는 탈락이다.

틀린 점이 몇 가지 있었다. 예를 들어 두 사람은 내가 학생증과 교통IC카드를 따로 가지고 다닌다고 추리했지만, 나는 학생증도 지갑에 넣어 다니므로 오늘은 학생증이 없었다. 대신 잔액이 900엔쯤 있는 교통IC카드는 호주머니에 들어 있었다. 이것도 교통IC카드의 잔액이 드링크 바를 이용할 정도밖에 안 됐다는 친구들의 추리와는 다르다.

그리고 두 사람은 한 가지 정보를 간과했다.

강의실로 뛰어 들어온 내가 제일 먼저 꺼낸 "엎친 데 덮친 격이네"라는 말.

'엎친 데 덮친 격'이니까 실수는 한 가지가 아니었다는 뜻이다.

점심시간에 나는 정문에서 도보로 오 분 거리인 고기가 열리는 나무에 갔었다.

가게에 도착하자마자 첫 번째 실수를 알아차렸다. 지갑을 깜박한 것이다. 교통IC카드는 있었지만 고기가 열리는 나무의 메뉴는 천 엔대. 돈이 모자란다. 여기까지는 두 사람의 추리와 일치한다.

다만 나는 거기서 학교 식당으로 돌아오지 않고 구로카와로 향했다. 고기가 열리는 나무에서 오 분 거리이므로 왕복해도 강의 시간 전에 돌아올 수 있기 때문이다. 얄궂은 건 처음 목적지가 고기가 열리는 나무였기 때문에 대여 자전거를 사용하지 않았다는 사실이다. 처음부터 구로카와에 갈 생각이었다면 분명 대여 자전거를 탔을 것이다.

아무튼 오 분을 더 걸어서 구로카와에 도착하자마자 두 번째 실수를 깨달았다.

구로카와는 노부부가 취미 삼아 장사하는 가게이며, 교수도 "거기는 옛날이나 지금이나 변함없어" 하고 평한다.

그렇다. 현금 결제밖에 안 된다.

그때 얼마나 힘이 쭉 빠졌는지, 지금 생각해도 한숨만 나온다. 친구들도 나처럼 학교 밖에서는 현금을 사용하는 게 습관이라 눈치채지 못한 거겠지.

결국 강의실에서 정문까지 오 분, 음식점까지 왕복하면서 이십 분을 날렸고, 정문에서 학교 식당까지 오 분, 학교 식당에서 주문과 식사에 십오 분을 썼으므로 내게 남은 시간은 강의실로 돌아갈 오 분뿐이었다. 이것이 내가 강의가 시작되기 직전에 아슬아슬하게 돌아온 일의 진상이다.

내가 진상을 밝히자 두 사람은 "그딴 걸 어떻게 알아!" 하고 난리를 쳤다. 미안하기는 했지만 약간 안심됐다.

비공인이라고는 하나 동아리인 이상, 언제까지고 히루코 씨와 단둘이 활동할 수는 없다.

그렇지만 미스터리 애호회에 새로운 바람을 불어넣기에는 시간이 좀더 필요하다.

새 바람이 불면 예전 공기는 사라진다. 그러면 내가 아는 미스터리 애호회는 내 마음속에만 남는다.

어쩔 수 없는 일이다. 새 바람을 거부한들 과거의 공기는 돌아오지 않는다.

하지만 조금만 더, 하다못해 다음 여름을 맞을 때까지는.

한 줌만이라도 좋으니 미스터리 애호회에 과거의 공기를 남겨놓고 싶었다.

부웅…… 부웅…….

자꾸 안으로 빠져드는 생각을 밖으로 되돌리려는 것처럼

뒷주머니에서 스마트폰이 진동했다. 꺼내서 화면에 뜬 이름을 확인하니 히루코 씨였다. 보통은 문자메시지로 연락하는데 어쩐 일일까.

"하무라, 난데."

히루코 씨 목소리 너머로 무슨 소리가 들린다. 전자 음악을 배경으로 한없이 밝게 뭔가를 광고하는 목소리. 게임센터, 아니, 노래방일까.

그 북적북적한 소리와는 딴판으로 히루코 씨의 말투는 진지했다.

"갑자기 이런 말을 해서 미안하지만, 당장 와줬으면 해."

"무슨 일 있나요?"

"지금 어떤 사람과 마다라메 기관에 대해 이야기하는 중이야."

느닷없이 귀에 꽂힌 말에 심장이 쿵쿵 뛰었다.

그 조직의 이름이 나왔으니 평온한 이야기일 리 없다.

"위치 보낼 테니까 거기 찍힌 곳으로 와. 강요하는 건 아니지만."

나는 히루코 씨의 마지막 한마디에 어쩐지 화가 나서 갈게요, 라고만 대답하고 전화를 끊은 후, 위치 정보가 오자마자 달렸다.

목적지는 우리 집과 반대 방향으로 두 정거장 떨어진 곳에 있는 노래방이었다. 아까 들렸던 소리는 역시 노래방에서 났던 소리였다.

카페나 레스토랑이 아니라서 경계심이 더 커졌다. 노래방은 칸칸이 나뉘어 있고 방음도 된다.

마다라메 기관은 제2차세계대전 후에 오카야마의 자산가인 마다라메 에이타쓰라는 사람이 설립한 조직이다. 표면상으로는 약품을 연구한 것으로 보이지만, 실은 윤리와 도덕의 구속에서 벗어난 연구를 추진했고, 오컬트라고 비난받는 분야도 적극적으로 연구했다고 한다. 마다라메 기관의 존재는 극비로 취급되어 지금도 일반 시민은 알 방법이 없다.

사실 지난 반년 동안 내가 휘말린 두 가지 사건에는 마다라메 기관의 연구가 얽혀 있었지만, 이름이 공개적으로 보도된 적은 없다.

내가 알기로 함께 이야기를 나눌 수 있을 만큼 마다라메 기관을 잘 아는 사람은 히루코 씨와 가까이 지내는 탐정, 가이도 씨뿐이다. 하지만 지금 이야기하고 있는 상대가 가이도 씨라면, 히루코 씨는 아까 같은 말투를 쓰지는 않았을 것이다.

내가 올 거라고 종업원에게 알려놨는지, 카운터에서 방 번호를 말하자 즉시 2층으로 안내해주었다.

통로 끝에 있는 큰 방이었다. 유리문 앞에 서자 안쪽에서 문이 열리고 검은 머리의 미녀가 고개를 내밀었다. 히루코 씨다.

"와줘서 고마워. 들어와."

약간 격식을 차린 느낌의 흰색 블라우스와 검은색 스커트 위에 부드러운 베이지색 니트 카디건을 걸친 히루코 씨가 개킨 코트를 들고 소파 안쪽으로 들어가길래 나는 그 옆에 앉았다. 테이블 너머에는 남자 두 명이 앉아 있었다. 오른쪽 남자는 40세 전후, 그 옆의 남자는 그보다 약간 젊어서 삼십 대 초반으로 보였다.

"다행이군. 그쪽이 직접 이야기를 들었으면 한다고 겐자키 양이 그랬거든."

여유 있는 웃음을 띤 오른쪽 남자는 내가 봐도 명품인 걸 알 만큼 고급스러운 재킷을 입었다. 얼굴은 잘생겼다고 할 만했지만, 반듯한 이마를 강조하듯 세팅한 앞머리에서는 공들여 닦은 스포츠카 같은 허영심이 느껴졌다.

"주문은 해놨습니다."

그 옆에 앉은 호리호리한 남자가 내게 멜론 소다로 보이는 음료를 권했다. 히루코 씨가 고른 걸까.

이야기하는 도중에 종업원이 들어오면 안 되니까 그런 모양이다.

오른쪽 남자와 달리 왼쪽 남자는 그야말로 회사원 같은 양복 차림이었다. 생김새는 좋게 말하면 차분하고, 나쁘게 말하면 패기가 없는 분위기다. 살집이 없고 평평한 얼굴에서 코만 우뚝 솟았다. 양복보다는 의사 가운이 잘 어울릴 듯했다.

"이쪽이 말씀드린 학교 후배 하무라 유즈루예요."

히루코 씨가 소개하자 오른쪽 남자가 몸을 조금 내밀고 말했다.

"나루시마 IMS 서일본 사장 나루시마 도지라고 한다. 이쪽은 비서 우라이. IMS는 의과학 연구소의 약어인데, 신약 개발을 비롯해 다양한 연구 개발을 담당하는 나루시마 그룹의 자회사야."

우라이라고 소개된 남자가 얼른 일어나서 자신들의 명함을 건넸다. 동시에 히루코 씨가 확인차 조사했을 회사 홈페이지를 스마트폰 화면에 띄워서 내게 보여주었다. 거기에는 분명 맞은편에 앉은 나루시마의 얼굴 사진이 실려 있었다.

나루시마 그룹은 일본에서는 모르는 사람이 없는 의료 ·

제약 관련 기업이다. 자회사라고는 하지만 그렇듯 대단한 회사의 젊은 사장이 히루코 씨에게 무슨 볼일일까.

우라이가 입을 열었다.

"겐자키 씨께 들었는데 하무라 씨도 마다라메 기관과 적잖은 인연이 있으시다면서요? 자세한 설명은 생략하겠습니다만, 나루시마 그룹은 일찍이 마다라메 기관의 연구에 자금을 지원한 기업 중 하나였습니다."

너무나 갑작스럽게 충격적인 말이 날아들어서 반응이 늦었다.

"아시겠지만 마다라메 기관은 1985년에 해체됐고, 연구 자료는 공안에 압수당했습니다. 하지만 극히 일부의 자료는 비밀리에 반출돼 후원자들에게 넘어갔죠. 미완성으로 중단된 연구라 할지라도, 당시의 기술 수준으로 봤을 때는 가치가 어마어마했으니까요."

"즉, 나루시마 그룹도 마다라메 기관의 연구에 도움을 받아서 성장했다는 말씀인가요?"

내가 당황하면서도 묻자 우라이는 "그렇습니다" 하고 한마디로 인정했다.

지난여름 사베아 호수 주변을 강타한 집단 감염 테러 사건에 사용된 바이러스도, 마다라메 기관이 남긴 실험 자료를 바탕으로 개발된 것이었다. 설마 그 밖에도 유출된 정보가 있었을 줄이야.

나도 모르게 뿜어낸 분노를 느꼈는지, 히루코 씨가 진정하라는 듯 테이블 아래에서 내 팔을 살짝 누르고 말했다.

"마다라메 기관은 위험한 사상 아래 연구를 진행한 게 아니야. 온건한 목적을 위해 활용된 연구 성과도 있었다는 거지."

"역시 겐자키 양은 총명하시군. 말이 통해서 편하겠어."

나루시마가 만족스럽게 고개를 끄덕이고 우라이의 말을 이어받았다.

"뛰어난 기술은 세상을 발전시키지만, 세상을 파멸시킬 위험성도 품고 있다는 걸 간과해서는 안 되지. 따라서 뛰어난 기술은 올바른 견식의 소유자가 물려받아야 해. 그런 점에서 볼 때 사베아 호수에서 발생한 사건은 그야말로 비극이었어."

"그 사건을 조사했습니까?"

나루시마는 눈만 깜박여서 긍정한 후, 연극이라도 하듯 과장되게 양팔을 벌렸다.

"두 번 다시 일어나서는 안 될 일이야. 그래서 회사에 남아 있던 오래된 자료를 샅샅이 뒤져 유출된 기술들에 대해 알아봤지. 그 결과 몇몇 우연이 겹치고 겹친 끝에 어떤 사람이 중요한 걸 감추고 있다는 사실을 알아냈어."

"중요한 거라니요?"

내가 묻자 나루시마는 고개를 저었다.

"네가 우리 조건을 받아들이지 않으면 더는 말 못 해."

나루시마의 뜨뜻미지근한 말투가 마음에 들지 않았는지, 옆에 앉은 히루코 씨가 가르쳐주었다.

"그 중요한 뭔가를 회수하러 갈 때 동행해달래."

"회수라고요? 경찰에 신고해서 가택수색이라도 하면 되잖아요."

내 말에 나루시마는 비웃음이 섞인 형식적인 웃음을 띤 채 이쪽을 보았다.

"공권력이라고 다 믿을 수 있는 것도 아니라서 말이야. 일본 정부의 정보 관리는 허술하기 짝이 없거든. 즉시 다른 나라의 정보기관이 냄새를 맡고 빼낼 게 뻔해. 실제로 사베아 호수의 집단 감염 테러 사건에 사용된 바이러스도, 다양한 경로를 통해 전 세계로 반출된 탓에 누가 어떤 연구에 이용하는지 모르는 상황이지. 그런 사태를 방지하기 위해서라도 일단 우리가 확보해서 가치를 확실하게 파악해야 해."

오만함으로 가득한 말이었지만 따져본들 나루시마의 마음을 돌릴 수는 없으리라. 나는 궁금해서 물어보았다.

"그나저나 저희가 동행한들 무슨 도움이 된다는 거죠?"

"착각하지 마. 내가 동행하기를 원한 건 겐자키 양뿐이야. 넌 덤이라고."

나루시마의 대꾸에 히루코 씨가 발끈해서 입을 열려고 하자 우라이가 선수를 치듯 변명했다.

"실례했습니다. 저희는 원래 겐자키 씨께만 동행을 부탁드릴 생각으로 접촉했습니다. 저희에게 필요한 건 정보가 아니라, 겐자키 씨의 체질이라서요."

히루코 씨의 체질?

놀라서 옆을 보자 히루코 씨는 덤덤한 표정이었다. 아무래도 그 이야기는 들은 모양이다.

"사베아 호수에서 발생한 감염 테러 사건과 옛 진안 지구에서 발생한 사건에 마다라메 기관이 관련됐다는 건 일찌감치 확인했어. 하지만 두 사건에 겐자키가의 따님도 얽혀 있다는 걸 알았을 때는 놀랐지. 겐자키 집안의 딸이 별나다는 소문은 들었지만, 사건을 끌어들이는 체질이라니, 여간해서는 못 믿을 일이잖아."

나루시마는 그때부터 히루코 씨의 내력을 조사해서 그

이전에도 수많은 사건을 겪었음을 알았고, 그 특이한 체질이 그저 소문이 아니라는 걸 확신했다고 한다.

"그 체질이 당신들한테 왜 필요한 건데요?"

우라이는 남이 보기라도 할까 봐 걱정하듯 문을 힐끔 확인한 후 빠르게 말했다.

"사실 마다라메 기관에서 유출된 정보를 가지고 있다고 추정된 사람은 세 명이었습니다. 그중 두 사람을 철저하게 조사했지만 아쉽게도 예상이 빗나가서 수확이 전혀 없었고요. 이제 기대할 만한 대상은 한 명뿐. 저희로서도 이번만큼은 꽝을 뽑으면 안 되는 상황입니다. 그럴 때 겐자키 씨에 대해 알게 된 겁니다."

"그렇군요."

드디어 이해가 간다는 듯 히루코 씨가 한숨을 쉬었다.

"제 체질을 거꾸로 이용하시려는 거네요? 겐자키 히루코가 있는 곳에서는 무슨 일이 생긴다. 무슨 일이 생긴다면 적어도 완전히 허탕일 리는 없다."

"뭐라고요!"

나도 모르게 소리를 질렀다. 처참한 살인 사건에 두 번이나 휘말린 입장에서 보기에는 완전히 정신 나간 생각이다.

"정말로 이해하신 건가요? 여러분이 무사히 돌아온다는

보증은 없는데요."

그러자 나루시마가 지금까지 얼굴에 맺혀 있던 경박한 웃음을 거두고 고개를 끄덕였다.

"호랑이를 잡으려면 호랑이 굴로 들어가야겠지. 이번 일에는 그만한 가치가 있어. 기회를 놓칠 수는 없다고. 만약을 위해 겐자키 양을 경호할 인원을 준비해놨어. 물론 나와 우라이도 갈 거고. 겐자키 양은 그냥 우리가 하는 일을 보고만 있어도 상관없어."

"아무리 그래도."

내가 또 반박하려 하자 우라이가 정중한 목소리로 끼어들었다.

"사실 겐자키 씨는 이미 동의하셨습니다."

히루코 씨가 미안하다는 눈으로 나를 보았다.

이게 무슨 소리지. 히루코 씨는 사건에 휘말리는 걸 두려워할 텐데. 그래서 조금이나마 도움이 되도록 나를 왓슨으로 삼아 곁에 두는 것 아니었나.

"그렇게까지 마다라메 기관을 조사하고 싶으세요?"

"그뿐만이 아니야. 하무라도 알 텐데. 시간이 임박했다는 걸."

나는 숨을 헉 삼켰다. 평소 일부러 언급하지는 않지만,

히루코 씨에게는 큰 사건에 휘말리는 주기가 있다고 한다. 사베아 호수 사건이 8월, 옛 진안 지구 사건이 11월 말이었으니, 슬슬 다음 사건이 발생해도 이상할 것 없다.

"언제 어디서 사건에 휘말릴지 몰라 불안해하기보다 일이 생길 걸 각오하고 뛰어드는 편이 낫겠지. 경호원까지 붙여주겠다니까 마침 잘됐잖아."

히루코 씨는 어색하게 말을 이었다.

"안심해. 하무라는 같이 갈 필요 없으니까."

내 가슴속에서 분노와 한심함이 똬리를 틀었다.

"그럼 왜 부르신 건데요?"

"아무 설명도 없이 갔다가 하무라가 난리를 치면 난감하잖아. 또 맨션 앞에 잠복이라도 하면 어떻게 해."

히루코 씨가 11월에 있던 일을 꺼냈다. 즉, 상담하기 위해서가 아니라 자기가 없는 동안 소동을 피우지 말라고 못을 박기 위해서 부른 건가. 이건 그야말로 제삼자 취급 아닌가.

"……언제 가실 건데요?"

우라이가 꺼낸 대답은 간결했다.

"오늘 밤요. 여기를 나서자마자 바로 회수하러 갈 겁니다."

"그럼 아무 준비도 못 하잖아요."

"정보 누설만큼은 꼭 피해야 하거든요. 그리고 꼭 오늘 밤에 실행해야 할 이유도 있습니다."

히루코 씨가 다시 나를 보았다.

제발 오지 말라고 간청하는 눈빛도, 같이 가기를 기대하는 눈빛도 아니었다. 내가 무슨 결단을 내릴지 다 알고서 체념한 눈빛이었다.

역시 그렇구나. 히루코 씨는 지금까지의 경험을 통해, 앞으로도 사건에 함께하려는 내 의지를 꺾을 수 없으리라는 걸 깨달았다. 사건을 끌어들이는 체질을 못마땅해하는 히루코 씨가 이번만큼은 나서서 사건에 접근하려 드는 것도 분명 같은 이유다.

히루코 씨의 왓슨이랍시며 거부해도 물러나지 않는 내가 위험에 처하지 않도록, 일부러 사건에 유리한 태세로 임할 수 있는 조건을 선택한 것이다.

돌이켜보면 히루코 씨가 이런 결단을 내릴 조짐은 있었다. 지난번에 히루코 씨는 추리력을 발휘해 수수께끼를 해결했을 뿐만 아니라, 가짜로 사건을 일으킴으로써 자신이 원하는 방향으로 사건의 흐름을 유도했다.

나는 언제 공격으로 돌아설지 모르는 히루코 씨의 총명

한 두뇌가 무섭다.

그래도 이렇게 대답하는 수밖에 없다. 히루코 씨가 확신한 그대로 말이다.

"물론 저도 갈 겁니다."

"결정됐군."

나루시마가 무릎을 탁 치고 일어서서 히루코 씨와 내게 차례대로 악수를 청했다. 묘하게 예쁜 손이었다.

오후 7시. 노래방을 나선 우리는 택시를 타고 국도 옆의 한 편의점으로 향했다. 운송 트럭도 댈 수 있을 만큼 널찍한 주차장이 딸린 편의점이다. 설마 뭔가 사려고 들렀나 했는데, 택시는 우리를 내려놓자마자 떠났다.

"여기서 차를 기다릴 거야. 이동하기 전에 휴대전화 전원을 끄고 우라이에게 맡기도록 해."

"저희가 배신하고 신고라도 할까 봐서요?"

말과 달리 히루코 씨는 기분 상한 기색 없이 코트 호주머니에서 스마트폰을 꺼냈다. 떨떠름한 표정을 지은 건 오히려 나루시마였다.

"기지국 정보로 꼬리를 잡히고 싶지 않아서 그래. 경우에 따라서는 다소 강압적인 수단을 쓸지도 모르거든. 너희도 껄끄러운 일에 관련된 증거는 없는 게 낫잖아."

이렇게까지 예민하게 굴어야 할 일을 지금부터 하러 간다는 뜻이다.

나루시마가 말한 '강압적인 수단'이 어느 정도까지 큰 죄상을 가리키는지는 모르겠다. 일반인인 우리를 데려갈 정도니까, 쓸데없이 사람을 해치지는 않겠지만…….

편의점 화장실에 다녀오는 등 시간을 보내기를 삼십 분. 주차장으로 들어온 트럭 한 대가 편의점 입구에서는 보이지 않는 구석에 정차했다. 옆면에 물류 회사 이름이 적힌 탑차다.

"분명 없는 회사겠네."

옆에서 히루코 씨가 중얼거렸다. 아주 공을 많이 들였다. 나는 새삼 나루시마가 의심스러워져서 히루코 씨에게 "설마 우리를 납치하는 건 아니겠죠?" 하고 속삭였다.

"만약 그럴 작정이라면 종업원에게 목격당할 노래방에 가지 않았을 테고, 너한테 연락도 못 하게 했겠지."

그럼 다행이지만.

운전석에서 내린 회색 작업복 차림의 남자가 나루시마에게 말했다.

"이쪽은 문제없어."

니트 모자 아래로 드러난 이목구비가 뚜렷한 얼굴과 넓은 어깨만 보면 외국인 같았지만, 입에서 나온 말은 일본어였다.

남자가 주변을 살펴보고 나서 화물칸 뒤쪽 문을 열자 우라이가 우리에게 손짓했다.

"타시죠."

나는 히루코 씨와 얼굴을 마주 본 후, 마음을 단단히 먹고 걸음을 내디뎠다. 화물칸에 올라타자마자 수많은 시선이 집중돼서 나는 움직임을 멈췄다.

짐이 없는 화물칸 양쪽 옆면에 설치된 기다란 받침대를 보니, 오른쪽에 세 명, 왼쪽에 두 명이 앉아 있었다. 영화 등에 자주 등장하는 군용 수송 트럭 같은 느낌이다. 이 사람들이 나루시마가 말한 경호원인 모양이다.

화물칸 천장 구석에 알전구가 두 개 켜져 있어서 사람들의 얼굴을 알아볼 수 있을 만큼은 밝았다. 다들 운전자와 똑같은 작업복 차림이었지만, 일본인처럼 생긴 사람은 딱 한 명뿐이고 나머지 네 명은 전부 외국인이었다.

"여기 앉아도 돼."

오른편 받침대 앞쪽에 앉은 올리브색 피부의 여자가 유창한 일본어로 말했다. 라틴계일까, 싹싹한 웃음이 인상적인 미녀다. 앉은키로 보건대 키가 나보다 클 것 같았고, 어깨도 듬직하다.

그 여자 옆에 내가, 맞은편 받침대에 히루코 씨와 우라이가 앉자 밖에서 문이 닫혔다. 나루시마는 조수석에 앉으려는 것이리라. 받침대에 달린 간소한 안전벨트를 허리에 맸다.

트럭이 거세게 흔들리며 출발하자, 나와 같은 받침대 제일 안쪽에 앉은 서양인으로 보이는 통통한 금발 남자가 일본어로 물었다.

"우라이, 그 여자가 '러키 걸'인가?"

히루코 씨가 끌어들이는 건 행운과는 동떨어진 부류의 사건이건만, 대체 무슨 설명을 들은 걸까. 하긴 그들이야 목표물만 찾아내면 그것이 행운을 가져다줄지 불행을 가져다줄지는 상관없을지도 모르겠다.

"이쪽은 겐자키 히루코 씨, 저쪽은 친구분인 하무라 유즈루 씨입니다. 두 분이 희망하셔서 같이 가기로 했습니다."

전부 일본어를 잘하는지 다섯 명 모두 난처해하는 기색 없이 설명에 귀를 기울였다.

"히루코와 유즈루."

내 옆에 앉은 라틴계 여성이 우리를 차례대로 가리키더

니 씩 웃었다. 히루코 씨도 미소로 답했다.

"이 사람들은 이번 일을 위해 고용한 용병입니다. 일본어를 할 줄 아는 사람들만 모았죠." 우라이가 알려주었다.

이런 찜찜한 일을 맡아줄 사람들을 어떻게 구했을까 싶어 의아한 기분으로 한 명씩 얼굴을 살펴보자, 라틴계 여성은 장난스러운 표정으로 손을 흔들었고, 아까 입을 열었던 통통한 남자는 엄지를 척 세웠다.

그들은 어디까지나 온화한 모습을 보여주었지만, 나는 형편없는 내 직감을 반성했다. 나루시마가 언급한 강압적인 수단은 불법 침입이나 금고를 부수는 수준일 것이라고 생각했다. 하지만 몹시 침착한 태도도 그렇고, 단련된 육체도 그렇고 용병들은 거친 일에 익숙한 분위기를 풍겼다. 나루시마는 진심으로 히루코 씨의 체질을 이용할 작정이다. 그렇게까지 해서 손에 넣고 싶은 건 대체 뭘까.

"자기소개를 해둘까."

히루코 씨 쪽 받침대의 제일 안쪽에 앉은 남자가 나지막하고 차분한 목소리로 말했다. 외국인이라 몇 살인지 확실히는 알 수 없지만 아무래도 사십 대 같다. 스포츠머리에 가까운 짧은 은발에, 작업복에 가려졌는데도 알 수 있을 만큼 몸이 탄탄하다.

"계약서상 우리는 서로를 별명으로 불러. 난 '보스'야. 칠 년 전까지 미국 육군에 있었지. 죽은 아내가 일본인이었어."

이어서 그 옆에 앉은, 다섯 명 가운데 유일한 일본인으로 보이는 남자가 뭐라고 불쑥 말했다. 삼십 대 초반쯤일까.

"죄송해요. 뭐라고 하셨죠?"

"'아울'이라고 했어." 이번에는 들렸다. "교포 3세야. 말해두겠는데 너희가 할 수 있는 행동은 우리를 따라오는 것뿐이야. 일은 방해하지 마."

아울이라는 남자는 그 말을 끝으로 셔터를 내리듯 눈을 감았다. 아무래도 우리가 함께 가는 게 마음에 안 드는 모양이다.

반면에 통통한 금발 남자는 밝은 목소리로 말했다.

"'찰리'라고 불러. 한때는 영국 민간 군사 기업에 있었어. 20킬로그램이 찌기 전의 이야기지만. 위생병도 내 몫이야. 잘 부탁해."

"왜 찰리인가요?"

히루코 씨가 묻자 찰리는 볼살이 떨리게 껄껄 웃었다.

"어릴 적에 어머니가 스누피 그림이 그려진 셔츠만 입혔거든. 내가 스누피의 찰리 브라운과 닮은 것도 있고 해서 친구들이 그렇게 불렀지. 진짜 내 별명이야."

받침대 폭이 너무 좁은지, 찰리는 커다란 몸을 움찔거리며 거듭 자세를 바로잡았다.

다음은 그 옆의 아프리카계 빡빡머리 남자. 그는 오른손을 불끈 쥐어서 커다란 주먹을 이쪽으로 내밀었다.

"'알리'다. 내가 존경하는 영웅의 이름이지. 일본인이라도 알걸."

"무하마드 알리인가요?"

"맞아!"

알리가 찰리의 불룩한 배에 펀치를 날리는 시늉을 하자, 찰리는 "으억!" 하고 장난스럽게 비명을 질렀다. 마치 수학여행을 온 학생 같다. 군대처럼 긴장감이 감도는 분위기는 아니지만, 전투를 경험해본 듯한 사람만 모인 화물칸. 나는 점점 더 불안해졌다.

마지막은 내 옆에 앉은 라틴계 여성.

"'마리아'야. 잘 부탁해. 일본에서 태어났고 다섯 살 때까지 도쿄 미나토 구에 살았어."

마리아는 내게 악수를 청하더니 안전벨트를 끄르고 맞은편에 앉은 히루코 씨에게도 길쭉한 손을 내밀었다. 별명의 유래를 묻자 서글서글한 말투로 "짐작 가지 않아?"라는 대답이 돌아왔다. 듣건대 마리아의 고국인 스페인에는 마리아라는 이름이 참 많다고 한다. 어쩌면 본명일지도 모르겠다.

"여러분은 예전부터 알던 사이셨나요?"

내 질문에 보스가 대답했다.

"우라이가 아울에게 의뢰했고, 아울이 사람들을 모았지. 나는 육군 시절에 아울과 안면이 있었지만, 다른 멤버들과는 초면이야."

다른 용병들도 긍정하는 시선을 보냈다. 아울만 아무 반응을 보이지 않았지만, 이런 험한 일에 써먹을 만한 인맥이 있는 모양이다.

마지막으로 트럭을 몰고 온 니트 모자를 쓴 남자는 '코치맨'이라고 우라이가 알려주었다.

"코치맨. 마부라는 뜻이로군요."

히루코 씨가 혼자 고개를 살짝 끄덕였다. 운전을 맡았으니까 마부인가. 평소처럼 사람들의 이름을 파악하는 히루코 씨를 보고, 나도 얼른 머릿속으로 복습했다.

리더인 보스, 과묵한 부엉이를 연상시키는 아울. 통통하고 쾌활한 남자는 스누피의 주인 이름으로 불리는 찰리고, 아프리카계 남자는 전설적인 복서를 존경하는 알리. 유일한 여자는 라틴계인 마리아.

나루시마의 계획에 불안을 느끼지 않을 수 없었지만, 다들 나쁜 사람은 아닌 듯했다.

히루코 씨도 긴장이 좀 풀렸는지, 자동차가 달리는 소리에 뒤지지 않도록 큰 소리로 질문했다.

"어디로 가는지 이제 알려주시면 안 될까요?"

우라이는 가볍게 고개를 끄덕였다.

"우마고에 드림 시티. H현 우마고에 시 외곽에 있는 테마파크입니다."

목적지가 너무 뜻밖이라 나도 히루코 씨도 눈이 동그래졌다.

"SNS 등에서 화제가 됐는데, 모르십니까?"

나는 디즈니랜드조차 가족 여행으로 딱 한 번 가본 게 전부였지만, 그 말을 듣자 생각났다.

"혹시 살아 있는 폐허라고 불리는 거기인가요?"

우라이는 그렇다고 대답한 후 자세하게 설명해주었다.

우마고에 드림 시티. 전신前身은 우마고에 유럽 왕국이라는 테마파크로, 삼십 년쯤 전에 우마고에 시와 H현 남부의 대도시를 연결하는 고속도로의 완성에 맞춰 건설됐다. 이름 그대로 우마고에 시인지 유럽인지 왕국인지 잘 모를 지경으로 서유럽풍의 건축물과 민속 의상과 지역 특산품이 뒤죽박죽된 내부를, 지금 생각하면 상표권과 저작권에 문제가 있는 마스코트 캐릭터가 활보하는 외진 시골의 테마파크였다고 한다.

유럽 왕국은 시민들의 기대를 한 몸에 받으며 개장했지만, 대도시에서 손님을 유치한다는 계획이 허무하다 못해 웃음이 나올 만큼 허탕을 치는 바람에, 개장 직후부터 실적이 우하향하다가 결국 십오 년 전에 파산했다. 테마파크 터가 공매에 부쳐졌을 때, 매입에 나선 기업이 딱 한 군데 있었다. 바로 아시나 흥산이다. 몰락한 왕국은 이듬해 우마고에 드림 시티로 재개장했다.

"불량 채권 같은 시설과 시원찮은 입지 조건은 그대로니까 다들 적자를 면치 못할 거라고 예상했습니다. 하지만 아시나 흥산은 놀랄 만한 발상으로 드림 시티를 홍보했어요."

아시나 흥산은 허름해진 시설과 놀이기구를 최소한 필요한 만큼만 보수하고, 일부러 그 허름한 면모를 전면에 내세워 망해가는 테마파크로서 드림 시티의 영업에 나섰다.

방치된 꿈나라. 오락을 즐겨야 할 곳에서 을씨년스러움과 맞닥뜨린다는 모순. 노후화해 안전상 사용이 중지된 놀이기구가 하나씩 늘어나서, 이제는 작동되는 놀이기구가 더 적다고 한다. 그래도 마스코트들은 멸망의 발소리가 들리지 않는 것처럼 빙글빙글 춤추고 즐겁게 노래한다.

우마고에 드림 시티에 오신 것을 환영합니다.

아시나 흥산의 노림수는 적중했다. 화려함과 공허함이 아슬아슬한 줄타기를 하듯 공존하면서, 좋았던 옛 시절의 분위기를 불러일으키는 퇴폐적인 연출이 일부 고객층에게 큰 호평을 받은 것이다. 그즈음에 일어난 폐허 붐도 도움이 됐다. 어쩌면 불황의 시대를 맞이해 국민이라는 자산이 계속 감소하는 국가에서 살아가는 사람들이 회고와 향수에서 가치를 찾는 건 당연한 수순이었을까.

어쨌든 드림 시티의 계획은 철저했다. 살아 있는 폐허라는 통칭이 세간에 퍼지자 더 퇴폐적인 분위기를 조성했고, 심령 스폿으로 유명해지자 앞장서서 소문을 인터넷에 퍼뜨리는 등 차례대로 과감한 전략에 나섰다. 이제는 전국 각지에서 폐허 마니아와 사진 애호가, SNS에서 소문을 들은 젊은이들이 찾아와서, 번성한다고까지는 할 수 없어도 유례없는 독자성을 바탕으로 안정적인 경영 상태를 유지하고 있다고 한다.

"그 드림 시티가 마다라메 기관과 무슨 관계인데요?"

"사이토 겐스케라는 남자가 아시나 흥산의 대표인데요.

사실 그 사람은 사십여 년 전에 후기 겐스케라는 이름으로 마다라메 기관에서 일했던 연구자입니다."

놀랄 만한 정보에 나는 무심코 맞은편에 앉은 히루코 씨와 마주 보았다.

"그는 현재 경영 일선에서 물러나 드림 시티 내부의 '흉인저兇人邸'라고 불리는 건물에서 고용인 몇 명과 함께 은거하다시피 생활하고 있는데요. 저희가 찾는 물건도 거기 숨겨져 있을 것으로 추정됩니다."

"흉인저라고요?"

"인터넷상에서 부르는 속칭입니다. 드림 시티에 있는 폐허 같은 건물에서 이용객이 여러 명 죽었다는 도시 전설 때문에 어느덧 그런 이름으로 불리게 됐다는군요."

"찾는 물건이라니, 대체 그게 뭔데요?"

내 질문에 우라이는 고개를 저었다. 알려줄 생각은 없는 듯하다.

"저희가 드림 시티에서 일하는 종업원의 밀고로 중요한 정보를 입수했다고만 말씀드리겠습니다. 흉인저에 들어간 동료가 나오지 않는다는 정보를요."

자동차가 달리는 소리에 섞여 누군가 소리 죽여 웃는 소리가 들렸다. 나는 다시 물었다.

"나오지 않는다니요? 그게 무슨 말……."

"말 그대로입니다. 몇 달에 한 번, 후기가 직원 중 한 명을 흉인저로 부르는데요. 지시에 따라 흉인저로 갔다 하면 행방이 묘연해진답니다. 저희는 후기가 저택에서 중대한 범죄를 저지르는 것으로 보고 있어요. 실력 있는 사람들을 모은 것도 주로 그와 관련된 상황에 대비하기 위해서입니다."

우라이는 냉정하게 설명했다.

그렇게 위험한 곳으로 갈 줄이야.

우라이의 설명으로 추측건대, 이들이 찾는 물건과 직원의 실종은 분명 뭔가 관계가 있을 것이다. 하지만 보스를 비롯한 용병들은 이미 자세한 내용을 아는지, 동요하는 낌새가 전혀 없었다. 오히려 마리아가 씩 웃고서 말했다.

"걱정 붙들어 매. 모르는 게 많아서 불안하겠지만, 우리는 올바른 일을 하러 가는 거야. 두 사람은 그걸 지켜보면 돼."

"마리아, 쓸데없는 소리 하지 마."

오랜만에 입을 연 아울이 어두운 눈으로 마리아를 노려보았다.

"정의고 불의고 없어. 우리는 의뢰받은 일을 할 뿐이야.

개인적인 감정은 빼."

"네, 네, 아무렴요."

"밀고한 종업원이 흉인저로 안내해주기로 했습니다. 앞으로 이십 분 정도 후에 태울 거니까, 나머지 이야기는 본인에게 듣도록 하죠."

우라이가 말을 멈추자 화물칸은 조용해졌다.

스마트폰을 압수당한 탓에 손목시계만 보고 있자니, 잡음이 섞인 목소리가 화물칸에 울려 퍼졌다. 보스가 허리춤에서 소형 무전기를 꺼내서 짤막하게 대꾸했다.

"곧 안내인을 태울 포인트에 도착한다."

트럭이 멈추고 우리가 일어서서 몸을 풀고 있자니, 뒷문이 밖에서 열렸다. 산간 도로에 있는 셀프 주유소인지, 밝은 불빛 속에 급유기가 덩그러니 서 있었다.

코치맨의 유도에 따라 낡은 청바지와 파카 차림의 왜소한 동남아시아계 청년이 화물칸에 올라탔다.

청년이 자리에 앉자 트럭은 출발했다.

"저는 구엔 반 선입니다. 드림 시티에서 정비사로 일하고 있어요."

내 옆에 앉은 구엔은 자신의 밀고가 얼마나 중대한 상황을 초래했는지 새삼스레 실감한 듯 몹시 긴장한 표정으로 우리 얼굴을 둘러보았지만, 우라이가 재촉하자 고개를 거듭 끄덕인 후 밀고에 이르기까지의 경위를 설명했다.

삼 년 전, 체류 자격이 종료된 사실이 들통나 직장에서 잘린 구엔은 예전에 같이 기능 실습을 받았던 베트남인 친구에게 '지방이지만 체류 자격이 없어도 괜찮은 조건으로 일할 수 있는 곳이 있다'는 권유를 받고 드림 시티에 왔다고 한다.

처음에는 반신반의했지만 일은 순조로웠다. 고용 형태도 풀타임이고, 휴일은 적지만 지금까지 경험한 아르바이트에 비하면 대우가 좋았다. 무엇보다 직원 중에는 구엔 같은 불법체류자와 일본인이라도 뭔가 찔리는 구석이 있는 사람이 많아서, 자기 혼자 스트레스를 받지 않아도 됐다.

"그런데 두 달쯤 지났을 무렵에 일을 소개해준 친구가 없어졌습니다. 정말로 갑자기, 아무 조짐도 없이요."

구엔은 침착을 잃고 다리를 달달 떨면서 말을 이었다.

"처음에는 무슨 사정이 생겨서 도망친 줄 알았죠. 하지만 아니었어요. 몇 달 후에 또 사람이 사라졌거든요. 그것도 저처럼 피치 못할 사정이 있는 사람만요. 분명 그런 직원을 고르는 거겠죠."

수상하게 여긴 구엔은 사라진 직원들에 대해 몰래 조사

했다. 그러자 한 가지 공통점이 밝혀졌다.

"다들 사라지기 전날, 긴히 할 말이 있다는 회장님의 지시를 받고 흉인저에 갔어요. 그리고 다음 날부터 온데간데없이 사라지죠. 무서워서 아무한테도 말 못 했습니다."

구엔은 그 일을 잊어버리려고 애썼다.

일본은 안전한 나라다. 조직적으로 끔찍한 범죄를 저지르는 갱은 없다. 그리고 소란을 피우다가 불법체류자임이 발각돼서 강제 송환되면 큰일이다. 그래서 무시무시한 의혹에 눈을 감고, 사라진 동료들의 기억에 망각이라는 덮개를 씌웠다.

"그러다 알아차렸죠. 다른 직원들도 저랑 똑같다는 걸요. 알지만 결코 입 밖에 내지 않습니다. 찍혔다간 다음에는 자기가 저택에 불려갈지도 모르니까요. 그래서 자기 자신을 속일 수밖에 없어요."

직원들은 감정을 억누른 채 드림 시티의 일부가 되려고 했다. 정해진 역할대로 움직이는 놀이기구처럼, 자기는 지금 인공적인 환상 속에 있는 거라고 마음을 추스르면서. 하지만 파멸의 발소리는 결국 구엔에게도 다가왔다.

"석 달 전에 제가 소속된 작업장의 선배가 사라졌어요. 더는 못 견디겠더군요. 어떻게든 거기서 달아나려고 했지만, 늘 감시의 눈길이 번뜩이고 있는 것만 같아서 무서웠습니다."

그런 상황에서 구엔에게 접촉한 사람이 후기를 조사하기 위해 드림 시티를 방문한 우라이였다. 우라이는 도시 전설을 좋아하는 손님으로 위장해 직원들과 이야기를 나누었다. 구엔도 태연한 척하며 대화했지만, 우라이가 흉인저에 대해 질문했을 때 저도 모르게 무서워하는 기색을 드러내고 말았다. 처음에는 대답을 망설였지만, 그 미적지근한 태도가 오히려 우라이의 흥미를 끌었던 모양이다. 우라이가 끈질기게 캐묻길래 결국 구엔은 아는 걸 다 털어놓고 내통자로서 협력하기로 결심했다고 한다.

이미 사정을 알고 있을 용병들도 진지한 표정으로 구엔의 이야기에 귀를 기울였다.

우라이가 나와 히루코 씨를 번갈아 바라보았다.

"종업원은 주로 보름달이 뜨기 직전에 실종됩니다. 그래서 저희는 다음 보름날에 맞추어 흉인저를 감시해서 실태를 파악할 계획이었는데요. 어제 갑자기 구엔 씨에게 연락이 왔어요. 한 번도 본 적 없는 상사가 오늘 영업이 끝난 후에 흉인저에 가라고 지시했다면서요. 이 타이밍에 구엔 씨에게 연락이 오다니 예상외의 일이었습니다만, 저택에 침입할 기회를 놓칠 수는 없죠. 그래서 부랴부랴 감시에서 침입으로 계획을 변경한 겁니다.”

히루코 씨는 검지에 앞머리를 돌돌 말면서 시선을 떨어뜨렸다. 머리카락을 만지는 건 생각에 빠졌을 때 나오는 히루코 씨의 버릇이다.

“직원들의 실종은 계획적인 행동 같네요. 실종돼도 발각되지 않도록 근처에 가족 또는 친한 친구가 없거나 경찰에 신고할 수 없는 사정이 있는 직원을 고른 거겠죠.”

“하지만 히루코 씨, 경찰에 신고는 못 해도 익명으로 인터넷에 폭로할 수는 있을 텐데요.”

요즘은 내부 고발이 커다란 뉴스로 이어지는 사례도 드물지 않다. 하지만 히루코 씨는 고개를 저었다.

“분명 그런 상황도 다 고려했겠지. 드림 시티는 평소부터 꺼림칙한 사연이 있는 것 같은 이미지를 구축해왔어. 이제 와서 수상한 소문이 하나 더 생긴들 아무 타격도 없을걸.”

“나도 인터넷에서 몇 개 봤어.”

찰리가 끼어들었다.

“놀이기구를 점검하다 기계에 끼어서 죽은 직원의 귀신이 나온다느니, 테마파크가 생기기 전에는 오래된 묘지였다느니 하는 소문. 같이 드림 시티에 놀러 갔다가 일행을 놓친 친구가 그대로 행방불명됐다는 소문도 있더군. 이제 와서 직원이 사라졌다고 인터넷에서 주장해도 경찰은 눈도 깜박 안 할 거야."

과연, 특이한 홍보 활동이 범죄를 숨기는 가리개가 된 셈이다.

"일단 당신들 세 명한테도 차후의 계획을 설명해줄게."

한동안 묵묵히 있던 보스가 작전 순서를 설명했다.

구엔은 테마파크 영업시간이 끝나고 업무가 일단락돼 직원들이 모두 퇴근한 밤 11시에 흉인저로 오도록 지시받았다. 우리는 구엔의 안내를 받아 트럭에 탄 채 뒤편의 화물 반입문으로 드림 시티에 침입한다. 어둠을 틈탄 속도전이 될 것이라고 한다.

저택에 침입하면 후기와 고용인을 제압하고 목표물과 연구 자료를 입수한다. 범죄가 발생한 흔적을 발견하면, 나루시마에게 적절한 지시를 받아 기본적으로는 회수한다.

"흉인저의 구조는 아시나요?"

히루코 씨가 묻자 우라이는 고개를 저었다.

"아쉽게도요. 흉인저는 원래 감옥을 모티브로 한 놀이 시설이었는데요. 드림 시티로 바뀐 뒤로는 후기가 집으로 사용하고 있습니다. 현재 후기는 웬만해서는 저택 밖으로 나오지 않고, 저택 내부를 봤다는 직원도 없어요."

"문제없어." 보스가 말했다. "조사 결과 평소 사용하는 출입구는 하나뿐이야. 거기를 확보하면 놓칠 걱정 없지. 그리고 상대가 범죄자라고 해도 전투에는 아마추어야. 작전 실행이 앞당겨져서 장비를 이 정도밖에 챙기지 못했지만, 충분해."

보스가 그렇게 말하고 꺼낸 것은 권총이었다. 둔탁한 광택과 함께 중량감까지 느껴지는 것이 아무래도 진짜 같았다. 너무나 뜬금없이 아무렇지도 않게 무기를 꺼내 들어서, 나는 호기심보다 강렬한 혐오감에 휩싸였다.

내가 불안해하는 걸 눈치챘는지 마리아가 웃음을 지었다.

"부적 같은 거니까 걱정하지 마. 상대방의 저항 의지를 꺾기 위해 전력 차이를 보여주는 것도 중요해."

지금은 그 말을 믿는 수밖에 없다.

얼마 후 트럭이 속력을 줄이더니 정차했다.

"여기서 십오 분 대기한다. 다음에 움직이면 그대로 작전에 돌입한다."

보스가 권총과 벨트용 수납 홀더, 무전기, 손전등을 용병팀 모두에게 나누어주었다.

비무장인 나와 히루코 씨, 구엔은 그 모습을 가만히 바라만 보았다.

지금까지 사건에 휘말렸을 때와는 명백하게 상황이 달랐다.

추억 I

새액, 새액.

부드러운 살점을 잘라내는 듯한 불쾌한 소리.

말로는 표현하기 어려운, 어린아이의 울음소리보다 우렁차고 거센 소리가 내 몸속에서 계속 들려온다.

새액, 새액.

괴롭다. 보이지 않는 물에 빠진 것만 같다. 초점이 흐려진 시야 속에서 색채가 사라져간다.

나는 팔다리를 계속 움직인다. 폐에는 용광로 같은 열기가 넘치는 반면, 몸은 싸늘하게 식은 납덩이처럼 말을 안 듣는다. 모든 세포가 비명을 지른다. 그래도 나는 인간다운 기능을 모조리 잊어버리고, 저주받은 것처럼 앞으로 나아가기만을 바란다.

의식이 무색으로 변해가는 가운데 멍하니 생각한다.

지금이 제일 괴롭다.

그렇게 느끼는 것도 여느 때와 다를 바 없다.

이제 지긋지긋하다고 몇 번이나 생각했는데,

그런데도 왜 이 느낌이 반가운 걸까.

"자, 그만!"

그 순간 다리가 꼬이고 울고 싶을 만큼 비참한 감각이 몸에 되돌아왔다. 나는 널빤지 바닥에 풀썩 쓰러졌다. 입을 벌렸지만 공기가 전혀 들어오지 않았다. 뭍에 올라온 물고기 같았다.

즉시 달려온 조수들이 앞뒤에서 나를 들어 올려 벽 앞에 준비된 간이침대에 눕혔다. 그렇다고 돌봐주는 건 아니다. 대기하고 있던 여자는 수건이나 물을 내미는 대신, 익숙한 손놀림으로 내 몸 여기저기에 가느다란 코드가 달린 차가운 전극을 붙였다. 입에도 산소마스크 같은 장치를 씌웠다. 피로가 회복되는 수치를 기록으로 남기기 위해서다.

여자의 손길에 몸을 맡긴 채 내 몸과는 다른 생물처럼 날뛰는 폐에 휘둘리고 있자니 익숙한 목소리가 들렸다.

"케이, 고생 많았어. 이걸로 모든 종목이 끝났어."

겨우 눈꺼풀을 밀어 올리자 흰 가운 차림의 몸집이 큰 여자가 거꾸로 보였다. 하네다 선생님이다.

매번 그렇지만 선생님의 웃는 얼굴을 보면 괜스레 울고 싶어진다.

"선생님, 기록은요?"

"전보다 좋아졌구나. 애썼어."

그 말을 듣고서야 나는 온몸에서 힘을 뺄 수 있었다.

한 달에 한 번 있는 체력 측정이 끝났다. 오늘은 내가 마지막으로 측정했는지, 나는 하네다 선생님과 함께 체육관을 나섰다. 스무 종목을 사흘에 걸쳐 측정하는 체력 측정은 이 시설에서 생활하는 우리에게 중요한 행사다. 내 성적이 전체에서 몇 등인지 물어보았지만 선생님은 평소처럼 "그건 비밀" 하고 알려주지 않았다.

"다른 아이들과 비교해도 별 의미 없어. 제각각 얼마나 성장했는지가 중요해."

그건 그럴지도 모르지만, 그래서는 역시 재미가 없다. 어차피 나중에 아이들끼리 기록을 서로 알려줄 테니까 선생님이 말해줘도 될 텐데.

여기는 산속에 세워진 연구 시설이다. 정확히 어딘지는 모른다.

선생님은 이 시설에서, 간단히 말하자면 인간의 신체 능력을 향상시키는 연구를 한다. 우리는 연구를 위해 전국에서 모집된 피험자다. 피험자라고 해도 이미 몸에 '처치'를 받은 우리가 주로 하는 일은 성장에 따른 신체 능력 데이터를 제공하는 것뿐이다. 평소에는 바깥세상의 아이들과 마찬가지로 국어나 산수, 과학 등의 학과 수업을 듣고, 방과 후에는 놀거나 음악 감상과 독서를 즐기곤 한다. 아주 가끔 직원이 녹화해 온 텔레비전 방송을 볼 때도 있다.

이 시설에는 열 살부터 열세 살 나이의 피험자가 서른 명 정도 있다. 나는 여섯 살 때까지 보육원에서 지내다가 여기로 온 지 올해로 칠 년째다. 매일 야단맞고 손찌검을 당했던 보육원에 비하면, 여기는 어른들도 모두 상냥하고 밥도 실컷 먹을 수 있으니까 마치 천국 같다.

그러므로 어떻게든 선생님에게 도움이 되고 싶은데, 내 성적은 밑에서부터 헤아리는 편이 빠르다. 선생님은 신경 쓰지 말라고 하지만, 주변에서 조수들이 눈살을 찌푸리거나 한숨을 쉬면 미안한 기분이 앞선다.

"연습을 시켜주면 나도 성적이 더 좋아질 텐데."

나도 모르게 투덜거리자 선생님은 커다란 손으로 내 머리를 쓰다듬더니 "그런 뜻이 아니야" 하고 말했다.

안다. 반복 연습 등의 외적 요인이 추가되면 실험 효과를 정확하게 측정할 수 없다. 그래서 몸을 사용하는 놀이는 평소에 제한되어 있으며, 시설 밖으로 나가는 것도 금지다. 상냥한 선생님이 우리를 그렇게 속박하느라 마음 아파한다는 것도 잘 안다.

"미안하구나. 밖에서 실컷 놀고 싶을 텐데."

"아니에요. 저는 책 읽는 게 더 좋은걸요."

나는 거짓말을 조금 했다. 물론 밖에 나가고 싶기는 하다.

하지만 이걸로 됐다. 선생님의 연구는 언젠가 온 세상 사람에게 도움이 된다. 그 연구를 위해 약간의 지루함은 참을 수 있다. 나는 부모님이 없지만, 여기에는 선생님도 있고 친구도 많으니까 아무렇지도 않다.

직원실을 향해 몇 발짝 앞서서 복도를 걸어가던 하네다 선생님이 뒤를 돌아보았다.

"어제 조지가 반성실에 들어갔어."

동갑내기 남자아이의 이름이 나와서 놀랐다. 반성실은 이 시설에 사는 아이들에게 제일가는 공포의 대상이다. 다다미가 깔린 1.5평짜리 방에 온종일 밥도 주지 않고 가둬놓는데다 화장실에 갈 때 말고는 내내 꿇어앉아 반성문을 써야 한다. 그야말로 우리에게는 고문이나 다름없는 벌이다. 어지간히 못된 짓을 하지 않고는 반성실에 가두지 않는다.

어제 저녁 식사 시간에 조지가 보이지 않길래 이상하다 싶었는데, 대체 무슨 짓을 저지른 걸까.

"밤중에 여자아이들 방에 와서 카드놀이를 한 것 때문이에요?"

"뭐라고? 또 여자아이들 방에 숨어들었어?"

나는 말실수를 알아차리고 얼른 입을 막았다. 두 건물이 L 자 모양으로 이어진 기숙사는 중정으로 들어오자마자 보이는 건물이 여자 구역, 안쪽 건물이 남자 구역이다. 이성이 서로 다른 구역에 드나드는 건 절대 금지되어 있지만, 조지는 자주 여자아이들 방에 놀러 온다. 이미 두 번 걸려서 경고를 받았으니 그 때문인 줄 알았는데.

다행히 하네다 선생님은 더이상 캐묻지 않았다.

"싸웠어. 고타와 치고받고 싸우다가 고타의 코뼈가 부러졌지."

한숨 섞인 선생님의 설명을 듣자 나는 더더욱 의아했다. 조지는 붙임성이 좋지만 가끔 조심성 없이 말해서 남과 싸우기도 한다. 하지만 싸움 상대가 얌전한 고타라니.

고타는 운동은 못하지만 공부를 잘해서 자주 나를 가르쳐주는 착실한 아이다. 주먹을 휘두르기는커녕 언성을 높이는 모습도 본 적 없는데.

체력 측정 결과를 두고 조지가 고타를 놀린 것이 싸운 이유라고 한다.

못하는 걸 가지고 놀리면 누구든지 싫을 텐데, 조지는 정말 철이 덜 들었다.

"조지는 이미 반성실에서 나왔지만 순순히 화해할지 모르겠네. 케이도 두 사람을 잘 살펴봐주면 고맙겠구나."

선생님의 말에 '네' 하고 대답하려 했을 때였다.

"이런 부당한 처사가 어디 있어!"

느닷없이 어른의 고함 소리가 복도에 울려 퍼져서 나는 몸을 움츠렸다.

아무래도 몇 미터 앞 직원실에서 들려온 듯했다.

"왜 하네다만 높이 평가하는 건데? 대등한 기회만 주면 나도 눈부신 결과를 남길 수 있다고! 당신들은 그 여자를 너무 과대평가해."

하네다 선생님의 이름이 들려서 무심코 올려다보니 선생님은 진절머리 난다는 표정을 짓고 있었다.

"다 왔는데 돌아가고 싶어지네."

성난 목소리로 소리친 사람은 후기 선생님이리라. 하네다 선생님과는 다른 방법으로 연구중인 연구자다. 하지만 우리가 보기에도 이 시설에서는 하네다 선생님이 연구자로서 더 높이 대우받는다. 우리가 붙인 별명만 봐도 명백한 사실이다.

"뭐야, 원숭이 박사인가."

하네다 선생님이 내 머리를 살짝 쥐어박았다.

후기 선생님은 몸집이 작고 새우등이라 그야말로 원숭이 같은 인상인데다 주로 원숭이를 실험동물로 삼아 연구를 진행해서, 우리는 몰래 그런 별명으로 불렀다.

하네다 선생님은 직원실에 도착하는 시간을 미루려는 듯 설명을 시작했다.

"후기 선생님도 좋아서 원숭이로 실험하는 건 아니야. 나와는 다른 방법으로 연구중이지만, 아직 사람에게 시험할 수 있을 만큼 효과를 잘 통제할 수 없어서 그런 거지."

그럼 하네다 선생님에게 앙심을 품는 건 괜한 화풀이 아니냐고 말하자, 선생님은 쓴웃음을 지었다.

"조만간 기관의 높은 사람이 연구 현황을 견학하러 올 예정이거든. 그전에 확실한 연구 성과를 내려고 후기 선생님도 필사적인 거겠지."

불만을 늘어놓는 원숭이 박사의 목소리는 멈추지 않았다. 하네다 선생님은 어쩔 수 없다는 듯 어깨를 으쓱했다.

"뭐, 불만을 듣는 것도 업무라고 생각하기로 할까. 케이도 빨리 기숙사로 돌아가렴."

이날은 반성실에서 돌아온 조지도 모두와 함께 저녁을 먹었다. 아이들은 식당의 테이블 여섯 개 중 마음에 드는 자리에 앉아서 이야기를 나누며 밥을 먹는다. 하루 중에 제일 시끄러운 시간이다.

내 옆에 앉은 조지는 젓가락질을 하는 내내 투덜거렸다.

"진짜로 최악, 최악이었어! 설교, 반성문, 설교, 반성문……. 밥도 안 주고 하루 종일 그런다니까. 평생 할 반성을 다 한 것 같아."

몹시 시달렸는지 고작 하루 벌받은 게 맞나 싶을 만큼 조지는 수척해 보였다. 아버지가 외국인이라 이목구비가 뚜렷한 조지의 얼굴이 폭삭 삭았다. 나는 자업자득이라고 타일렀지만 조지는 여전히 불만인 듯했다.

"그 자식이 먼저 때렸는데 나만 반성실에 가두다니, 그게 말이 돼?"

자세히 들어보니, 일단 고타가 자기 기록이 안 좋은 건 환경 탓이라고 주장한 모양이다. 그래서 조지가 "네 능력이 모자란 걸 남 탓으로 돌리지 마" 하고 대꾸하자 고타가 불같이 화를 내며 때렸다고 한다.

"소동이 벌어지니까 어른들이 네 명이나 달려와서 순식간에 날 떼어놨어. 게다가 나만 반성실에 보냈다고. 혼자 싸운 것도 아니고, 둘 다 똑같이 벌줘야 하는 거 아니야?"

무슨 말인지 모르지는 않지만, 운동을 잘하지 못하는 나로서는 고타의 기분도 이해가 갔다.

선생님에게 도움이 되고 싶은데, 똑같은 조건에서 자기 기록만 향상되지 않으면 뒤처지는 것 같아서 괴롭다.

직원실에서 들려온 후기 선생님의 목소리가 문득 떠올랐다.

그 이야기를 하자 조지는 후기 선생님의 실험보다 기관 사람이 시설을 견학하러 온다는 사실에 더 흥미를 보였다.

"단순한 견학은 아닐 거야. 사찰 아닐까?"

사찰, 내가 모르는 단어였다.

"하네다 선생님의 연구가 어떻게 진행중인지 직접 확인하러 온다는 뜻이야. 그 정도로 윗사람들도 선생님의 연구를 인정한다는 거지."

그렇다면 하네다 선생님의 연구가 빛을 볼 날도 머지않은 걸까. 그렇게 생각하자 마음이 잔뜩 들떴다. 우리가 말 그대로 몸을 바친 연구의 성과를 하네다 선생님의 명성과 함께 온 세상 사람들에게 알릴 수 있다.

저녁을 먹은 후 취침 시간 전의 자유 시간에 나는 중정으로 나갔다. 기숙사와 연구동으로 사방이 둘러싸인 중정에는 우리도 자유롭게 드나들 수 있다. 거기서 별이 가득한 하늘을 올려다보는 것이 내 일과였다.

시설 밖으로 나갈 수는 없지만, 하늘은 한없이 이어져 있다. 나는 중정에서 하늘 아래 어떤 동네가 있고 어떤 사람들이 살고 있을지 상상하기를 좋아했다.

하지만 오늘은 중정에 먼저 온 사람이 있었다. 연구동 입구에 달린 전등의 불빛에서 살짝 벗어난 벽 앞에 두 사람이 마주 서 있었다. 어른과 아이다. 어른들보다 오감이 뛰어난 우리가 아니라면 알아차리지 못했을지도 모른다.

어른이 몸짓을 섞어가며 일방적으로 꺼내놓는 이야기를 이쪽에 등을 돌린 아이가 가만히 듣고 있는 모양새였다.

귀를 기울였지만 산에서 나무가 흔들리는 소리 때문에 무슨 이야기인지 하나도 들리지 않았다.

그때 어른이 말을 멈추고 이쪽을 보았다.

내가 기숙사 불빛을 등지고 서 있어서 들킨 모양이다.

어른이 얼른 몸을 돌리더니 재빨리 연구동 입구로 향했다.

계속 그쪽을 주시하고 있던 나는 그 뒷모습이 건물 안으로 사라지기 직전에 어른의 정체를 알아차렸다.

원숭이 박사, 후기 선생님이다.

하네다 선생님을 질투해서인지 아이들에게도 태도가 별로라 인사조차 제대로 받아주지 않는 후기 선생님이 대체 어쩐 일일까.

시선을 되돌리자 아이는 사라지고 없었다. 아직 중정에 있을 텐데, 숨어버린 걸까.

"케이? 뭐 해?"

뒤에서 조지의 목소리가 들렸다.

어쩐지 아무에게도 말하지 않는 편이 좋을 듯해서 나는 순간적으로 거짓말을 했다.

"만날 하는 별하늘 관측을 막 끝냈어."

"빨리 들어가. 전에 조수 고시나카 씨한테 들었는데, 전국시대•에 이 근처에 성이 있었대. 그런데 이 시설을 지을

• 15세기 말부터 16세기 말까지 일본 열도의 패권을 놓고 전란이 빈번했던 시대.

때 중정 부근에서 해골이 수백 개나 나왔다는 거야. 전쟁 때 죽은 무사들의 머리인가 본데, 고시나카 씨 말로는 머리를 찾아 헤매는 무사의 귀신을 봤다고……."

"시끄러워, 그만해."

조지는 늘 나를 놀린다.

내가 무서운 이야기를 질색하는 걸 알고 재미있어서 그런다.

기숙사로 돌아가기 전에 나는 아까 후기 선생님과 아이가 있던 곳을 돌아보았다.

후기 선생님의 열렬한 이야기에 귀를 기울이고 있던 아이.

왠지 아주 불길한 예감이 들었다.

002 흉인저

오후 10시 50분, 트럭은 드림 시티의 화물 반입문을 통과했다. 확인하는 경비원도 없어서 그대로 쭉 달렸다.

"이 시간대의 경비원은 제 친구예요. 문을 열어놓으라고 미리 부탁했습니다."

구엔이 우리에게 설명했다. 작전이 개시되자 오히려 대담해졌는지 다리를 달달 떨던 것도 멈췄다.

트럭은 속력을 낮추면서 잠시 달리다가 정차했다. 용병들이 자리에서 일어났다.

"저희도 가는 건가요?"

나는 실낱같은 희망을 품고 물었다. 그들이 뭘 어쩌든 자유지만, 나와 히루코 씨는 여기서 기다리면 안 될까. 그러자 우라이가 미안하다는 듯 대답했다.

"적어도 겐자키 씨는 모셔 가는 게 사장님의 뜻입니다."

어쩔 수 없다. 더 불평하다가 혼자 남겨져도 곤란하다.

밖에서 문이 열리자 우리는 화물칸에서 내렸다. 코치맨은 내리지 않고 운전석에 남았다. 트럭은 회전목마에 몸을 감추듯이 세워져 있었다.

3월이지만 밤에는 춥다. 산속이라 더하다. 히루코 씨는 코트를 놓아둔 받침대를 힐끗 돌아보았지만 돌아가지는 않고 몸을 움츠리며 팔짱을 꼈다.

"저택은 여기서부터 약 200미터 거리야. 자동차 소리를 듣고 눈치채면 성가시니까 도보로 접근한다. 불은 아직 켜지 마. 아울이 선두. 나루시마 일행은 뒤쪽으로."

보스의 지시에 따라 우리는 한 줄로 늘어서서 뛰걸음으로 이동했다.

테마파크 내부는 조명이 대부분 꺼져 있어서 별이 잘 보였다. 구름도 얼마 없는 하늘에서는 달이 밝게 빛났다.

지상으로 시선을 돌리자 괴수같이 거대한 형체가 여러 개 눈에 들어왔다. 윤곽으로 판단컨대 정면은 관람차, 오른편 안쪽에 희미하게 보이는 건 공중그네일까.

"히루코, 유즈루. 저게 '흉인저'야."

우리 앞쪽에 있던 찰리가 돌아보더니 놀이기구 두어 개쯤 너머에 보이는 공간을 가리켰다.

"뭐랄까……. 생각보다 당당하게 자리 잡고 있네요."

히루코 씨가 어이없어하는 것도 이해가 간다.

그 저택은 낮이면 많은 손님이 오갈 테마파크 중심에 있었다. 광대한 부지를 둘러싼 높다란 울타리 너머 울창한 정원수 저편에 거대한 형체가 우뚝 서 있었다. 어느 방에 불이 켜져 있는 걸까, 나무 틈새로 어렴풋이 불빛이 새어 나왔다.

"분위기 있군."

앞에서 들리는 나루시마의 목소리에서는 긴장감이 전혀 느껴지지 않았다. 곧 불법 침입을 하려는데도 전혀 개의치 않는 모양이다. 용병들은 저택 정면인 듯한 철책 문으로 접근했다.

잠겨 있지 않았는지 문은 귀에 거슬리는 소리를 내며 열렸다. 저택에서 누가 나오지는 않을까 싶어 모두 함께 잠시 귀를 기울이다가, 아무 반응도 없는 것을 확인하고 안으로 들어갔다. 일단 풀이 자랄 대로 자란 앞뜰이 나왔다. 건물까지는 약 10미터 거리다.

가까이에서 본 흉인저는 상상 이상으로 기이한 건물이었다. 일단 우리 앞쪽에 크기는 작지만 성문 같은 석조 건조물이 떡하니 버티고 있고, 그 안쪽으로 학교 체육관만 한 크기의 낡은 저택이 이어진다. 아기자기함이라고는 없이 투박한 벽에 둘러싸인 외관은 저택이라기보다 감옥, 또는 병동이라는 말이 더 어울린다. 철 격자가 끼워진 창문도 그러한 이미지에 한몫한다. 덧붙여 간유리라서 안쪽은 전혀 보이지 않는다. 삼 층 건물인 듯하지만, 층고가 상당히 높으니 보통 건물이라면 오 층 높이에 해당하지 않을까.

저택 정면에는 내 키보다 훨씬 큰 것이 높이는 5미터, 폭도 2미터는 될 법한 투박한 나무 벽이 있었다. 쌍여닫이문인 줄 알았는데 아니었다.

"저건 도개교입니다."

우라이가 작게 말했다.

"도개교요? 이런 곳에?"

"옛날 사진을 보면 작은 해자가 저택을 감싸고 있어서 도개교를 내려야 안에 들어갈 수 있었죠. 보시다시피 지금은 해자를 메웠고, 도개교도 사용하지 않습니다."

그럼 어디로 들어가는 걸까 궁금해하고 있으니, 구엔이 입을 열었다.

"저택 옆에 있는 통용문으로 오라고 했어요."

구엔의 말에 따라 저택 벽면을 따라 왼쪽으로 걸음을 옮겼다.

구엔 뒤를 보스, 무뚝뚝한 교포 3세 아울, 라틴계 여성 마리아, 뚱뚱한 수다쟁이 찰리가 순서대로 따라갔고, 그다음이 몸을 웅크린 나루시마, 우라이, 히루코 씨, 나다. 후미는 전설적인 복서를 숭배하는 알리가 맡았다.

정면에서 저택 옆면으로 돌아들자마자 정지 신호가 떨어지고, 보스가 그제야 손전등 불빛으로 앞쪽을 비췄다.

불빛 속에 폐허 같은 건물과는 전혀 어울리지 않게 은색으로 빛나는 금속 통용문이 나타났다.

"구엔, 협의한 대로 진행하자."

구엔이 통용문 앞에 서서 문짝 옆에 있는 인터폰을 눌렀다. 카메라가 있을지도 몰라서 우리는 거리를 두고 상황을 살폈다. 스피커에서 남자 목소리가 들렸다. 구엔이 남자와 두세 마디 대화를 나눈 후 이쪽에 눈짓했다. 자물쇠가 풀린 모양이다.

용병들이 재빨리 달려가서 문을 열고 들입다 안으로 돌입했다. 동시에 무슨 말인지 모를 성난 목소리도 들렸지만, 뒤쪽의 우리가 들어갈 무렵에는 잠잠해졌다.

보스가 복도에 엎어진 남자를 무릎으로 단단히 누르고 있었다. 일흔 살은 훌쩍 넘어 보이는 노인이다. 옷자락과 옷소매 밑으로 드러난 팔다리가 놀랄 만큼 가늘다. 몸집이 작고 고불고불한 백발이 머리 양쪽에 약간 남아 있을 따름이다. 두툼한 로브에서는 머스크 향이 풀풀 풍겼다.

아울이 재빨리 나아가서 복도 끝까지 확인했다. 동시에 마리아가 저택 부지로 트럭을 진입시키라고 코치맨에게 무전을 쳤다.

"이것들이, 뭐 하는 짓이야!"

노인은 우리 얼굴을 둘러보다가 구엔의 얼굴에 시선이 닿자 움직임을 멈췄다.

"이 망할 놈, 밥을 먹여준 은혜를 원수로 갚다니."

저주가 담긴 듯한 쉰 목소리였다. 구엔은 한순간 움찔했지만 떨리는 목소리로 반박했다.

"당신이 내 동료를 납치한 거 다 압니다!"

그때 나루시마가 앞으로 나서서 노인을 내려다보았다.

"후기 겐스케, 맞지?"

대외적으로는 사이토 겐스케로 알려진 노인이 그 이름을 듣고 입을 꾹 다물었다. 눈앞에 있는 무리가 평범한 강도가 아니라는 사실을 눈치챈 모양이다.

"당신이 꽁꽁 숨겨놓은 걸 내놓으셔야겠어."

"네놈들, 공안이 아니로군. 이제야 내 연구의 가치를 깨닫고 몰려든 하이에나들 같으니라고. 어디서 굴러먹던 개뼈다귀인지도 모를 놈들이 누구한테 내놓으라 마라야!"

노인이 입에 거품까지 물고 고래고래 소리쳐서, 실신하는 건 아닐까 걱정될 정도였다.

"말하기 싫다면 알아서 찾을 수밖에."

나루시마는 여유가 넘쳤다. 후기가 경찰에 도움을 요청할 수 없음을 확신한 것이다.

그때 옆에 있던 히루코 씨가 내게 속삭였다.

"뭔가 이상해. 입주 고용인이 있다고 했는데 아무도 나오지 않다니."

확실히 나이 많은 집주인이 직접 손님을 맞으러 나오다니 이상하다. 후기가 고함을 질렀는데도 저택은 고요하니 아무도 나타날 낌새가 없었다.

"……이제 끝낼 때가 된 건가."

아까와는 딴판으로 후기의 입에서 가냘픈 목소리가 새어나왔다.

"알았어. 어디든 안내해주지."

그때 열어둔 통용문으로 코치맨이 들어와서 트럭을 이동

시켰다고 알렸다.

예상외로 후기의 저항이 약했던 덕분에 일이 순조롭게 진행돼서 나는 안도했다.

"통용문은 잠가놓도록 하지. 열쇠는?"

문에 섬턴•이 없다는 걸 알아차리고 나루시마가 묻자, 후기는 왼손을 펴고 작은 은색 열쇠를 보스에게 건넸다.

고리에 달린 열쇠는 우리가 흔히 쓰는 납작한 모양이 아니라, 가느다란 막대에 다양한 형태의 돌기가 튀어나와 있었다.

"특제인가?"

"통용문과 '홀의 장치'는 이 열쇠로만 여닫을 수 있어."

통용문은 안쪽에도 열쇠 구멍이 있었다. 이 열쇠로만 자물쇠를 풀거나 잠글 수 있으며, 일단 잠그면 아무도 출입할 수 없다.

"'홀의 장치'라니요?"

우라이는 후기가 내뱉은 한마디가 신경 쓰이는 듯했다.

"가보면 알아."

흉인저의 주인은 틈새가 많은 이를 내보이며 처음으로

• 돌리는 방식으로 자물쇠를 개폐하는 손잡이 모양의 철물.

웃었다.

복도를 한 번 꺾자 탁 트인 팔각형 공간이 나왔다. 여기가 홀일까.

높은 천장에 매달린 고풍스러운 조명 기구에서 불빛이 쏟아졌다. 일찍이 그 불빛을 반사했을 흰 벽은 군데군데 거무튀튀했다. 바닥에 깔린 카펫도 완전히 빛이 바랬다. 우리 정면에 서 있는 오래된 괘종시계만이 참으로 살풍경한 이 공간의 유일한 장식품이다. 하지만 유리 너머로 보이는 커다란 진자는 이 저택이 쇠퇴했음을 일깨우듯 꿈쩍도 하지 않았고, 시곗바늘도 4시 반을 가리킨 채 멈춰 있었다.

주변을 둘러보자 후기가 말한 '장치'가 뭔지 짐작이 갔다.

홀과 연결된 통로는 총 다섯 개다. 위치상 아까 밖에서 본 도개교로 이어지는 통로와 우리가 지금 지나온 통로 외에, 통로 세 개가 일그러진 바큇살 모양으로 뻗어 있다.

그중 하나는 건물 안쪽으로 통할 것으로 추정되는 밝고 넓은 복도.

그리고 입구를 금속 격자로 막아놓은, 마주 보는 좁은 통로 두 개다.

"진짜 감옥 같네."

마리아가 놀란 듯 목소리를 높였다.

금속 격자 두 개는 그것만 닦아놓은 것처럼 광택이 났다. 격자 너머 통로는 양쪽 다 어두워서 어디로 이어지는지 알 수 없었다.

나루시마는 노인에게 고개를 돌렸다.

"소중한 물건은 어디 감춰놨지?"

"무슨 소리야?"

"시치미 떼지 마. 당신의 연구 성과물 말이야."

"자료라면 내 방에 있어. 하지만 아마추어가 가지고 가본들……."

나루시마가 짜증 섞인 목소리로 외쳤다.

"고문이라도 해야 바른말을 할 건가! 사십 년 전, 연구소에서 사고가 발생한 틈에 당신이 빼돌린 피험자 말이야!"

그 말에 나와 히루코 씨는 깜짝 놀랐고, 우라이는 그걸 말하면 어쩌냐는 듯이 탄식했다.

나루시마가 찾으러 온 건 인간이었나!

그럼 엄중한 통용문과 이 금속 격자도 피험자가 도망치지 못하도록 설치해둔 걸까.

우리가 동요한 걸 알아차렸는지 마리아가 돌아보고 작게

속삭였다.

"걱정하지 마. 우리는 여기 감금된 사람을 구하러 온 거야. 너희가 보기에는 난폭한 방법으로 느껴질지도 모르지만, 이건 인권을 지키기 위한 임무이기도 해."

차 안에서 말했던 '올바른 일'이란 그런 뜻이었구나. 여기서 구출한 피험자를 나루시마가 어떻게 취급할지 걱정은 됐지만, 지금은 물어볼 분위기가 아니었다.

"다 알고 왔다면 숨겨도 소용없겠군."

화를 내는 나루시마를 보고 만족이라도 한 듯 후기는 격자로 막힌 통로 저편을 가리켰다.

"저 끝에 지하로 내려가는 계단이 있어. '그 아이'는 거기 있지."

"격자가 있잖아."

"그건 개폐식 격자야. 맞은편 벽의 조작 패널에 아까 내가 준 열쇠를 꽂고 전원을 켜면 올리거나 내릴 수 있어."

보스는 격자를 올리기 전에 건물 안쪽으로 이어지는 가장 넓은 복도를 쳐다보았다. 올려다보자 천장에 수납된 격자의 밑부분이 어렴풋이 보였다. 이 복도에도 격자를 내릴 수 있는 모양이다.

"이 통로 너머에는 뭐가 있지?"

후기는 흐리멍덩한 눈으로 보스를 올려다보더니 나직한 목소리로 대답했다.

"……내 방. 고용인들이 생활하는 방도 있지."

"고용인은 몇 명이야?"

"남자와 여자가 한 명씩."

보스는 아주 잠깐 고민한 후 코치맨에게 지시했다.

"코치맨, 열쇠를 사용해서 지하로 이어지는 통로의 격자를 올려."

보스는 아까 후기가 가리킨, 우리가 지나온 통로의 옆 통로를 가리켰다. 코치맨이 보스에게 받은 열쇠를 조작 패널의 열쇠 구멍에 꽂고 돌리자, 그 위쪽에 있는 전원 램프에 녹색 불빛이 들어왔다. 조작 패널에는 개폐식 격자 세 개에 각각 대응하는 레버가 달려 있었다.

"제일 왼쪽이야."

후기가 말했다. 코치맨은 노인을 힐끗 돌아보고는 시킨 대로 제일 왼쪽 레버를 밀어 올렸다. 그러자 쇠사슬이 감기는 듯한 소리와 함께 통로를 막은 격자가 올라갔다.

"코치맨은 열쇠를 가지고 밖으로 나가서 통용문을 잠근 다음 저택 주변을 경계해. 이상이 있으면 무전으로 알리도록."

나는 옆에 있던 찰리에게 작은 목소리로 물었다.

"왜 열쇠를 코치맨 씨에게 맡기죠? 보스가 가지고 있어야 여러모로 덜 번거로울 것 같은데요."

"밖에서 망을 보다가 무슨 일이 생겼는데 열쇠가 없으면 코치맨이 못 들어오잖아. 그리고 열쇠가 밖에 있으면 저 영감탱이도 열쇠를 되찾으려는 생각 자체를 하지 않겠지."

찰리는 불룩한 배가 얹힌 벨트를 끌어 올리며 설명해주었다.

코치맨이 열쇠를 들고 홀을 떠나자 보스는 팀원들의 얼굴을 둘러보며 말했다.

"지하로 내려가기 전에 고용인을 제압한다. 후기, 안내해. 나루시마를 비롯한 나머지 일행은 여기서 대기. 괜찮겠나?"

일이 순조롭게 진행돼서인지 나루시마는 만족스럽게 고개를 끄덕였다.

작전이 문제없이 끝난 듯 용병들은 고작 오 분 정도 만에 돌아왔다. 마리아만 보이지 않았다.

"고용인은 오십 대 남자와 여자. 남자는 다소 저항했지만 바로 꼬리를 내리더군. 마리아는 방에 남아서 고용인을 감시하고 있어."

보스가 보고했다.

"그자들이 어딘가 연락하지는 않았겠지?" 나루시마가 물었다.

"걱정하지 마. 애초에 휴대전화를 금지당했다나 봐. 통용문의 여벌 열쇠도 없고."

그 말을 듣고 후기가 큭큭 웃었다.

"휴대전화를 쓰라고 허락해줬어도 그들은 외부와 연락하지 않을걸. 그런 작자들이야."

테마파크 직원과 마찬가지로 저택 고용인들도 떳떳하지 못한 사정이 있는 것이리라.

드디어 지하에 감금된 피험자를 구하러 갈 차례다.

"사장님, 확보는 팀에게 맡기고 여기서 기다리시는 게 어떨까요?"

나루시마는 우라이의 제안을 단칼에 거절했다.

"여기까지 와놓고 무슨 소리야? 윗사람으로서 끝까지 지켜봐야 할 책임이 있어."

우라이는 더는 아무 말도 하지 않았다.

후기를 선두로 격자가 올라간 통로를 줄줄이 나아가자 곧 지하로 내려가는 계단이 보였다.

"어둡군."

아울이 계단을 내려다보고 말했다.

"부엉이면서 불편해?"

알리가 놀렸지만, 아울은 재미없다는 듯 콧방귀만 뀌었다.

계단에 발을 내디딘 순간 서늘한 공기가 몸을 감쌌다. 마치 몇백 년이나 버려져 있던 유적으로 들어가는 것 같다. 지하에는 조명 기기가 없는 듯 용병들은 손전등을 켰다.

계단을 다 내려가자 너절해진 벽이 눈에 들어왔다. 무너지지는 않았지만, 일찍이 하얬을 칠이 벗어져서 군데군데 콘크리트가 훤히 드러났다. 천장에는 간격을 두고 전등이 달렸던 흔적이 남아 있었다.

"뭐야, 이 냄새는."

내 앞에 있던 나루시마가 투덜거렸다. 코를 찌르는 고약한 냄새가 앞으로 나아갈수록 강해졌다. 곰팡내는 아니다. 뭔가 썩는 냄새도 섞여 있는 듯하지만 그뿐만은 아니다. 동물원에서 맡아본 적 있는 짐승 냄새와 자극적인 암모니아 냄새…….

알리가 뭐라고 말을 내뱉었다.

아까까지만 해도 여유 있던 용병들이 경계 태세를 강화

했다. 히루코 씨가 그들의 속마음을 대변했다.

"시체 냄새……."

"알겠나, 히루코?"

찰리가 놀라는 것도 무리는 아니다. 일본에 시체 냄새를 맡아본 대학생이 얼마나 되겠는가. 그리고 용병들은 역시 실제로 전투를 경험해본 적이 있는 모양이다.

악취에 섞여 머스크 향이 앞장서서 걸어가는 후기의 로브에서 풍겨왔다. 어쩌면 이 노인은 옷에 밴 시체 냄새를 지우기 위해 독한 향수를 뿌렸는지도 모른다.

후기가 불규칙적인 갈림길을 오른쪽이나 왼쪽으로 꺾으며 나아갔다. 그야말로 미로 같은 구조다. 가끔 문이 나타났다. 문이 반쯤 열려서 내부가 보이는 방도 있었지만, 텅 비었거나 창고처럼 물건을 쟁여놓았을 뿐 인기척은 없었다.

"보스, 정지."

옆쪽 통로로 불빛을 돌린 아울이 날카롭게 소리쳤다. 불빛이 비치는 곳을 자세히 보자, 벽에서 떨어져 내린 도료 조각 사이로 바닥에 흩어진 갈색 얼룩이 보였다.

"피다, 오래됐군."

보스가 말했다. 내 눈에는 커피를 쏟은 자국처럼 보였지만, 전문가가 보기에는 확연히 다른 모양이다. 주변을 더 비추자 비슷한 얼룩이 벽까지 점점이 튀어 있었다.

"이 피는 뭐야?"

보스가 후기에게 설명을 요구했다.

"쥐가 싸움박질이라도 벌였나 보지."

노인은 그렇게 웃어넘겼다.

그러자 지금까지 잠자코 있던 구엔이 가냘픈 목소리로 물었다.

"후기…… 씨. 지금까지 저택으로 부른 직원들을 어떻게 한 건가요?"

"그건 무슨 소리야?"

"발뺌하지 마세요. 지금까지 직원 여러 명을 저처럼 이곳으로 불렀잖습니까."

"그랬나? 얼굴을 보면 생각날지도 모르겠군."

싸늘한 기운이 넘쳐나는 복도에 딱딱한 웃음소리가 울려 퍼졌다.

마다라메 기관의 연구자였다는 이 노인은 대체 무슨 생각일까. 같은 편인 고용인은 붙잡혔고, 자신이 수십 년간 숨겨온 비밀도 폭로될 위기다. 평온한 삶은 오늘부로 끝일 텐데 이 태도는 뭘까. 자포자기한 건 아니다. 이성을 잃은 것도 아니다. 아직 뭔가 꿍꿍이가 있는 게 아닐까.

다시 후기를 앞장세워 걸어가자 마침내 복도 끝에 낡은 철문이 하나 나타났다.

녹슨 경첩이 삐걱거리는 소리와 함께 철문이 열린 순간, 지독한 악취가 밀려와서 모두 무심결에 발을 멈췄다.

철문 너머에는 중정 같은 공간이 있었다.

용병들이 손전등 불빛을 좌우로 비추자 땅바닥에 드문드문 놓인 작은 바위가 눈에 들어왔다. 손전등 불빛 하나가 앞쪽을 향하자 돌을 쌓아서 만든 벽이 보였다.

"석실……?"

우라이가 중얼거렸다. 아무래도 여기는 테니스 코트보다 약간 작은 크기의 직사각형 모양 공간인 듯했고, 맞은편 벽 앞에는 드럼통이 하나 있었다.

"지하에 이런 곳이 있다니."

"그나저나 냄새가 지독하군."

찰리와 알리의 대화를 듣다가 나는 부자연스러운 점을 깨달았다. 폐쇄된 공간인 것치고는 목소리가 울리지 않는다.

"위를 보세요."

히루코 씨의 말에 따라 손전등 불빛이 위쪽을 향하자 그 이유가 밝혀졌다. 천장이 아주 높았다. 지하층의 높이는 3미터가 안 되어 보였지만, 이 석실만은 위쪽을 전부 틔워 놓아서 육 층 건물만큼 높은 위치에 네모난 유리 천장이 있었다. 밝기로 추측건대 간유리인 듯하다.

"아앗!"

갑작스러운 비명 소리에 돌아보자 구엔이 엉덩방아를 찧은 채 뒤로 물러나려고 용을 썼다.

"사람, 사람! 머리!"

손전등을 든 용병 중 한 명이 그가 가리키는 방향으로 불빛을 비추었지만, 흙 위에는 바위밖에 없었다.

아니, 그게 아니다.

바위에는 부자연스러운 구멍이 여러 개 뚫려 있었고, 규칙적으로 올록볼록한 부분도 보였다.

모두가 바위의 정체를 알아차렸다.

"두개골이잖아!"

"어째서……."

의아해하는 목소리가 뚝 끊겼다. 석실 여기저기에 이런 바위가 많지 않았던가.

한 군데 모여 있던 불빛이 튕겨 나가듯 주변으로 흩어졌다.

머리, 머리, 머리…….

잠깐 둘러봤을 뿐인데도 백골 상태로 아무렇게나 방치된 사람 머리가 열 개도 넘게 눈에 들어왔다.

"젠장. 여기는 대체 뭐야."

당황한 목소리와 함께 누군가가 내 오른쪽 어깨에 부딪쳤다. 하마터면 두개골을 밟을 뻔한 나루시마가 허둥지둥 물러난 것이다.

그때 갑자기 잡음이 섞인 목소리가 울려 퍼졌다.

〈여기는 코치맨. 보스, 응답 바람.〉

코치맨의 무전이었다. 보스는 벨트의 홀더에 손을 뻗었다.

"왜?"

〈침입자 확보. 저택 부지로 들어와서 트럭을 보길래 붙잡아놨어.〉

예상치 못한 보고에 긴장감이 감돌았다. 강제로 붙잡아 놨으니, 우리가 불법적인 행위를 저지르고 있다는 사실도 상대에게 들통났다고 봐야 할 것이다.

"신원은?"

〈여기 직원은 아닌 것 같아. 본인은 프리랜서 작가라고 주장하던데. 이름은 고리키. 여자야.〉

"잠깐 기다려, 고객과 상의해볼게."

보스는 무전기를 내리고 곤혹스러운 표정으로 나루시마를 보았다. 자신들과 같은 타이밍에 침입을 계획한 사람이 있을 줄이야. 아무래도 계산 밖이었으리라.

"어쩌지?"

"나한테 물어본들……."

갑작스러운 사태에 나루시마는 초조한 듯 손톱을 깨물었다.

옆에서 우라이가 도움의 손길을 내밀었다.

"프리랜서 작가가 마다라메 기관과 관련해 뭔가 알고 왔을 리 없습니다. 심령 스폿을 무단으로 촬영하러 온 거겠죠. 어쨌든 붙잡아놨다니까 원만하게 처리하려면 교섭할 필요가 있겠네요."

"그 여자가 동료를 데려왔을지도 몰라. 우리도 홀로 돌아갈까."

보스가 말했다. 하지만 나루시마는 그 제안을 거절했다.

"아니, 피험자 확보가 우선이야. 그 여자를 데리고 저택으로 들어오라고 코치맨에게 전해."

"이걸 보여주겠다고?"

보스가 손전등으로 두개골을 비췄다.

"무슨 헛소리야. 1층 홀에서 대기하라는 거지."

나루시마의 대답을 듣고 보스는 어떻게 돼도 모른다는 듯 어깨를 으쓱하더니, 무전으로 코치맨에게 지시했다. 코치맨과 나루시마의 대화가 오가는 와중에, 두개골 옆에 쪼그려 앉아 손을 뻗는 사람이 있었다.

히루코 씨다.

"이, 이봐. 왜 그런 걸 만지고 그래?"

찰리의 만류에도 아랑곳없이 히루코 씨는 두개골을 집어서 항아리라도 감정하듯 유심히 관찰했다.

"여기요."

그리고 하얀 손가락으로 정수리 부분을 가리켰다.

"깨졌네요. 그것도 기다란 날붙이로 내려친 것처럼 쩍 갈라졌어요. 틀림없이 타살이겠죠."

히루코 씨의 지적에 나는 당혹감과 놀라움이 섞인 목소리를 흘렸다.

그렇다면 다른 두개골 역시 살해당한 사람들의 것일까.

구엔이 비통하게 소리쳤다.

"여기로 호출당한 직원들이야! 전부 당신이 죽였어."

"아아, 아까 이야기한 게 이 녀석들이었나?"

후기는 능글맞은 웃음을 지었다.

"하지만 미안하군. 얼굴이 이래서 누가 누군지 통 기억이 안 나네."

구엔이 괴성을 지르며 후기에게 덤벼들었지만, 아울과 알리가 얼른 두 사람을 떼어놓았다.

"감금에 살인. 덤으로 시체 손괴라. 완전히 미쳤군."

나루시마가 말을 툭 내뱉자 후기가 갑자기 목소리를 높였다.

"알지도 못하면서 함부로 입 놀리지 마! 네놈들도 그 무지한 연구자 놈들과 똑같아. 자기들 머리로 이해가 안 되면 이단이라는 꼬리표를 붙이고 경멸할 줄밖에 모르지! 무지한 작자들이 정의니 상식이니 하는 거나 내세우니까 아무리 시간이 흘러도 인간이 진보하지 못하는 거야."

"사람을 죽이는 놈이 미친 게 아니면 뭔데?"

"광기에 사로잡혀 죽인 게 아니야. 광기 속의 제정신이 놈들을 죽인 거지! 놈들은 사람이 아니야. 원숭이를 죽여야만 제정신임이 증명되는 거고……."

노인은 지리멸렬한 말을 토해내며 두 사람의 품속에서 몸부림쳤다.

"그만 됐고, 빨리 피험자가 있는 곳으로 안내해!"

나루시마가 참지 못하고 손끝으로 꾹 밀치는 바람에 후기는 무릎을 꿇었다. 하지만 양옆에서 일으켜 세우자 비척 비척 걸음을 옮겼다. 우리가 들어온 철문 외에도 좌우 벽에 낡은 철문이 있었는데, 후기가 향한 곳은 오른쪽 문이었다.

"이쪽이야."

철문은 역시 귀에 거슬리는 소리와 함께 우리를 맞아들였다.

나중에 생각해보면 정말 운이 좋았다. 몇 초만 더 늦게 행동했다면 여기서 모두 목숨을 잃었어도 이상할 것 없었으니까.

바깥 통용문 앞 - 고리키 미야코

"고리키, 나랑 저택 안에서 대기해야 해. 부탁인데 쓸데없는 짓은 하지 마."

나를 붙잡은 외국인 남자는 그렇게 말하고, 무전기를 가슴주머니에 넣었다. 그의 통칭은 코치맨인 모양이다.

갑작스러운 사태라 나는 아직 혼란에서 벗어나지 못했다.

어쩌면 이렇게 운이 없을까. 오랜 시간 드림 시티에 관련된 정보를 수집한 끝에 드디어 경비의 눈을 피해 침입했는데, 흉인저를 먼저 찾아온 손님이 있었을 줄이야.

게다가 여러 명인 듯하다. 무전 상대를 보스라고 불렀으니, 그들은 통솔자의 지휘 아래 움직이는 집단이 틀림없다. 그리고 코치맨이 허리에 찬 권총. 보통 사람들은 아니다.

하기야 악재만은 아니다.

그 사람들 덕분에 편하게 저택으로 들어갈 수 있다. 사전에 조사한 바로는 저택 출입을 철저하게 통제하므로, 어떻게 침입하느냐가 가장 큰 난관이었다.

"성씨 말고 이름은 뭐야? 이 한자, 교라고 읽으면 되나?"

코치맨이 내 면허증을 돌려주면서 물었다.

"미야코요. 처음부터 그렇게 읽는 사람은 얼마 안 되지만요."

"프리랜서 작가라면서 불법 침입이라니. 취재하러 온 건 아닌 모양인데."

피차일반 아니냐는 생각이 들었지만 입 밖에 내지는 않았다.

"정상적인 방법이 아니라는 건 인정할게요. 여기 드림 시티는 불법 고용을 비롯한 다양한 의혹에 둘러싸여 있어요. 그 진위를 확인하기 위해 회장이 거주하는 이 저택을 조사하려고 한 거예요."

미리 준비해둔 내용이라 대답이 술술 나왔다.

"당신들이야말로 누군가요?"

"노 코멘트."

"목적은?"

"그것도 노 코멘트."

더는 말을 붙일 엄두가 나지 않았다.

하지만 코치맨의 말과 행동으로 보건대 흉악한 강도단은 아닌 듯하다. 그렇지 않다면 나는 벌써 죽었겠지.

코치맨은 통용문인 듯한 문을 열쇠로 열더니 나를 먼저 들여보낸 후 문을 잠갔다. 좁은 통로를 나아가자 홀 같은 공간이 나왔다.

나는 마음에 조금 여유가 생겨서 주변을 슬그머니 둘러보았다. 조명이 비치는 벽은 거무튀튀하니 더러웠고, 바닥에 깔린 카펫은 한복판이 무지러졌다. 벽 앞에 서 있는 커다란 괘종시계 말고는 장식품도 없었다.

사방으로 뻗은 통로 중 하나는 철 격자로 막혀 있었다. 한때는 감옥을 모방한 미로형 놀이 시설이었다는 정보대로, 정말 불길한 분위기가 풍겼다.

이 저택 어딘가에 분명 그 사람이 있다.

"배낭도 좀 보여주실까?"

코치맨이 등을 가리키길래 나는 속으로 혀를 찼다. 스마트폰은 아까 몸수색을 당했을 때 빼앗겼지만, 배낭은 그냥 넘어가지 않을까 기대했는데.

내가 배낭을 내려놓으려 했을 때 왼쪽 통로 안쪽에서 발소리가 들렸다.

코치맨의 동료가 돌아온 걸까.

하지만 뭔가 이상하다.

불이 켜져 있지 않아서 통로 안쪽은 어둡다. 그런데도 다가오는 사람은 조명 도구를 사용하지 않는 듯하다.

그리고 몹시 간격이 큰 발소리의 리듬.

이건 마치…….

코치맨도 수상쩍게 여겼는지 "보스?" 하고 불렀다.

아무 대답 없이 어둠 속에서 '그것'이 나타났다.

너무나 이질적인 그 모습에 나와 코치맨은 그 자리에 굳어버렸다.

"우워어."

거기 서라고 코치맨이 경고할 틈도 없었다.

'그것'은 지체 없이 코치맨에게 덤벼들었고, 내 눈앞에서 피가 물보라처럼 튀었다.

지하 - 하무라 유즈루

우리는 후기를 따라 석실에서 이어지는 두 번째 공간에 들어섰다.

조금 걷다 보니 직사각형 모양의 지하 공간을 빙 두르는 형태로 배치된 복도의 안쪽에 방이 몇 개 있다는 걸 알 수 있었다. 하지만 그러한 구조 때문에 두 번째 모퉁이를 돌았을 때 후기가 시간을 벌려고 하는 것 아닌가 싶은 의심이 고개를 쳐들었다.

도무지 목적지에 도착할 낌새가 없어서 애가 탔는지 나루시마가 노인을 닦달하려고 했을 때였다.

복도 벽에 문 없이 뻥 뚫린 공간이 손전등 불빛 속에 드러났다. 통로인지 몇 미터 앞에 좁은 계단이 보였다.

“이건 어디로 통하는 거야?”

“으아아아아악!”

보스가 묻는 것과 동시에 눈앞에 있는 계단 위쪽에서 절규하는 소리가 들렸다.

정적에 익숙해져 있던 나는 반사적으로 몸을 움츠렸지만, 아울은 바로 중얼거렸다.

“이거 코치맨 목소리 아니야? 왜 이 위에 있는 거야?”

"코치맨, 무슨 일이야?"

보스가 무전기에 대고 물었지만 응답은 없었다.

"혹시." 히루코 씨가 빠르게 말했다. "홀에 개폐식 격자로 막아둔 통로가 하나 더 있었잖아요. 이 계단은 그리로 통하는 것 아닐까요?"

"뭐라고?" 보스가 눈살을 찌푸렸다. "우리가 내려온 계단 반대쪽에 있던 통로가 이건가."

그때 무전기에서 소리가 들렸다. 고용인들을 감시중인 마리아의 목소리였다.

〈보스, 여기서도 비명 소리가 들렸는데, 내가 확인하러 가볼까?〉

"제기랄, 기다려봐."

보스는 그렇게 소리치더니 계단을 뛰어올랐다. 우리도 뒤따라갔다.

히루코 씨 예상대로 그 앞쪽은 격자로 막힌 홀로 이어지는 통로였다. 보스가 달려가서 격자를 들어 올리려고 했지만 사람의 힘으로는 꿈쩍도 하지 않았다. 격자 틈새로 홀의 상황을 살폈지만, 눈에 들어오는 범위에는 코치맨도, 침입했다는 여자의 모습도 없었다.

다만 홀 한복판에 흔적이 생생히 남아 있었다.

사방에 잔뜩 튄 피.

그리고, 작업복 소매에 감싸인 한쪽 팔 같은 것.

뒤쪽에서 몸을 내민 찰리가 그 광경을 보고 당황한 목소리로 말했다.

"뭐야, 대체 무슨 일이 일어난 거야……."

탕!

혼란을 더욱 부추기듯 저택 어딘가에서 총소리가 울려 퍼졌다.

"코치맨이 쏜 건가. 설마 프리랜서 작가라는 여자를?"

예상외의 사태가 잇달아 벌어지자 용병들 사이에도 혼란이 퍼져나갔다.

보스는 그 혼란을 짓눌러버리듯, 단호한 목소리로 무전기에 외쳤다.

"마리아는 그 자리에 대기. 우리가 거기로 갈 때까지 방에서 나오지 마."

보스는 마리아의 응답을 기다리지 않고 왔던 길을 되돌아갔다.

"나루시마, 빙 돌아가야겠지만 홀로 복귀해야겠어."

"이 격자는 못 올리나?"

나루시마가 묻자 후기가 재미있어하는 목소리로 끼어들

었다.

"안 되지, 안 돼. 조작 패널은 홀에만 있어."

나루시마는 후기를 노려보았지만 이것만큼은 어쩔 도리가 없다.

"무슨 일이 일어났는지 몰라. 다들 총 뽑아."

보스의 지시에 권총집에서 권총을 뽑는 소리가 연달아 들렸다. 보스가 다시 코치맨과 교신을 시도했지만 역시 응답은 없었다.

〈여기는 마리아. 고용인의 상태가 이상해. 이러다 죽는다는 둥 빨리 통로를 막으라는 둥, 아까부터 잔뜩 겁을 먹었어.〉

마리아의 목소리에 섞여 고용인인 듯한 여자가 울부짖는 소리가 들렸다.

그후, 소리가 깨져서 들릴 만큼 어마어마한 절규가 모두의 무전기에서 울려 퍼졌다.

〈살려줘!〉

내내 응답이 없던 코치맨이었다.

〈제발, 죽기 싫어!〉

"진정해, 코치맨!"

〈놈이 쫓아온다!〉

코치맨은 완전히 평정심을 잃은 것 같았다.

말을 하지 않을 때는 거친 숨소리가 들렸다. 필사적으로 달리고 있는 모양이다.

숨소리에 탁 하고 높은 소리가 섞였다.

“거기 어디야?”

〈몰라. 손전등을 떨어뜨렸어……. 문을 몇 개 지나고, 지금은, 나선계단을 올라가는 중이야. 그런데…… 이런 망할. 아아…….〉

발소리가 멎고 코치맨의 목소리에서 힘이 쭉 빠졌다.

〈막다른 곳이야. 젠장, 이건…….〉

말이 멈춘 직후.

댕. 댕. 댕…….

무전기뿐만 아니라 저택 안에서도 종이 울리는 듯한 소리가 들렸다.

〈난 여기 있어. 빨리 와!〉

이 소리는 코치맨이 낸 건가?

상황을 전혀 파악하지 못하는 우리와 달리 후기는 “오호” 하며 가늘고 뾰족한 턱을 쓰다듬었다.

“종루로군.”

“그건 어디 있나?”

"아까 지나왔던 '머리 무덤'에 철문이 하나 더 있었잖아. 그 문으로 별관에 들어가서 왼쪽으로 가면 돼."

두개골이 널려 있던 석실을 '머리 무덤'이라고 지칭하는 건가.

나루시마가 노인의 멱살을 잡고 세게 흔들었다.

"별관? 아무것도 없는 곳을 계속 돌아다니길래 이상하다 싶더라니, 실은 별관에 피험자가 있는 거로군. 손을 좀 봐줘야 정신을 차리겠나!"

멱살을 꽉 잡힌 노인이 기침을 하자 보스가 끼어들었다.

"아무튼 코치맨부터 찾자."

하지만 나루시마의 의견은 달랐다.

"별관에는 갈 거야. 하지만 피험자부터 찾아내. 내가 너희를 고용한 이유를 착각하면 곤란해."

"알았어. 어차피 방향은 똑같으니까 얼른 끝내자고. 코치맨은 프리랜서 작가에게 당했을지도 모르니까 절대로 방심하지 마."

보스의 눈에 분노가 서렸지만 말다툼할 시간도 아까웠는지, 보스는 얼른 이야기를 마무리 짓고 선두에 섰다.

이미 종소리는 그쳤고, 아무리 불러도 코치맨은 응답이 없었다.

우리는 머리 무덤으로 돌아갔다. 철문을 통과해 맞은편 벽을 비추자 또 다른 낡은 철문이 불빛 속에 드러났다.

머리 무덤을 가로질러 보스가 철문에 손을 뻗었을 때였다.

문 너머에서 발소리가 들렸다.

"코치맨?"

대답은 없었다.

뭔가 미심쩍었는지 보스가 노인을 뒤로 밀어내고 양손으로 권총을 겨누었다.

아울, 찰리, 알리도 우리를 보호하듯 서서 총구와 불빛을 철문으로 향했다.

끼익, 하는 소리와 함께 문이 이쪽으로 열리고.

코치맨이 얼굴을 내밀었다.

우리 눈높이보다 훨씬 아래쪽에서, 목 밑으로는 아무것도 없이 얼굴만.

"으아아아악!"

내 입에서 비명이 튀어나왔다. 다른 사람들도 뭐라고 외쳤지만, 목소리는 금방 흩어져서 사라졌다. 뒤이어 눈에 들어온 광경이 너무나 기이해서 도저히 이해가 안 됐기 때문이다.

코치맨의 머리를 쥔 야구 글러브를 연상시키는 거대한 손. 그 손을 밀어 넣은 사람이 몸을 웅크리며 철문을 통과했다.

거인.

그것 말고 더 적합한 말은 떠오르지 않았다.

2미터를 훌쩍 넘는다. 보스와 알리가 왜소해 보일 만큼 어마어마한 체구의 거인은 그저 키만 큰 게 아니라, 옷 위로도 알 수 있을 만큼 근육이 발달해서 머리가 덤으로 붙어 있는 것처럼 보일 정도였다. 안 그래도 괴상해 보이는 머리에 시커먼 구멍이 두 개 뚫린 자루를 덮어쓰고 있어서 더 공포스러웠다.

그것만으로도 이미 기괴했지만, 눈길을 끄는 특징이 두 개 더 있었다. 거인이 입은 회색 운동복 같은 옷은 왼쪽 어깨부터 아랫부분이 없고 소매를 꿰매어놓았다. 외팔이다. 그리고 바지에 맨 허리띠에는 커다란 도끼가 매달려 있었다.

"하하하하핫."

모두 얼어붙은 것처럼 움직임을 멈춘 가운데, 몹시 우습다는 듯 후기가 크게 웃었다.

"뭘 그렇게 넋 놓고 있나? 너희가 만나고 싶어 한 사람이 왔는데."

이게 피험자라고?

나도, 보스도, 그리고 히루코 씨도. 마치 할리우드의 호러 영화에서 튀어나온 듯한 거인의 모습에 압도당해 반응이 늦었다. 그리고 그것이 치명적인 실수였다.

거인이 느닷없이 오른팔을 아무렇게나 휘둘렀다.

들고 있던 코치맨의 머리를 던진 것이다. 공처럼 허공을 날아온 머리는 땅에 떨어져 2미터쯤 굴러가다가 총을 겨눈 채 굳어버린 찰리의 발에 부딪쳐서 멈췄다.

머리만 남은 코치맨이 찰리를 올려다보았다.

"으아아아아!"

찰리가 고함을 지르며 거인에게 총을 쐈다.

잇달아 발생한 섬광이 우리의 눈을 찔렀다.

빗나간 총알이 철문과 석벽에 튕기는 소리가 들렸다.

한 발은 거인의 배에 명중해 피가 뿜어져 나왔다.

나루시마가 정신을 차리고 소리쳤다.

"죽이면 안 돼! 이놈의 가치가 대체 얼마인지……."

말하는 도중에 거인이 사라졌다.

아니다.

"커억" 하는 목소리와 함께 살과 뼈가 으스러지는 소리가 들리고 피 냄새가 풍기는 돌풍이 내 앞머리를 흔든 후에야 거인이 동그랗게 비치는 손전등 불빛 속에서 쏜살같이 뛰쳐나갔다는 사실을 깨달았다.

한 박자 늦게 비친 손전등 불빛 속에서 거인은 통나무 같은 무릎으로 찰리의 몸을 꾹 누른 채, 오른손에 쥔 도끼로 찰리의 목을 내리쳤다.

아주 간단하게 찰리의 머리와 몸뚱이가 분리됐다.

보스가 외쳤다.

"급소는 피해! 쏴!"

비명과 성난 고함 소리가 커다란 총소리에 묻혔다.

석실이 섬광으로 물들었다.

"히루코 씨!"

갑자기 시작된 전투에 놀라 히루코 씨에게 달려가려 했을 때, 거인의 모습이 또 사라졌다.

"위다!"

아울이 소리친 직후, 칠흑 같은 거구가 땅을 울리며 보스 근처에 착지했다.

상상을 초월하는 점프력이다.

거인이 몸을 날려 부딪치자 붕 떠오른 보스는 나와 히루코 씨 사이를 가르고 벽에 세게 충돌했다.

"죽이는 수밖에 없겠어!"

"그건 절대 안 돼."

"후기가 안 보여!"

그 직후에 철문이 열리는 소리가 났다. 우리가 제일 처음 머리 무덤으로 들어왔던 쪽이다. 후기는 그쪽으로 도망친 듯했다.

다시 총소리와 절규가 사방을 뒤덮었다.

누군가의 손전등 불빛이 지면을 스친 순간, 나는 손 닿는 거리에 떨어져 있는 무전기를 발견하고 얼른 주워 들었다. 총소리를 들은 마리아가 상황을 물었지만 통신할 여유는 전혀 없었다.

"다들 빨리 도망쳐!"

알리가 소리를 질렀다.

어둠 속에서 후기가 나간 철문을 찾았다. 위치를 확인하기 위해 벽에 손을 댄 채 이동한 끝에 마침내 철문의 차가운 감촉이 느껴졌다.

"히루코 씨!"

다시 이름을 불렀지만 그림자가 어지러이 뒤섞여서 누가 누구인지 모르겠다.

그래도 멀리서 목소리가 들렸다.

"하무라, 가!"

히루코 씨는 반대편 벽 부근에 있는 듯했다.

"하지만."

"빨리!"

그래도 내가 히루코 씨의 모습을 찾으려 애쓰는데, 여러 사람이 이쪽으로 세차게 달려왔다.

"비켜!"

나루시마의 목소리와 함께 확 떠밀린 나는 뒤에서 다가온 누군가의 발을 두 번 연달아 밟았다. 아무래도 우라이인 듯했다. 우라이는 내 몸을 부축하며 단호한 어조로 말했다.

"지금은 도망치는 수밖에 없습니다. 어서요!"

빗나간 총알이 머리 위쪽 벽에 명중하자 나는 마음을 정했다.

나는 손으로 더듬더듬하며 컴컴한 복도를 달렸다.

1층 · 통용문 - 고리키 미야코

도망쳐야 해, 도망쳐야 해, 도망쳐야 해.

나는 통용문을 열려고 죽을힘을 다해 문고리를 돌렸다.

하지만 뻑뻑한 감촉만 되돌아올 뿐 문고리는 꿈쩍도 하지 않았다. 자물쇠를 풀기 위해 문을 살펴보았지만, 섬턴은 어디에도 없었다.

"어쩌면 좋지."

스스로 느낄 만큼 벌벌 떨리는 목소리가 튀어나왔다.

통용문 열쇠는 코치맨이 가지고 있었을 것이다. 하지만 그는 그것에게 큰 부상을 당하고 어딘가로 달아나버렸다.

외팔이 거인.

코치맨이 공격당한 순간, 나는 기겁해서 꼼짝달싹도 하지 못했다.

거인이 코치맨을 쫓아가서 살았다.

어쩌면 그 거인이…….

댕. 댕. 댕…….

어디선가 종소리가 들려서 정신이 번쩍 들었다.

이 저택에 대해 대강 조사하고 왔지만 종이 울린다는 정보는 없었다.

모르는 일 천지지만 어쨌거나 여기 있어본들 뾰족한 수는 없다.

나는 마음을 단단히 먹고 발소리가 나지 않게 조심조심 홀로 돌아갔다.

인기척은 없었다.

홀에서 뻗은 통로 중에서 제일 넓은 통로를 선택했다. 그쪽이 유일하게 밝았기 때문이다.

금방 통로가 양쪽으로 갈라졌다. 오른쪽을 골라서 무작정 달렸다.

막다른 곳에 튼튼해 보이는 금속 문이 있었다.

자물쇠가 잠겨 있지 않아서 문고리를 돌리자 묵직한 문이 천천히 열렸다. 여기라면 숨을 수 있을 듯했다.

안심한 것도 잠깐, 복도 저편에서 누군가의 발소리가 다가왔다.

망설일 틈은 없다!

문틈으로 발을 들이자 짧은 통로 안쪽에 또 문이 하나 있길래 열고 방 안으로 들어갔다. 머스크 향이 진하게 풍기는 그 방에서는 사람이 생활하는 분위기가 느껴졌다. 호화롭지는 않지만 앤티크풍 선반장과 테이블이 놓여 있는 거실이다.

책상에 설치된 모니터에서는 감시카메라에 찍힌 듯한 영상이 흘러나오고 있었다.

어디 숨을 만한 곳이 없을까. 거실 벽에 쳐둔 짧은 커튼이 제일 먼저 눈에 들어왔다. 창문일까.

얼른 커튼을 젖혔더니, 사다리꼴 형태의 출창 창턱에 눈이 빨간 검은 고양이 장식품, 반짝반짝 광채를 뿜어내는 유리 재떨이, 괴상하게 생긴 반인반수 모양의 금붙이 등이 죽 놓여 있었다.

나는 그 물건들을 구석으로 치우고 커튼 뒤쪽에 몸을 숨겼다.

그 직후에 누군가 방으로 들어오는 발소리가 들렸다.

숨소리가 거칠다. 소리가 나는 높이로 추측건대 몸집이 작은 사람인 듯하다. 거인이 아니라서 일단 안심했다.

그 사람은 내가 출창에 숨어 있다는 걸 눈치채지 못하고 커튼 앞을 지나갔다.

커튼 틈새로 조심스레 살펴보자 로브를 입은 노인이었다.

이 저택의 주인, 사이토 겐스케가 틀림없다.

테이블에 양손을 짚고 어깨를 들썩이며 숨을 고르던 사이토 겐스케가 갑자기 경련하는 듯한 웃음소리를 흘렸다.

"멍청한 놈들. 이제 와서 내 연구를 빼앗으려고 해도 이미 늦었어. 그 아이의 사냥감이나 되라지."

노인이 이쪽으로 몸을 돌릴 것 같길래 나는 냉큼 커튼에서 물러났다.

딱딱한 물건을 바닥에 내팽개치는 소리가 방에 울려 퍼졌다. 비슷한 소리가 여러 번 계속해서 들렸다.

이윽고 거친 숨소리가 잦아들고, 노인이 멍하게 중얼거리는 소리가 들렸다.

"맞아. 어쩌면 그자는……."

다시 커튼 틈새로 동태를 살피자 안쪽에서 뭔가 찾는 듯한 소리가 들린 후 노인이 파일 하나를 들고 돌아왔다.

바쁘게 서류를 들추던 노인은 원하는 정보를 찾아냈는지 앓는 소리를 내더니, 난로에 불을 피우고 서류를 차례차례 태우기 시작했다.

바닥에는 아까 부순 듯한 모니터와 전화기 파편이 어지러이 흩어져 있었다.

노인은 이쪽에 등을 돌린 자세로 책상 앞 의자에 앉아 뭔가 열심히 적는 것 같았다.

나는 서서히 냉정함을 되찾았다.

지금 이 방에는 나와 사이토 겐스케밖에 없다. 바라마지 않던 상황이다.

'모든 걸 알기 위해서는 지금 가야 한다.'

나는 결심하고 커튼을 젖혔다. 이쪽을 돌아본 노인이 깜짝 놀라 얼굴을 일그러뜨렸다.

그후에 벌어진 범행을 전부 목격한 건 검은 고양이 장식품의 빨간 눈동자뿐이었다.

지하 - 하무라 유즈루

허억, 허억.

주변에서 아무 소리도 나지 않는 걸 확인한 후 나는 발을 멈추고 호흡을 가다듬었다.

다행히 머리 무덤에서는 탈출했지만 다른 사람들과 떨어져서 혼자 남았다.

손전등이 없어서 아무것도 보이지 않는다. 하다못해 스마트폰이 있으면 손전등 대용으로 쓸 수 있을 텐데. 계단까지 가는 경로도 모르겠고, 갈림길과 모퉁이를 여러 번 지나치는 동안 방향도 잃어버렸다.

다만 이제 총소리는 그쳤다. 거인을 쓰러뜨린 걸까, 아니면…….

그런 생각을 하고 있는데 한동안 잠잠했던 무전기에서 마리아의 목소리가 들렸다.

〈여기는 마리아. 응답 좀 해! 아무도 없어?〉

거인에게 들릴까 봐 나는 정신없이 스피커를 손으로 막았다.

곧이어 살기등등한 보스의 목소리가 들렸다.

〈여기는 보스. 코치맨과 찰리가 당했어.〉

〈찰리까지? 대체 무슨 일인데!〉

〈감금돼 있던 건 말도 안 되는 괴물이었어. 총으로도 저지가 안 돼. 후기도 도망쳤고.〉

〈여기는 아울. 거인은 알리를 쫓아갔어. 그 괴물, 어둠 속에서도 보이나 봐.〉

〈마리아, 트럭에 가서 예비 탄창을 가져와.〉

〈통용문 열쇠는 코치맨이 가지고 있잖아!〉

〈Shit!〉

〈아무튼 지금 있는 고용인의 방에서 나오지 마. 싸워봤자 소용없어.〉

지금 생각하면 홀의 개폐식 격자를 그렇게 튼튼하게 만들어놓은 건 직원을 가두기 위해서가 아니라, 지하에서 올라오려는 거인을 막기 위해서였으리라.

무전기가 잠잠해지고 주변에서 누군가 움직이는 기척도 느껴지지 않게 되자, 나는 소리가 날까 봐 겁나서 꼼짝도 할 수 없게 됐다.

가끔 손목시계만 확인했다. 여기 가만히 있은 지 십오 분이 다 되었을 때, 암흑 저편에서 소리가 들렸다.

서슴없는 발소리가 근처의 다른 통로를 지나간다.

소리가 나지 않도록 무전기 전원을 끄고 싶었지만, 어두운 탓에 뭐가 전원 스위치인지 알 수가 없어서 나는 스피커를 배에 대고 꾹 눌렀다. 공포와 초조함이 뒤섞여 정신이 나갈 것 같았다.

벽을 따라 걷다 보니 이윽고 문고리가 손에 닿았다. 방이다. 나는 망설임 없이 안으로 들어갔다.

세심하게 주의를 기울여 손으로 더듬더듬하며 방 전체를 돌아다녔지만, 가구고 뭐고 없어서 숨을 만한 곳을 찾아내지 못했다.

빨리 다른 곳을 찾아야 한다.

하지만 방을 나선 순간 또 아까 그 발소리가 들렸다.

거인은 어둠 속에서도 보인다는 말이 떠올랐다. 거인의 시선이 닿는 곳에 서 있으면 죽는다. 나는 부랴부랴 소리에서 멀어지는 방향으로 조용히 걸어가다가 첫 번째 모퉁이를 돌았다.

하지만 거기서 안타까운 실수를 저질렀음을 깨달았다.

뻗은 손에 서늘한 철문의 감촉이 느껴졌고, 맡아본 적 있는 악취가 코를 찔렀다.

'머리 무덤'으로 돌아오고 만 것이다.

거기로 나가면 히루코 씨와 합류할 수 있을지도 모른다.

하지만 어떤 기억 때문에 문고리를 잡으려던 손을 멈췄다.

'이 철문은 열릴 때 삐걱거리는 소리가 난다.'

나는 어쩔 수 없이 머리 무덤으로 나가기를 포기하고 벽을 따라 원래 방향으로 돌아와 첫 번째 모퉁이를 돌았다.

얼마 지나지 않아 발견한 방으로 들어가서 숨을 곳을 찾는데, 벽 중간쯤에 무슨 테두리같이 튀어나온 부분이 있었다. 그 아래쪽에는 구멍이 뚫려 있었다.

아마도 난로일 것이다. 놀이 시설로 사용됐던 시절의 흔적일까?

장식일지도 모르지만 안으로 들어가자 굴뚝 부분에도 사람이 한 명 숨을 만한 공간이 있었다.

〈Damn it!!!〉

심장이 쪼그라들었다.

누군가 무전기에 대고 외쳤다.

〈재수도 더럽게 없네. 막다른 길이야. 여기까진가, 빌어먹을!〉

알리다. 희미하기는 하지만 방 밖에서 알리의 고함 소리가 '직접' 들려왔다. 알리는 바로 근처에 있다.

〈나타나셨군, 괴물. 술래잡기는 네가 이겼어. 덤벼봐!〉

알리는 지금 생사의 갈림길에 서 있다.

머리로는 도와주러 가야 한다고 생각했지만, 몸은 공포에 옭매여서 꼼짝도 하지 않았다.

권총으로 무장한 용병들도 당해내지 못하는 괴물을 나 혼자 어떻게 상대한단 말인가?

아무 도움도 줄 수 없는 자신을 저주하고 있자니 떨리는 양손 사이에서 들려오는 알리의 목소리가 부드러워졌다.

〈내 말 듣고 있는 사람 있으면 부탁 좀 하자. 약속한 보수는 내 동생들한테 보내줘.〉

무전이 들린 직후에 방 밖에서 쥐어짠 듯한 비명과 단단한 물체가 부딪치는 듯한 소리가 들렸다.

알리는 죽었다.

하지만 아무것도 하지 못했다고 자책할 여유조차 없었다.

거인의 발소리가 이쪽으로 다가온 것이다.

나는 허둥지둥 난로 안쪽 테두리의 살짝 튀어나온 부분에 발을 디디고 몸을 밀어 올렸다. 그리고 두 팔로 내벽을 밀어 버티며 간신히 굴뚝 속에 몸을 숨겼다.

그때 벽 너머로 옆방의 문이 열리는 소리가 들렸다.

거인이 옆방까지 왔다. 잠시 후 방에서 나와서 복도를 걷는 발소리가 들렸다.

왔다. 이제 이 방 앞이다.

기도하는 수밖에 없다. 제발 그냥 지나가라.

발소리가 멈췄다.

끼익.

문이 열렸다.

저벅, 저벅. 바닥을 밟는 소리.

거인이 방 안에서 멈춰 섰다.

손바닥이 땀에 젖어서 몸을 지탱하는 힘이 약해졌다.

이러다 발이 미끄러지면 끝장이다.

무전기에서 소리가 나면 끝장이다.

거인에게 내 숨소리가 들려도 끝장이다.

버텨라, 버텨라, 버텨라, 버텨라!

스윽, 발걸음을 돌리는 소리.

발소리가 복도로 사라진다. 몇 초 후 철문이 삐걱거리는 소리가 들렸다. 머리 무덤으로 나갔다.

힘이 빠진 나는 굴뚝에서 주르르 미끄러졌고 떨어지면서 난로 바닥에 엉덩방아를 찧었다. 무의식중에 숨을 참고 있던 모양이다. 나는 숨을 몰아쉬며 손목시계를 들여다보았다.

야광 시곗바늘이 오전 2시를 가리켰다.

거인이 또 올지도 모른다. 다음번에도 빠져나갈 수 있을까. 그런 상상을 하기만 해도 차라리 정신을 놓고 싶을 지경이었다.

'따라온 게 후회돼?'

히루코 씨의 목소리가 들린 것 같아서 나는 바로 부정했다.

그렇지 않다. 따라오지 않았으면 더 후회할 뻔했다.

히루코 씨는 무사할까.

안전한 은신처를 찾았으면 다행이련만.

찾지 못했다면…….

그만. 부정적인 생각은 금물이다.

지금 히루코 씨를 찾으러 가는 건 너무 무모한 짓이다.

하루코 씨를 믿고 기회가 오기를 기다려야 한다.

나는 가만히 숨을 죽이면서 난로 속에 몸을 숨겼다.

거인이 돌아오지는 않을까 신경을 곤두세운 채.

추억 II

덜컥덜컥하고 작은 흔들림을 느낀 순간, 떠들썩한 소리가 주위를 감싸며 의식이 휙 되돌아왔다.

아차. 또 수업 시간에 졸았다. 얼른 고개를 들어 교실을 둘러보자 주변 아이들은 내가 졸았다는 걸 알고 있었는지, 어떤 아이는 내 어깨를 두드리고 어떤 아이는 “케이, 좋은 꿈 꿨어?” 하고 농담하며 교과서를 들고 교실을 나섰다. 그렇구나, 이게 오늘 마지막 수업이었던가.

아주 무서운 꿈을 꾼 것 같았다.

분명 그저께 밤에 조지가 끈질기게 무서운 이야기를 들려준 탓이다.

옛날에 여기서 살해당한 무사의 귀신이 밤마다 자기 머리를 찾아 헤맨다는 둥, 늦은 밤에 기숙사 여자 화장실에 들어가면 잘린 머리가 위에서 들여다본다는 둥.

조지가 여자 화장실이 어떻게 생겼는지 알 턱이 없다는 건 알지만, 그래도 무서운 건 무서운 거다. 또 반성실에나 들어가면 속이 시원할 텐데.

나는 아직도 물결치듯 울렁거리는 가슴을 달래며 지렁이처럼 구불거리는 연필 글씨를 지우개로 지웠다. 아무래도 수업이 시작되자마자 잠든 모양이다.

내가 너무 자주 졸아서 그런지, 옛날에는 졸 때마다 야단치던 선생님들도 이제는 당연하다는 듯이 그냥 넘어간다. 기뻐해야 할 일인지 속상해해야 할 일인지는 모르겠지만, 시험에서 낙제는 하지 않는 내 노력이 선생님들에게도 전해진 거라고 믿고 싶다. 하네다 선생님의 처치에 따른 부작용 중 하나일지도 몰라서 혼내지 않는 거라고 말하는 아이들도 있다.

교실을 나서는 아이들의 움직임을 거슬러, 나는 교과서를 들고 한 남자아이의 자리로 다가갔다.

고타는 내가 올 줄 알고 있었다는 듯 무심한 표정으로 고개를 들었다.

"미안한데, 수업 내용 좀 가르쳐줄래?"

"40페이지. 비율을 이용해 넓이를 구하는 방법."

빨리 끝내고 싶은지 군더더기를 생략한 고타의 말에 나는 얼른 비어 있는 옆자리에 앉아 교과서를 펼쳤다.

수업 시간에 졸았을 때는 고타를 찾아가서 1대1로 배우는 것이 내 습관이었다. 고타는 동갑내기 아이들 중에서 제일 머리가 좋고, 알기 쉽게 잘 가르쳐주고, 노트 정리도 잘한다. 내가 낙제를 면하는 건 전부 고타 덕분이다.

나는 노트에 그린 도형의 의미를 설명하는 고타의 말에 고개를 끄덕이며 고타의 얼굴을 훔쳐보았다.

조지가 반성실에 들어간 이유였던 싸움이 벌어진 지 오늘로 나흘째다. 고타는 코가 부러졌다고 들었지만, 이제 가까이에서 봐도 모를 만큼 상처가 아물었다.

"왜?"

고타가 의아한 듯 내 눈을 들여다보았다.

나는 허둥지둥 교과서의 연습 문제를 풀며 화제를 돌렸다.

"오늘도 조지랑 말 안 하더라? 아직도 피하는 거야?"

"아닌데."

고타는 과묵한 것에 비해 감정이 겉으로 잘 드러난다. 짤막한 대답에서도 아직 응어리가 남았음을 알 수 있었다. 나쁜 아이는 아니지만, 자신의 감정에 솔직한 조지와는 달리 속에 담아놓는 성격이라 다른 아이에게 오해를 살 때도 많다.

"뭔가 신경에 거슬리는 일이 있으면 말해봐. 말하면 속이 시원해질지도 모르잖아."

"그런 거 아니라니까. 왜 케이가 아는 척 나서는 건데?"

작전 성공이다. 이대로 확 털어놔라.

"알지. 내내 함께 살았으니까."

"그래서 뭐?"

"이 누나는 다 안단다."

"누나라니!"

"그야 나는 게자리고, 고타는 천칭자리잖아. 내가 생일이 빨라."

"동생한테 공부를 배우는 누나가 어디 있냐? 그렇게 따지면 내가 오빠야."

"네네. 오빠의 기분은 제가 잘 알죠. 우리도 연습하면 체력 측정 때 더 좋은 성적을 내서 모두를 깜짝 놀라게 할 수 있을지도 몰라. 하지만 그래서는 연구에 도움이 안 되니까, 환경 탓을 한들 아무 소용도 없잖아."

그러자 고타가 왠지 어리둥절한 표정을 지었다.

"환경 탓이라니? 무슨 소리야?"

"조지와 싸운 이유 말이야. 나는 그렇게 들었는데."

그러자 고타는 잠깐 생각하다가 알겠다는 듯 고개를 끄덕였다.

"확실히 그런 말도 하긴 했지만, 그래서 조지가 화난 건 아니야. 내가 '넌 내 기분을 몰라. 이 시설에서 좋은 결과를 내지 못하는 아이는 아무 가치도 없단 말이야' 하고 소리쳤더니 조지가 때리더라고."

나도 좋은 결과를 내지 못하지만, 그렇다고 가치가 없다는 건 너무 비관적이고 올바르지 못한 생각이다. 하지만 그런 이유로 화가 치밀어서 고타를 때렸다니 통 모를 일이다.

"바보 같은 소리 하지 말라고 격려할 생각이었을까?"

내 말을 듣고 고타는 씁쓸하게 웃었다.

"케이는 참 둔하구나."

무슨 뜻인지 몰라서 나는 "어엉?" 하고 얼빠진 소리를 냈다.

"조지는 널 좋아해. 케이도 나만큼은 아니지만 결코 기록이 좋지는 않잖아. 그래서 너까지 가치 없다고 폄하하는 것 같으니까 조지가 화를 낸 거지. 물론 나라고 그런 뜻으로 한 말은 아니었지만."

고타가 선선히 설명해주었지만, 뒷부분은 귀에 거의 들어오지 않았다.

조지가 좋아한다고? 나를?

"몰랐어? 척 보면 알 텐데."

그런 생각은 해본 적도 없었다. 그야 내게 조지는 곁에 있는 것이 당연한 존재였으니까.

"조지도 그런 말은 못 하니까 거짓말한 거겠지. ……왜 그래?"

나는 달아오른 얼굴을 휙휙 내저었다.

"고타도 참, 지나친 생각이야. 좋은 결과를 내지 못하면 가치가 없다니 말도 안 돼. 다른 아이와 비교하는 건 아무 의미도 없다고 선생님도 늘 말씀하시잖아."

"그건 이 시설에서만 통하는 생각이야."

어느덧 문제를 푸는 내 손은 완전히 멈췄고, 대신에 고타가 연필 끝으로 노트를 툭툭 두드리는 소리만 신경질적으로 울려 퍼졌다.

"곧 기관에서 심사하러 온다는 건 케이도 알지? 일이 잘 풀리면 하네다 선생님의 연구 성과가 점점 많은 사람에게 알려지겠지."

"그야 그렇지. 많은 사람을 돕기 위한 연구인걸."

고타는 역시 이해를 못 하지 않느냐는 듯이 한숨을 쉬었다.

"케이, 이번 측정 때 육상 100미터 기록은 얼마였어?"

"……11초 89. 그래도 지난번보다는 빨라진 거야."

부끄러워서 내가 목소리를 낮추자 고타는 조용히 말했다.

"얼마 전에 직원이 하는 말을 우연히 들었는데, 바깥세상에서는 네가 또래 중에 제일 빠르대."

나는 두 귀를 의심했다. 보통 아이들의 기록은 처음 들어봤기 때문이다.

"왜 그렇게 느려?"

나보다 훨씬 느린 사람들 천지라니, 도무지 상상이 안 된다.

"우리를 고민에 빠뜨릴 만한 외부 정보는 전부 걸러내니까, 다들 자기가 보통 사람보다 뛰어나다는 사실을 모르는 거야. 생각해봐. 나랑 조지가 싸우는 걸 말리려고 어른이 네 명이나 끼어들어야 했잖아. 그리고 싸우다 부러진 내 코는 사흘 만에 나았지만, 그때 다친 어른은 아직 몸이 아픈지 파스를 붙이고 다녀. 우리의 힘은 그 정도로 상식을 벗어난 수준인 거야."

기껏해야 열두 살 먹은 아이의 싸움조차 '보통' 어른 네 명이 덤벼들어야 뜯어말릴 수 있다. 그것이 우리에게 실시된 실험의 성과인가.

"바깥사람들의 눈에는 그런 우리가 어떻게 보일까. 육상 경기를 제대로 연습해본 적도 없는 케이가 일본 여자 육상 100미터 기록을 넘어섰어. 같은 인간이라고 생각할까?"

나는 지금까지 나 자신이 다른 사람에 비해 뒤떨어진다고 여겨왔다.

하지만 일본에서 제일 노력하는 사람이 아무 노력도 하지 않는 나조차 이기지 못한다면. 바깥사람들은 우리를 보고 '멋지다', '부럽다'라고 생각할까.

나도 안다. 그런 건 그냥 괴물이다.

"하네다 선생님도 이 연구가 모든 사람에게 적용되려면 아직 멀었다고 했어. 그때까지 우리는 '보통 인간'으로 인정받지 못하겠지. 결국 제일 손해를 보는 건 나같이 별 힘이 없는 피험자야. 보통 인간도 아니면서, 그저 연구에 방해만 되는 열등생이니까."

고타는 그렇게 말하더니 내 생각은 듣고 싶지 않다는 듯 교과서를 탁 덮고 교실에서 나갔다.

교실에는 나와 고타의 노트만 덩그러니 남겨졌다. 고타의 이야기를 듣고 머릿속이 혼란스러워져서 기껏 배운 내용도 다 날아가버렸다. 다만 내가 생각했던 것 이상으로 나 자신이 아무것도 몰랐음을 깨달았다.

무거운 발걸음으로 교실을 나서는데 갑자기 누가 말을 걸었다.

"늦었잖아."

쳐다보자 조지가 부루퉁한 얼굴로 복도에 서 있었다. 나를 기다린 모양이다.

—조지는 널 좋아해.

아까 고타가 한 말이 머리를 스치자 또 얼굴이 화끈 달아오를 것 같아서 나는 얼른 시선을 돌리고 고타의 노트를 쳐들었다.

"수업 시간에 졸아서 자습했지. 늘 그렇잖아."

"꼭 고타한테 배울 건 없잖아."

지금까지 조지가 뭐라 하든 새겨듣지 않았지만, 일단 의식하자 조지가 질투하는 것처럼밖에 들리지 않았다. 조지는 정말 날 그런 눈으로 보는 걸까.

틀렸다. 바깥사람들은커녕 가까이 있는 친구의 마음조차 잘 모르겠다.

"저기, 둘이서 무슨 이야기했어?"

기숙사로 돌아가는 동안에도 조지는 내 뒤를 졸졸 따라왔다.

아까 느낀 것 이상으로 고타의 이야기가 충격이었나 보다. 나는 조지에게 물어봤자 의미 없다는 걸 알면서도 한 순간이나마 미래에 대한 불안을 해소하고 싶어서 말을 꺼냈다.

"이 시설에서 나가면 지금처럼 지낼 수 없으려나."

"뭐야, 갑자기."

"하네다 선생님의 연구는 굉장해. 하지만 바깥사람들은 우리를 굉장하다고 생각할까? 고생하고 노력해서 조금씩 힘을 길러온 사람들이 보기에 우리는 비겁하고 기분 나쁜 존재일지도 몰라."

우리가 언제 여기를 떠날지, 또는 여기를 떠난 후 어떻게 살아가게 될지는 모른다. 다 함께 다른 시설로 옮길지도 모르고, 양부모 같은 사람들에게 입양될지도 모른다.

어쨌거나 우리는 '보통' 사람과 똑같이 생활할 수 없을 듯하다. 바깥세상으로 나가면 우리는 두려움과 시샘의 대상이 되지는 않을까.

우리를 기다리는 미래는 끝없는 고독이다.

갑자기 이런 소리를 해서 조지도 난감하겠다 싶었지만, 예상과 달리 조지는 생각지도 못한 말을 꺼냈다.

"그래도 우리는 가족이잖아."

그 한마디에 무겁던 마음의 한복판이 뻥 뚫린 것처럼 상쾌해진 기분이었다.

"앞으로 우리가 어떻게 될지, 선생님의 연구가 세상에 어떤 영향을 끼칠지, 뭐 그런 어려운 일은 모르겠지만 남들이 어떻게 보든 모두 함께야. 케이만 힘든 짐을 짊어지는 건 아니라고."

……그렇구나. 모두 함께라.

그럼 괜찮으려나.

"고마워."

"뭐야, 당연한 걸 가지고."

조지는 부끄러운지 코를 긁적이더니 고개를 홱 돌렸다.

가족. 지금까지 많은 시간과 고락을 함께해온 우리를 나타내기에 딱 적당한 말 같았다. 나도 조지와 고타, 그리고 하네다 선생님과 다른 아이들이 곤란에 처하면 구해주기로 결심했다. 가족을 지키기 위해서.

중정으로 나가자 기숙사 쪽에서 저녁밥 냄새가 풍겨왔다. 분명 비프 스튜다.

허기가 밀려와서 걸음을 빨리하려는데 조지가 중얼거렸다.

"어, 뭔가 태우고 있나."

조지의 시선이 중정 구석에 있는 작은 소각로로 향했다. 기숙사에서 나오는 가연성 쓰레기를 태우기 위한 시설인데, 평소 사용하지 않는 이 시간대에 굴뚝에서 연기가 피어오르고 있었다.

우리는 누가 먼저랄 것도 없이 소각로로 다가갔다. 연구동 지붕에 모여 있던 까마귀가 일제히 날아갔다.

소각로로 다가갈수록 고약한 냄새에 인상이 절로 찌푸려져서 우리는 얼굴을 마주 보았다.

"사람을 불러올까?"

"일단 뭔지 확인해보는 게 좋지 않겠어?"

나는 비치된 부지깽이로 소각로 투입구를 여는 조지를 뒤에서 지켜보았다.

불길은 그렇게 강하지 않았다. 하지만 거무칙칙한 연기와 함께 뿜어져 나온 악취에 이번에야말로 둘 다 구역질을 했다.

연기가 걷히자 소각로 내부가 눈에 들어왔다.

이쪽을 바라보는 탁한 두 눈. 힘없이 벌어진 입. 그리고 목부터 아래가 없는 둥그스름한 물체가 불길에 휩싸인 채 검은 연기를 피워내고 있었다.

"꺄아아아악!"

나는 비명을 질렀다.

머리, 머리다.

어린아이의 잘린 머리.

끔찍하다. 어째서 이런 일이.

땅에 쓰러질 뻔한 나를 조지가 얼른 부축해주었다.

하지만 이미 의식은 몸에서 떨어져 나간 것처럼 허공으로 날아갔고, 눈앞에 어둠이 밀려왔다.

"이 녀석들, 거기서 뭐하는 거야!"

뒤쪽에서 누군가의 목소리가 들린 것을 마지막으로 나는 정신을 잃었다.

003 예기치 못한 죽음

지하 - 하무라 유즈루 - 이틀째

갑작스러운 무전이 영원히 계속될 것만 같았던 밤을 몰아냈다.

〈여기는 마리아. 응답 바람.〉

밤새 난로 바닥에 웅크려 있던 나는 배에 대고 있던 무전기를 황급히 귀에 댔다.

〈해가 떴어. 아와네라는 여자 고용인 말로는 그 거인은 햇빛을 싫어해서 아침이 되면 잠자리로 돌아간대. 나도 방에서 나와서 홀에 있어. 무사한 사람은 대답해.〉

곧 오전 7시였다. 거인은 어젯밤에 이 방을 둘러보고 간 뒤로 다시는 오지 않았다.

정말로 이제 움직여도 괜찮을까. 망설이고 있자니 다른 목소리가 들렸다.

〈여기는 보스. 난 아직 지하에 있어.〉

다행이다. 보스도 살아남았다. 무전기 옆에 달린 버튼을 눌러서 사용했던 것 같아 한번 말해보았다.

"하무라예요. 어젯밤에 무전기를 주웠어요."

〈무사해서 다행이군. 어디야?〉

"저도 지하예요. 처음으로 머리 무덤에 들어갔을 때 사용한 철문 바로 옆방이요."

〈그리로 갈게. 나랑 합류해서 같이 가자.〉

무전을 마치고 일 분쯤 후, 복도에서 손전등 불빛과 함께 보스가 얼굴을 디밀었다. 오랜만에 불빛을 보자 눈앞이 아찔했지만, 그런 느낌조차 반가웠다.

몸 여기저기에 피가 튄 흔적이 있긴 했지만, 보스는 크게 다친 것 같지 않았다. 어젯밤에 머리 무덤에서 거인에게 떠밀려 날아갔는데도 멀쩡하다니, 그야말로 강철 같은 몸이다.

보스를 따라 걸음을 옮긴 지 얼마 지나지 않아 통로 바닥에 새로 생긴 핏자국이 눈에 띄었다. 어젯밤에 싸우다가 묻은 것이리라. 피를 흘리며 달린 듯 핏자국은 일정한 간격으로 이어졌다.

"죽은 코치맨이 흘린 피일지도 모르겠군."

보스는 그렇게 말하고 여기로 오는 도중에 주웠다는 권총을 한 자루 보여주었다. 코치맨이 무기를 잃고 피를 흘리며 거인을 피해 달아나는 모습을 상상만 해도 어젯밤의 공포가 되살아나서, 나는 아무 말도 없이 고개만 끄덕였다. 찰리에 이어 알리도 죽었다. 앞으로 얼마나 더 많은 죽음을 보아야 할까.

우리는 다른 생존자를 찾으며 어젯밤에 내려온 계단으로 향했다.

그때 어디선가 어렴풋이 목소리가 들렸다.

"어이, 누구 있나?"

불빛을 비추자 계단 근처 통로에 작은 문이 보였다.

문을 열자 고급스러운 재킷이 엉망진창으로 더러워진 나루시마가 먼지투성이 대걸레와 양동이 등의 청소 도구 사이에 숨어 있었다. 보스가 나루시마를 일으켜주었다.

무전기가 없는 나루시마에게 거인이 일단 물러갔다는 사실을 보스가 알려주자 나루시마는 불평부터 쏟아냈다.

"우라이 그 자식, 나를 여기로 떠밀치고 자기 혼자 도망쳤어."

즉, 우라이는 한 명밖에 들어갈 수 없는 은신처를 양보해 준 셈이다. 궁지에 빠지고도 사장을 먼저 챙겼는데 칭찬은 못 할망정 비난을 퍼붓는 처사라니.

"나루시마, 보호 대상이 그런 괴물이라는 말은 못 들었는데. 미리 알았다면 좀더 단단히 무장하고 왔을 거야."

보스가 화난 말투로 다그쳤지만, 나루시마는 기가 찬다는 듯 콧방귀를 뀌더니 흐트러진 머리를 쓸어올렸다.

"나라고 알았겠나. 불평하고 싶은 건 오히려 이쪽이라고. 덕분에 기껏 돈을 들여 고용한 용병들이 쪽도 못 쓰고 당했잖아. 겐자키 양도 참, 이렇게 성가신 걸 끌어들일 필요까지는 없었는데 말이지."

너무 뻔뻔스러운 말투라 경멸감이 솟구쳤다. 애당초 당신이 세운 계획이잖아. 보스도 어이가 없는지 아무 대꾸도 하지 않고 계단을 올랐다.

홀에 도착하자 마리아가 안도한 표정으로 맞아주었다.

"무사해서 다행이야."

마리아 뒤쪽에는 고용인으로 추정되는 중장년 남녀, 그리고 아울과 우라이가 있었다.

죽은 코치맨, 찰리, 알리를 제외하고도 아직 모습이 보이지 않는 사람이 있다.

달아난 후기, 안내역을 맡은 구엔, 침입했다는 여자, 그리고…….

"히루코 씨는요?"

내 물음에 마리아가 대답했다.

"모르겠어. 이제 찾아봐야지."

나루시마는 우라이에게 다가가서 손끝으로 가슴을 꾹 밀었다.

"그런 곳에 떠밀어놓고 찾으러 와보지도 않나. 이 박정한 놈 같으니라고."

"저, 저도 방금 합류해서……."

우라이가 어물어물 변명했지만, 나루시마는 이미 다른 곳으로 관심을 돌렸다.

나루시마는 홀 거의 한복판의 핏물 속에 떨어져 있는 코치맨의 한쪽 팔을 내려다보았다. 어젯밤에 반대편 격자 너머에서 본 광경이다. 피가 점점이 지하로 향하는 것으로 추측건대, 코치맨은 여기서 거인에게 습격당한 후, 지하의 머리 무덤을 지나쳐 종루까지 도주한 끝에 살해당했으리라.

"누구냐!"

갑자기 아울이 소리치며 총을 겨누었다.

그의 시선을 좇자 통용문으로 이어지는 통로에서 모르는

여자가 얼굴을 내밀고 있었다.

"잠깐, 적이 아니에요."

그렇게 말한 여자는 진한 감색 바람막이와 스트레치 직물로 만든 바지, 검은색 운동화라는 활동성 좋은 옷차림이었고 작은 배낭을 멨다. 서른 살 정도일까. 굳은 표정으로 양손을 쳐들고 있었다. 긴 앞머리 사이로 드러난 치켜 올라간 눈매와 꽉 다물린 작은 입술이 깐깐한 인상을 주었다.

"당신이 침입자인가?"

"고리키 미야코. 프리랜서 작가예요."

보스가 아울에게 총을 내리라고 지시하자 여자도 손을 내렸다.

"당신도 그 거인과 마주쳤을 텐데. 용케 살아남았군."

"같이 있던 남자를 쫓아가는 틈에 도망쳤죠. 지금까지 이 통로 안쪽에 숨어 있었고요. 대체 뭐예요, 그 괴물은!"

고리키는 몸집이 보스의 절반 정도밖에 안 됐지만 겁먹은 기색은 전혀 없었다.

"여기에는 무슨 목적으로 왔지?"

"예전부터 이 테마파크에서 자행된 불법 고용에 대해 취재해왔거든요. 실은 건물 안까지 들어올 생각은 없었지만, 밖에서 사진을 찍다가 들켜서요."

"당신한테는 남의 집 부지에 숨어드는 것도 취재인가 보지?"

"나한테 따질 자격 있어요? 총을 소지한 당신들이야말로 누구예요? 그 괴물은 또 뭐고요?"

"알았어, 알았어. 잠깐만 기다려."

보스는 단숨에 쏘아붙이는 고리키를 손짓으로 제지한 후 다른 용병들에게 물었다.

"밖으로 나갈 수 있을 것 같아?"

아울이 여전히 패기 없는 목소리로 대답했다.

"안 될걸. 통용문은 안에서든 밖에서든 열쇠를 사용해야 열 수 있어. 정면 출입구는 어제 봤다시피 놀이 시설이었던 시절에 설치된 도개교로 막혀 있고. 고용인도 도개교를 사용하는 모습은 한 번도 못 봤대. 아까 시험해봤는데 윈치가 꿈쩍도 안 하더군."

"그 밖에 다른 출입구는?"

보스가 고용인 두 명에게 물어보았다.

둘 다 오륙십 대로 보이지만 부부는 아니라고 한다.

"없어요. 그리고 저희는 사장님의 허락이 있을 때만 밖으로 나갈 수 있어요."

머리를 하나로 묶은 여자 고용인 아와네 레미가 카랑카

랑한 목소리로 대답했다. 밋밋하게 생긴 코며 입과 달리, 미간이 넓은 특징적인 두 눈이 소심하게 흔들렸다.

수염이 삐죽삐죽하고 안경을 낀 튼실한 체격의 남자 고용인도 동의했다.

"사장님은 '그 아이'가 외부인에게 들통나지 않도록 세심한 주의를 기울이셨죠. 여기 온 지 칠 년째지만 다른 출입구가 있다는 소리는 못 들어봤습니다."

아와네와는 대조적으로 태연해 보이는 남자 고용인 사이가 쓰카사는 이 저택의 유지 보수도 맡고 있다고 했다. 몸집은 크지만 어깨가 처졌고, 통통하니 혈색이 좋은 뺨과 부드러운 눈매 때문인지 전체적으로 동그스름한 분위기를 풍긴다. 어디서 본 듯한 느낌이었지만 확실하게는 생각나지 않아서 나는 속으로 고개를 갸웃했다.

"그러고 보니 어젯밤에 테마파크의 화물 반입문을 열어준 구엔의 경비원 친구는 어때? 우리가 나가지 않았다는 걸 모르려나?"

아울의 말에도 우라이의 반응은 시원치 않았다.

"어디까지나 저희의 행동을 묵인해달라고만 부탁했으니 도움은 기대하기 어려울 겁니다. 구엔 씨를 통해서 교섭했으니 그쪽은 저희의 신원조차 모를걸요."

보스가 고리키에게 고개를 돌렸다.

"그렇다는군. 궁금한 점이 많겠지만 지금은 한시라도 빨리 살아남은 일행을 찾아내야 해. 후기도 다시 붙잡아야 할 테고."

그러자 마리아가 대화에 끼어들었다.

"잠깐만, 보스. 전달 사항이 하나 더 있어."

이어서 누구도 예상치 못했던 말이 마리아의 입에서 나왔다.

"후기 겐스케는 살해당했어. 자기 방에서."

마리아는 우리에게 무전으로 연락하기 전에 고용인들의 안내를 받아 후기의 방으로 향했다고 한다.

"후기가 도망쳤다면 자기 방에 있을 거라고 하길래, 모두와 합류하기 전에 더는 쓸데없는 짓을 못 하도록 신병을 확보하려고 했지."

마리아는 앞장서서 걸어가며 설명했다. 홀에서 이어지는 제일 넓은 통로 끝 양 갈래 길에서 오른쪽으로 꺾은 후, 복도를 따라 쭉 나아간다. 그러자 복도 끝에 오래된 저택에는 어울리지 않는 튼튼한 금속 문이 보였다. 하지만 문은 자신의 역할을 포기한 것처럼 활짝 열려 있었다.

"내가 봤을 때는 이 상태였어."

금속 문의 표면에는 뭔가로 내리친 듯한 길쭉한 자국이 몇 개 남아 있었다. 안쪽에서 어른 팔뚝만큼 굵은 빗장을 채워서 문을 잠그는 방식이었다.

마리아를 따라 금속 문으로 들어가니 복도가 더 이어졌고, 막다른 곳의 왼쪽에 간소한 문이 하나 더 있었다. 이 문 너머가 후기의 방인 모양이다. 이미 안을 확인한 두 고용인은 방에 들어가기가 싫은지 복도에 멈춰 섰다.

방에 들어가자마자 머스크 향이 코를 찔렀고, 바닥에는 후기가 벗은 듯한 신발이 아무렇게나 놓여 있었다. 실내에서는 맨발로 생활하나 보다.

천장에 매달린 앤티크풍 조명이 켜져 있었다. 창문으로 보이는 곳에는 커튼을 쳐놓았다.

"저기야."

마리아가 가리킬 필요도 없이 금방 알아차렸다.

산산이 박살 난 전화기와 모니터 같은 물건 바로 옆에 후기의 시체가 위를 보고 누워 있었다.

특히나 우리의 시선을 끈 건 시신의 상태였다.

"머리가 없어……."

고리키가 아연한 목소리로 말했다.

노인의 시신은 어젯밤에 우리가 보았던 로브 차림이었지만, 거의 아무 상처도 없이 멀쩡해 보이는 몸에서 머리만 깔끔히 사라졌다. 적어도 시선이 닿는 범위에는 없었다. 절단된 목 아래, 큼지막한 홀 케이크만 하게 고인 핏물의 중심에는 쩍 갈라진 자국이 있었다. 거인이 도끼를 휘두르는 모습이 머릿속에 떠올랐다. 코치맨에게 그랬던 것처럼 여기서 후기의 목을 절단한 걸까.

나루시마가 욕설을 내뱉었다.

"염병할, 자기 애완동물한테 죽는 등신이 어디 있어! 이 놈한테 알아내야 할 게 넘치고 넘치는데."

애완동물. 과연 그럴까. 어젯밤에 날뛰던 모습으로 보건대 거인은 피아를 구별하지 않는 듯하다. 그렇기에 후기는 홀과 이 방 입구에 튼튼한 방어벽을 설치한 것이리라. 그랬을 텐데 후기는 어쩌다 거인의 침입을 허용한 걸까.

"저기, 대체 무슨 소리예요?"

고리키 혼자 상황을 이해하지 못한 듯 우리 얼굴을 둘러보았다.

"보면 몰라? 우리가 몸을 숨긴 동안 여기로 온 거인에게 살해당한 거야. 뭐, 죽었으니 어쩔 수 없지. 남은 일행이나 찾자고."

아울이 냉랭한 목소리로 재촉하자 보스도 마음을 다잡은 표정으로 고개를 끄덕였다.

"그래. 일단 이 방부터 확인하자."

"혹시 연구 자료를 찾으면 건드리지 말고 나한테 알려."

나루시마가 오히려 그쪽이 중요하다는 듯 말했다.

현재 우리가 있는 거실이라고 불러야 할 방은 정돈된 상태였지만, 책상 위는 서류로 난잡했고, 박살 난 모니터에 연결돼 있었을 단자가 책상 뒤쪽에서 아무렇게나 삐어 나와 있었다.

확인하는 도중에 침실을 발견했다. 침실 안쪽의 반쯤 열린 문틈으로 화장실 겸 욕실이 보였다. 거실 구석의 유달리 작은 나무문 너머는 보스가 아와네를 데리고 가서 살펴보았다.

확인 작업은 고작 일이 분 만에 끝났다.

생존자도 새로운 시신도 발견되지 않았다.

저택 전체를 수색해야 할 단계가 되자 나루시마가 기다렸다는 듯 앞으로 나서서 말했다.

"이 방을 거점으로 삼지. 보스와…… 사이가랬나, 당신은 여기서 후기의 시체를 정리해. 나머지 사람들이 저택을 샅샅이 뒤져보고. 그리고 고리키 씨, 물어보고 싶은 게 있으니까 당신은 여기 남도록 해."

생존자를 찾기보다 마다라메 기관의 정보가 방에 남아 있지 않은지 확인하고 싶다는 본심이 훤히 들여다보였지만, 아무래도 상관없다. 나는 수색조로 뽑힌 걸 쌍수를 들어 환영했다.

"이 저택은 지상 삼 층, 지하 일 층이니까 분명 다들 어딘가에 숨어 있을 겁니다."

우라이가 힘을 북돋우듯 모두에게 말했다.

"아니요, 위층에는 못 갑니다."

방 입구에서 사람들을 지켜보고 있던 사이가가 우라이의 말을 정정했다.

"옛날에는 위층도 미로형 놀이 시설로 사용됐지만, 사장님이 여기 살기로 하셨을 때 위층으로 가는 계단을 콘크리트로 막아버리셨거든요."

즉, 숨을 수 있는 곳은 1층이나 지하뿐이다. 수색하기 수월해진 동시에, 아직 찾지 못한 사람들의 생존 확률도 낮아진 것 같아서 분위기가 더 무거워졌다.

저택 전체의 평면도가 필요한 상황이지만, 고용인들도 어디 있는지 모른다면서 사이가가 입으로 저택 구조를 설명했다.

"지금 우리가 있는 곳인 본관은 지상 삼 층과 지하 일 층으로 이루어진 건물이지만, 아까 말씀드렸다시피 위층으로는 못 올라가요. 덧붙여 본관 지하는 현재 '머리 무덤'이라고 부르는 정원을 경계로 두 구획으로 나뉩니다. 여러분이 사용한 계단으로 내려가면 나오는 곳이 지하의 넓은 면적을 차지하는 주구획이에요. 다른 쪽 계단은 부구획으로 이어지는데, 지금은 개폐식 격자로 막혀 있으니까 가려면 주구획과 머리 무덤을 경유하는 수밖에 없습니다."

어젯밤에 후기가 우리를 데려간 경로와 동일하다.

코치맨의 총소리와 종소리를 들었을 때 우리가 있었던 곳이 부구획, 그후에 내가 숨은 곳은 주구획인 모양이다.

"본관에 인접한 별관은 '그 아이', 여러분이 거인이라고 부르는 그것이 사는 공간인데요. 지상 일 층과 지하 일 층으로 되어 있다고 들었습니다. 종루로도 이어진다더군요. 다만 머리 무덤에서만 들어갈 수 있습니다."

"거인이 코치맨의 머리를 들고 나온 건물이 별관이로군요. 지금 거인은 잠자리로 돌아갔다고 들었는데, 밖으로 나오지는 않습니까?" 우라이가 물었다.

"아까도 말씀드렸지만 그 아이는 햇빛을 몹시 싫어해요. 정확하게는 자외선을 싫어한다고 할까요. 지금은 충분히 밝으니까 별관에서 나오지 않을 겁니다."

"왜 자외선을 싫어하죠?"

이 질문에 고용인 두 명은 동시에 고개를 저었다.

"저희도 자세하게는 모릅니다. 다만 사장님 말씀으로는 옛날에 실험을 마치고 나타난 증상이라더군요. 후천적인 색소 이상이나 자외선에 대한 면역 시스템 약화를 의심하신 것 같은데……."

사이가가 설명하느라 애먹자 아와네가 도와주었다.

"그 아이는 평소 흐린 날은 물론이고 비 오는 날에도 낮에는 별관에서 나오지 않아요. 머리에 자루를 덮어쓴 것도 원래는 자외선이 싫어서 그랬다나 봐요."

"그럼 햇빛이 비치지 않는 곳이라면 상관없겠네. 본관의 방에 숨어 있을 가능성은 없나?"

"그런 이야기는 한 번도 못 들어봤어요. 아니면 지금 여기서 이러고 있겠어요?"

그러고 보니 어젯밤에 마리아는 고용인들이 몹시 겁을 먹었다고 했다. 그랬던 사이가와 아와네가 방에서 나왔고, 냉정함도 유지하고 있다. 그들 말대로 거인은 별관으로 돌아갔으리라.

즉, 지금은 별관을 조사할 수 없다는 말이다.

아무튼 우리는 수색을 개시했다.

상의한 결과 아울과 마리아, 내부 구조를 잘 아는 아와네가 지하를, 나와 우라이는 1층을 담당하기로 했다. 보통 저택과는 비교도 안 되게 넓지만 분담하면 시간이 그렇게 많이 걸리지는 않으리라. 히루코 씨도 꼭 찾아낼 수 있을 것이다.

나는 우라이와 어젯밤에 있었던 일을 이야기하며 홀로 향했다.

"우라이 씨는 어디 숨어 계셨어요?"

"1층 화장실요. 아무래도 어젯밤에 거인이 그쪽으로는 오지 않았던 것 같네요."

홀에 도착했다. 어제 홀에서 사용했던 조작 패널 말고, 후기의 방으로 이어지는 복도의 벽에도 개폐식 격자의 조작 패널이 있었다. 거인이 들어오지 못하도록 하기 위해서는 복도 쪽에서 개폐식 격자를 내려야 하기 때문이리라. 홀의 조작 패널은 후기가 외출하거나 할 때, 고용인을 저택에 가두어둘 목적으로 사용했는지도 모르겠다.

홀에서 정면 출입구로 뻗은 통로를 벽처럼 막아선 거대한 도개교 오른쪽에 작은 방이 있다. 도개교를 올리거나 내리기 위한 기계실이다.

약 1.5평 크기의 작은 기계실에는 아울이 말했던 윈치가 있었다. 전원 스위치를 눌러도 반응은 없었다. 도개교를 내리려면 도개교에 연결된 쇠사슬을 끊는 수밖에 없어 보인다. 쇠사슬 굵기로 보건대 어지간한 힘으로는 어림도 없으리라.

홀로 돌아갔을 때 우라이가 뭔가를 발견했다.

"하무라 씨, 이것 좀 보세요."

어제 우리가 지하로 내려갈 때 사용한 계단 어귀의 벽을 보자, 내가 손을 위로 쭉 뻗은 정도의 높이에 길이가 10센티쯤 되는 하얀 선이 가로로 몇 개 그어져 있었다.

"뭔가 표시한 걸까요?"

선은 개폐식 격자가 내려오는 곳 바로 안쪽에 그어져 있었다. 그리고 손을 뻗어야 닿을 만한 높이—거인의 머리가 있을 만한 위치.

"혹시 키를 기록한 걸까요?"

나는 우라이와 얼굴을 마주 보았다.

선이 여러 개라는 건…… 거인은 성장하고 있다?

거인이 사십여 년 전에 진행된 연구의 피험자라면, 나이는 그보다 더 많을 테니 어쩌면 노인이라고 해야 할 연령대일 것이다. 그런데 십사 년 전에 여기로 옮겨진 후에도 계속 성장하는 중이라니.

"……다른 곳을 살펴보죠, 우라이 씨."

으스스한 상상에서 달아나듯 우리는 홀로 돌아갔다.

좌우로 갈라지는 저택 안쪽 통로에서 우라이는 후기의 방이 있는 오른쪽으로, 나는 왼쪽으로 향했다.

통로 양쪽에 방이 여러 개였지만 사용하는 낌새는 전혀 없었다.

바닥 구석에 먼지가 쌓였고, 통로를 밝히는 전등도 꺼진 게 많았다. 아무래도 유지 보수는 최소한의 수준에 그치는 듯했다.

고용인인 사이가와 아와네가 머무는 듯한 방에만 유일하게 생활감이 감돌았다. 그래봤자 가구는 침대, 작은 책상, 의자뿐이다. 용병들에게 제압당한 당시의 상태 그대로인지, 문은 잠겨 있지 않았고 바닥에 옷가지와 잡지 몇 권이 어지러이 흩어져 있었다.

통로 끝부분에는 우라이가 숨어 있었다는 화장실과 샤워실, 그리고 조리실이 있었다. 전부 만듦새가 간결한 것이, 후기가 여기를 집으로 삼으면서 새로 설치한 공간인 듯했다.

그후로도 나는 아직 발견되지 않은 사람들의 이름을 부르며 돌아다녔지만 대답은 없었다.

홀로 이어지는 넓은 통로로 돌아가자 우라이는 이미 돌아와 있었다.

"혹시 누구 찾으셨어요?"

조바심을 누르지 못하고 물었지만 우라이는 미안한 표정으로 고개를 저었다.

이제 지하 수색팀에 기대하는 수밖에 없다.

보고하기 위해 후기의 방으로 돌아가자, 후기의 시체를 어딘가로 치웠는지 바닥에는 피가 고인 자국만 남아 있었다. 바닥에 흩어진 전화기와 모니터 조각은 근처에 있는 쓰레기통에 처박혀 있었다. 사이가와 고리키는 없었고, 나루시마와 보스가 침실 장롱에서 파일에 담긴 서류를 가져와서 샅샅이 훑어보는 중이었다. 후기가 보관했던 마다라메 기관 및 연구 관련 자료인 듯했다.

죽은 사람의 유품을 뒤지는 그 모습이 몹시 추악해 보여서 나는 무의식중에 눈을 돌렸다.

1층을 수색한 결과를 알려도 나루시마는 "그렇군" 하고 반응했을 뿐, 서류를 넘기는 손을 멈추지 않았다. 대신에 옆에 있던 보스가 노고를 치하했다.

"고생 많았어. 지하 수색팀의 보고를 기다려보자."

"사이가 씨하고 고리키 씨는요?"

"사이가는 예비용 시트로 시체를 감싸서 잘 치워두겠다길래 그러라고 했어. 고리키는 이야기를 마친 후 수색에 참여하겠다면서 나갔고."

"고리키 씨를 자유롭게 놔두어도 괜찮겠습니까?"

우라이가 걱정하자 나루시마는 귀찮다는 듯이 손을 내저으며 말했다.

"돈을 줄 테니까 우리에 관해 발설하지 말라고 했더니 알겠다더군. 나중에 계약서만 철저하게 작성하도록 해."

그러는 사이에 복도 쪽에서 사람 목소리가 들려왔다. 아울 일행이 지하에서 돌아온 모양이다. 금속 문으로 나가자 아울과 마리아가 시트로 감싼 물체를 앞뒤에서 들고 바로 옆방에 들여놓는 참이었다. 시트에는 피 같은 얼룩이 배어 있었다.

시신이다.

설마 싶은 공포가 솟아올랐다.

마리아가 나를 보더니 시선을 돌렸다.

"유즈루, 미안하지만, 히루코는 찾지 못했어."

사이가와 고리키도 돌아오자 수색 결과를 공유했다.

마리아 말로는 지하 주구획에서 알리의, 그리고 부구획

에서 안내자 구엔의 시신을 발견했다고 한다. 아까 마리아와 아울이 옮긴 건 몸집이 작은 구엔의 시신이었다. 시신과 잘린 머리는 전부 아까 보았던, 평소 창고로 사용하는 방으로 옮겼다는 이야기였다.

"둘 다 머리가 잘려나갔어. 거인은 왜 머리만 머리 무덤에 모아두는 거야?"

마리아의 질문에 사이가는 모호하게 고개를 젓더니 "이유는 모르겠지만 늘 그럽니다"라고만 답했다.

"후기의 머리도 머리 무덤에 있었나?"

갑자기 나루시마가 물었다.

"응. 후기의 머리만 안 보이길래 잘 찾아봤더니 드럼통에 처박아놨더라고. 특별 대우한 걸까. 그건 왜?"

"그냥, 그런 불결한 곳에 방치하면 쥐가 파먹지는 않을까 싶어서."

그러자 아와네가 뜻밖의 말을 꺼냈다.

"그럴 염려는 없을 것 같은데요. 이 저택에서 동물은 한 번도 본 적이 없거든요."

"정말이야?" 아울이 미간을 찌푸렸다.

곧이곧대로 받아들이기 힘든 이야기다. 흉인저는 빈말로도 깔끔하게 청소했다고는 할 수 없는 곳이고, 쥐가 번식하기에도 적합한 환경이니까.

"거짓말 아니에요. 동물적인 감인지는 모르겠지만, 살아 있는 것들은 '그 아이' 주변에 얼씬도 하지 않아요. 덕분에 식료품을 관리하기는 편하지만요."

이로써 희생자는 코치맨, 찰리, 알리, 그리고 안내자 구엔과 저택 주인 후기까지 총 다섯 명으로 늘어났다. 암담한 결과에 무거운 분위기가 주변을 감쌌다.

나루시마에게 피험자 관련 정보가 없었던 것이 이번 참사의 원인이다. 조금이라도 책임감을 느끼려나 했는데, 정작 나루시마는 팔짱을 낀 채 구두코로 바닥만 두드렸다.

그 옆에 서 있던 우라이가 나루시마 대신에, 사망자가 받을 보수는 틀림없이 유족에게 전달하겠다고 약속했다.

"그나저나 겐자키가 발견되지 않다니." 보스가 중얼거렸다.

"아직 가능성이 있는 곳이라면……."

마리아가 내 눈치를 보며 말을 끊었다. 절망을 의미하는 말이라는 걸 알기 때문이리라.

나는 일부러 입 밖에 내어 말했다.

"거인이 있는 별관이겠죠."

어젯밤 혼란스러운 와중에 히루코 씨가 별관으로 도망쳤

을 가능성은 충분하다.

하지만 지금 별관은 흉인저에서 가장 죽음에 가까운 장소다.

어젯밤에 코치맨의 머리를 들고 나타난 거인의 모습이 뇌리를 스쳤다. 거기에 히루코 씨의 모습이 겹칠 것만 같아서 나는 머리를 휙휙 내저었다.

"별관을 수색하러 가죠."

"미쳤어?" 아울이 냉담하게 말했다. "그 괴물이 사는 곳이라고. 별관으로 도망쳤다면 벌써 죽었겠지."

"찾아보지도 않고 포기하겠다는 거야? 당신들이 지켜주겠다고 약속했잖아!"

"고용주한테 따져. 난 시체 회수에 목숨 걸 생각 없어."

내가 발끈해서 아울에게 덤벼들려고 하자 우라이가 허둥지둥 끼어들었다.

"진정하게요. 겐자키 씨는 저희에게도 중요한 분입니다. 생존 가능성이 있는 한 포기하지 않아요. 하무라 씨도 저희를 믿어주십시오."

"맞는 말이야. 겐자키 양을 죽게 내버려둘 수는 없지."

그렇게 말한 나루시마는 심각하게 고민하는 표정이었다.

의절당한 것이나 마찬가지라고는 하나, 히루코 씨의 본

가는 요코하마의 명문가다. 히루코 씨가 휘말린 사건과 관련해 언론에 압력을 가할 수 있을 만큼 정재계에도 큰 영향력을 행사한다고 들었다. 그런 겐자키가의 여식이 실종된다면, 나루시마가 무슨 수를 쓰든 자신이 관여했다는 사실을 숨기기는 어려우리라.

분위기가 험악해지자 보스가 입을 열었다.

"후기의 시체를 조사해봤어. 사후경직 상태와 체온으로 판단컨대 죽은 지 세 시간 이상 지났을 거야. 시반•을 봐도 그렇고."

보스는 기초적인 의학 지식이 있는 모양이었다.

후기는 우리가 흩어져서 숨어 있는 사이에 죽었다는 뜻이다.

"뭐 하나 물어봐도 돼요?"

지금까지 잠자코 이야기를 듣고 있던 고리키가 의문을 제기했다.

"아까 보스가 설명한 바에 따르면 그 거인은 후기가 비밀리에 탄생시킨 괴물이잖아요. 그런데 후기 본인도 통제를 못 했던 거예요? 적이고 아군이고 구별을 못 하는 건가?"

• 사람이 죽은 후 피부에 생기는 반점. 혈관 속의 혈액이 시체의 아래쪽으로 내려가서 생기는 현상이다.

사이가가 싹싹한 표정으로 대답했다.

"그래서 사장님은 평소 그 아이가 1층에 올라오지 못하도록 격자로 홀을 막아두신 겁니다."

어젯밤 지하로 통하는 출입구를 전부 격자로 막아둔 건 거인이 올라오지 못하도록 하기 위해서였다. 후기는 그 사실을 숨긴 채 우리를 지하로 유도해, 거인의 손에 죽게 할 작정이었으리라. 묘하게 순종적이었던 후기의 태도에 담긴 속뜻을 깨닫자, 어젯밤에 부주의하게 행동했던 것이 새삼 후회됐다.

나루시마가 화풀이하듯 말을 내뱉었다.

"그딴 괴물을 '아이'라고 부르다니. 역겨우니까 집어치워!"

그러자 아와네가 낯빛을 바꾸며 소리쳤다.

"괴물이라고 하지 마세요! 그렇게 부르면 사장님이 화내신다고요!"

어쩔 수 없다는 표정으로 사이가가 수습에 나섰다.

"양해 부탁드립니다. 사장님이 그 아이를 참 애지중지하셨거든요. 괴물 취급은 어림도 없고, 저희가 기분 나빠하는 티만 내도 몹시 언짢아하시며 물건을 집어 던지거나 때리거나 하셨죠. 자자, 아와네 씨. 일이 이렇게 됐으니 우리도 협력하자고."

나는 약삭빠르게 구는 사이가가 오히려 못 미더워 보였다.

"후기는 여기서 저지른 악행을 더이상 숨길 수 없다는 걸 깨닫고, 마지막 저항으로 우리를 거인의 사냥감으로 던져준 후 연구 자료를 파기하려 한 거겠지. 서류를 난로에 태운 흔적이 남아 있고, 전화기와 모니터도 부숴어."

나루시마의 말을 듣고 나는 쓰레기통에 버려진 물건에 관해 물어보았다.

"안 그래도 궁금했는데, 부서진 모니터는 어디에 사용된 건가요?"

"아아, 지하에 설치한 야간 투시 카메라로 이 방에서 거인을 감시했대. 어제는 미처 몰랐지만 복도에 설치된 카메라 몇 대를 아까 발견했어."

수색하는 도중에 아와네에게 들었다며 마리아가 알려주었다.

이어서 보스가 두 고용인에게 물었다.

"그 외에 전화나 컴퓨터 같은 통신기기는 없나?"

"없습니다. 사장님 지시로 경보 장치도 떼어놨어요."

"만약을 위해 묻겠는데, 피험자는 그 거인뿐이야?"

"한 명뿐입니다. 틀림없어요."

"그토록 흉포한 괴물을 평소에 어떻게 돌봤지? 햇빛이 비치는 동안은 별관에 틀어박혀 있으니, 어쩔 방도도 없을 텐데."

그러자 사이가가 모르는 소리 말라는 듯 고개를 젓고 말을 꺼냈다.

"돌보다니요. 그럴 엄두도 못 내죠. 어제만큼은 아니지만 늘 흉포하거든요. 다만 인간의 습성은 남아 있는지 낮에 머리 무덤의 반입구로 식사를 넣어주면 먹어치우고, 옷을 넣어두면 알아서 갈아입기도 합니다. 별관에 있는 수도와 화장실도 사용하는 것 같고요. 지능은 있어요."

"어젯밤에 닥치는 대로 사람을 죽이던 괴물의 모습만 봐서는 상상이 안 되는데."

"그 아이의 정신 상태는 달의 영휴에 크게 좌우된다나 봅니다. 사장님은 바이오리듬이 어쩌고 하면서 설명하셨는데요. 보름날이 가까워질수록 흉포함이 증가해서 분별없이 날뛰어요. 옛날에는 보름달이 뜬 밤이 지나면 나아졌다는데, 제가 여기에 온 후로는 해마다 더 불안정해졌어요. 이제는 보름날 전후를 포함해 사흘은 날뜁니다."

사이가의 말을 믿는다면 어제를 시작으로 내일까지가 거

인이 제일 흉포해지는 기간이고, 우리는 하필이면 최악의 타이밍에 흉인저를 찾아온 셈이다.

"후기는 보름날에 맞춰서 직원을 저택으로 호출했죠. 흉포해진 거인을 달래기 위한 '제물'로 바쳐서 거인에게 인간 사냥을 시킨 거로군요."

다들 같은 생각이었는지 암담한 표정으로 묵묵히 내 말을 들었다.

사이가는 당황하는 낌새 하나 없이 인정했다.

"맞습니다. 하지만 제물이 효과가 있었는지는 모르겠네요. 어젯밤에 여러 명을 죽인 후에도 그 아이는 미쳐 날뛰었으니까요. 어쩌면 저희의 협력을 얻기 위한 명분이었을지도 모르겠습니다."

"명분을 앞세워 사람을 계속 죽였다는 건가?" 보스가 말했다.

"사장님도 이 저택에 들어오신 후 몇 년은 작게나마 설비를 갖추고 제대로 연구를 했습니다. 하지만 통 성과가 나오지 않았던 모양이라, 사장님의 분노와 실망만 쌓여갔죠."

그리고 마침내 인내심의 한계에 다다른 후기는 연구 설비를 제 손으로 때려 부수고 사이가에게 처분하라고 명령했다고 한다.

그로부터 며칠 후 보름달이 뜬 밤, 후기가 처음으로 직원을 호출했다고 사이가는 설명했다.

"사장님은 그 아이의 생태를 해명하지도, 그 아이를 통제하지도 못했어요. 제물을 던져주고 그 아이가 '능력'을 발휘하는 모습을 모니터로 관찰하는 것만이 사장님에게 남은 실험 방법이었습니다."

그러자 아와네가 배신자를 보는 듯한 눈빛으로 사이가를 다그쳤다.

"그게 무슨 망발이에요! 사이가 씨, 사장님을 너무 깎아내리는 것 아닌가요!"

"아니. 아와네 씨, 이 말만은 꼭 해야겠어. 사장님은 연구자로서 영광에 너무 집착했어. 본인에게는 버거운 연구라는 걸 알면서도 보물을 독차지하려는 어린아이처럼 저택에 틀어박혀, 영광을 차지하는 꿈을 놓치기 싫어서 직원들을 제물로 삼았지. 최근에는 석 달에 한 명 정도였지만, 실은 매달 직원을 준비하고 싶어 했어요."

직원들.

인적이 끊긴 테마파크. 흉인저 주인의 호출을 받은 직원은 영문도 모른 채 지하로 향한다. 어두운 계단에 발을 내디딘 순간, 격자가 내려와서 퇴로를 차단한다. 꺼내달라고 애원해도 노인은 시끄럽게 웃을 뿐. 필사적으로 도망치지만 결국 암흑 속에서 뻗어 나온 외팔에 목숨을 빼앗긴다. 악몽 같은 살육이 벌어졌다는 사실을 아는 사람은 노인과 저택의 고용인뿐이다. 아침이 되면 이용객들이 웃는 얼굴로 흉인저 앞을 지나다닌다.

"정신 나가겠네. 불법 고용이 문제가 아니잖아. 사람 목숨을 뭐로 아는 거야."

놀라움을 넘어 공포를 느꼈는지 고리키가 떨림을 억누르듯 자기 몸을 끌어안았다.

"댁들도 후기의 만행을 묵인했고 말이야."

나루시마의 말에 아와네의 얼굴이 시뻘게졌다.

"저는 아무 상관도 없어요! 직원을 호출한 날은 하나부터 열까지 사장님이 다 알아서 하셨단 말이에요. 저는 제 방에 있어서 자세한 건 하나도 몰랐어요."

"어디서 거짓말이야?"

마리아가 쏘아붙였다.

"어젯밤에 지하에 내려간 보스와 처음으로 교신했을 때, 당신들 둘 다 이러다 죽는다느니 통로를 막으라느니 난리를 쳤잖아. 지하로 보내진 사람이 어떤 결말을 맞는지 알고 있었다는 증거야."

아와네는 아무 대꾸도 하지 못하고 금붕어처럼 입만 뻐끔거렸다.

이때까지 잠자코 이야기에 귀를 기울이고 있던 아울이 의아하다는 듯 물었다.

"마리아가 왔을 때, 이곳의 금속 문은 열려 있었다고 했지?"

마리아는 고개를 끄덕였다.

"후기는 실내에서 거인에게 살해당했어. 그렇게 튼튼한 문을 달아놓고, 문단속을 게을리하다니 이상하지 않아?"

우리는 방을 나서서 금속 문 앞으로 이동했다.

보스가 모두에게 잘 보이도록 문을 닫았다.

"문 바깥쪽에 찍힌 자국이 많아. 거인이 도끼로 내려치자 충격으로 빗장이 빠졌는지도 모르지. 아니면 문을 닫으려는데 거인이 침입했든지……."

"어제 낮에 봤을 때는 흠집 하나 없었는데요."

아와네가 무시무시한 걸 봤다는 표정으로 말했다.

그래도 아울은 이해가 안 된다는 눈치였지만, 고리키가 끼어들었다.

"제삼자인 내가 말하기는 좀 그렇지만, 이게 그렇게 중요한 일이에요? 아직 안부를 확인 못 한 동료가 있지 않아요?"

생각지 못한 형태로 원하는 화제가 다시 튀어나와서 나도 힘을 냈다.

"별관에 히루코 씨가 있는지 없는지 확인할 방법이 없을까요?"

"아까 말했잖아. 들어가봤자 어젯밤과 똑같은 꼴이 날 뿐이야."

아울은 변함없이 소극적이었다. 그런데 예상치 못한 곳에서 도움의 손길이 뻗어 왔다.

"방법이 없는 건 아닌데요……."

시선이 집중되자 사이가는 겸연쩍은지 고개를 움츠렸다.

"어쨌거나 어려울 겁니다. 다 죽을 거예요."

사이가가 앞장서서 향한 곳은 후기의 방에서 홀로 이어지는 통로 중간쯤이었다.

약 3미터 폭으로 뚫어낸 벽에 커다란 널빤지가 끼워져 있었다.

"이건 내부 도개교예요. 저택 정면 출입구에 있는 것과 같은 기구죠. 내리면 다리로 사용할 수 있습니다."

사이가가 벽을 만지며 설명했다.

"이 저택이 놀이 시설이었던 시절에 사용된 건데, 맞은편의 별관 1층으로 이어진다고 합니다."

"아아, 이건 그런 장치였군요." 우라이가 말했다.

예상외의 샛길이 발견돼서 나는 기쁨을 감출 수 없었다.

이 다리와 머리 무덤, 양쪽 경로로 별관에 들어갈 수 있다면 어느 한쪽으로 거인을 유인해놓고 히루코 씨를 찾을 수 있을지도 모른다.

하지만 내 기대는 금방 깨졌다.

"옆이 기계실인데, 정면 출입구와 마찬가지로 이쪽 윈치도 고장 나서 작동이 안 됩니다."

"그럴 줄 알았지."

아울이 뒤통수에 깍지를 끼고 투덜거렸지만, 나는 포기할 수 없었다.

"다리를 고정한 쇠사슬을 절단하면 되지 않을까요?"

"그야 그렇지만 자르면 원래대로 못 끌어 올려요. 더구나 이 다리는 머리 무덤 바로 위에 있어서, 다리를 내리면 머리 무덤에 뚜껑을 덮는 꼴입니다."

사이가는 오른쪽 손바닥을 세웠다가 천천히 눕히면서 도개교의 움직임을 재현했다.

"그러면 머리 무덤에 비치던 햇빛이 차단되죠. 즉, 머리 무덤이 어둠에 잠겨서 낮에도 그 아이가 본관까지 올 수 있게 됩니다."

더는 아무 말도 꺼낼 수가 없었다.

히루코 씨를 찾기 위해 다리를 내린 결과, 우리가 대낮에도 거인에게 쫓기는 꼴이 되어서야 아무 의미도 없다.

보스가 입을 열었다.

"일단 별관에 진입하는 것 외에 할 수 있는 일을 생각해 보자. 이 저택에서 탈출할 방법을 찾든지, 아니면 어떻게든 밖에 있는 사람에게 도움을 요청하는 거야."

우리 힘만으로는 히루코 씨를 구할 수 없으니 외부의 힘을 빌려야 한다.

하지만 외부의 도움을 받으면 십중팔구 우리는 경찰에 신병이 구속된다. 당연히 그런 결과를 원하지 않을 나루시마가 제일 먼저 반론했다.

"잠깐. 그럼 거인 포획은 어쩌고?"

"사람이 이렇게 많이 죽었는데, 제정신이야?" 마리아가 비난 어린 시선을 던졌다.

"어제는 기습을 당해서 피해가 컸을 뿐이야. 상대는 결국 하나잖아. 지능도 별로 높지 않다면 현대에 되살아난 기간토피테쿠스에 불과해."

기간토피테쿠스는 키가 약 3미터나 된다는 역사상 가장 큰 영장류다. 이 지경에 이르러서도 나루시마가 낙관적인 태도를 버리지 않자 보스는 화난 얼굴로 설득했다.

"당신도 봤잖아. 놈은 괴력을 지니고 있을 뿐만 아니라, 총알을 퍼부어도 끄떡도 하지 않는 괴물이야."

"머리를 쏘면 되겠지."

"쏴봤어!"

보스가 언성을 높였다.

"하지만 맞질 않아. 놈은 일류 운동선수 저리 가라 할 만큼 순발력이 뛰어나다고."

"아무리 그래도 총알을 피할 리가 있나."

"피할 필요 없지. 놈은 밤눈이 밝고, 우리가 조준하는 것보다 빨리 움직일 수 있으니까. 머리 무덤에서 찰리가 당했을 때를 생각해봐."

그때 거인이 뛰어오르자 마치 사라진 것 같은 착각이 들었다. 신체 능력만으로 그 정도 수의 용병들을 가지고 논 것이다. 분명히 인간을 초월했다. 하물며 총을 맞아도 끄떡없는 육체까지 지니고 있다면 우리에게 승산은 없다.

"포획은 불가능해. 기관총이라도 있으면 모르겠지만."

"자자, 진정하자고."

아울이 두 사람을 달래듯이 끼어들었다.

“이건 일이야. 당연히 고용주의 요망에 최대한 부응해야겠지. 그리고 외부에 도움을 요청하면 우리 모두 체포될 거야. 보스도 체포되길 바라는 건 아닐 텐데.”

이번에는 보스도 입을 다물었다.

“사람들에게 들키지 않고 나가려면 저택 정면의 도개교는 못 써. 그렇다면 통용문밖에 없는데, 열쇠는 코치맨이 들고 사라졌어. 코치맨의 시체는 지금 어디 있지?”

아울은 학생에게 해답을 유도하는 교사처럼 차근차근 말을 풀어나갔다.

코치맨과 교신한 직후에 울려 퍼진 종소리, 코치맨의 머리를 들고 별관에서 나온 거인…….

코치맨은 종루에서 살해당했을 것이다. 종루에 가려면 별관을 지나가야 한다.

다시 말해 히루코 씨를 찾든 열쇠를 회수하든, 별관은 꼭 조사할 필요가 있다. 하지만 해가 뜬 낮에는 거인이 별관에 틀어박혀 있다. 속수무책이다…….

결국 논의는 보류됐다.

보스, 아울, 나루시마는 후기의 방으로 돌아갔고, 마리아는 불만스러운 표정으로 홀 쪽으로 향했다. 두 고용인도 마음이 편치 않은지 얼른 그 자리를 떠났고, 우라이는 고리키를 불러세워 뭔가 상의하기 시작했다. 나는 뿔뿔이 흩어져 행동하는 사람들을 안타까운 심정으로 바라보았다.

사람들을 히루코 씨 수색에 동원하려면 별관의 동향을 살필 방법을 찾아내는 수밖에 없다.

도개교는 못 내리지만, 어딘가 다른 샛길이 있을지도 모른다.

그걸 찾으려면 이 복잡한 저택의 전체상을 파악해야 한다. 평면도를 만들어서 별관으로 이어지는 경로를 찾는 것이다.

필기구를 찾으려고 후기의 방에 들어가자 보스를 비롯한 세 사람이 이야기를 멈추고 이쪽을 보았다.

"필기구를 좀 빌리려고요."

세 사람의 반응을 이상하게 여기며 그렇게 설명해도 이야기를 재개할 낌새는 없었다.

후기의 책상 서랍을 열었다. 죽은 사람의 물건을 뒤지려니 내키지 않았지만 어쩔 수 없다. 비싸 보이는 만년필도 있었지만 연필을 골랐다. 새 노트도 챙겨서 방을 나서려는데 보스가 불러 세웠다.

"하무라. 어젯밤 내내 지하의 난로가 있는 방에 숨어 있었나?"

왜 이제 와서 그런 걸 묻는 걸까.

"네. 처음에는 지하를 도망 다녔지만, 난로를 발견한 후에는 쭉 숨어 있었는데요."

"1층에는 한 번도 올라오지 않았고?"

난처한 기분으로 재차 긍정한 후 이번에는 내가 물어보았다.

"보스랑 아울 씨는 어디 숨어 계셨어요? 우라이 씨가 1층에 계셨다는 이야기는 들었는데요."

"아울은 정면 입구 도개교 옆 기계실에 있었다는군. 나는 한동안 주구획을 헤매다가 어떤 방에 들어가서 숨어 있었고."

그렇게 대답하는 보스도, 다른 두 사람도 표정이 딱딱했다. 그 말을 끝으로 대화가 끊겼다. 나는 아무래도 그들이 수상쩍었지만, 마침 우라이가 돌아온 걸 계기로 방을 나섰다.

1층의 구조는 대강 파악했으므로 지하의 평면도를 그리기로 했다. 하지만 홀에서 이어지는 계단까지 와서 바로 실수했음을 깨달았다.

조명 도구가 없다. 애당초 곁다리로 따라왔던 내게는 그 정도 장비도 지급되지 않았다.

지금은 사망한 용병의 손전등이 남아 있을 것이다. 빌리러 돌아가려는데 누군가 말을 걸었다.

"지하에 갈 거면 같이 갈게. 아까도 갔으니까 도움이 될 거야."

마리아는 자연스럽게 윙크하더니 손전등을 들고 주구획으로 이어지는 계단을 내려갔다.

"보스 쪽을 안 도우셔도 돼요?"

"됐어. 이런 비상사태에 무슨 생각을 하는 건지, 원. 어떻게 생각해도 사람 목숨이 더 중요하잖아."

마리아는 불만을 감추지 않고 마구 떠들어댔다.

"지금은 히루코부터 빨리 찾아내야 해. 무엇보다 난 그런 괴물을 풀어주기 위해 이번 일을 맡은 게 아니라고. 오히려 그런 건 냉큼 죽여버려야 세상에 도움이 되겠지. 그런데 보스고 아울이고 나루시마의 비위를 맞추느라 정신이 없네. 짜증 나. 그렇지?"

마리아는 내 반응을 신경 쓰는 낌새 없이 당연하다는 투로 말했다. 자신의 사고방식을 조금도 의심하지 않는 그 태도가 오히려 극단적으로 느껴지기도 했다. 물론 거인은 위협적이지만, 구해야 할 대상과 죽일 대상을 너무 간단히 판정하는 것 같다.

하지만 지금은 마리아의 도움을 고맙게 받아들이기로 했다.

한번 지하를 수색해본 마리아의 안내를 받아 주구획을 돌아다니면서 걸음 수를 기준으로 지하의 구조를 그려나갔다.

자재류가 방치된 창고도 있었지만 방은 대부분 텅 비어 있었다.

복도 천장에는 거인을 관찰하는 데 사용했다는 카메라가 몇 대 달려 있었다.

바닥은 자잘한 하얀 조각 천지였다. 벽과 천장에서 벗어져서 떨어진 도료 조각이다.

"어젯밤에 사이가와 아와네한테 들었는데."

앞장서서 걸어가던 마리아가 말했다.

"후기가 여기 들어온 후로 저택 보수와 개축은 사이가한테 맡겼대."

"개축이라니요?"

"통로를 막거나 문을 설치하는 등 후기가 이런저런 일을 시켰다던데. 무슨 의도로 그랬는지는 사이가도 모르고. 뭐,

사이가 혼자서 큰 공사를 하지는 못했겠지만."

과연. 벽에 판자만 붙여놓은 가짜 문이나 끝부분이 부자연스럽게 막혀 있는 복도 등, 지하에서 이따금 기묘하게 보수한 흔적이 눈에 띄긴 했다. 놀이 시설이었던 시절에 미로를 연출하기 위해 그런 것인가 싶었는데 아니었구나. 후기는 어째서 이렇게 희한하게 개축하라고 지시한 걸까.

"이쪽에도 이상한 곳이 있어."

마리아는 주구획의 계단을 내려가서 잠시 나아간 곳에 있는 새것 같은 미닫이문 앞으로 나를 데려갔다.

"지하에서…… 아니, 이 저택에서 왜 여기만 미닫이문일까?"

"분명 사이가 씨가 만든 거겠죠. 사이가 씨에게 안 물어보셨어요?"

마리아는 고개를 저었다.

미닫이문 안쪽의 기다란 복도를 나아가다 한 번 꺾자 작은 방이 나왔다. 가구고 뭐고 아무것도 없이 살풍경한 방이었다.

하지만 다른 방과 달리 정면에 철 격자가 끼워진 작은 창문이 있었다.

창밖으로 손전등을 비추자 3미터쯤 되는 공간 저편에 콘크리트 벽이 보였다. 손을 뻗어보았지만 바람은 느껴지지 않았다. 아무래도 바깥과 연결된 공간은 아닌 듯했다.

"옛날에 있었다는 놀이 시설의 일부려나."

"감옥풍이었다고 하던데, 어떤 놀이 시설이었을까요?"

"우라이 말로는 감옥풍 유령의 집이었대. 낡아서 폐쇄된 교도소의 비밀 감옥에 지금도 불사신 사형수가 갇혀 있다는 콘셉트였다나."

여기가 그 비밀 감옥이었을까. 불사신 사형수가 아니라 괴물 같은 거인이 밤이면 밤마다 저택을 활보한다는 것만 제외하면 현재 상황과 묘하게 부합해서 섬뜩했다.

미닫이문 밖으로 나와서 다시 도면을 그려나가다가, 복도 끝부분에서 사방팔방 피가 튄 흔적을 발견했다.

"알리는 여기서 살해당했어."

어젯밤에 내가 숨어 있던 방과 꽤 가까웠다. 거무죽죽하게 변색된 핏자국만이 어젯밤의 참극을 대변했다. 알리가 마지막으로 지른 단말마의 비명을 떠올리자 몸이 바르르 떨렸다.

나는 알리가 쓰러져 있었을 곳으로 다가가서 양손을 마주 모았다.

"알리는 본국에서 지내는 동생들을 위해 돈을 벌었어. 다섯 남매를 모두 대학까지 보내겠다면서. 가족에게 알리는 영웅이었을 거야."

그렇게 말하고는 마리아도 몸을 구부리고 기도문 같은 말을 작게 읊조렸다.

마리아가 안내해준 덕분에 그후로도 평면도 작성 작업은 순조롭게 진행됐지만, 머리 무덤을 경유하지 않고 별관으로 이어지는 길이나 별관 안쪽 상황을 살필 수 있을 만한 곳은 찾지 못했다.

히루코 씨를 찾아낼 실마리를 전혀 얻지 못해 초조함만 쌓여갔다.

머리 무덤으로 가보려던 차에 마리아의 무전기에서 보스의 목소리가 들렸다.

〈마리아, 어디야?〉

"왜?"

〈후기의 방으로 돌아와. 자료를 정리할 인원이 더 필요해.〉

지시에 따르는 것이 당연하다는 듯한 보스의 말투에, 마리아는 짜증이 가득한 표정으로 "알았어" 하고 대답했다. 실은 더이상 나루시마와 얽히고 싶지 않은 것이리라. 나는 한숨을 푹 쉬는 마리아를 위로했다.

"이제부터는 혼자서 할 수 있어요. 도와주셔서 감사합니다."

"미안해. 손전등은 네가 써."

"불빛 없이 돌아갈 수 있으시겠어요?"

"대강 기억나. 그럼 나중에 보자."

마리아는 망설임 없는 걸음걸이로 컴컴한 통로를 되돌아갔다.

철문을 열고 악취가 풍기는 머리 무덤으로 나가자 뒤쪽에서 삐걱거리는 소리와 함께 철문이 저절로 닫혔다. 열어놓지 못하도록 해둔 모양이다.

간유리 천장에서 햇빛이 비쳐 들어 어젯밤과는 딴판으로 밝은 머리 무덤에는 고리키가 있었다.

고리키는 땅에 떨어진 두개골 옆에 쪼그려 앉아 마치 입속이라도 들여다보는 것처럼 두개골을 유심히 관찰하다가, 이쪽으로 고개를 돌리더니 내 손을 흥미롭게 바라보았다.

"하무라랬지? 뭐 해?"

"저택 평면도를 만들고 있어요. 고리키 씨야말로 여기서 뭐 하세요?"

"딱히 뭘 하러 온 건 아니고. 직원이 사라진다는 도시 전설의 진상이 외팔이 거인의 대량 살인이었다니 아직도 믿기질 않아서 무슨 몰래카메라 아닌가, 그런 생각을 하고 있었지."

고리키는 그렇게 대답하고 일어섰다.

"계속 신경 쓰였는데 왜 너 같은 어린애, 미안해, 젊은 사람이 나루시마 일행과 함께 이런 곳에 온 거야? 대학생이니?"

"네. 다른 분들이 보시기에는 어린애겠죠."

"화내지 마. 나도 너랑 별 차이 없어."

"네?"

무심코 되물은 후에야 실수했다고 후회했다. 아니나 다를까 고리키는 언짢은 듯 노려보았다.

"이래 보여도 스물두 살이야. 왜, 나이 들어 보인다 그거니?"

"어, 그게, 배짱도 있으시고 해서 좀더 선배가 아닐까 싶었거든요."

솔직히 서른 살 정도인 줄 알았다. 스물두 살이라면 학교에서 늘 보는 연령대 아닌가. 고리키의 두둑한 배짱은 사회에서 구르면서 길러진 게 아닐까 싶었건만.

"늙어서 미안하게 됐다. 자."

고리키가 호주머니에서 꺼낸 면허증을 보니 분명 나보다 세 살 연상이었다. 곧 스물세 살이 되는 3월생이다.

"실례했습니다."

"알면 됐어. 원래 하던 이야기로 돌아가자. 겐자키 씨라는 사람과 여기에 온 이유는 뭐야?"

뭐라고 대답할까.

히루코 씨의 체질을 밝히기는 싫었고, 과거에 있었던 사건을 언급하기도 귀찮다. 고리키가 나쁜 사람으로 보이지는 않지만, 어떤 형태로 정보가 유출될지는 모를 일이다. 나는 어떻게 잘 얼버무리고 넘어갈 방법이 없을지 고민했다.

"어, 거짓말하려는 거지?"

정곡을 쿡 찔렸다. 고리키가 내 눈을 들여다보았다.

"너무 훤히 보여. 비밀을 숨기는 데는 소질 없네."

"……눈동자가 움직이는 걸 보고 아셨어요?"

"그 밖에도 표정근이나 손짓 등 이것저것."

고리키는 눈에서 힘을 풀고 적의가 없음을 알리듯 양손을 펼쳤다.

"말하기 싫으면 그렇다고 해도 되니까 거짓말은 하지 말자. 이런 상황에서 서로 떠보는 거 피곤하기만 하잖아."

고리키에게서는 여유가 느껴졌다. 마다라메 기관에 관한 내용만 덮어놓고 나머지는 솔직히 밝히는 편이 좋을 것 같았다.

"히루코…… 겐자키 씨는 일반 시민이지만 몇몇 살인 사건을 해결로 이끌었어요. 그중에 이번처럼 특수한 연구가 얽힌 사건도 있었거든요. 그걸 높이 평가한 나루시마 씨가 동행을 부탁한 거고."

"혹시 겐자키 씨는……."

고리키가 알고 지내는 기업가에게 들었다는 소문을 말해 주었다. 명문가인 겐자키 집안에는 재앙을 불러들이는 체질을 지닌 딸이 있다. 딸 주변에서는 옛날부터 사건과 불행이 끊이지 않았고, 결국 그 체질을 불길하게 여긴 아버지가 딸을 집에서 내보냈다. 의절당한 셈이나 마찬가지인 딸은 현재 본가에서 멀리 떨어진 간사이 지방에 홀로 살고 있다. 그런 소문이다.

"혹시 그 딸이야?"

고리키의 질문에 나는 씁쓸한 기분으로 고개를 끄덕였다.

"그런데 넌 겐자키 씨하고……?"

"덤이에요."

"덤이라니. 그럼 아까 말했던 특수한 연구라는 건 뭔데?"

"상상에 맡길게요."

"약속해라."

"어디까지 말해도 되는지를 제가 책임질 수 있는 게 아니거든요. 그리고 분명 기사로도 못 내실걸요."

고리키는 내 표정과 몸짓을 몇 초쯤 관찰하다가 납득한 듯 말했다.

"그래, 거짓말이 아니구나. 내가 생각했던 것보다 골치 아픈 상황인가 보네."

머리 무덤을 둘러보았다. 여기는 본관과 별관, 두 건물에 감싸인 직사각형 공간이다.

밝은 빛 속에서 올려다보니 윗부분은 모양새가 별났다. 볼록할 철凸이라는 한자처럼 3미터쯤 되는 부분부터 좌우가 좁아졌다. 한가운데는 위로 뻥 뚫렸고, 저 높이 간유리 천장에서 햇빛이 비쳐들었다.

부구획으로 이어지는 철문 위쪽에 길이가 15미터는 될 법한 도개교가 곧추서 있었다. 정면 출입구의 도개교보다 훨씬 크다. 사이가가 설명한 대로 저 다리를 내리면 뻥 뚫린 부분이 막힐 것이다. 도개교 바로 밑에 머리 무덤 전체를 내려다보는 각도로 카메라가 한 대 설치돼 있었다.

고리키도 간유리 천장을 올려다보더니 알려주었다.

"나도 흉인저에 관해 이것저것 알아봤는데, 놀이 시설이었던 시절에 여기는 중정이었다나 봐. 저 간유리 천장은 후기가 흉인저를 집으로 삼은 후에 만든 모양이고."

거인이 자외선을 싫어한다는 사실은 알고 있었을 테니, 낮에는 머리 무덤에 햇빛이 비치도록 하면서도 밖에서는 안쪽 상황을 모르도록 간유리로 천장을 만든 걸까.

지면으로 눈을 돌리자 잡초가 약간 자란 땅 여기저기에 두개골이 뒹굴고 있었다.

주구획 맞은편 벽 앞에 있는 드럼통을 보자 소각로로 사용했는지 검게 탄 흔적이 있었다. 연통은 따로 없고 윗면을 뚜껑처럼 떼어낼 수 있다. 후기의 머리도 여기 있던 건가. 뚜껑을 열고 안을 들여다보자 의외로 깨끗했다.

내가 드럼통을 살펴보자 고리키는 진귀한 동물이라도 보는 듯한 표정을 지었다.

"겐자키 씨는 그런 곳에 들어갈 수 있을 만큼 작아?"

"여기 있을 리 없겠죠……. 아마 들어갈 수는 있겠지만."

어쩐지 마음이 불편했다. 이렇게 위급한 사태에 휘말린 사람치고 고리키는 너무 태연자약한 것 아닌가. 그러고 보니 나루시마가 여기서 있던 일을 발설하지 않기로 고리키와 합의했으니 계약서를 쓰라고 우라이에게 지시했는데, 그건 어떻게 됐을까.

물어보자 고리키는 "아아, 그거" 하며 호주머니에서 카드를 한 장 꺼내서 보란 듯이 팔랑팔랑 흔들었다. 나도 받았던 우라이의 명함이다.

"내가 이 저택에서 겪은 일과 후기의 연구에 대해 기사를 쓰지 않고 사진도 찍지 않는 대신, 나루시마가 입막음 조로 천만 엔을 지급하고 드림 시티의 불법 고용에 관한 증거를 넘겨주는 걸로 합의를 봤어. 우라이 씨가 계약서를 만들어 주겠대. 나도 그쪽이 더 돈이 되니까."

"천만 엔이요?"

"응. 돈은 역시 있는 곳에는 있나 봐."

본래 마다라메 기관에 관한 소재는 조사한들 압력이 들어와서 공표할 수 없으므로 위험성만 높은 사냥감이다. 그게 큰돈으로 바뀌고 당초 목적이었던 정보도 제공받는다. 고리키 입장에서는 실속 있는 거래였을 것이다.

그리고 나는 어떤 사실을 깨달았다.

"고리키 씨, 디지털카메라 가지고 계세요?"

"있는데."

고리키가 등에 멘 배낭에서 카메라를 두 대 꺼냈다. 하나는 프로 사진작가가 사용할 법한 DSLR 카메라, 하나는 호주머니에 들어가는 크기의 디지털카메라로 게를 본뜬 모양의 고무 스트랩이 달려 있었다.

"두 대나 가지고 다니세요?"

"눈에 띄지 않도록 촬영해야 할 때도 있거든. 쓰고 싶니?"

나는 고개를 끄덕였다. 지하의 구조를 조사하면서 사진도 찍어놓으면 나중에 뭔가 도움이 될지도 모른다.

"저희 스마트폰은 압수당해서 바깥의 트럭에 있거든요."

"아아, 나도 그래……. 뭐, 나 말고 다른 사람도 사진을 찍으면 안 된다는 건 합의 사항에 없었으니까."

고리키는 게 모양 스트랩이 달린 작은 디지털카메라를 빌려주었다. 시험 삼아 머리 무덤의 전경과 철문 세 개, 간유리 천장 등을 찍어보았다. 다루기 쉬운 듯했다.

"그럼 부구획을 조사하고 올게요."

나는 디지털카메라를 뒷주머니에 넣고 머리 무덤을 뒤로 했다.

하무라가 부구획으로 들어간 후 나는 숨을 푹 내쉬었다.

그가 나를 의심하는 낌새는 털끝만큼도 없었다. 미안하기는 했지만 이것도 일을 통해서 배운 기술이다. 켕기는 구석이 있으면 대화의 주도권을 잡는 편이 낫다.

그리고 내 비밀은 모르는 편이 모두에게도 좋을 것이다. 나루시마 일행의 목적과 내 목적은 대립하지 않으니까.

다시 두개골을 집어 들어 관찰하는데, 주구획 쪽 철문이 열리는 소리가 나고 우라이가 들어왔다.

내 행동에 놀랐는지 우라이는 눈을 살짝 크게 뜨더니 잠자코 고개 숙여 인사했다. 이런 상황에서도 흐트러지는 기색이 없다.

"여기 계셨군요. 아까 말씀드린 내용으로 계약서를 준비했습니다. 저희 사장님도 확인하셨어요. 육필이라 죄송합니다만……."

"구두 약속보다는 천 배 낫죠."

나는 건네받은 서류 두 장을 훑어보고, 원했던 내용이 빠짐없이 기재됐음을 확인했다.

사실 법률을 위반하는 상황을 전제로 한 계약서는 무효

다. 계약을 무시하고 그들의 행동을 폭로해도 내게 죄를 물을 수 없다. 하지만 어디까지나 법률상 그렇다는 이야기다. 예를 들어 여기서 탈출한 후 나루시마가 내 입을 막으려 할 가능성도 없지는 않다. 몸을 지키려면 그와 나의 이해관계를 증명할 증거를 가지고 있어야 한다. 육필이라면 더 바람직하다. 나루시마 같은 인간을 무턱대고 믿는 건 멍청한 짓이다.

우라이는 이런 내 생각을 안다. 그렇기에 의미 없는 계약서를, 내가 요청한 대로 작성함으로써 신뢰 관계를 맺으려는 것이다.

왜 우라이 같은 사람이 나루시마를 모시는지 신기할 정도다.

"이렇게 위험한 다리를 건너면서까지 수상쩍은 연구 정보를 독점하려 하다니, 나루시마 씨의 입장이 그렇게 안 좋은 건가요?"

"입장이라니요?"

우라이가 시치미를 뚝 뗐지만, 공교롭게도 나는 경제와 기업에 관해서도 나름대로 잘 안다. 거래처 중 한 곳이 경제 주간지라 정치가며 기업에 관한 가십 기사를 쓰기 때문이다. 후기의 연구에는 분명 어마어마한 가치가 있을지 모르지만, 내가 알기로 나루시마 그룹은 요즘 같은 불경기에도 착실하게 성장하는 중이라, 자회사라고는 하나 사장이 직접 나서서 이런 범죄를 저지를 필요는 없다. 오히려 이번 일이 발각되면 기업 이미지가 크게 손상돼서 큰 타격을 입을 우려가 있다. 그렇다면 나루시마의 진짜 목적은…….

"나루시마 그룹은 세습제였지만, 현재는 우수하기만 하면 같은 집안 사람이 아니라도 적극적으로 등용하죠. 나루시마 도지 씨는 회장의 차남이면서도 여태 지방 자회사의 사장에 머무르고 있고요. 즉, 출셋길에서 밀려난 것 아닌가요?"

취재하면서 수많은 경영자를 봐왔다. 큰 성과를 올린 사람이 참 많지만, 우연히 환경과 시류를 잘 타서 일시적인 영광을 거둔 사람과 이름을 떨친 후에도 자신을 갈고닦아 오랫동안 군림하는 사람이 뿜어내는 분위기는 분명 차이가 있다.

내가 느끼기에 나루시마는 전자다. 이번 소동도 후계자 싸움에서 뒤처진 나루시마가 역전의 한 방을 노리고 다짜고짜 행동에 나섰다고 보는 게 제일 그럴듯하다.

"이런 사태가 벌어진 건 제 책임도 큽니다."

부정은 하지 않았지만, 우라이는 잘 얼버무리고 넘어

갔다.

“돈은 걱정하지 마십시오. 그 정도쯤은 사장님 마음대로 쓰실 수 있으니까요.”

“그 말을 들으니 안심되네요.”

나는 웃음을 지었다. 돈이고 불법 고용 문제고, 실은 아무래도 상관없다.

나는 그저 그를 찾으러 왔을 뿐이다.

사인한 계약서 한 장을 우라이에게 건넸을 때, 아까 부구획으로 들어갔던 하무라가 도로 나왔다.

“왜? 벌써 끝났어?”

“들어가자마자 부구획에서 사이가 씨와 마주쳤는데요. 평면도 이야기를 했더니 부구획은 자기가 그려주겠대요.”

“사이가 씨는 뭐 하러 부구획에 갔는데?”

“글쎄요. 그냥 여기저기 돌아다니는 것 같던데요.”

흐음. 마치 남이 부구획을 탐색하는 걸 꺼리는 듯한 느낌이다.

사이가에 대해서는 나도 마음에 걸리는 점이 있었다.

“저기, 사이가 씨의 얼굴, 어디서 본 것 같지 않아요?”

그러자 하무라와 우라이는 놀란 표정으로 입을 모아 말했다.

"저도 누구랑 닮은 것 같은 기분이 들더라고요."

"네, 구체적으로 누구냐고 하면 잘 모르겠습니다만."

역시나. 나는 목소리를 낮추었다.

"사이가 씨가 사람들과 눈을 잘 안 마주치길래 유심히 봤는데요. 그 사람, 혹시 구몬 도시노부 아니에요? 엔카 가수 나시로 유리가 살해된 걸로도 유명한 연쇄 강도 사건의 범인으로 지명수배된 구몬 도시노부요. 기억 안 나요?"

두 사람은 구몬 도시노부라는 이름은 기억하지 못하는 것 같았지만, 나시로 유리의 이름을 듣자 짚이는 구석이 있는 듯했다. 내가 구몬의 얼굴을 기억하는 건 지난주에 방송된 미결 사건 특집 프로그램에서 이 사건을 다룰 때, 구몬의 얼굴 사진이 큼지막하게 나왔기 때문이다.

두 사람도 그 방송을 봤을지 모른다. 우라이가 입을 열었다.

"분명 팔 년쯤 전에 벌어진 사건이죠. 지바를 중심으로 다섯 건 넘는 강도 살인이 발생했고, 범인들 가운데 주범은 도주한 사건이요."

그중 한 건의 피해자가 가수 나시로 유리로 밝혀지자, 정보 프로그램에서 사건을 연일 대대적으로 다루었다. 이미 체포된 범인 세 명은 전부 무기징역을 선고받았다. 주범

구몬은 도주중이지만 체포되면 사형을 선고받을 가능성이 높다.

"확실히 닮은 것 같습니다. 사건 당시보다는 살이 빠져서 바로 수배 사진이 떠오르지는 않았지만요."

하무라의 표정이 점차 험악해졌다.

"경찰을 피하기 위해 흉인저에 들어와서 일했다는 건가요?"

"아니면 어떻게 이런 곳에서 몇 년이나 지내겠니?"

후기가 고용인들을 '그런 작자'라고 평했다는데, 그 이유를 알 것 같았다. 그렇다면 여기서 탈출한다는 계획을 두고 그들과 이해득실이 대립할 우려도 있다.

"우리를 가로막는 장애물은 거인만이 아닐지도 모르겠네."

마치 기다렸다는 듯 주구획 쪽 철문이 열리고 아와네가 거친 숨을 가다듬으며 얼굴을 디밀었다. 바로 입을 다물었지만, 우리 사이에 부자연스러운 침묵이 감도는 건 얼버무릴 방도가 없었다. 하지만 아와네는 그런 낌새를 전혀 눈치채지 못하고 말을 꺼냈다.

"하무라 씨, 여기 계셨군요."

"무슨 일 있었나요?"

"찾았어요!"

하무라는 아무 대꾸도 하지 못했다. 못 알아들었다고 오해했는지 아와네가 더 크게 소리쳤다.

"겐자키 씨를 찾아냈다고요!"

004 고립된 탐정

지하 · 머리 무덤 - 하무라 유즈루

히루코 씨를 찾았다. 그 소식이 마음에 드리웠던 불안감을 단숨에 날려버렸다.

"어디 있어요?"

"그건…… 아무튼 직접 만나보시는 게 빠르겠네요."

왜 말을 흐리는 걸까 의문이 생겼지만, 나는 들뜬 기분을 참지 못하고 얼른 가자고 아와네를 재촉했다.

히루코 씨는 어디 숨어 있었을까. 아침부터 다 함께 찾아다녀도 없길래, 남은 가능성은 별관뿐이라고 생각했는데.

1층으로 올라간 아와네는 홀을 지나쳐 후기의 방으로 향했다. 히루코 씨는 거기 있는 사람들과 합류한 걸까? 조급한 마음을 억누르고 금속 문으로 들어갔다. 우라이와 고리키도 바로 뒤를 따라왔다.

하지만 후기의 방 거실에는 아무도 없었다.

나는 어찌된 일인가 싶어 아와네의 얼굴을 보았다.

"이 안쪽 별당요. 거기서 겐자키 씨와 이야기를 할 수 있어요."

아와네는 그렇게 말하고 거실 구석에 있는 작은 나무 문을 열었다. 아와네와 보스가 이미 조사한 곳이다.

문 안쪽의 좁은 통로는 작은 원형 공간으로 이어졌다. 들어가보자 어른 두 명이 양팔을 펼칠 수 있을 만한 넓이였다.

거기에 나루시마, 보스, 아울이 모여 있었다.

도착한 내게 모두의 시선이 집중됐다. 아와네가 "저기예요" 하며 철 격자가 끼워진 작은 창문을 가리켰다. 얼굴을 가까이 대자 생각지도 못한 광경이 눈에 들어왔다.

2미터쯤 저편에 다른 건물의 창문이 있었다. 역시 철 격자가 끼워진 그 작은 창문으로 보이는 얼굴은 바로…….

눈이 마주치자 그 사람의 표정이 확 밝아졌다.

"히루코……."

내가 크게 부르려고 하자 히루코 씨가 허둥지둥 얼굴 앞에다 대고 손을 내저었다. 동시에 뒤쪽에서 튀어나온 커다란 손이 내 입을 막았다.

"진정해. 저 별관 어딘가에 거인이 있어. 소리가 들렸다간 겐자키가 위험해."

보스가 속삭였다. 시선을 되돌리자 창문 너머에서 히루코 씨가 심각한 표정으로 고개를 끄덕였다.

눈앞의 작은 창문으로 햇빛이 비쳐 들긴 하지만, 히루코 씨 뒤쪽은 방이 어떻게 생겼는지도 모를 만큼 어두웠다. 도저히 안전하다고는 할 수 없는 상태다.

"아까 확인했을 때는 모습이 보이지 않아서 몰랐어."

잠시 후 마리아가 통로에서 별당으로 들어왔다. 손에 든 건 페트병 음료수가 담긴 비닐봉지, 그리고 빗자루와 밀대 자루를 이어서 만든 장대다. 마리아는 장대 끝에 건 비닐봉지를 격자 틈새로 히루코 씨에게 전달했다.

"이거 말고도 필요한 물건이 있으면 말해."

히루코 씨가 작게 감사를 표하자, 나루시마가 목소리를 낮추어서 말했다.

"우리도 최선을 다할 거야. 저녁까지는 방침을 정하도록 하지. 겐자키 양도 냉정을 잃지 말고 기다려줘."

그후 사람들은 나와 히루코 씨 단둘이 대화할 시간을 만

들어주기 위해 방으로 돌아갔다.

“다행이에요. 정말 걱정했다고요. 어딜 찾아도 없어서, 이번만큼은 아무리 히루코 씨라도 위험한 거 아닐까 싶었거든요. 저는 또…….”

둘만 남자 긴장이 풀렸는지 갑자기 눈시울이 뜨거워졌다. 지금까지 히루코 씨가 살아 있을 것이라고 굳게 믿은 건, 도저히 떨쳐낼 수 없는 불안의 반작용이기도 했다.

“걱정 끼쳐서 미안해. 어제 순간적으로 뛰어든 문이 하필 별관 쪽 철문이었지 뭐야. 손전등이 없어서 더듬더듬 나아가다 보니 다다른 게 여기더라. 나도 한동안 꼼짝도 할 수 없었어. 하무라도 다치지 않아서 다행이야.”

“거기 있으면 거인에게 들킬 걱정은 없나요?”

“여기에는 아직 나타나지 않았어. 우연일지도 모르지만.”

잘 숨었다기보다 거인의 변덕 때문에 들키지 않았을 가능성도 있는 건가. 하지만 별관의 자세한 구조도, 거인의 동향도 모른다. 들킬 위험성을 고려하면 안이하게 거기서 이동할 수도 없으리라.

“방에 몸을 숨길 만한 곳은요?”

“아쉽지만 없어. 그냥 빈방이야. 문도 안 잠기고.”

말문이 막힌 나를 안심시키려는지 히루코 씨는 “하지만”

하고 말을 이었다.

"해가 뜨고 나서 알았는데, 바닥 전체에 먼지가 균일하게 쌓여 있어. 오랫동안 아무도 이 방에 들어온 적이 없는 것 같아."

거인이 자주 드나들었다면 먼지에 발자국이 남아 있을 것이다. 그 말을 듣자 조금 안심됐다.

후기의 죽음과 거인에 대해서는 용병들과 나루시마에게 설명을 들었다고 한다. 내가 보고 들은 내용도 전한 후, 둘 중 누가 먼저랄 것도 없이 한숨을 쉬었다.

"설마 이런 일이 벌어질 줄은 예상도 못 했네요."

"응. 게다가 또 클로즈드서클이야."

히루코 씨의 입에서 미스터리 용어가 나오자 나도 마음이 약간 가벼워졌다.

"이번에는 클로즈드서클이 아니에요. 정면 출입구의 도개교는 윈치가 망가져서 움직이지 않지만, 여차하면 창문을 깨고 도움을 요청할 수 있어요. 나루시마 씨가 거인을 포획하겠다는 욕심만 내려놓으면 탈출이 가능해요."

"그런 물리적인 클로즈드서클이 아니야, 이건."

무슨 뜻일까. 나는 눈짓으로 이야기를 재촉했다.

"미스터리에 자주 등장하는 클로즈드서클에는 눈보라 치

는 산장이나 태풍에 직격당한 외딴섬 같은 우연적 클로즈드서클과, 누군가 목적을 가지고 다리를 끊거나 터널을 무너뜨려서 만드는 고의적 클로즈드서클이 있어. 예를 들어 지난여름 우리가 감염 테러라는 특수한 상황 때문에 자담장에 갇힌 건, 예상할 수 없는 재해의 일종이었다고도 할 수 있지. 즉, 우연히 발생한 클로즈드서클이야. 옛 진안 지구 때는 현장과 외부를 연결하는 유일한 다리를 주민들이 불태워서 고의로 만들어낸 클로즈드서클이었고."

막힘 없이 술술 말하는 히루코 씨의 태도는 평소와 다름없었다. 방금까지 생존이 위태로웠던 것이 거짓말 같았다.

"이 저택의 상황을 정리해보자.

일단 저택에 있는 사람은 사정상 모두 경찰을 꺼려. 뭐, 우리는 별개로 치더라도 사회적 지위가 있는 나루시마 씨, 보스를 비롯해 높은 보수로 고용된 용병들. 몇 년이나 이 흉인저에서 생활한 사이가 씨와 아와네 씨도 분명 뭔가 사정이 있겠지. 그들이 앞장서서 외부에 도움을 요청할 것 같지는 않아. 자력으로 탈출할 방법을 모색할 거야.

다음으로 외부에 도움을 요청하면 어떻게 될까. 제일 먼저 달려오는 건 경비원이나 파출소의 경찰관이야. 전투 경험이 풍부한 용병들도 거인을 당해내지 못했는데, 과연 그 사람들이 거인을 제압할 수 있을까?"

말할 필요도 없다. 자칫하면 우리 모두를 합친 것보다 더 많은 사람이 희생되겠지.

"마지막으로 정면 출입구의 도개교를 억지로 내렸다 치자. 나는 여기서 움직일 수 없겠지만 본관에 있는 사람들은 무사히 탈출하겠지. 하지만 그다음은? 도개교를 다시 올릴 수 없으니 해가 지면 거인이 흉인저를 빠져나갈지도 몰라. 주변에는 아직 이용객들이 있어. 어젯밤과 비교도 안 될 만큼 끔찍한 참사가 벌어질걸."

아비규환에 빠진 테마파크를 상상하자 온몸에 소름이 돋았다.

"하지만 해가 지기 전에 어떻게든 조치하면."

"곧 10시야. 해가 지기까지 여덟 시간쯤 남았겠지. 그전에 흉인저를 봉쇄하지 못하면 위험해. 하지만 이런 시골의 테마파크에 기동대나 자위대를 즉시 보내줄까? 결국 경비원이나 경찰관이 상황부터 확인할 거야."

그러한 희생을 피하고 싶다면 영업 종료 시각인 오후 9시가 지나 테마파크에 인적이 사라진 후에 도개교를 내려야 한다.

그때는 거인이 저택을 어슬렁거릴 가능성이 있으므로,

우리가 위험에 처할 가능성이 커진다. 더구나 만약 거인이 저택 밖으로 나가면 어떻게 붙잡을 것인가…….

이렇게 생각하는 동안에도 일몰이 한 발짝 한 발짝 다가온다.

"알겠지? 탈출할 방법은 있지만, 그 방법을 사용하면 상황이 더 악화될 가능성이 있어. 이건 우리 자신이 머무르기를 선택할 수밖에 없는 클로즈드서클이야."

우연히 생긴 것도, 고의로 만든 것도 아닌 클로즈드서클. 히루코 씨는 얼마 되지 않는 시간에 누구보다도 적확하게 우리가 처한 상황을 파악했다.

"현재 단계에서 가장 무난한 선택지는 이대로 틀어박히는 거야. 후기의 방은 튼튼한 금속 문으로 막혀 있잖아. 누구보다 거인을 잘 아는 후기가 썼던 방이니, 거기 있으면 거인에게 공격당할 걱정도 없고 외부에도 피해가 가지 않아. 사태가 호전되는 건 아니지만 해결책을 세울 시간을 번다는 의미에서는 나쁘지 않은 선택이야."

내일 해가 뜨자마자 정면 출입구의 도개교를 내리고 탈출하면, 해가 지기 전에 정면 출입구를 다시 막을 방법을 찾을 수 있을지도 모른다.

"오늘 밤도 여기 머무른다고 치고, 내일 아침까지 얼마나 주도면밀한 탈출 계획을 세우느냐가 관건이라는 말씀이군요."

"맞아. 여기서 꼼짝도 못 하는 나는 도와줄 수 없지만."

내가 히루코 씨 몫까지 움직이면 된다.

이제는 나루시마와 보스가 어떤 판단을 내리느냐가 중요해진다.

또 보고하러 오겠다고 약속한 후 돌아가려는데 히루코 씨가 불러 세웠다.

"하무라, 나 때문에 또 큰 사건에 휘말렸네. 이걸로 세 번째야."

"히루코 씨 탓이 아니에요. 제가 따라온걸요. 지금까지 일어난 사건도 히루코 씨가 계셨던 덕분에 해결할 수 있었고요."

히루코 씨가 뭔가 말하려고 다시 입을 열었을 때, 창밖에서 경쾌한 음악이 흐르기 시작했다.

시간을 확인하자 오전 9시 45분이었다. 개장 시간이 가까워졌다.

저택 근처에 원내 방송 스피커가 있는지, 마스코트 캐릭터의 목소리가 활기찬 음악을 타고 창문으로 들어왔다.

"현실과 꿈 사이의 낙원, 드림 시티에 오신 걸 환영합니다.

우리 함께 춤춰요. 밝지 않는 날이 밝을 때까지."

히루코 씨의 생존이 확인되자, 지금까지 후기의 자료만 뒤지던 나루시마와 용병들의 행동에도 변화가 생겼다. 별관에 들어가서 히루코 씨를 구조할 방법이나 히루코 씨 본인이 탈출할 방법을 찾기 위해 거인의 동향을 살피기로 한 것이다.

다만 그 방법이라는 게 몹시 원시적이어서, 머리 무덤에서 별관을 엿보자고 했다.

"만약 거인에게 들키지 않고 침입할 수 있다면, 겐자키 양을 구해내는 건 물론이고 종루에 있는 코치맨의 시신에서 열쇠도 회수할 수 있어. 그럼 모든 문제가 단숨에 해결되겠지."

사이가와 아와네를 제외하고 머리 무덤에 모인 사람들은 기대감보다는 걱정 어린 표정으로 나루시마의 이야기를 들었다. 마리아가 바로 그 걱정을 입 밖에 꺼냈다.

"섣불리 거인을 자극했다가 상황이 더 악화되지는 않을까?"

"날씨가 쾌청한 덕분에 자외선이 내리쬐고 있어. 머리 무덤으로 돌아오면 거인은 쫓아오지 못해."

"거인이 자외선을 싫어한다는 정보를 과연 얼마나 믿을 수 있을지 의문인걸."

그러자 보스가 차분한 말투로 설명했다.

"후기가 남긴 자료에 따르면 거인의 모발과 피부가 하얘지고 자외선을 싫어하게 된 건 후천적인 변화야. 후기가 실행한 실험의 부산물인가 봐. 후기 본인도 예상 못 했던 것 같은데, 거인은 특수한 면역의, 어……."

"면역 복합체 말씀이시군요." 우라이가 보충 설명했다. "간단히 말하면 거인은 보통 사람보다 면역 반응이 훨씬 강해서 자기 몸조차 공격할 때가 있습니다. 특히 자외선을 쬐면 면역계가 폭주해서 발열, 발진, 강한 권태감 등의 증상이 나타나는 모양이에요. 부신피질 스테로이드 같은 면역억제제를 투여해도 개선되지 않았다고 합니다."

요컨대 거인이 자외선을 싫어하는 데는 아주 심각한 이유가 있고, 후기도 그걸 해결하지 못했다는 뜻이다. 나루시마가 기고만장하게 덧붙였다.

"이번에는 거인의 동향을 살필 뿐이야. 위험할 리 없어."

별관으로 통하는 철문에서 2미터쯤 떨어진 벽에 덮개가 달린 높이 10센티미터, 폭 30센티미터 정도의 개구부가 있다. 이것이 평소 아와네가 거인에게 식사나 옷가지를 넣어 줄 때 사용하는 반입구인 모양이다. 거인이 날뛰기 시작한 어제부터는 접근하기가 꺼려져서 밥을 넣어주지 않았다고 한다. 고용주인 후기도 죽었으니, 아와네는 더이상 거인의 식사를 준비하지 않을 것이다.

"여기로 보면 보이려나?"

"야, 위험해."

마리아의 충고에도 아랑곳없이 아울이 덮개를 밀어 올리고 안쪽을 손전등으로 비추었다.

"덮개가 거슬리네. 좀 잡아줘."

보스가 덮개를 잡고, 아울이 반입구로 밀어 넣은 손전등을 좌우로 돌렸을 때였다.

단단한 물건으로 내리치는 듯한 소리와 함께 반입구가 세차게 흔들리더니, 손전등이 안으로 쑥 빨려들었다.

아니, 빼앗겼다!

보스와 아울이 외마디 비명을 지르며 물러나자 반입구로 거대한 손이 튀어나왔다.

놀랍도록 굵고 뼈마디가 불거진 다섯 손가락이 제각각 꿈틀거리다 자외선이 싫었는지 금방 안으로 사라졌다.

그 직후에 야수가 울부짖는 듯한 소리가 울려 퍼지고, 무너지는 게 아닐까 걱정될 만큼 엄청난 힘으로 거인이 벽을 두드렸다.

우리는 허둥지둥 부구획 쪽 철문 앞으로 피신했고, 정적이 돌아온 후에도 한동안 숨죽인 채 별관 쪽 철문과 벽만 바라보았다.

보스가 드디어 몸에서 힘을 쭉 빼고 중얼거렸다.

"……문 바로 앞에 있었나."

마치 사냥감이 덫에 걸리기를 기다리고 있던 것 같지 않은가.

유일한 출입구 앞에 거인이 죽치고 있어서야 히루코 씨가 탈출할 수도, 종루에 있는 코치맨의 시신에 접근할 수도 없다.

"낮에도 별관에 손을 쓰기는 어렵겠군. 다른 방책을 강구해야 해."

보스의 말에 나루시마는 들으라는 듯이 혀를 차더니 "우라이!" 하고 소리쳤다.

"요깃거리를 준비해. 어젯밤부터 아무것도 못 먹었어. 이대로 있다간 쓰러질 거야."

"그럼 아와네 씨에게 부탁해서."

"등신 같은 소리 집어치워! 후기의 가정부한테는 못 맡기

겠으니까 너한테 시키는 거잖아!"

앗, 하고 놀랐을 때는 이미 늦었다. 맨살끼리 부딪치는 소리가 머리 무덤에 울렸다. 나루시마가 화를 못 이기고 우라이의 따귀를 때린 것이다.

"무슨 짓이야!"

마리아가 말리러 끼어들자 나루시마는 등을 휙 돌려 주구획 쪽 철문을 열고 들어갔다.

"민망한 모습을 보여드려서 죄송합니다."

삐걱거리는 소리와 함께 철문이 닫히기를 기다렸다가 우라이가 고개를 숙였다. 뺨을 누른 손 사이로 보이는 힘없는 웃음에는 체념이 배어 있었다. 지금까지도 나루시마의 불합리한 분노를 수없이 받아냈던 것이리라.

마리아가 더는 못 참겠다는 듯이 말을 쏟아냈다.

"보스, 계속 저 인간의 지시에 따를 거야? 후기의 연구 자료는 찾아냈잖아. 충분한 성과를 올렸다고."

"그것도 무사히 여기서 빠져나갔을 때나 그렇지. 이번 소동이 외부에 알려져서 체포되면 전부 헛수고야."

"당신도 저 인간이랑 똑같아! 난 감금된 사람을 구하러 왔다고. 더는 생명을……."

"진정해, 마리아."

아울이 달랬다.

"우리가 이런 일을 받아들인 데는 나름대로 이유가 있어. 나는 돈이 필요해. 보스도 그럴 테고."

보스는 침묵으로 동의했다. 마리아는 "알았어" 하고 툭 내뱉더니 나루시마를 뒤따르듯 머리 무덤에서 나갔다. 그 모습을 지켜본 후 아울이 나지막하게 중얼거렸다.

"냉정을 잃으니까, 자기가 처한 상황도 제대로 파악 못 하고 저러지."

비웃음이 섞인 듯한 목소리였다.

결국 아무 결론도 나지 않아서, 나는 1층 화장실에 가겠다며 머리 무덤을 나섰다.

아까 아울이 중얼거린 말이 왠지 마음에 걸렸다.

냉정을 잃으니까, 자기가 처한 상황도 제대로 파악 못 하고 저러지.

나도 히루코 씨를 구출하는 걸 가장 우선한 나머지, 보고 들은 내용 가운데 다소 이해가 되지 않는 의문점이 있어도 무의식중에 흘려넘기지는 않았을까.

아까 말다툼했을 때처럼 보스와 아울, 마리아 사이에는 미묘한 간극이 존재한다. 나는 그 근본적인 원인을 놓친 것은 아닐까. 그게 뭔지 지금 알아차리지 못하면 돌이킬 수 없는 상황이 된다, 그런 생각에 휩싸였다.

나는 후기의 방 옆에 있는 창고로 향했다. 내가 흘려넘긴 의문 중 하나가 여기 있을 터였다.

"하무라."

문손잡이에 손을 뻗었을 때 뒤에서 누가 불렀다.

돌아보니 고리키가 서 있었다.

"화장실은 반대쪽이야."

머리 무덤에서 쫓아온 모양이다. 의기양양한 표정으로 보건대, 또 내 거짓말을 알아챈 걸까. 뭐라고 억지를 부려도 고리키를 쫓아버릴 수 없을 것 같아 나는 눈으로 창고를 가리켰다.

"마음에 걸리는 일이 있어서요."

문을 열자 서늘한 공기에 섞여 후기가 사용했던 향수 냄새가 밀려왔다.

안으로 들어가서 벽에 달린 스위치를 누르자 불이 켜졌다. 고리키는 잠자코 내 옆에 서서 문을 닫았다.

바닥에는 어젯밤에 살해당한 사람들의 시신이 시트에 감싸인 채 죽 놓여 있었다. 시트 표면에는 시신에서 흘러나온 피가 배어 있었다.

나는 줄지은 시신 앞에서 두 손을 마주 모은 후 시트를 젖혔다.

처음 만난 내게도 싹싹하게 대해준 찰리. 마지막까지 가족 생각뿐이었던 알리와, 용기를 짜내 후기의 악행을 폭로하려 했던 구엔. 알리와 구엔의 몸에는 도끼에 찍힌 흔적이 생생하게 남아 있었다. 그리고 머리와 한쪽 팔밖에 발견되지 않은 코치맨.

마지막으로 후기 앞에 섰다. 혼이 빠져나간 것과 동시에 쪼그라들었나 싶을 만큼 작아서 인간의 시체라는 실감이 나지 않았다. 시트를 살짝 젖히자 베인 자국이 몇 개 남은 발바닥이 눈에 들어왔다. 발바닥 전체에 갈색 핏자국이 말라붙어 있었다. 그것도 두 발 다. 출혈이 심했던 건 아니다. 핏자국을 여러 번 밟은 탓에 더러워진 느낌이다.

"그 상처가 마음에 걸려?"

고리키가 묻길래 나는 고개를 끄덕였다.

"왜 이런 상처가 생겼을까요?"

"왜, 전화기랑 모니터가 박살 나 있었잖아. 분명 밟아서 부술 때 다친 거겠지."

그렇더라도 이렇게 상처가 많이 날 때까지 밟는 건 이상하다.

내가 수긍하지 않는다는 걸 알아차렸는지 고리키가 다시 주장했다.

"박살 난 전화기와 모니터에도 피가 묻어 있었는걸. 틀림없어."

"잘 확인하셨네요."

"관찰력은 중요한 기술이야."

고리키는 자랑스러운 듯이 입매를 끌어 올렸다.

시트를 전부 걷었지만 후기의 시체에는 그것 말고는 큰 상처가 없었다. 특이한 건 머리 무덤에서 찾아내 시신과 함께 놓아둔 머리의 피부색이다. 다른 사람에 비해 노인의 안색은 보랏빛이 강해 보였다.

'이건가.'

내 예감이 옳았음을 깨달았다. 그래서 보스가 어젯밤의 행동을 물어본 것이다.

고리키에게 빌린 디지털카메라로 각 시체의 사진을 찍었다.

그제야 알리와 구엔의 시신에만 여기저기 하얗고 자잘한 티끌 같은 것이 묻어 있다는 사실을 알아차렸다. 시신을 조금 움직여서 살펴보니 등과 뒤통수에 특히 많았다.

"이건 뭘까?"

고리키도 호기심이 생겼는지 내 옆에 쪼그려 앉았다.

"아마도 지하 벽에서 떨어진 도료 아닐까 싶은데요. 지하 복도는 자잘한 흰색 도료 조각 천지였잖아요. 쓰러졌을 때나 목을 잘렸을 때 묻은 거겠죠."

그래서 알리와 구엔의 시신에만 묻은 것이다.

"……가지고……습니다."

"……게 전부야?"

갑자기 후기의 방에 면한 벽 쪽에서 목소리가 들려서 나는 고리키와 눈을 마주쳤다. 귀를 바싹 대고 들어보니 아울과 사이가의 목소리임을 알 수 있었다. 보스와 나루시마는 아직 돌아오지 않은 걸까. 벽에 틈새가 있는 건지 벽 자체가 얇은 건지, 벽에 귀를 대자 방에서 나누는 이야기가 창고에서도 잘 들렸다.

"네가 가진 공구 중에도 쓸 만한 게 있지 않나."

"일반 톱과 전기톱이라면 있습니다만, 그걸로는 목을 일격에 절단할 수 없어요."

"거인이 가지고 있는 도끼는 네가 마련한 거 아니야?"

"그건 사장님이 마련한 거고, 한 자루밖에 없습니다."

"만약 거인이 쓰다가 부러지거나 날이 무뎌지면 어떻게 하는데?"

아무래도 아울은 거인이 소지한 도끼 대신 사용할 수 있는 물건을 찾는 듯하다.

이 또한 내 추측을 뒷받침했다.

"지금까지 딱 한 번 교환했어요. 그건 특별 주문한 도끼라 그렇게 쉽게 부러지지 않습니다. 예비품은 없어요."

"여기 있는 것 말고는 절대로 없다는 거지?"

"예전에 사장님이 제물로 데려온 남자가 '그 아이'에게 당하기 전에 지하에 있던 공구로 자살한 적이 있었습니다. 사장님이 얼마나 화를 내셨는지 몰라요. 그후로 저택에 있는 날붙이는 특히나 더 엄중하게 관리하고 있습니다."

그 대답에 아울은 납득한 듯했다. 사이가에게 이제 가도 된다고 말했다가 다시 불러 세우는 소리가 들렸다.

"제물로 넣어준 남자가 자살했을 때, 거인은 어떻게 했지?"

"여느 때처럼 시체의 머리만 잘라내서 머리 무덤에 버렸습니다."

문이 여닫히는 소리. 사이가가 방에서 나간 모양이다.

잠시 후 우리는 살그머니 창고를 나섰다. 고리키가 속삭였다.

"깜짝 놀랐네. 설마 옆방에서 나는 소리가 이렇게 잘 들릴 줄이야."

"훔쳐 듣는 꼴이 되고 말았네요."

"우연이야, 우연. 그보다 흉기에 관해 거듭 확인하던데, 대체 무슨 일일까?"

나는 정면으로 돌파하기로 마음먹었다.

지금 후기의 방에는 아울 혼자뿐이다. 정보를 끌어내기에 적합한 사람은 아울밖에 없다. 보스는 책임감 때문에 입이 무거울 것 같고, 나루시마는 우리와 비밀을 공유할 성격이 아니다.

내가 후기의 방으로 향하자 고리키도 잠자코 따라왔다.

아울은 수많은 노트와 철한 서류를 바닥에 펼쳐놓고 내용을 훑어보고 있었다.

거실 테이블에는 크고 작은 식칼 세 자루가 나란히 놓여 있었다.

책상에는 책자를 놓아두었다.

집어서 살펴보니 가죽 커버가 씌워진 큼지막한 일기장이었다. 한 페이지에 이틀 치를 쓸 수 있도록 나누어진 칸이 구불거리는 굵은 볼펜 글씨로 가득했다. 독특해서 눈에 잘 안 들어오는 글씨체다.

페이지를 휙 넘기자 제일 최근에 쓴 일기가 펼쳐졌다.

그저께 날짜다.

식사 문제없음.

주간에 소리가 많이 남. 보름날이 다가오자 점점 충동에 지배되고 있다. 역시 흉포함과 힘이 함께 증가하는 걸까.

오후 8시 홀의 격자를 두드리는 소리가 들림. 건물이 뒤흔들릴 것 같은 괴력. 굉장하다. 격자 너머로 말을 걸었지만 의사소통은 안 됨.

눈대중이지만 키도 더 컸나?

사냥감은 내일 도착. 다음부터 하루 앞당길까? 덧붙여 수를 늘릴 필요 있음. 위험성이 높아지겠지만 업자에게 의뢰할까.

거인 연구 일지가 틀림없다.

사냥감은 저택으로 호출한 구엔을 가리키는 말이리라. 그다음에 나오는 업자란……. 거인을 이 저택으로 데려온 걸로 추측건대, 후기에게는 다양한 연줄이 있어 보인다.

거인이 성장하고 있다는 기술도 간과할 수 없다. 역시 홀의 벽에 그어놓은 선은 거인의 키를 표시한 눈금이다.

"너냐. 여자 친구를 구하러 가자는 이야기라면 나루시마한테 말해."

아울이 침실에서 얼굴을 내밀었다. 이쪽 사정은 완전히 무시하는 말투다. 하지만 우리도 목숨이 걸린 상황이다. 나는 숨을 크게 들이마셨다.

"후기는 거인 말고 다른 사람에게 살해당했다. 여러분은 그렇게 생각하는 거 아닌가요?"

아울의 반응을 몇 가지 예상했었지만, 생각했던 것보다 훨씬 냉정했다.

비밀이 들통났다기보다 재미있는 걸 발견했다는 듯한 표정이었다.

오히려 고리키가 놀라서 소리를 질렀다.

"지금까지 겐자키가 얽혔던 사건에 너도 함께했다면서? 그 경험을 살린 건가? 왜 그렇게 생각하는지 말해봐." 아울이 말했다.

"제일 먼저 마음에 걸렸던 건 여기 남은 후기의 혈흔이에요."

나는 피로 얼룩진 바닥을 가리켰다. 원형으로 퍼져나간 지름 약 30센티미터의 피.

"피가 묻은 범위가 좁아요. 산 채로 목이 잘렸다면 피가 좀더 멀리까지 튀었겠죠."

피가 세차게 뿜어져 나오는 건 심장이 펌프 역할을 하기 때문이다. 심장이 멎으면 죽은 닭이나 생선을 손질할 때와 마찬가지로 피는 힘없이 흘러나올 뿐이다.

"그럼 죽인 후에 절단했다고 보면 이상할 것 없겠지."

"창고에 있던 후기의 시체를 확인해봤는데, 목이 절단된 것 외에는 치명상이라 할 만한 상처가 없었어요."

나는 침으로 입안을 적시고 다시 말을 풀어냈다.

"후기의 얼굴은 보랏빛으로 변색됐더군요. 그건 울혈이에요."

"이야, 용케 알아봤네."

"미스터리 소설을 자주 읽어서 교살하면 울혈이 발생한다는 건 알아요. 후기가 누군가에게 교살당했다고 치면 달리 치명상이 없는 것도, 죽은 후에 목이 절단당했다는 가설도 납득이 가죠. 단 하나, 거인이 외팔이라는 걸 제외하고요."

도끼라는 무기를 소지했고, 더구나 팔이 하나뿐인 거인이 교살이라는 살해 방법을 선택할 리 없다.

"거인의 큼지막한 손을 봤잖아. 한 손으로도 충분히 목 졸라 죽일 수 있을 것 같은데."

"그렇다면 목에 손가락 자국이 남겠죠."

"교살이라도 마찬가지야. 끈으로 목을 조른 자국이 남겠지."

"방법이 없지는 않아요. 예를 들어 가느다란 끈으로 교살하고, 끈으로 조른 자국에 맞춰서 목을 자르면 쉽게는 알 수 없을걸요. 반대로 굵은 띠 같은 걸로 조르면 자국이 잘 안 남을 테고요."

아울은 웃음을 참듯 입매를 일그러뜨리더니 과장된 몸짓으로 손뼉을 쳤다.

"이런, 이런. 탐정 놀이도 이 정도면 걸작이로군. 마리아는 조금도 눈치 못 채던데. 네가 훨씬 냉정한 것 같아."

"역시 거인 말고 다른 사람이 죽였다고 의심했던 거로군요. 그렇다면 범인은 어젯밤에 우리가 거인에게서 정신없이 달아나던 틈에 여기서 후기를 죽이고 거인의 소행으로 위장하기 위해 목을 자른 셈이에요. 그래서 어젯밤에 어떻게 행동했는지 궁금해했던 거고요. 여기 놓아둔 식칼도, 목을 자르는 데 사용할 만한 도구가 저택에 없는지 찾아본 거겠죠."

그러자 아울은 내 뒤에 서 있는 고리키에게 시선을 주었다.

"네가 주장하는 대로라면 고리키가 제일 수상하지 않나? 우리가 거인과 싸우는 동안 그 여자는 내내 1층에 있었으니까."

뒤쪽에서 고리키가 불만스럽게 콧방귀를 뀌는 소리가 들렸다.

나도 그런 생각을 하긴 했다. 하지만 바로 그 사실이 고리키가 무고하다는 것을 증명한다.

"내내 1층에 있던 고리키 씨는 거인이 사람의 목을 절단하는 장면을 한 번도 보지 못했어요. 그런데 후기의 목을 잘라서 거인에게 죄를 뒤집어씌울 생각을 할 리가 없죠."

"하무라 말이 맞아요. 1층에 있었으니까 수상하다면 마리아와 고용인 두 명이 더 수상하겠죠. 사이가와 아와네는 거인의 습성도 알고 있었으니까요. 그리고 지하에 있던 사람이 후기를 따라갔을 가능성도 있잖아요."

아울은 나와 고리키의 주장을 곱씹듯 몇 초 눈을 감았다가 입을 열었다.

"그렇군. 훌륭한 추리를 들려준 답례라고 하면 뭐하지만, 현재 우리가 어떻게 생각하는지 말해줄게. 여러모로 조사한 결과, 후기는 제삼자에게 살해당한 게 아니라고 결론을 내렸어."

이번에는 내가 놀랄 차례였다.

"아까 어떤 도구를 사용하느냐에 따라서는 교살한 흔적

을 감출 수도 있다고 설명했지? 하지만 그렇다고 꼭 교살로 단정할 수는 없어."

"하지만 후기의 얼굴은 분명 울혈 때문에 보랏빛이 됐잖아요."

"보스한테 듣기로는 울혈이 발생하는 건 정맥의 피가 몰리기 때문인데, 목을 조르지 않아도 울혈이 발생할 수 있다는군. 대표적인 원인은 심부전이야."

"심부전이요?"

"심장 상태가 안 좋아지면 당연히 피가 잘 안 흐르지. 고용인에게 확인해보니 후기는 심장 질환이 있었어. 복용하던 약도 찾아냈고. 즉, 놈은 어젯밤에 이 방으로 무사히 도망쳤지만 심부전으로 죽은 거야."

"잠깐만요. 그럼 목이 절단된 건 뭔데요?"

"아까 사이가가 말해줬어. 거인은 과거에도 시체의 목을 잘라서 가져간 적이 있대."

자살한 '제물' 이야기다. 그때와 똑같은 일이 여기서 벌어졌다면.

"진상은 이렇겠지. 후기는 방에 들어오기 직전에 몸에 이상을 느끼고, 금속 문에 빗장을 채울 여유도 없이 방으로 뛰어든 후 사망했어. 그후에 나타난 거인이 시체를 발견하고 머리를 잘라내서 가져갔지. 그래서 피가 튀지 않은 거야."

"지금까지 나온 이야기 중에 제일 그럴싸하긴 하네요."

고리키도 반론할 생각은 없는 듯했다.

하지만 내 생각에는 거인 말고 다른 사람이 관여했음을 부정하기 위해 억지로 갖다 붙이는 것 같기도 했다.

수긍하지 못하는 내 표정을 봤는지 아울은 "그리고" 하고 말을 이었다.

"후기의 목 절단면은 확인했어?"

"절단면?"

"나중에 확인해봐. 후기의 목 절단면은 코치맨하고 찰리의 목 절단면과 별 차이 없이 아주 매끈했어. 즉, 일격으로 잘라낸 거지. 공구나 작은 칼 가지고는 그렇게 못 해. 쓸 만한 건 이 식칼 정도지만, 이런 솜씨는 본 적 없어."

그래서 여기로 가져온 건가.

테이블 위의 식칼은 세 자루다. 일반적으로 많이 사용되는 부엌칼과 폭이 좁은 다용도 칼, 그리고 폭이 넓은 중식도다. 튼튼하기로 따지면 그나마 중식도가 쓸 만하겠지만, 그래도 조리용 칼로 목을 일격에 절단하는 건 인간의 능력을 뛰어넘는 재주다.

"솔직히 말해 누가 후기를 죽였어도 상관없어. 우리는 그놈 때문에 죽을 뻔했고, 고용인 중 하나가 놈에게 지독한 원한을 품고 있었을 가능성도 있겠지. 그래서 뭐 어쩌라고? 그게 우리에게 무슨 영향을 준다는 건데?"

"그건……."

"우리의 적은 '모리아티'가 아니라 '제이슨'이야. 탐정이 나설 차례는 없어."

제이슨은 유명한 할리우드 영화에 등장하는 불사신 살인마고, 모리아티는 셜록 홈스의 숙적이라 할 수 있는 지적 범죄자다. 지력이 아니라 전투력이 있어야 대항할 수 있다는 소리일까.

내 능력이 부족해서 답답했다.

뭔가 이상하다고, 이건 아니라고 느끼는데도 그 심정을 말로 표현할 방법이 떠오르지 않는다.

역시 난 히루코 씨가 없으면 아무것도 못 하는 건가.

나는 화풀이라도 하듯 책상 위에 있던 후기의 일기장을 집어 들었다. 후기가 통제도 안 되는 괴물에게 열중하는 바람에 이런 일이 벌어진 것 아닌가. 그대로 일기장을 펼치자 아까 보았던 그저께 일기가 또 눈에 들어왔다.

'이건 우연일까?'

아까 일기장을 넘겼을 때도, 지금도 저절로 같은 페이지가 펼쳐졌다. 페이지를 접거나 꾹 눌러놓은 것처럼 보이지는 않는데 어째서일까.

나는 일기장의 페이지 사이를 자세히 살펴보았다. 실로 묶은 안쪽 부분에 종이가 찢겨나간 흔적이 아주 약간 남아 있었다.

"페이지를 찢어냈어!"

그래서 그만큼 공간이 비다 보니 넘겼을 때 바로 펼쳐진 것이다.

"뭔가 잘못 써서 찢어버린 거 아니야?"

아울이 일기장을 들여다보며 말했다.

"아주 세심하게 찢어냈고, 다른 곳은 잘못 써도 잉크로 칠하고 다시 썼으니까 의도적으로 숨긴 거겠죠. 그리고 만약 잘못 써서 찢었다면 쓰레기통에 버렸을 거예요."

아울이 쓰레기통을 뒤집자 부서진 전화기와 모니터 조각이 바닥에 흩어졌다.

후기의 발바닥에 생긴 베인 상처는 이런 조각을 밟아서 생겼을 것이라고 고리키는 추측했다. 그런 것치고는 상처가 많은 듯했는데…….

쓰레기통에 종이는 없었다.

"없군. 어떻게 된 거지. 누가 그 페이지만 가지고 간 건가?"

"다른 서류와 함께 난로에 태웠을지도 모르죠."

고리키가 말을 보탰다.

나는 대꾸하지 않고 서랍을 열고서 연필을 꺼냈다.

찢겨나간 건 좌철 노트의 오른쪽 페이지다. 글씨는 전부 볼펜으로 썼다.

나는 오른쪽 백지에 연필심을 대고 가볍게 문질렀다. 그러자 볼펜 촉에 눌려서 오목해진 부분이 얇게 칠해진 흑연 속에 하얀 글씨처럼 드러났다.

틀림없다.

놈들 중에 시설의 아이가 있다.

사고 생존자가 또 있었나.

하네다의 짓?

시설의 아이? 사고 생존자? 하네다는 누구지?

그 내용을 보고 아울이 목소리를 낮추어 말했다.

"후기가 피험자를 데리고 나왔다는 사고 말인가?"

"그럴 거예요. 게다가 아이까지 실험에 사용했다니…….

곧이곧대로 받아들이면 그 아이를 어제 봤다는 뜻일까요?"
"별짓을 다 했네." 고리키도 가라앉은 목소리로 말했다. "하지만 사십 년도 더 지난 일이잖아. 아이의 얼굴이 기억날까?"
"후기 나름대로 단언할 수 있는 근거가 있었는지도 모르죠."
나는 후기가 죽기 전에 어떻게 행동했을지 궁금해져, 오늘 아침에 이 방의 상태가 어땠는지 떠올려보았다.
"일단 이 책상에 서류가 흩어져 있었죠. 그건 뭐였나요?" 나는 아울에게 물어보았다.
"자료 중에서도 상당히 오래된 연구소 시절의 기록이었어. 침실의 장롱에 넣어뒀던 건가 봐."
"그걸 일부러 꺼냈으니, 후기는 남겨두었던 당시 사진을 보고 확신을 얻었는지도 모르겠네요. 그때 나타난 범인이 후기를 죽인 후, 찢어낸 일기와 자신의 정체가 밝혀질 수도 있는 사진을 난로에 태운 거죠."
아울은 긴가민가하다는 듯 어깨를 으쓱했다.
"가령 '생존자'가 있었다고 치고, 그게 사이가와 아와네라면 이제 와서 갑자기 생각나지는 않겠지. 그리고 '놈들 중에'라고 써놨으니 고리키를 제외한 우리 가운데 한 명을 가리킨 거야."

외국인도 피험자에 포함되어 있었는지는 모르겠지만, 적어도 마흔 살은 넘었으리라.

하지만 거인의 육체가 아직도 성장하는 중이라면, 같은 피험자인 '생존자'도 보통 사람보다 노화 속도가 훨씬 느릴 가능성이 있다. 그렇다면 겉모습은 별 도움이 되지 않는다. 다만 찰리, 알리, 코치맨은 죽기 전에 후기를 살해하고 일기장을 찢어낼 시간이 없었을 것이다.

"어휴. 보스와 나루시마한테 또 안 좋은 소식을 전해야 하는군. 둘 다 아직 다른 사람들한테는 말하지 마."

아울은 성질을 부리는 듯한 어조로 따끔하게 못 박은 후, 재빨리 방에서 나갔다.

"'생존자'라니, 믿어도 될까?"

지금은 뭐라고도 할 수 없다. 근거는 후기가 남긴 일기뿐이니까.

고리키는 묵묵부답인 내게 뭐라고 말하려다가 마음을 바꾼 것처럼 심호흡을 했다.

"목마르네. 조리실에 갈 건데 같이 안 갈래?"

"저는 좀더 여기 있을게요."

그래, 라는 말을 남기고 고리키도 방에서 나갔다.

문이 닫히자 나는 호주머니에서 고리키의 디지털카메라를 꺼내서 후기의 시체가 있었던 곳의 핏자국과 거실의 가구 위치, 부서진 전화기와 모니터 조각 등을 차례차례 촬영했다.

그 밖에 기록해두어야 할 곳은 없을까 방을 둘러보는데 아침부터 쳐져 있던 커튼이 눈길을 끌었다. 커튼 두 장의 한가운데 틈새로 살짝 들여다보자 폭이 2미터쯤 되는 커다란 출창으로 눈부신 햇빛이 비쳐 들었다. 창문은 붙박이인데다 창유리가 올록볼록해서 바깥은 내다볼 수 없지만, 창 밖에 끼워진 철 격자는 보였다. 창유리를 깨도 탈출은 불가능하리라.

앞쪽의 창턱에는 괜스레 무거워만 보이는 유리 재떨이와 벽안의 검은 고양이 조각상 등 통일감 없는 물건들이 죽 놓여 있었다. 개중에서도 고대의 제례 도구를 연상시키는 반인반수 모양의 금붙이는 후기에게 이런 생물에 대한 신앙심이라도 있었던 걸까, 하고 상상력을 자극했다. 그 물건들도 사진에 담은 후 커튼을 원래대로 되돌려놓았다.

후기의 죽음에 관한 의문과 '생존자'의 존재. 히루코 씨라면 뭔가 실마리를 찾아낼지도 모른다.

그렇게 기대하며 서둘러 히루코 씨와 이야기할 수 있는

별당으로 향했다.

“즉, 나루시마 씨나 우라이 씨, 아니면 용병들 가운데 한 명이 ‘생존자’인 거예요. 후기는 어제 그 사실을 알아차리고 일기에 쓴 거고요. 후기를 죽인 것도 거인이 아니라 ‘생존자’일 가능성이 커요.”

내 급한 설명을 히루코 씨는 창문 저편에서 잠자코 들었다.

나는 찍은 사진을 보여주기 위해 장대를 이용해 디지털카메라도 넘겨주었다.

나는 이상하게 흥분한 상태였다.

이런 때야말로 히루코 씨는 냉정하게 나아가야 할 길을 제시해준다. 이번에도 히루코 씨가 능력을 발휘할 기회가 찾아왔다.

사진을 다 봤는지 히루코 씨가 디지털카메라를 장대에 걸어서 돌려준 후 입을 열었다.

“하무라. 뭘 기대하는지는 모르겠지만, 나한테 물어봤자 헛수고야.”

냉정한 말투에 나는 적지 않게 놀랐다.

“헛수고라니, 그게 무슨 말씀이세요? 우리는 아직 이 저택에 갇혀 있는걸요. 내버려둘 수 없는 문제잖아요."

"하무라, 설마하니 방금처럼 여러 사람에게 캐묻고 다닌 건 아니겠지? 우리 가운데 살인범이 있다면서. 그런 탐정 같은 짓은 그만둬. 자칫하면 큰일 날 테니까."

짜증마저 섞인 목소리였다.

히루코 씨가 철 격자 너머에서 탄식했다.

"잊지 마. 내가 수수께끼를 푸는 건 내 목숨을 지키기 위해서야. 한시라도 빨리 범인을 붙잡아야 내 안전이 보장되니까 나도 온갖 수단을 다 쓰는 거라고."

"'생존자'를 찾아내는 것도 안전을 확보하는 방법일 거예요."

"지금은 거인이라는 최악의 위협에서 달아나는 게 급선무야. 그런데 굳이 같은 편끼리 의심을 키우는 건 아무리 생각해도 좋은 방법이 아니야."

"그렇게 따지면 자담장 때도."

작년 여름에 살인 사건에 휘말렸을 때는 히루코 씨도 적극적으로 수수께끼를 해명해 범인을 밝혀내려고 했다.

"그때는 합숙하기 전에 협박장이 왔고, 살해 현장에도 범인의 메시지가 남아 있었잖아. 다들 범인을 찾아내는 데 협조적이라서 행동에 나설 수 있었어. 반면 이번에 네가 발견한 건 '생존자'의 존재를 암시하는 일기뿐이야. 정말로 그 자가 후기를 죽였는지도 분명치 않은데 쓸데없는 혼란을 초래하면 안 돼."

히루코 씨의 말이 옳을지도 모른다. 하지만 히루코 씨가 어떻게든 나를 수수께끼 풀이에서 떼어놓으려는 것처럼 느껴지기도 했다.

"'생존자'가 앞으로 범행을 더 저지를 가능성도 있잖아요. 모르는 척할 수는 없어요."

"왜 못 하는데?"

예상치 못한 반문이었다.

"넌 내 전화를 받고 여기에 왔어. 예정에는 없던 사람이야. 후기에게 원한을 품은 '생존자'가 있더라도, 살해 동기에서 제일 먼 사람이 너라고."

'생존자'가 거인과 같은 시설에서 실험을 당한 사람이라 치고, 증오를 품을 대상에 순서를 매긴다면 첫 번째는 당연히 후기다. 다음은 오랫동안 그를 모셨던 사이가와 아와네이리라. 연구 자료와 거인을 확보하려는 나루시마와 우라이도 못마땅하게 여길 가능성이 있으며, 그들을 위해 총을 든 보스와 아울, 마리아도 위험시할 것이다.

그런 점에서 봤을 때 '생존자'가 나와 고리키를 살해할 동기는 없다.

“알아들었니? 만약 네가 원한을 산다면 ‘생존자’의 정체를 밝히려고 했기 때문이겠지. 그러니까 다른 사람들 앞에서는 잠자코 있도록 해.”

“그래서는 자기 생각밖에 안 하는 거잖아요!”

큰 소리를 낼 뻔한 걸 간신히 참았다.

하지만 반론할 틈도 없이 히루코 씨가 사정없이 결정타를 날렸다.

“자기 몸을 지키는 게 잘못이야?”

아니다.

“범인을 추리하는 게 자기 목숨보다 우선해야 할 일일까.”

아니다.

“설마 목숨을 잃을 위험을 무릅쓰고서라도 범인을 찾아내는 게 탐정의 본분이라고 생각하는 건 아니지?”

아니다, 아니다, 아니다.

나는 그러기를 원하는 게 아니다.

문제의 본질은 그게 아닌데, 왜 이해해주지 않는 걸까.

“하무라. 여기서 탐정은 무력해.”

속상하고 화가 치밀었다. 히루코 씨가 아니라 나 자신을 향한 감정이다.

자담장에서 히루코 씨는 고독했고, 살아남기 위해 필사적이었다. 자신의 숙명과 범인의 그림자가 두려운 나머지 수수께끼를 풀어냄으로써 자기 자신을 지키려고 했다. 범인을 밝혀냄으로써 삶으로 이어지는 동아줄을 붙잡으려고 했다.

혹시 그런 히루코 씨의 사고방식을 뒤틀어버린 원인이 있다면 그건 나다.

히루코 씨는 원래 왓슨 역으로, 조수라기보다 고독을 메워줄 정신적 버팀목으로 나를 곁에 두고 싶었겠지만, 바로 그게 화근이었다.

너무나도 무력한 나는 히루코 씨의 '동지'가 아니라 히루코 씨가 '지켜야 할 존재'로 격하되고 말았다.

그 증거로 지난번에 옛 진안 지구에서 사건이 발생했을 때, 히루코 씨는 나를 죽음의 위험에서 지키고자 추리력을 구사해 범인의 행동을 조종했다. 지금까지 방어 수단에 불과했던 추리력을 이용해 범인을 공격한 것이다.

해코지를 하려는 사람에게 대항하거나 친지를 지키고 싶어 하는 건 인간으로서 당연한 심리다. 나도 히루코 씨가 무사하길 바란다. 하지만 자신이나 친지의 목숨을 구하기 위해 남에게 위험을 전가하는 걸 '어쩔 수 없는 일'이라고 받아들이지는 말았으면 한다.

"아무리 비상사태라도 제 목숨만 우선해야 하나요? 남이 죽든 말든 내버려두고요?"

"네가 죽이는 게 아니잖아. 앞으로 누군가 죽더라도 잘못한 건 범인, 그러니까 범죄를 저지른 사람이야. 만약 그런 결과가 나오는 걸 방관한 사람도 같은 죄라면, 제일 큰 잘못은 내가 살아 있다는 거겠지."

"왜 그렇게 자학적으로 말씀하세요?"

그걸 비장의 카드로 꺼내다니 비겁하지 않은가. 골치 아픈 사건을 끌어들이는 히루코 씨의 체질이 잘못이라는 사람이 있다면, 나는 소리 높여 부정할 것이다. 범죄를 저지른 사람이 제일 잘못이라면서.

"자학하려는 건 아니었어."

낙담한 내 기분이 전해졌는지 히루코 씨는 거북한 듯 눈을 돌렸다.

"하무라. 아무리 기대한들 지금 나는 여기서 꼼짝도 못해. 범인을 몰아붙이기는커녕 널 지킬 수조차 없다고. 이런 상황에서 무책임한 추리를 펼칠 만큼 난 뻔뻔하지 않아. 우리한테 미스터리 소설에 등장하는 탐정처럼 특등석이 준비

되어 있지 않다는 건 네가 누구보다도 잘 알잖아."

나는 아무 대꾸도 하지 못했다.

미스터리 소설 속의 명탐정이 현실에 없다는 사실을 깨달은 건, 다름 아닌 히루코 씨와 처음으로 사건에 휘말렸을 때였으니까.

하지만 정말로 그뿐인가요. 히루코 씨가 마음만 먹으면 진상을 해명하기 위해 좀더 적극적으로 나설 방법이 있는 것 아닌가요.

그런데도 히루코 씨는 비난을 각오하고 다름 아닌 나, 역량이 부족한 왓슨을 지키기 위해 홈스의 길에서 벗어나려는 것 아닌가요.

내가 좀더…….

거북한 침묵이 드리워졌을 때 통로 저편의 나무 문이 열리는 소리가 들렸다.

통로에서 고개를 내민 아와네가 나를 보자마자 잡아먹을 것처럼 물어보았다.

"하무라 씨, 거실에 있었던 알렉산드라이트 장식품 어디 갔는지 모르세요?"

"알렉산드라이트요?"

"출창의 창턱에 놓여 있던 고양이 장식품요. 눈 부분이 알렉산드라이트라는 보석으로 된 건데 보이질 않네요."

"그거라면 아까 보여준 사진에 찍혀 있었잖아."

히루코 씨의 말에 디지털카메라에 저장된 사진을 확인하자, 아몬드 모양의 예쁜 벽안이 시선을 사로잡는 검은 고양이 장식품이 창턱에 놓여 있었다.

"아아, 이 검은 고양이요. 제가 커튼을 걷고 사진을 찍었을 때 봤으니까 삼십 분 전에는 있었는데요."

"맙소사, 한시도 마음을 못 놓겠네!"

아와네는 툭 내뱉은 후 별당에서 물러갔다.

비싼 보석인지도 모르겠지만 주인인 후기는 이제 없다. 지금은 자신의 안전을 걱정해야 할 때건만.

갑작스러운 훼방 때문에 히루코 씨와 논쟁을 계속할 분위기가 사라졌다. 머쓱해진 나는 "그럼 돌아갈게요" 하고 머리를 숙인 후 창문에 등을 돌렸다.

"제발 네 안전을 제일 먼저 생각해."

나를 걱정해서 하는 말이 날아들었다.

나는 착각했는지도 모른다.

돌이켜보면 히루코 씨는 처음 만났을 때부터 탐정이라는 역할을 좋아하지 않는다고 공언했다. 그리고 자신이 홈스라는 역할을 완전히 받아들이지 못했음을 알면서도 나를 곁에 두었다.

그럼 난 뭘 하고 싶은 걸까. 히루코 씨의 왓슨 역할을 맡고 싶은 나는.

히루코 씨의 힘을 빌려 수수께끼를 풀고 싶은 걸까. 히루코 씨가 하는 일을 보좌하고 싶은 걸까.

나는 그것조차 확실하게 모른다. 이대로라면 정말로 그냥 보호받는 짐짝에 불과하지 않은가.

손에 든 디지털카메라가 갑자기 차갑게 느껴졌다.

1층 · 조리실 - 고리키 미야코 - 이틀째

우라이가 밥솥을 기울이고 익숙지 않은 손놀림으로 사발에 밥을 담았다. 갓 지은 밥이 바닥에 떨어질 것 같길래 나는 담기 쉽도록 사발을 기울였다. 우라이는 작은 목소리로 감사를 표한 후 "아, 뜨거워" 하며 주걱을 쥔 손을 피어오르는 김 옆으로 치웠다.

페트병을 찾으러 조리실에 와보니, 우라이가 취익취익 소리를 내는 밥솥과 눈싸움을 벌이고 있었다. 모두가 먹을 식사를 준비하는 중이었다.

"간단히 먹을 수 있는 주먹밥이라도 만들까 싶어서요."

구형 전기밥솥은 10인분짜리라서 열 명 모두 허기를 때울 수 있을 듯했다. 이런 상황에 반찬이나 국이 있다고 한들 어차피 넘어가지도 않을 것이다.

다만 물을 채운 사발과 소금을 뿌린 조리용 쟁반, 그리고 접시란 접시는 몽땅 조리대에 늘어놓은 우라이의 모습을 보자 어쩐지 불안해서 밥이 지어지기를 함께 기다리기로 했다.

내 예감이 들어맞았는지 밥을 식히려고 낑낑대는 모습이 영 못 미더워 보였다. 비서로서는 유능할지 몰라도 요리는 젬병인 모양이다.

"얼마나 기다리면 될까요."

"랩을 사용하면 금방 만들 수 있어요. 맨손으로 쥐지 않아도 되고요."

나는 그렇게 말하며 찬장에서 랩을 찾아서 적당한 크기로 끊어냈다.

그때 하무라가 왔다. 그렇게 봐서 그런지 후기의 방에서 헤어졌을 때보다 표정이 어두웠다. 사정을 슬쩍 물어보자 하무라는 "별일 아니에요"라고만 답했다.

하무라에게도 도움을 청해 남자 두 명 사이에서 주먹밥

을 만들었다.

"비서는 참 힘들겠네요. 그런 사람 밑에서 일하면 더더욱요."

하무라가 랩으로 감싼 밥의 모양을 잡으면서 말을 걸자 우라이는 "그런가요" 하고 작게 쓴웃음을 지었다.

"왜 나루시마 씨의 회사에 들어가셨어요? 우라이 씨같이 능력 있는 사람이라면 다른 곳에서도 일할 수 있을 텐데요."

내 생각도 그랬다. 결과적으로 계획이 크게 틀어졌다고는 하지만, 이런 무모한 일을 어떻게든 실행에 옮길 능력이 우라이에게는 있다.

"자업자득이에요. 잡다하게 이것저것 할 줄은 알지만, 저 스스로 뭔가 이뤄내고 싶다는 꿈도 욕심도 없었거든요. 흘러가는 대로 인생을 살았을 뿐, 제가 누구인지 뭣 때문에 사는지는 몰랐습니다. 남의 지시를 받고 요구에 완벽하게 응하는 게 더 쉬웠죠."

그렇게 대답한 우라이는 아까까지만 해도 어설펐던 사람은 어디 갔나 싶을 만큼 주먹밥을 균등한 모양으로 만들어서 늘어놓았다. 시행, 분석, 수정. 그 반복이야말로 자신의 인생이라는 듯이.

"자업자득이에요." 우라이가 한 번 더 말했다. "처음에 명령받은 찜찜한 일을 거절하지 못했죠. 그게 작지만 결정적인 분기점이었을 겁니다. 자신의 나약함에서 눈을 돌린 사이에 구렁에 점점 깊이 빠져들더니만 어느덧 이런 곳까지 와버렸네요."

어쩌면 유능했기 때문에 삐끗한 건지도 모른다. 나루시마의 어떤 터무니없는 요구도 들어줄 만한 능력이 있었기 때문에, 이번에 실패할 때까지 멈출 수 없었던 것 아닐까.

"우라이 씨 탓에 이런 지경에 빠진 건 아니잖아요. 살아서 나가기만 하면 다시 시작할 수 있어요. 그리고 저는 보좌 역할을 어려움 없이 해내는 우라이 씨가 부러워요."

"하무라 씨와 겐자키 씨도 정말 훌륭한 콤비시잖습니까. 살인 사건을 함께 해결하다니, 여간해서는 못 할 일인걸요."

하무라는 고개를 저었다.

"제게는 우라이 씨처럼 히루코 씨를 뒷받침해줄 힘이 없어요. 오히려 저 때문에 히루코 씨가 진실 해명과는 다른 방법으로 사태를 수습하려 한 적도 있는걸요."

나는 주먹밥을 만들던 손을 멈추고 물었다.

"다른 방법……. 예를 들면 범인을 힘으로 제압한다든

가?"

"그렇게까지 직접적인 방법은 아니고요. 뭐라고 할까, 적극적으로 남에게 손을 뻗지 않는 거예요. 설령 누군가가 파멸의 길에 발을 들여놓으려 할지라도요."

우라이 씨가 아련한 눈빛으로 말했다.

"……고민스러우시겠군요. 두 분의 관계는 저처럼 싫어지면 때려치우면 된다는 문제도 아닐 테니까요. 하지만 제 생각으로는 하무라 씨가 곁에 있는 것 자체가 겐자키 씨에게는 버팀목으로 느껴지지 않을까 싶은데요."

우라이가 위로해도 하무라의 표정은 밝아지지 않았다. 겐자키하고 뭔가 심각한 이야기를 나누었는지도 모르겠다.

누군가에게 힘이 되고 싶지만 역량이 부족하다. 그 기분은 나도 잘 안다.

대화를 나누는 동안 주먹밥을 다 만들었다. 우라이가 쟁반을 들고 후기의 방으로 가려고 했을 때였다.

"자, 잠깐, 잠깐만요!"

하무라가 갑자기 우라이의 팔에 매달렸다. 쟁반을 떨어뜨릴 뻔한 우라이는 허둥지둥 균형을 잡았다. 내가 나무랐다.

"하무라, 뭐 하는 거야."

"구두요!"

우라이가 무슨 소린지 모르겠다는 듯한 표정으로 발치를 내려다보았다.

우라이의 신발은 검은 가죽 구두다. 평소는 깨끗하게 닦아서 신고 다녔을 가죽 구두의 표면에 흙먼지가 엷게 묻었다. 오른쪽은 발등 부분에 커다랗게, 왼쪽은 구두코 부분에 반달 모양으로.

이 흙먼지가 뭐 어쨌다는 걸까.

하무라는 자기 운동화 오른쪽을 벗어서 밑창과 우라이의 구두에 묻은 흙먼지의 모양을 비교했다.

같은 모양이었다.

"틀림없어요. 제 운동화 자국이에요. 어젯밤에 거인에게서 달아날 때, 나루시마 씨한테 떠밀려서 비틀거리다 밟았겠죠. 그때 묻은 거예요."

"그랬군요. 다들 정신없는 상태였으니까요."

우라이가 쟁반을 내려놓고 손수건으로 더러워진 구두를 닦으려고 하자 하무라가 말렸다.

그리고 디지털카메라에 저장된 사진을 얼른 확인했다. 나는 뭐라 말할 수 없이 불안한 기분으로 그 모습을 바라보았다.

"역시."

사진을 보고 확신을 얻었는지 하무라가 설명했다.

"후기의 양 발바닥에는 베인 상처가 있었고, 발바닥 전체에 피가 묻었어요. 처음에는 전화기와 모니터 조각을 밟아 다쳐서인 줄 알았는데요."

"맨발로 밟았으니까 당연한 거 아니야?"

"그렇더라도 맨발로 전화기와 모니터를 밟아 부수거나 자기가 부순 물건을 실수로 밟을 거라고 보기는 힘들어요. 그리고."

하무라가 후기의 시체와 바닥의 혈흔이 담긴 사진을 보여주었다.

"보세요. 발바닥 전체에 피가 묻은 것치고는 부서진 조각에 남은 핏자국이 너무 작아요."

"바닥에는 피가 고여 있었죠. 그걸 밟아서 더러워진 건……. 아니, 그럴 리는 없겠군요."

우라이가 꺼낸 말을 바로 취소하자 하무라는 고개를 크게 끄덕였다.

"네. 목이 잘린 후에 피를 밟을 리 없죠. 발바닥에 피가 묻은 것도, 부서진 조각을 밟아서 다친 다음 어딘가 발을 내디디면서 발바닥 전체로 퍼져서일 거예요. 그런데 바닥에는 피가 거의 묻지 않았죠."

큰일 났다고 내 직감이 경고했다. 밝혀져서는 안 될 영역에 하무라가 발을 들여놓으려 한다. 한편 우라이는 "뭐가 뭔지……" 하고 고개를 갸웃했다.

"우라이 씨의 구두를 보고 알아차렸어요. 후기가 교살당했을 가능성과 조합하면 설명이 되죠."

하무라의 말에 우라이는 깜짝 놀라서 눈이 휘둥그레졌다.

"교살당했다니 무슨 말씀이십니까. 후기는 거인에게 살해당했잖아요."

"아니요. 거인이 후기를 죽였다고 판단하기에는 수상한 점이 많았어요. 또한 거인이 사냥감의 생사와 관계없이 목을 절단하는 습성이 있다는 사실을 근거로 후기가 병으로 사망한 후 거인이 목을 절단했을 거라고 아울이 주장했지만, 분명 그것도 아닐 거예요."

아울이 말하지 말라고 당부했는데도 하무라는 아랑곳없이 말을 이었다.

"방으로 돌아온 후기는 우리가 전화와 모니터를 이용하지 못하도록 바닥에 내팽개쳐서 부쉈어요. 그 직후에 방에 나타난 누군가에게 습격당한 거예요. 가느다란 철사 또는 반대로 자국이 잘 안 남는 굵은 띠 같은 물건으로 교살당했을 가능성이 높겠죠."

어쩌지. 하무라는 착실히 진상으로 다가가고 있다.

"후기는 범인에게 습격당했을 때 바닥에 있는 부서진 조각을 밟았겠죠. 부서진 조각에 남아 있던 약간의 피는 이때 묻은 거고요. 문제는 그다음이에요. 후기는 몸집이 작으니까 범인에게 끌려 올라가는 형태로 목을 졸리지 않았을까요? 까치발로 선 후기는 바닥을 거의 더럽히지 않고 범인 쪽으로 끌려갔어요. 그리고 서로 몸이 밀착되자 높이를 확보하려고 범인의 발을 밟은 거죠. 수없이 발버둥 치는 사이에 발바닥에서 난 피가 범인의 신발을 더럽혔고, 그걸 다시 밟았기 때문에 발바닥 전체에 피가 묻은 거예요."

하무라의 추리는 실제로 현장을 본 게 아닐까 의심스러울 만큼 정확했다. 하지만 괜찮다. 내게까지 다다르지는 못할 것이다.

나는 등에 식은땀이 흐르는 걸 느끼며 장단을 맞췄다.

"즉, 범인의 신발에는 후기의 피가 잔뜩 묻었겠네."

"네."

"그럼 나는 아니야."

나는 운동화를 당당하게 하무라 앞으로 내밀었다. 검어

서 알아보기 힘들지만, 핏자국은 남아 있지 않을 것이다. 하무라는 내 운동화를 유심히 내려다보더니 고개를 끄덕였다.

"그렇네요."

의심하는 낌새는 털끝만큼도 없었다.

하지만 방심해서는 안 된다. 노골적으로 결백을 주장하면 오히려 의심받는다. 이쯤에서 내게 불리한 점도 말하기로 했다.

"하지만 발을 밟혔다면 범인도 신발에 피가 묻었다는 걸 알아차리지 않을까? 그대로 놔두지는 않을 것 같은데."

"네. 피는 어젯밤에 묻었으니까 이미 닦아냈겠죠."

당연하다. 나도 그랬으니까.

그 말을 들은 우라이는 낙담한 표정을 지은 후, 바로 목소리를 낮추었다.

"만약 거인이 범인이 아니라면, 이런 이야기를 함부로 꺼내는 건 위험합니다. 지금 하무라 씨 앞에 있는 제가 살인범일 가능성도 있으니까요."

"아니요, 우라이 씨는 아니에요."

하무라가 딱 잘라 말했다.

"왜요?"

"우라이 씨의 구두에는 제가 밟았을 때 생긴 신발 자국이 그대로 남아 있으니까요. 만약 그 위에 피가 묻었다면, 피를 닦아낼 때 신발 자국도 지워졌겠죠. 따라서 우라이 씨는 후기를 죽인 범인이 아니에요."

나는 내심 놀랐다. 그런 논리로 용의자의 범위를 줄일 수도 있구나.

우라이가 감탄한 듯 허어, 하고 숨을 토해냈다.

"그렇군요. 의혹에서 벗어난 건 반가운 일이지만……."

"물론 조심성 없이 다른 사람들에게 발설할 생각은 없어요. 공연히 사람들에게 의심을 불러일으키거나, 범인을 자극하고 싶은 건 아니니까요."

나는 재빨리 머리를 굴렸다. 우라이는 용의자에서 제외됐지만, 우라이처럼 후기가 살해되기 이전에 신발에 묻은 흙먼지가 그대로 남아 있는 사람이 또 있을 가능성은 한없이 낮다. 다들 아침부터 지하를 돌아다니느라 흙먼지며 흰색 도료 조각으로 신발이 더러워졌을 것이다.

내가 방해하러 나설 필요는 없다. 오히려 협력적인 자세를 보이자.

"이 일은 우리 세 명만의 비밀로 해두죠. 하무라, 나도 신발에 피가 묻은 사람이나 신발이 부자연스럽게 깨끗한 사람이 없는지 유심히 살펴보고 뭔가 알아내면 알려줄게."

이야기를 마치고 다시 주먹밥을 옮겼다.

자신의 역량이 부족하다고 한탄한 것치고 하무라는 제법 날카로운 면모를 보였다.

착안점도 재미있었고, 지금까지 겐자키와 함께 살인 사건을 해결한 실적이 있다는 건 아무래도 진짜인 듯하다.

하지만 이 추리만으로는 내게 다다를 수 없다.

005 혜안

1층 · 후기의 방 - 고리키 미야코 - 이틀째, 오후 2시

오후 2시가 지났을 무렵, 윗옷 호주머니에 넣어둔 접이식 칼을 잃어버렸다는 걸 알아차렸다. 어디에 떨어뜨렸을까. 내가 지나다닌 곳을 살펴보았지만 눈에 띄지 않았다.

칼자루에 로마자로 'GORIKI'라고 새겨져 있으니, 주운 사람이 보면 누구 물건인지 금방 알 것이다.

혹시 누가 줍지 않았을까 싶어서 나는 후기의 방으로 향했다.

거실이 밝길래 뭔가 했는데, 커튼이 활짝 걷힌 출창으로 햇빛이 비쳐 들고 있었다.

혼자서 후기의 책상 서랍을 뒤지고 있던 아와네는 나를

보고 아무 일도 없었다는 듯이 서랍을 닫았다.

"어머, 고리키 씨. 어쩐 일이세요?"

아와네는 몸을 돌리기 직전에 오른손에 들고 있던 고급스러워 보이는 만년필을 호주머니에 숨겼다. 아무래도 남은 후기의 물건 중에서 돈이 될 만한 물건을 찾고 있던 모양이다.

이렇듯 천연덕스러운 태도는 사기나 절도 상습범한테서 흔히 볼 수 있다. 이런 인간은 조금만 나무라도 당신하고 상관없는 일 아니냐며 바로 정색한다. 안타깝게도 지금 상황에서는 아와네의 죄를 폭로한들 누구에게도 득이 되지 않는다.

본의는 아니지만 묵인하기로 하고 내 용건을 알렸다.

아와네가 훔칠 만큼 고급품은 아니기에 칼의 특징을 알려주자 아와네는 눈살을 조금 찌푸렸다.

"못 봤는데요. 주우면 돌려드릴게요. 그리고 안 그래도 고리키 씨를 찾으려고 했어요. 겐자키 씨가 이야기를 하고 싶으시대요."

"왜 나랑?"

"모든 사람과 차례대로 이야기를 하시는 모양이던데요. 이쪽 상황이 궁금한가 보죠."

겐자키와는 직접 이야기를 나누지 않았다. 신경 쓰이는 것도 당연한가.

"그럼 별당에 가볼게요."

"그래요. 그런데 사이가 씨가 어디 있는지는 모르고?"

어느새 슬쩍 만만하게 여기고 간을 보는 말투로 변했다. 보스와 나루시마, 같은 여자라도 마리아에게는 철저하게 저자세로 대하면서.

"못 봤는데요. 왜요?"

통명스럽게 대꾸하자 아와네는 기분 상한 표정으로 "못 봤으면 됐고요" 하고 대꾸하고는 재빨리 방에서 나갔다.

이런, 이런. 저런 유형의 인간은 얼핏 겸손해 보이지만, 남들을 대할 때와는 반대로 자기 자신에게 몇 배는 더 관대하기에 질이 안 좋다.

그보다 지금은 겐자키가 먼저다.

재난을 불러들인다는 겐자키 집안의 여식은 대체 어떤 사람일까.

하무라 말로는 지금까지 많은 사건을 해결로 이끌었다고 한다. 그 말이 사실이라면 지금 혼자 별관에 갇혀 있어서 정말 답답할 것이다.

하무라도 상당히 날카로웠지만, 결국 진상을 규명하지는

못했다.

행운의 여신은 아직 내 곁에 있다.

별당에 도착해 창문으로 조심스레 겐자키를 불렀다. 창문 구석에서 검은 머리가 움직였다.

나타난 얼굴을 보고 나도 모르게 숨을 삼켰다.

윤기가 흐르는 흑발. 놀랄 만큼 작은 얼굴과 뽀얀 피부. 아까는 제대로 못 봤지만, 어지간한 연예인은 상대도 안 될 만한 미소녀 아닌가.

"안녕하세요. 오시라고 해서 죄송해요."

철 격자가 끼워진 창문으로 보이는 그 모습은 마치 탑에 갇힌 공주님 같았다.

"겐자키 히루코라고 합니다. 고리키 씨 맞으시죠?"

"고리키 미야코예요. 이야기를 나누는 건 처음이네요. 다른 사람들과는 벌써 이야기했나요?"

"아니요. 고용인 두 분과 고리키 씨하고만 이야기를 나눌 생각인데, 사이가 씨는 어디 계신지 확실치 않은 모양이라서요."

그럼 난 아와네에 이어 두 번째인가.

사이가의 이름이 나온 김에 그의 정체가 지명수배범 아니냐는 의혹을 말해볼까 했지만, 자중하기로 했다. 별관에서 나오지 못하는 겐자키에게 말해봤자 괜히 걱정의 씨앗을 하나 더 심을 뿐이다.

"아와네 씨와는 무슨 이야기를 했어요?"

"어젯밤에 있던 일과 거인의 생태에 대해 들었는데요. 그리 길게 얘기할 수는 없었어요. 아와네 씨도 사이가 씨를 찾으시는 것 같더라고요."

"무슨 일이라도 있던 걸까요?"

"그전에 후기의 방에 있던 장식품이 없어졌다고 소란을 떠셨으니, 어쩌면 그 일과 관계가 있을지도 모르죠."

아까 아와네가 비싸 보이는 만년필을 훔쳤는데, 그 밖에도 눈독을 들인 물건이 있던 걸까.

"출창 창턱에 있던 검은 고양이 장식품이 없어졌다네요. 일부에 보석이 사용된 장식품이래요."

"보석? ……아아, 검은 고양이 눈에 박힌 빨간 그건가."

사이가와 아와네 둘 다 후기의 물건을 훔칠 작정인 듯하다. 사이가는 물론이고, 아와네도 떳떳하게 밝히지 못할 사정이 있을 터. 앞으로 도피 생활에 필요한 비용을 마련하기 위해 도둑질을 하더라도 이상할 것 없다.

"아, 오히려 내가 질문을 했네요. 미안해요. 나한테 뭐 묻고 싶은 거 있어요?"

"하무라의 상태가 어떤지 알려주셨으면 해요."

겐자키가 걱정 어린 목소리로 말했다.

"겐자키 씨를 걱정하더군요. 하지만 아주 냉정해요."

"그럼 다행이지만요. 탐정 같은 행동은 하지 않던가요?"

했다. 하지만 그것도 알리지 않는 편이 나을 듯했다.

"뭔가 마음에 걸리는 일은 있는가 봐요. 하지만 난항을 겪는 모양이고요."

"다행이다."

많은 사건을 해결로 이끌었다는 사전 정보와는 맞물리지 않는 반응에 무심코 겐자키를 빤히 쳐다보았다.

겐자키는 눈을 가늘게 뜨고, 화장용 브러시처럼 잡은 머리끝을 작은 입술에 댔다. 그러한 몸짓 하나만으로도 청초했던 인상이 고혹적으로 변해서 당황스러웠다.

"하무라가 수수께끼를 풀지는 않을까 가슴이 조마조마했어요. 본인은 자각하지 못하는 모양이지만, 하무라는 날카로운 구석이 있거든요."

"수수께끼? 대체 그게 뭔데요?"

후기의 죽음에 관한 의문점을 하무라에게 들었을 것이라 추측했지만, 나는 시치미를 뚝 떼고 물었다.

한순간 겐자키의 시선이 흔들렸다.

"고리키 씨, 펜하고 종이 있으세요?"

기자의 필수품이다. 나는 배낭에서 볼펜과 예비로 가져온 메모지를 꺼내, 벽 앞에 놓여 있던 비닐봉지와 장대를 사용해 겐자키에게 건넸다.

겐자키는 메모지에 뭔가 적거나 메모지를 접으면서 설명했다.

"혹시 아실지도 모르지만, 하무라는 거인이 후기를 죽인 게 아니라고 생각해요. 그리고 진범을 밝혀낼 단서를 찾고 있죠. 정말이지 모두 힘을 합쳐 여기서 탈출해야 할 상황에서, 동료끼리 의심하는 건 비효율적이라고 생각하지 않으세요? 하물며 탐정 흉내를 내서 '범인'의 원한을 사는 건 정말 바보 같은 짓이에요."

겐자키는 아주 드라이한 성격인 듯하다. 논리적으로 따지면 그렇겠지만, 하무라로서는 받아들이기 힘든 의견이리라.

나는 겐자키의 의견에 찬성이지만.

"즉, 범인을 찾으려고 해본들 아무 이득도 없다는 말이로군요."

"아니요, 그런 게 아니라."

겐자키는 손을 흔들며 부정했다.

"제 말은 '하무라가 수수께끼를 풀어내서 좋을 것 없다'는 거예요. 수수께끼야 제가 풀면 되죠."

하무라보다 먼저 범인을 찾아내고 싶다는 건가?

어쩌면 좀 까다로운 성격일지도 모르겠다.

태평하게 그런 생각을 하던 나는…….

"후기를 죽인 건 고리키 씨, 당신이니까요."

겐자키의 기습을 방어하기는커녕 방어 자세조차 취하지 못했다.

겐자키가 그걸 어떻게 알았지?

방금 처음으로 직접 이야기를 나누었고, 겐자키는 어젯밤부터 고립돼 있었는데.

나는 겐자키의 진의를 알아내기 위해 그 빼어난 미모를 유심히 바라보았지만, 오히려 이쪽의 속마음만 환히 드러나는 듯한 기분이 들었다. 혼란이 점점 심해지던 그때.

'그렇구나! 블러핑이야.'

겐자키는 차례대로 별당에 사람을 불렀다.

갑자기 범인이라고 지목하고 반응을 보려는 속셈이리라. 나뿐만 아니라 아와네에게도 이랬을 것이다.

이야기의 흐름도 타이밍도 완벽해서 동요했지만, 그 정도는 얼버무리고 넘어갈 수 있다.

나는 과장되게 웃음을 터뜨렸다.

"깜짝이야. 갑자기 무슨 소리를 하는가 했네."

겐자키의 표정에는 아무 변화도 없었다.

나는 다시 불안감에 지배당하려는 마음을 다잡고 반론에 나섰다.

"후기는 목이 잘렸으니까 당연히 거인의 소행이겠죠. 백 번 양보해서 제삼자의 범행이더라도, 어젯밤에 누가 어디 숨어 있었는지 확인할 방법이 없는데 범인이 누구인지 어떻게 알겠어요?"

"하무라는 왓슨이라는 역할을 철저히 수행하려고 애쓰는 나머지, 눈앞에 있는 물증을 모으는 데 너무 집착해요."

겐자키가 왼쪽 손목에 찬 시계에 시선을 주었다.

"좀 서두를까요. 거인 말고 다른 사람의 범행이라고 의심한 건, 오늘 아침에 처음으로 하무라와 이야기를 나누었을 때였어요.

하무라가 어젯밤에 있었던 일을 상세하게 말해줬죠. 머리 무덤에서 저와 떨어진 후, 하무라는 공교롭게도 머리 무덤에서 제일 가까운 난로가 있는 방에 숨었어요. 하무라가 숨어 있을 때 알리 씨가 살해당했고요. 가까이에서 비명도 들렸으니 틀림없겠죠."

그 이야기는 들었지만, 그게 무슨 관계가 있는 걸까.

"그 직후에 거인이 하무라가 숨어 있는 방으로 들어왔대요. 하무라는 숨을 죽인 채 난로 굴뚝 속에 몸을 숨겼고, 거인은 하무라가 거기 있는 걸 모르고 그대로 방을 나서서 머리 무덤으로 나갔어요. 머리 무덤으로 통하는 철문은 여닫힐 때 큰 소리가 나잖아요. 하무라에게도 그 소리가 들린 거죠. 그후로 하무라는 철문이 열리는 소리를 못 들었고요."

겐자키가 거기서 말을 끊었다.

"아시겠어요? 거인은 머리 무덤으로 나간 후에 주구획으로 돌아오지 않았다는 뜻이에요. 이상하지 않나요? 다음날 아침에 알리 씨와 후기의 머리는 둘 다 머리 무덤에서 발견됐는데."

그렇구나. 어젯밤 죽은 사람 중, 주구획에서 살해된 알리와 1층 자기 방에서 죽은 후기의 머리는 하무라가 숨어 있던 방 바로 옆의 철문을 통해 머리 무덤으로 옮겨졌을 것이다. 그런데 하무라는 철문이 여닫히는 소리를 한 번밖에 듣지 못했다.

"아까 말씀드린 대로 알리 씨가 살해된 후에 거인이 나가는 소리는 하무라가 들었어요. 그럼 후기의 머리는 언제 머리 무덤으로 옮겨졌을까요? 하무라가 숨어 있던 방에서 나간 후, 즉 아침이겠죠. 거인의 소행일 리 없어요."

나는 겐자키의 추리에서 구멍을 찾기 위해 머리를 굴렸다.

"거인이 두 번 오갔다고 생각하니까 모순이 생기는 거죠. 시반과 사후경직 상태로 봐도 후기가 밤사이에 살해당한 건 틀림없어요. 거인은 일단 후기를 죽인 후 잘라낸 머리를 들고 지하로 내려왔겠죠. 그리고 거기서 마주친 알리를 쫓아가서 죽인 거고요. 어때요? 두 사람의 머리를 함께 머리 무덤에 옮겼다고 보면 이상할 것 없어요. 하무라는 철문이 여닫히는 소리만 들었을 뿐, 거인을 직접 본 건 아니잖아요."

순간적으로 궁리해낸 설명치고는 훌륭하다.

하지만 아름다운 적수의 태도는 조금도 흔들리지 않았다.

"그 가능성을 제일 먼저 고려했지만, 바로 제쳐놨어요. 후기의 머리를 든 채 알리 씨를 죽였다고 하셨죠? 중요한 사실을 잊어버리셨군요.

거인은 왼팔이 어깻부들기부터 없다는 사실을요."

머리를 얻어맞은 듯한 충격이 느껴졌다.

"한 손으로 어떻게 머리 두 개를 옮기죠? 아무리 손이 커도 머리 두 개를 동시에 움켜잡을 수는 없을 거예요.

머리카락을 잡는다? 그것도 무리예요. 알리 씨는 빡빡머리고, 후기도 거의 대머리나 다름없어서 붙잡을 만한 머리카락이 없으니까요."

나는 머리 두 개를 어떻게 들면 될지 이런저런 방법을 상상해보았다. 무리가 있는 줄 알면서도 말해보는 수밖에 없다.

"한 팔로 머리 두 개를 끌어안는 게 불가능하지는 않을 텐데요?"

"옮기기만 한다면요. 하지만 거인은 머리 하나를 끌어안은 상태로 알리 씨를 죽이고, 목을 절단해야 해요. 겨드랑이에 머리를 낀 채로 어떻게 도끼를 휘두르죠?"

"일단 머리를 내려놓으면."

겐자키가 미소를 지었다.

그 순간 나는 패배를 직감했다. 겐자키의 손안에서 놀아나고 있었던 것이다.

"맞아요. 알리 씨를 죽이고 목을 절단하려면 후기의 머리를 내려놓을 필요가 있어요.

고리키 씨가 하무라에게 빌려준, 귀여운 게 모양 스트랩이 달린 디지털카메라에는 창고에 안치한 시신의 사진도 저장돼 있더군요. 그걸 보는 저로서는 복잡한 심경이었지만요. 알리 씨와 후기의 머리에는 명백히 다른 점이 있었어요. 알리 씨의 머리에는 하얀 도료 조각이 많이 묻어 있었지만, 후기의 머리는 깔끔했죠. 어디든 흰색 도료 조각이 잔뜩 흩어져 있는 주구획 복도에 후기의 머리를 한 번이라도 내려놓았다면, 반드시 도료 조각이 묻을 텐데 말이죠."

즉, 알리의 머리와 후기의 머리가 동시에 옮겨지지 않았다는 증거다.

"따라서 후기의 머리는 밤에 거인이 옮긴 게 아니라, 누군가 아침에 머리 무덤으로 옮겼다는 뜻이에요. 후기의 방으로 통하는 빗장 달린 금속 문에, 뭔가로 내리친 듯한 자국이 있었다더군요. 아와네 씨의 증언으로 판단컨대 그건 어젯밤에 거인이 낸 자국이겠죠. 이것도 거인이 후기의 방에 들어가지 못했다는 걸 보여줘요.

그럼 여기서 문제. 후기를 죽인 범인은 어떻게 안으로 들어갔을까요?"

맙소사. 어떻게 한 발짝도 밖으로 나가지 않고 이런 논리를 구축한단 말인가.

"설마 후기가 남을 돕기 위해 문을 열어줄 것 같지는 않네요. 그렇다면 범인이 후기보다 먼저 방에 왔을 가능성을 고려해볼 수 있겠죠. 후기는 그런 줄도 모르고 방으로 도망쳤고, 범인은 후기를 살해한 후 시체와 함께 방에서 날이 새기를 기다렸어요. 그래서 밤사이에는 머리를 옮길 수 없었던 거고요.

머리 무덤에서 싸움이 시작됐을 때, 후기는 누구보다도 먼저 머리 무덤을 빠져나갔어요. 캄캄했던데다 건물 구조도 모르는 저희 일행이 후기를 앞지르기는 불가능하겠죠. 그리고 마리아 씨와 고용인 두 명은 함께 있었고요. 후기보다 빨리 방에 들어갈 가능성이 있던 사람은 거인이 코치맨 씨를 쫓아가서 홀에 혼자 남겨진 고리키 씨, 당신뿐입니다. 당신이라면 목을 절단할 만한 흉기도 챙겨 올 수 있었겠죠."

그런 건 없다. 내가 가지고 온 거라고는 작은 접이식 칼뿐이다. 하지만 분명 믿어주지 않으리라.

쥐어짜낸 목소리는 내 목소리라고 믿기지 않을 만큼 가냘팠다.

"난 1층에 있어서 거인이 사람의 목을 자르는 장면을 못 봤어요. 그런데 어떻게 거인에게 죄를 뒤집어씌울 생각을 하겠어요?"

"불가능하지는 않겠죠. 후기의 방으로 도망쳤을 때는 아직 후기가 거인을 관찰하기 위해 설치한 카메라 영상을 모니터로 볼 수 있었을 테니까요."

난 그런 걸 보지 않았다. 그렇게 주장해도 겐자키의 추리가 뒤집힐 것 같지는 않다. 오히려…….

"하지만 나는."

"물론 이건 상상이에요."

겐자키는 아주 침착한 태도를 유지했다.

"하지만 본인이 살인범이라는 사실은 고리키 씨가 직접 저한테 알려주셨어요."

"……그게 무슨 소리죠."

"아까 후기의 방에서 없어진 장식품 이야기를 했죠. 그때 보석이 화제에 오르자 고리키 씨는 '검은 고양이의 눈에 박힌'이라고 하셨어요. 하지만 출창에는 커튼이 쳐져 있어서 창턱에 있는 검은 고양이 장식품은 보이지 않았을 거예요. 그런데 어떻게 검은 고양이 눈에 보석이 박힌 걸 아셨을까요? 어젯밤에 후기의 방으로 도망쳐서 출창의 창턱에 숨어 계셨던 게 분명해요."

됐다! 반격에 나설 천재일우의 기회다. 나는 속으로 쾌재를 불렀다.

"봤어요. 여기 오기 직전에 그 방에 혼자 남았는데, 밖이 보이나 궁금해서 커튼을 젖혔거든요. 그때 봤던 검은 고양이 장식품이 인상적이어서 기억하고 있었을 뿐이에요."

겐자키가 또 상황에 어울리지 않게 사랑스러운 웃음을 지었다.

"그 말이 듣고 싶었어요. 분명 고리키 씨에게도 검은 고양이 장식품을 볼 기회는 있었을지 모르죠. 하지만 제 마음에 걸린 건 다른 부분이었답니다. 아까 보석에 대해 '검은 고양이의 눈에 박힌 빨간 그건가'라고 하셨잖아요."

분명 그렇게 말했다. 실제로 봤으니까. 뭐가 이상하다는 거지?

"아와네 씨의 말에 따르면 그 보석은 알렉산드라이트예요. 알렉산드라이트의 특징은 '낮의 에메랄드', '밤의 루비'라는 별칭처럼 광원에 따라 색깔이 달라진다는 거죠."

색깔이 달라진다……?

"알렉산드라이트는 자연광을 받으면 녹색으로 빛나고, 촛불이나 백열등 불빛을 받았을 때는 빨간색으로 빛나요. 아시겠어요? 검은 고양이 장식품은 출창 가까이에 놓여 있었죠. 아까 보셨다면 알렉산드라이트는 녹색으로 빛났을 거예요. 하무라가 찍은 사진에서도 그랬고요. 빨간색 보석을 볼 수 있던 건, 밤에 백열등 불빛 아래서 검은 고양이 장식품을 본 사람, 바로 어젯밤에 후기의 방에 있었던 범인뿐이에요."

당했다. 보석이 빨간색이었다는 발언의 모순을 먼저 지적했다면 착각했다고 둘러댈 수 있었으리라.

하지만 겐자키는 '커튼이 쳐져 있었다'라는 미끼를 먼저 던졌고, 나는 '여기 오기 직전에 커튼을 젖혔다'라고 대답함으로써 도망갈 길을 스스로 막아버렸다.

나는 이미 반론할 기력을 상실했다. 겐자키를 이기려고 섣부른 방법으로 대항해봤자 고스란히 내게 되돌아온다. 대신에 묻고 싶은 것이 있었다.

"저기, 아까 '하무라가 수수께끼를 풀어내서 좋을 것 없다'고 했잖아요. 그건 무슨 뜻이죠?"

내 질문에 겐자키는 드디어 본론에 들어갔다는 듯 고개를 끄덕이더니 들고 있던 메모지 몇 장을 내게 보여주었다.

"나루시마 씨는 거인을 포획하겠다는 목적을 포기하지 않겠죠. 아마 하룻밤은 여기 더 머물며 어떻게든 해보려고 할 거예요. 하지만 다른 사람들도 한마음 한뜻인가 하면 그렇지는 않아요. 세상에서 몸을 숨기고 있는 사람, 거액의 돈이 필요한 사람, 자기 몸이 무엇보다 소중한 사람……. 앞으로 누가 어떻게 움직일지는 저도 예측할 수 없어요. 그러니."

그다음에 겐자키는 예상치 못한 거래를 제안했다.

"저 대신에 고리키 씨가 하무라를 지켜주셔야겠어요."

말문이 막힌 나를 본체만체 겐자키가 조건을 제시했다.

"하무라가 무사하게 살아 있는 한, 저는 여기서 이야기한 내용을 아무에게도 밝히지 않겠어요. 그리고 살아남아 여기서 탈출한다면 거인이 후기를 죽인 걸로 받아들여지게끔 당신과 입을 맞춰드릴게요."

나는 귀를 의심했다. 범행을 폭로해놓고 그냥 내버려두겠다는 건가.

"만약 하무라를 지키지 못하면요?"

즉, 하무라가 죽는다면.

"모두에게 후기가 살해된 일의 진상을 밝히는 건 물론, 당신을 고발하는 내용을 기록한 이 메모지를 창밖에 뿌릴 거예요."

겐자키가 양손으로 종잇조각 여러 장을 보여주었다. 바람을 타고 잘 날아가는 모양으로 접거나, 비닐봉지에 넣는 등 철저하게 준비했다. 메모지가 한 장이라도 남의 손에 들어가면 내가 살인자임이 밝혀진다. 만약 여기서 살아나가더라도 체포되리라.

드디어 겐자키의 말이 무슨 뜻인지 이해했다.

"'하무라가 수수께끼를 풀어내서 좋을 것 없다'라는 말은……."

"네. 당신이 하무라를 입막음하면 그걸로 끝이죠. 하지만 제가 진상을 알아내면 상황이 달라져요. 제 입을 막으려면 거인을 뚫고 여기로 와야 하니까요."

겐자키는 홀로 고립된 상황을 역이용해 거인에게 보호받는 여왕으로서 군림하려는 것이다.

내게 거부권은 없다. 누가 적으로 돌아서든 파멸을 피하기 위해서는 하무라를 끝까지 지켜내야 한다.

나는 이렇게 되받아치는 것이 고작이었다.

"……이런 살벌한 홈스와 파트너라니 하무라가 불쌍하네."

"홈스가 아니에요."

기분 탓인지 겐자키의 목소리가 아주 싸늘하게 느껴졌다.

"저는 겐자키 히루코입니다."

흉인저에는 괴물이 두 명 있다.

폭력의 괴물과 지략의 괴물.

하지만 겐자키는 한 가지 큰 착각을 했다.

분명 어젯밤에 나는 그 방에서 후기를 죽였다.

하지만 후기의 머리를 잘라낸 건 내가 한 짓이 아니다!

나는 겐자키와 헤어져 후기의 방으로 돌아왔다. 아직 동요한 마음을 추스르지 못했으므로 방에 아무도 없어서 다행이었다.

어젯밤에 나는 후기 앞에 나타나 '그가 있는 곳'을 캐물었다.

하지만 기분 나쁠 만큼 감정에 북받친 노인이 거인에게 의탁한 자신의 꿈만 줄줄 늘어놓길래, 벌컥 화가 나서 커튼을 묶는 끈으로 후기의 목을 조르다가 정보를 알아내기도 전에 죽여버리고 말았다.

실은 그렇게까지 할 생각은 아니었다. 까딱하면 죽는다는 공포가 후기의 입을 조금이라도 매끄럽게 해주지 않을까 기대했던 것인데, 후기의 육체는 상상보다 더 쇠약해진 상태라 이승과 연결된 줄을 아주 손쉽게 놓아버렸다.

증오했다고는 하나 사람의 목숨을 빼앗아서 혼란에 빠진

나는, 지병인 발작을 일으켜 그 자리에서 잠들어버렸다.

기면증. 시간과 장소를 가리지 않고 심한 졸음이 몰려오는 수면 장애 중 하나다. 투약 치료를 받고 있으므로 일상생활에는 문제가 없지만, 그래도 느닷없이 잠들 때가 있다.

후기의 시체 바로 옆에서 잠들었다가 깨어나자 이미 창밖이 환했다.

거인이 자외선을 싫어해서 날이 밝으면 별관으로 돌아간다는 사실은 후기에게 알아냈다. 나는 서둘러 출창 창턱에 놓여 있던 물건들을 정리하고 커튼을 친 후, 금속 문의 빗장을 벗기고 복도로 나갔다. 그리고 아무와도 마주치지 않기를 빌면서 통용문 앞까지 가서 숨죽여 대기했다.

누군가 후기의 머리를 잘라내서 가져간 건, 내가 방을 뛰쳐나온 후부터 마리아와 고용인 두 명이 후기의 시체를 발견하기 전까지다.

후기의 목을 자른 인물(진범이라고 칭하자)은 어떻게 자로 잰 것처럼 딱 그 시간대에 행동할 수 있었을까?

아니, 방법이라면 있다. 나 자신도 실제로 경험하지 않았는가.

창고에 있으면 후기의 방에서 나누는 이야기를 훔쳐 들을 수 있다.

어젯밤에 창고로 도망쳐서 숨은 진범은 나와 후기가 말다툼하는 소리를 들었고, 그후에 소리가 뚝 끊긴 것에 의문을 품었다. 그리고 아침에 내가 떠나기를 기다렸다가 방으로 들어와서 후기의 시체를 발견한 것이다.

진범이 후기의 목을 자른 이유는 불분명하다. 하지만 진범도 뭔가 목적이 있어서 흉인저를 찾아왔다면, '평범한 시체'가 발견됨으로써 거인 이외에도 살인범이 있다고 모두가 서로 경계하는 상황을 우려한 것 아닐까.

나와 진범이 연달아 예상외의 일을 저질렀으니, 목 절단까지 내 소행이라고 겐자키가 판단한 것도 무리는 아니다.

문제는 진범의 본래 목적이 뭔지 모른다는 것이다. 진범이 앞으로 어떻게 행동하느냐에 따라 하무라에게 위험이 닥칠 수도 있다.

그렇다면 거래를 성립시키기 위해서라도 탈출하기 전에 진범을 밝혀내야 하지 않을까.

도움이 되는 단서라면 하나 있다.

진범은 오늘 아침 마리아와 고용인들이 시체를 발견하기 전에 후기의 머리를 방에서 가지고 나갔다. 그때 머리 무덤으로 옮겼다면 난로가 있는 방에 숨어 있던 하무라가 철문이 여닫히는 소리를 들었겠지만, 듣지 못했다.

즉, 하무라가 은신처에서 나오고 겐자키를 제외한 모든 생존자가 홀에 모인 시점에는, 후기의 머리를 아직 머리 무덤으로 옮기지 못해서 일단 어딘가에 감춰놨으리라. 실제로 머리 무덤으로 옮긴 건 각자 분담해서 생존자를 찾으러 다니던 때였을 것이다.

다른 희생자의 머리는 땅에 방치돼 있었는데, 후기의 머리만 드럼통에 들어 있었던 건 언제 옮겼는지 들통나고 싶지 않아서다.

요컨대 머리를 일시적으로 감춰뒀던 곳을 밝혀내면, 진범의 정체로 이어지는 실마리를 얻을 수 있을지도 모른다.

일단 후기의 방에서 홀로 이어지는 통로를 유심히 관찰하며 걷자, 몇 미터 간격으로 피가 떨어진 자국이 눈에 띄었다. 간격이 넓어지면서 홀까지 이어진 그 핏자국을 지하로 내려가는 계단 언저리에서 놓쳤다. 홀에서 중상을 입은 코치맨이 흘린 피와 구분이 안 됐다.

어쩔 수 없이 배낭에서 내가 가지고 온 손전등을 꺼내 주구획의 빈방을 일일이 조사했다.

지하에도 여기저기 오래된 핏자국이 남아 있어서 어떤 게 내가 찾는 핏자국인지 보면 볼수록 알쏭달쏭했다.

내가 머리를 옮기는 입장이라고 치고 생각해보자.

후기의 방에서 잘라낸 머리를 들고 지하로 내려가려 한다. 진범은 나와 후기의 대화를 들었을 테니 거인과 마주칠 걱정이 없다는 건 알고 있었다.

그러나 잠깐. 어디에 누가 숨어 있는지 모르는 상태에서 지하로 내려가는 건 위험하지 않을까. 후기의 머리를 옮기다가 들키면 뭐라고 변명할 방법이 없다. 더구나 지하는 손전등이 없으면 이동하기 어려운데다, 자잘한 돌멩이며 도료 조각 천지라 발소리가 잘 난다.

한편 지하에서 먼 곳에 숨기면 나중에 머리 무덤으로 옮길 때 목격될 위험성이 커진다.

그렇다면…….

나는 계단을 올라 홀로 돌아갔다.

홀이야말로 머리를 숨기기에 최적의 장소 아닐까.

홀에서 아무도 살펴보지 않을 만한 곳.

있다. 작동을 멈춘 스탠드형 괘종시계다.

문자반 아래, 커다란 시계추가 담긴 공간에는 한복판에만 얇은 유리가 끼워진 문이 달려 있었다. 나는 떨리는 손을 문에 댔다.

잠겨 있지 않아서 바로 열렸다.

내 예상이 들어맞았다.

움직임을 멈춘 시계추 밑이 피로 얼룩져 있었다.

1층 · 후기의 방 – 하무라 유즈루 – 이틀째, 오후 3시

오후 3시가 지났을 무렵, 앞으로 어떻게 할지 결정하기 위해 다들 후기의 방에 모였다.

흉인저에 침입하고 열두 시간 넘게 지났다. 어제부터 잠을 제대로 자지 못한 사람들의 얼굴에 조금씩 피로한 기색이 보이기 시작했다. 그와 대조적으로 창밖에서는 즐거운 음악과 놀이기구가 작동되는 소리가 새어 들어왔다. 이렇듯 아이러니한 상황이 우리의 정신을 조금씩 좀먹는 것만 같았다.

나는 낙담에 차서 몇 번째일지 모를 한숨을 내쉬었다.

후기를 죽인 범인의 신발에는 피가 묻었을 가능성이 크다고 판단한 후로 모두의 신발을 은근슬쩍 관찰했지만, 범행과 관련된 결정적인 흔적은 찾아내지 못했다.

고리키의 운동화도, 나루시마의 가죽 구두도, 용병들의 부츠도 검은색이다. 지하를 오간 탓에 전부 흙먼지를 뒤집어써서, 피를 닦아낸 건지 아닌지 구별이 되지 않았다.

보스가 모두의 얼굴을 둘러보고 입을 열었다.

"온 건물을 살펴보았지만, 역시 탈출할 수 있을 만한 곳은 찾지 못했어. 다들 마찬가지겠지."

아와네와 사이가가 여기 남아 있다는 사실이 무엇보다 확실한 증거다. 만약 밖으로 나갈 방법이 있었다면 그들은 벌써 도망치고도 남았다.

이어서 보스는 현재 상황을 정리했다.

조금 전에 내가 히루코 씨에게 들은 내용과 거의 똑같았다.

"자력으로 탈출할 방법은 두 가지야. 창문의 철 격자를 절단하든지, 정면 출입구의 도개교를 내리는 수밖에 없어."

보스는 확인하듯 사이가를 보았다. 건물 수선과 개축을 담당했으니 누구보다도 잘 알 것이다.

이때도 사이가는 주목받기가 싫은 듯 시선을 비스듬히 내린 채 빠르게 말했다.

"전기톱과 와이어 절단기는 있지만, 창문에 끼워진 철 격자는 기초공사에도 사용되는 철근으로 만든 거라 쉽게는 안 잘릴 겁니다. 그리고 소음이 발생할 테니 밖에 있는 손님이나 테마파크 직원에게 들키겠죠. 도개교를 내리는 것도 마찬가지예요. 윈치가 고장 났으니 쇠사슬을 절단하는 수밖에 없죠. 철근보다는 절단하기 쉽겠지만, 이런 대낮에 도개교를 내리면 사람들의 시선이 쏠릴 겁니다. 신고하라고 광고하는 셈이에요."

그렇다고 손님과 직원이 없는 늦은 밤까지 기다리면 거인이 돌아다니는 가운데 소리를 내면서 작업해야 한다. 논할 가치도 없다.

"체포되는 것도 문제지만, 제일 큰 문제는 탈출구를 막을 수 없다는 거겠지."

마리아가 따끔한 말투로 지적했다.

"몇 시간 있으면 해가 져. 우리가 부순 창문이나 도개교로 거인이 나갔다간 그야말로 대참사라고."

외부에 미칠 영향이 얼마나 클지 고려하면 억지로 탈출구를 뚫는 건 상책이라고 할 수 없다.

"이 방 창문은 어떨까. 금속 문 때문에 거인은 못 들어올 테니, 밤에 깨면 되잖아."

보스의 제안에 사이가가 고개를 저었다.

"이 창유리는 사장님이 특별 주문한 강화 유리입니다. 권총으로 쏴도 안 깨질걸요."

"그럼 복도 창문으로 바깥 사람에게 도움을 요청한다든가."

마리아의 의견에는 아와네가 반대했다.

"밖에 있는 사람이 신고해도 기껏해야 테마파크 경비원이나 근처 경찰관이 오겠죠. 그 사람들이 무슨 수로 그 튼튼한 문을 열겠어요? 설령 열더라도 밤이 되면 경찰관 정도로는 '그 아이'를 못 막아요."

사이가가 아와네에게 가세했다.

"신고하면 우리 모두가 경찰 신세를 못 면합니다. 그래도 괜찮으시겠습니까?"

나는 속으로 한숨을 쉬었다. 논의 내용이 히루코 씨에게 이미 들은 내용과 한 치도 다르지 않았기 때문이다.

"방법이라면 있어. 테마파크 이용객에게 피해를 주지 않고, 우리도 체포되지 않을 방법이."

지금까지 잠자코 있던 나루시마가 기다렸다는 듯이 앞으로 나섰다. 모두의 시선이 그에게 집중됐다.

"코치맨이 가지고 있는 통용문 열쇠를 되찾는 거야. 고리키, 코치맨이 널 데리고 통용문으로 들어온 후, 열쇠를 어디 넣었는지 기억나나?"

갑자기 질문이 날아들자 고리키는 당황했다. 아까부터 고리키는 딴생각을 하고 있는 것 같았다.

"윗옷 가슴 주머니에 넣었을 텐데."

"그럼 코치맨의 시신만 찾아내면 열쇠를 회수할 수 있겠군."

사람들 사이로 동요가 조용히 퍼져나갔다.

그야 그렇지만, 나루시마는 그게 무슨 뜻인지는 알고 말하는 걸까. 현재 코치맨에 관해 짐작 가능한 사실은, 그가 별관을 통해서만 갈 수 있는 종루에서 살해당했다는 것뿐이다. 후기와 코치맨이 남긴 말로 판단컨대 왼쪽 저 끝에 나선계단이 있다. 하지만 그 이상의 정보가 없거니와 고용인도 들어가본 적이 없는데, 거인이 있는 별관에 열쇠를 가지러 가라는 건가.

하지만 나루시마는 대담한 태도를 무너뜨리지 않고 테이블에 A3 용지 크기의 종이를 펼쳤다.

"이 도면을 봐. 후기가 간직하고 있었던 자료 중 하나야."

도면이라지만 건축가가 정밀하게 작성한 것은 아니고, 연필로 간단하게 그린 것이었다. 몇 번이나 다시 그린 흔적과, 군데군데 적힌 작은 글씨가 눈에 들어왔다.

그 도면을 보자마자 나는 강한 기시감을 느꼈다. 내가 저택을 돌아다니면서 만든 흉인저의 평면도와 비슷했기 때문이다.

"저택 도면을 찾아냈구나!"

마리아가 들뜬 목소리로 말했다.

"아니요, 이건……."

사이가가 미심쩍은 듯 몸을 내밀었다. 찌푸린 얼굴로 잠시 도면을 들여다보더니 바로 감을 잡은 듯했다.

"전체적인 구조는 비슷하지만 이 저택의 도면은 아니네요. 일단 축척이 다릅니다. 그리고 사장님 방과 도개교 두 개도 없고요."

내가 만든 평면도를 옆에 놓고 비교하자 그 밖에도 다른 점이 많았다.

현재 흉인저에서 사용하는 구역은 지하와 1층인데, 이 도면에는 '1층', '2층'이라고 적혀 있다. 그 밖에 '연구동', '체육관', '기숙사'라는 명칭도 보인다.

나루시마가 말했다.

"이건 옛날에 후기가 소속됐었던 연구 시설의 구조를 도면화한 걸 거야."

확실히 '자료 보관고'나 '배양실' 등 각 방의 명칭에서 연구 시설이 연상됐다.

"하지만 우연으로 치부하기에는 흉인저와 구조가 너무 비슷하지 않습니까?"

"그것이야말로 후기가 흉인저를 계속 증축하고 개축한

목적이라고 한다면?"

나루시마가 실로 기묘한 동기를 제시했다.

"후기는 일찍이 자신이 지냈던 연구소를 모델로 삼아 이 저택을 개조한 거야. 건물을 아예 새로 만들기보다, 구조가 대략 비슷한 건물이 있으면 내부를 뜯어고치는 게 빠르지. 우마고에 유럽 왕국이라는 테마파크를 사들인 것도 그게 이유였어."

도면 속 연구소도 이 저택처럼 중심이 되는 두 건물이 인접한 구조다. 이 저택의 지하에 있는 머리 무덤은 연구소 도면의 1층 중정, 그리고 거인이 있는 별관은 이 층짜리 기숙사에 해당한다.

"사장님은 이 도면에 따라 제게 지하를 개축시킨 거로군요. 1층보다 위로는 못 가게 한 것도 같은 목적이었고요."

오랜 세월 쌓였던 의문이 풀렸는지 사이가는 도면을 핥듯이 꼼꼼이 확인했다.

"후기는 왜 그렇게까지 연구소에 집착한 걸까요?" 고리키가 물었다.

"쓸데없는 자존심 때문이겠지. 한때는 마다라메 기관의 지원을 받으며 최첨단을 달리는 연구를 했지만, 이제는 이런 산속에서 남의 눈을 피해 괴물이나 키우는 신세가 됐잖

아. 옛날 연구 환경과 비슷하게 만들어서 영광을 되찾았다고 믿고 싶었던 것 아니겠어?"

이 도면을 믿는다면 별관 구조는 대강 파악이 된다. 종루에 해당하는 곳인 '전파탑'을 보니, 위쪽까지 이어지는 나선 계단은 별관 지하와 1층 양쪽 모두와 연결돼 있을 듯했다.

이번에는 내가 의견을 제시했다.

"문제는 별관 쪽 철문을 열면 소리가 나서 거인에게 들킨다는 거예요. 어찌어찌 종루까지 올라가도 뒤에서 쫓아오면 달아날 곳이 없어요."

"누군가 거인을 다른 곳으로 유인한 사이에 침입해야겠지."

나루시마가 당연하다는 듯 말했다.

다른 곳이라니 그게 어딜까. 해가 떠 있으면 거인은 머리무덤에도 나오지 않는데.

마리아가 뭔가 깨달은 것처럼 소리쳤다.

"설마 밤이 되기를 기다리자는 거야?"

"그 수밖에 없어. 거인이 본관으로 들어온 틈을 타서 코치맨의 시신을 찾는 거야. 통용문 열쇠만 손에 넣으면 거인을 저택에 가둬놓은 채 탈출할 수 있지. 그럼 우리는 체포되지 않고, 이용객도 피해가 없어."

지당한 설명이지만 나루시마가 염려하는 건 테마파크 이용객의 안전이 아니라 거인이 외부의 시선에 노출되느냐 마느냐 뿐이리라.

나루시마는 어떻게든 거인을 이 건물에 가둬놓고 태세를 재정비해 돌아올 작정이다.

"환장하겠네."

마리아의 목소리에는 꽉 억누른 분노가 서려 있었다.

"어젯밤만 해도 다섯 명이나 죽었잖아. 총알도 얼마 안 남았어. 이런 상황에서 거인을 유인하라고?"

"그럼 역시 밖에 있는 사람들을 희생시키도록 할까?"

"그런 뜻으로 하는 말이 아니잖아."

"뭐가 다른데? 무리해서 밖에 나가면 구경꾼이나 출동한 경찰관이 죽어. 그런 사태를 막으려면 거인을 가둬놓는 수밖에 없겠지."

서둘러 결론을 내려는 나루시마를 보고 고리키가 끼어들었다.

"잠깐만요. 남에게 목숨을 걸라고 할 거면 정보를 아까워해서는 안 되겠죠?"

"무슨 소리야?"

"자료를 조사해서 알아낸 거인의 생태를 알려달라는 거

예요. 그 내용에 따라 열쇠를 되찾을 가능성도 달라질 테니까."

날카로운 지적에 나루시마는 노골적으로 못마땅한 표정을 지었다.

"이 귀중한 자료의 내용을 함부로 알려줄 수는 없지."

"그래도 알려줄 수 있는 부분이 있을 거 아니에요. 우리가 무슨, 자료를 빼돌려서 기술을 도용하겠다는 것도 아니잖아요. 아니면 정보를 꼭꼭 숨겨놓은 채 무턱대고 거인을 상대하라는 건가요? 해도 해도 너무하네."

고리키가 시선을 보내자 마리아도 힘 있게 고개를 끄덕였다.

"정보라고 해도 여러분이 이미 알고 계시는 것뿐입니다."

"야, 우라이."

나루시마가 제지하려 했지만 용병들이 말리자 물러났다.

"거인은 일찍이 마다라메 기관이라는 조직에서 진행했던 초인 프로젝트의 결과, 보통 사람과는 비교도 안 되는 힘을 얻었습니다. 하지만 상세한 내용은 후기 본인도 관찰을 통해서만 파악했던 것 같아요. 일단 우리도 경험했다시피 거인은 근력, 생명력, 회복력이 보통 사람보다 월등히 뛰어납니다. 그 외에 새로운 정보는 독과 질병에 강한 저항력이 있다는 것 정도겠네요. 후기는 이러한 능력을 잘 분석해서 응용하면 과학이 이십 년은 진보할 것이라고 믿었던 듯합니다."

"약점은 없어요?"

우라이는 고개를 저었다.

"자외선 이외에 별다른 기록은 없었습니다. 다만 후각과 청각이 보통 사람보다 뛰어나기는 해도, 동물처럼 인간의 수백 배에 달하지는 않는 모양입니다."

거인은 어둠 속에서도 볼 수 있지만, 숨어 있는 우리를 찾아내지는 못했다. 체취 때문에 들킬 걱정은 없다는 건가.

다만 '생존자'의 존재가 찜찜하게 느껴졌다.

만약 우리 사이에 섞여 있을 '생존자'가 거인처럼 피험자라면 왜 거인 같은 모습이 아닐까. 우연히 결과가 달랐던 걸까, 애당초 거인과 '생존자'는 다른 처치를 받은 걸까.

지금까지 이야기가 나오지 않은 걸 보면, 아울은 보스와 나루시마 등 극히 몇 명에게만 '생존자'가 있다는 사실을 말했으리라.

히루코 씨가 걱정한 대로 같은 편끼리 의심에 빠질 우려도 있으니 여기서는 밝히지 않는 편이 나을까.

어디까지나 당초의 목적에 연연하는 사람, 어쨌거나 더

는 희생자가 나오지 않기를 바라는 사람, 경찰에 체포될 위험성을 걱정하는 사람.

몹시 불안정해서 아주 간단하게 균형이 무너질 듯한 분위기가 방에 가득했다. 모두 똑같이 생존을 바라면서도 저마다 중시하는 부분이 다르다.

잠시 침묵이 흘렀지만, 이윽고 나루시마가 절충안을 꺼냈다.

"이렇게 하지. 제일 위험한 역할은 이 세 명이 맡는다. 나머지는 방해만 하지 않으면 이 방에 가만히 틀어박혀 있어도 상관없어."

세 명이란 보스, 아울, 마리아인가. 별관에 돌입한다는 계획에 반대하는 마리아는 불만스러운 기색이 역력했지만, 세 명을 제외한 나머지 사람들은 마음이 흔들린 게 분명했다. 후기가 사용했던 이 방은 튼튼한 금속 문으로 보호된다. 거인의 맹렬한 공격을 견딜 수 있는 곳은 여기밖에 없다.

"히루코 씨를 버리겠다는 건가요?"

나도 모르게 대들자 "그딴 식으로 말하지 마" 하고 아울이 넌더리 난다는 투로 대꾸했다.

"요점은 겐자키를 어떻게 구하느냐겠지. 현재 우리의 전력으로 어떻게든 하느냐, 탈출해서 태세를 재정비하느냐,

아니면 경찰에 맡기느냐. 실제로 행동에 나서는 우리끼리 선택하는 게 그렇게 불만이야? 그럼 네가 지금 당장 별관으로 뛰어가서 히어로 행세를 하면 되겠군."

그렇게 말하자 나도 물러설 수밖에 없었다.

사이가와 아와네는 반대하기는커녕 어쩐지 안도한 표정으로 동의했다.

혼자 침묵을 지키던 고리키도 결국 고개를 끄덕했다.

"좋아, 구체적인 작전을 세우자."

보스가 분위기를 주도했다.

3시 반이 지났다. 해가 지기까지 약 두 시간 반 남았다.

"코치맨은 죽기 직전에 종을 울렸으니, 종루 제일 위쪽에 시신이 있을 거야. 거기까지 가는 경로는 나선계단 하나뿐이지. 도중에 거인에게 들키면 달아날 곳은 없어."

최악은 침입에 성공해 열쇠를 회수한 후, 쫓아온 거인에게 살해당하는 것이다. 종루도 지하처럼 전등 하나 없이 컴컴하다면, 손전등을 들고 가더라도 떨어뜨린 열쇠를 찾아내기는 더없이 어렵다.

보스가 세운 작전은 단순했다.

"인원을 두 팀으로 나눠서 미끼가 거인을 유인하는 사이에 다른 팀이 종루에 침입한다."

"유인하다니, 어떻게?"

마리아가 따지듯이 목소리를 높였다.

"큰 소리를 내서 이 방 앞까지 거인을 유도하는 거지. 여기라면 거인에게 습격당할 걱정은 없어. 그 틈에 지하에 숨어 있던 팀이 종루에 침입해 코치맨의 시신에서 열쇠를 회수하는 거야."

"그건 위험하지 않을까."

아울이 이의를 제기했다.

"거인을 여기까지 유도하는 도중에 미끼가 당할 가능성이 있어."

아울이 내가 만든 평면도의 지하 주구획을 가리키며 설명했다.

"미끼는 거인이 자신을 포착한 걸 확인한 후 도망쳐야 해. 하지만 거인은 우리보다 훨씬 빠르잖아. 이 방에 도착하기 전에 따라잡힐 거야."

"홀 앞에서 소리를 내고, 거인이 보이자마자 대피하면 되겠지."

"그래도 여기까지는 너무 멀어."

"그럼 금속 문 앞이라면 어떨까?"

보스가 끈덕지게 밀어붙였지만 이번에도 아울이 반박

했다.

“여기서는 지하까지 소리가 안 들릴걸. 꽤 거리가 있으니까.”

우리는 후기의 방 앞에서 낸 소리가 어디까지 들리는지 실험해보았다. 아무리 크게 소리쳐도 복도와 홀에서 소리가 흩어지는지, 계단을 내려간 지점에서는 아주 어렴풋이 들릴 뿐이었다.

“이래서야 거인을 유인할 수 있을지 의문이군. 게다가 거인이 금속 문 앞에 죽치면 종루에 침입한 팀이 열쇠를 찾아내도 후기의 방으로 못 돌아와.”

보스가 앓는 소리를 낸 후 침묵에 잠기자 사이가가 머뭇머뭇 제안했다.

“여기까지 유인하지 않아도 주구획과 부구획 양쪽에 숨어 있으면 빈틈을 찾을 수 있지 않을까요?”

“그건 무슨 소리야?”

“별관에서 머리 무덤으로 나온 ‘그 아이’는 주구획이나 부구획 중 한 곳으로 들어갑니다. 예를 들어 주구획으로 들어가면 그쪽에 숨어 있는 사람이 무전기로 신호를 보내는 거죠. 신호가 오면 부구획에 숨어 있는 사람이 몰래 머리 무덤으로 나가서 종루에 침입하고요. ‘그 아이’가 부구획으로 들어갔을 때는 반대로 하면 됩니다."

그렇게 하면 거인이 어느 쪽으로 이동하더라도 종루에 숨어들 수 있다.

"주구획에는 제가 어젯밤에 몸을 숨겼던 난로가 있어요. 절대로 안전하다고 보장은 못 하지만요."

솔직히 나보고 한 번 더 거기 숨으라고 하면 죽어도 싫겠지만, 달리 좋은 장소가 떠오르지 않았다.

"부구획은 어쩌지? 거기는 숨을 만한 곳이 없었을 텐데."

실제로 어젯밤에 부구획으로 달아난 구엔은 시신으로 발견됐다.

사이가는 담담하게 대답했다.

"쓸 만한 방이 있습니다. 사장님의 지시로 평소는 막아놓는 곳이지만요."

사이가는 머리 무덤의 부구획 쪽 철문으로 들어가서 왼쪽으로 나아가다 모퉁이를 두 번 꺾은 다음 나온 곳으로 모두를 안내했다. 부구획에는 중심부에 자리 잡은 방 몇 개를 한 바퀴 빙 도는 형태로 직사각형 모양의 복도가 뻗어 있다.

이곳의 어디가 방인지 의아해하고 있자니 사이가가 안쪽 벽에 나 있는 가느다란 틈새에 쇠지레 끝부분을 쑤셔 넣었다. 지레의 원리를 활용해 힘을 주자 드득드득, 하고 예상외로 가벼운 소리와 함께 벽이 약 2미터가량 떨어져 나왔다.

벽과 같은 색으로 칠한 얇은 베니어판이었다.

그 뒤편에서 나타난 것을 보고 모두의 입에서 탄성이 새어 나왔다.

"비밀방인가."

아와네도 눈이 휘둥그레졌다. 이런 방이 있다는 건 사이가밖에 몰랐던 모양이다.

"왜 지금까지 잠자코 있었지?"

마음에 안 들었는지 보스가 따졌다.

"도움이 될 거란 생각을 못 했거든요. 보시다시피 막은 뒤로 한 번도 사용한 적 없었고요."

아까 연구소 도면에서 이 위치는 벽이었다. 도면에 따라 방을 막은 것이리라.

베니어판에 숨겨진 방은 그 옆에도 하나 더 있었다. 둘 다 약 1.5평 크기의 작은 방이었다. 안은 텅 비었다.

사이가는 벽으로 위장한 채 여닫을 수 있도록 출입구를 개조하겠다고 했다. 그러면 거인 모르게 숨어 있을 수 있다.

보스가 계획을 정리했다.

"주구획의 난로가 있는 방에 한 명, 부구획의 비밀방 두 개에 한 명씩 숨자. 거인이 어느 구획이든 들어가면 무전기로 신호하고."

"대화하는 건 위험해."

"손가락으로 스피커를 두드리는 정도는 괜찮겠지. 다른 구획에서 신호가 들리면 머리 무덤으로 나가서 별관에 침입한다. 조용하고 신속하게 말이야. 머리 무덤의 철문을 여닫을 때는 주의하고."

녹슨 철문을 열 때마다 커다란 소리가 나서 성가시지만, 거인이 드나드는 걸 확인할 방법이기도 하므로 잘 이용하는 수밖에 없다.

"종루에서 열쇠를 회수하면 각자의 은신처나, 가능하면 후기의 방으로 돌아와. 열쇠를 회수한 사람은 거인과 마주치지 않도록 특히 조심해야 해. 거인이 머리 무덤으로 돌아왔을 때도 즉시 연락할 것. 이상."

문제는 누구를 어디에 배치하느냐다. 특히 주구획의 난로에 숨죽이고 숨어 있으려면 상당한 기력과 집중력이 필요하다. 어젯밤은 거인이 한 번밖에 접근하지 않았으므로 나도 간신히 견뎠지만, 아무리 체력에 자신이 있는 용병들이라도 무사하리라는 보증은 없다.

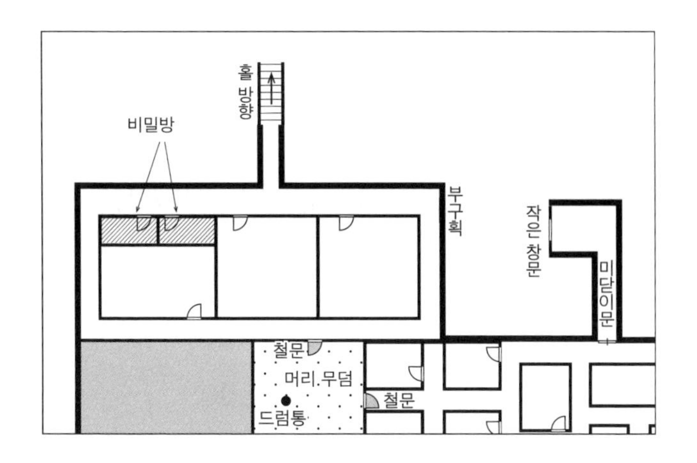

"주구획의 난로에는 내가 가지."

보스가 자청했다.

"보스의 체격으로는 굴뚝은 너무 좁아요."

"아까 봤는데, 못 들어갈 정도는 아니야. 오히려 꽉 끼는 만큼 골격으로 버틸 수 있으니까 편하겠지."

그 역할을 누구에게도 양보할 마음이 없다는 듯 단호한 말투였다.

"부구획은 아울과…… 마리아, 해주겠나?"

지목당한 마리아는 못마땅한지 인상을 팍 썼다.

"나루시마한테 맡겨."

마리아는 별관 침입 계획에 미온적인 태도를 보였다. 그런데 자기 뜻과 다르게 일을 진행되는 것도 모자라, 목숨이 달린 작전에까지 동원하려 하다니 부당하다고 느꼈으리라.

"험한 일이 일어날 것도 각오하고 맡은 일이잖아. 일반인에게 맡길 수는 없어."

"내가 주로 움직이지. 마리아는 만약에 내가 당했을 때를 대비해서 대기해줘."

아울도 설득에 나서자 마리아는 마지못해 승낙했다.

"한 말씀 드려도 될까요?"

지금밖에 기회가 없겠다 싶어 나는 말을 꺼냈다.

"종루 제일 위쪽까지 다녀올 시간이 있다면, 히루코 씨도 탈출할 수 있지 않을까요?"

히루코 씨가 현재 숨어 있는 곳은 종루 반대편에 위치한다. 무전기로 신호를 받고 종루로 향하는 동시에, 히루코 씨가 은신처에서 나오면 별관을 탈출할 수 있지 않을까.

이번에는 나루시마도 호의적인 반응을 보였다.

"괜찮은 생각인걸. 열쇠를 회수하고 겐자키 양도 구할 수 있으면 일석이조지. 남은 무전기가 있잖아. 겐자키 양에게도 무전기와 도면 사본을 주고 이쪽의 신호를 기다리라고 해."

이야기가 마무리됐다. 겨우 히루코 씨를 구출하는 데 한몫한 것 같아서 가슴속 응어리가 약간 풀렸다.

6시쯤이면 해가 진다. 그전까지 사이가는 비밀방의 입구를 다시 만들기로 했고, 우리도 준비에 나섰다. 남은 총알은 용병 세 명이 나누어 가졌다. 손전등은 저택에 있었던 것까지 긁어모으면 모두에게 돌아간다.

거기까지 진행했을 때 예상치 못한 걱정거리가 드러났다. 무전기 충전이다. 원래는 밤사이에 작전을 끝낼 예정이었으므로, 용병들은 충전식 소형 무전기를 가져왔다. 그리고 충전기는 트럭에 두고 왔다.

"연속 사용 시간은 스무 시간이었나. 낮부터 전원을 꺼놓긴 했지만 하룻밤 더 버틸지 모르겠군."

만에 하나 거인이 나타나기 전에 방전되면 신호를 못 보낸다. 그때까지 배터리가 버티기를 기도하는 수밖에 없다.

나는 보스와 함께 히루코 씨를 만나러 갔다.

혼자 줄곧 생각해봤지만 후기를 살해한 범인은 알아내지 못했다. 결국 히루코 씨가 바란 대로 범인에게 위험인물로 찍히지 않고 넘어간 셈인가.

"미안하지만 하룻밤만 더 우리 계획에 동참해줘."

보스는 작전의 상세한 내용을 히루코 씨에게 전하고 손

전등과 무전기를 넘겨주었다.

나는 할 일을 마치고 물러가려는 보스를 불러 세웠다.

"이런 지경에 이르러서도 왜 나루시마 씨와 맺은 계약을 해지하지 않는 거죠?"

"맡은 일을 끝까지 완수하고 싶으니까, 그럼 안 되나?"

예를 들어 아울은 자신이 맡은 일에 대해 자부심을 내비치는 발언을 종종 한다. 한편 붙잡힌 피험자를 보호한다는 사명감을 앞세워 이번 일에 뛰어든 마리아는 이미 이 일에서 발을 빼고 싶은 눈치다. 하지만 보스는 이 일에 무슨 미련이 있는지 모르겠다.

납득하지 못한 내 표정을 봤는지 보스는 포기한 듯 양손을 펼쳤다.

"돈 때문이야. 큰돈이 필요해."

"목숨은 아깝지 않으세요? 돈이야 앞으로도 벌 수 있을 텐데요."

"지금이 아니면 안 돼. 손자가 난치병에 걸렸거든. 비싼 수술을 여러 번 받아야 살 수 있어. 돈이 아무리 많아도 모자라지."

보스는 아마도 사십 대. 아직 어릴 손자에게 힘이 되어주고 싶은 마음은 나도 이해가 간다.

"하지만 가족이 있는 건 누구나 마찬가지지. 죽은 동료들의 시신도 가족에게 돌려줄 방법이 없을까 나루시마와 상의해볼 생각이야."

보스가 돌아가면서 "겐자키와 좀더 이야기하고 와" 하고 배려해준 덕분에 나는 히루코 씨와 단둘이 마주했다.

"예상했던 대로 일이 흘러갔나."

히루코 씨가 불쑥 말했지만, 그다지 낙담한 목소리는 아니었다.

"……죄송해요."

"하무라 탓도 아닌데 뭘. 그나저나 별관에 돌입하겠다니 각오가 이만저만 아닌걸."

"말려야 할까요?"

"가령 신고나 탈출을 선택했더라도, 거인과 접촉한 사람이 희생될 가능성은 있어."

거인이 저택에서 나가는 것보다는 낫다는 뜻인가.

"다른 방법이 없을지 생각해볼게. 어쨌거나 지금은 살아남는 게 중요해."

이렇듯 특별할 것 없는 대화만 나누었는데도 지금까지 무거웠던 기분이 가벼워졌다.

히루코 씨도 조금 쑥스러운 표정으로 말을 이었다.

"나도 나중에 테마파크 데뷔를 망친 걸 설욕해야 직성이 풀릴 테니까."

조금 후에야 그 말이 무슨 뜻인지 알아들었다.

"……데뷔? 처음이셨어요?"

"태어났을 무렵부터 체질이 발동될 조짐이 있었거든. 언젠가는 관람차며 제트코스터를 타보고 싶었는데, 설마 처음 와보는 테마파크가 여기일 줄이야. 내가 바랐던 것과는 거리가 멀어."

그래서 트럭에서 목적지를 들었을 때 깜짝 놀란 반응을 보인 건가.

"하무라, 웃는 것처럼 보이는데."

"……아니요. 설욕하실 때는 저도 꼭 데려가세요."

"응."

살짝 웃은 히루코 씨가 철 격자 틈새로 팔을 쑥 내밀어 창문과 창문 사이로 작은 손을 펼쳤다. 악수를 청한다는 걸 알고 나도 오른팔을 뻗었다.

하지만 길이가 모자라서 우리의 두 손은 허공을 갈랐다.

"아, 안 되겠어요."

"약한 소리 하지 마!"

호랑이 선생님이 따로 없네!

우리는 일단 몸을 뒤로 물리고 어디쯤이 창문끼리 제일 가까울지 신중하게 살펴본 후, 상반신을 비틀어 어깨까지 철 격자 틈새에 밀어 넣었다. 차가운 철 격자의 감촉이 뺨을 파고들었다.

"목이……."

"효끔만 뎌."

분명 '조금만 더'라고 한 것이리라.

바르르 떨리는 중지 끄트머리가 가까스로 닿았다.

조그마한 지문 부분. 부드러운지 따뜻한지도 잘 모르겠다.

그래도 분명 뭔가 통했다.

손가락이 맞닿은 건 한순간이었다. 우리는 힘이 다한 팔을 빼내고 욱신욱신한 뼈마디를 풀면서 웃었다.

"밤이면 합류할 수 있을 텐데요."

"건투를 비는 악수를 하고 싶어서 그랬어."

이게 마지막 대화가 아닐까 싶은 공포는 지금도 머릿속 한구석에 들러붙어 있다. 하물며 나는 작전에 직접 투입되지 않고, 안전한 곳에서 히루코 씨가 돌아오기만을 기다리는 신세다.

나는 아까 맞닿은 손끝을 꼭 움켜쥐었다.

"이따 뵐게요."

"기다리고 있어."

히루코 씨의 웃는 얼굴에 등을 돌렸다.

싫다. 아무것도 하지 못하고 기다리기만 하는 건.

내게 힘이 없는 게 잘못임은 안다.

그러할지라도. 당신을 도와줄 힘이 없다면, 하다못해 아픔이나마 함께하고 싶다.

1층 · 후기의 방 - 고리키 미야코 - 이틀째, 오후 5시 50분

용병들이 밤에 있을 작전을 준비하는 동안, 나는 아와네와 함께 후기의 방에 있었다.

오늘 밤도 흉인저에 머물며 코치맨의 시신에서 열쇠를 회수하겠다니, 내게는 호재였다. 나는 아직 끝내지 못한 일이 있다.

그리고 하무라를 지키라고 겐자키에게 엄명을 받았으니, 하무라와 함께 후기의 방에 틀어박혀 있으면 되는 것도 호재였다. 그러면 하무라가 죽을 염려는 없다.

그러고 보니 내 칼을 주웠다는 소식은 못 들었다. 역시

지하에서 떨어뜨린 걸까.

아니면 도둑맞았나?

비밀방을 고치고 있을 사이가의 모습이 머릿속에 떠올랐다.

내 생각대로라면 사이가는 강도단의 주범이고, 살인까지 저질렀다.

사이가에게 절도 행각은 습관이었을 가능성이 크다. 어쩌면 지금까지 흉인저에서 거인에게 죽은 직원들의 소지품에도 손을 댔을지 모른다.

거기까지 생각하다 한 가지 확인해야 할 사실이 떠올랐다.

소파에 앉아 있는 아와네에게 물어보았다.

"후기가 저택으로 호출한 직원들은 거인에게 죽었잖아요. 두개골은 머리 무덤에 많던데, 남은 시신은 어떻게 했나요?"

그러자 아와네는 함석 인형이라도 된 것처럼 어색하게 몇 번이나 고개를 갸우뚱하며 "어…… 그게" 하고 머뭇거린 끝에 겨우 알아들을 수 있게 말했다.

"저는 주로 일상생활을 거들었고, '밤에 생긴 일'의 뒤처리는 사이가 씨가 맡았어요. 지하 어딘가에 나뒹…… 쓰러져 있는 시체를 찾아서 처분하고 깨끗하게 청소하는 것까지요."

"밖으로 옮겼다든가?"

테이블에 놓여 있는 중식도에 시선이 갔다. 시체를 토막 내면 쓰레기에 섞어서 처분하는 것도 불가능하지는 않다.

하지만 아와네는 고개를 저었다.

"사이가 씨는 건물 수리나 개축에 사용할 재료를 수령할 때 말고는 저택 밖으로 나간 적이 없어요. 식료품과 일용품을 들여놓고 쓰레기를 버리는 건 제 소임이었는데요. 시체가 들어 있었다면 무게로 눈치를 챘겠죠. 아마도 지하 어딘가에 묻지 않았을까요?"

머리 무덤에는 흙을 파낸 흔적은 없었던 것 같은데.

"그러고 보니 겐자키 씨한테 들었는데, 검은 고양이 장식품은 찾았나요?"

내가 약점을 잡힌 계기인 그 장식품은 여전히 어디로 갔는지 모른다.

그러자 아와네의 눈빛이 변하더니, 꾹꾹 쌓인 것을 토해내듯 말을 쏟아냈다.

"아니요! 사이가 씨를 닦달했는데 시치미를 뚝 떼더라고요. 분명 숨긴 거예요. 사장님이 돌아가시자마자 못된 심보를 드러내다니, 지조는 어디 팔아먹었나 몰라!"

사이가가 먼저 훔쳤다는 건가. 상황이 이런데 둘 다 배짱이 대단하다.

그때 아울이 방에 들어왔다. 어쩐지 석연치 않은 표정이었다.

"사이가 못 봤어?"

타이밍이라도 맞춘 것처럼 그의 이름이 나와서 나와 아와네는 얼굴을 마주 보았다.

"여기에는 안 왔는데요."

아울이 화장실 겸 욕실을 확인하고 있는데, 하무라와 우라이, 마리아도 방으로 돌아왔다.

"왜 그러십니까?"

"사이가가 사라졌어."

그 말을 듣고 우라이는 당황한 기색을 감추지 못했다.

"개조하겠다던 비밀방 문은요?"

"작업은 마쳤더군. 눈에 띄지 않게 문을 잘 숨겼고, 여닫는 데도 문제는 없어. 다만 작업을 마친 본인이 눈에 띄질 않아. 아까부터 보스와 찾아다니는 중인데."

시계를 보니 몇 분 안 있으면 6시였다. 이 방의 출창으로는 태양이 어디쯤 있는지 보이지 않지만, 창문이 진한 빨간

색으로 물들었고 이미 열기를 잃어가는 느낌도 들었다. 나는 아와네에게 물었다.

"거인은 어느 정도 어두워지면 나오나요?"

"그날그날 다른 것 같지만, 늘 해가 지고 하늘 전체가 보랏빛으로 물들 무렵이면 그 아이가 올라오지 못하도록 사장님이 격자를 전부 내리셨어요. 앞으로 삼십 분쯤 남았으려나……."

슬슬 정위치에 자리 잡아야 할 시간이다.

"한 번 더 찾아볼게."

"저도 갈게요."

말릴 틈도 없이 하무라가 아울을 따라 나갔다.

하무라에게 무슨 일이 생기면 나도 파멸하니까 얌전히 있어 주면 좋으련만. 어쩔 수 없이 나도 손전등을 들고 쫓아갔다.

아울은 사이가의 방으로 향했고, 나는 하무라와 함께 지하로 내려갔다.

아침부터 몇 번 돌아다닌 덕분에 지하의 구조는 머릿속에 들어 있다. 둘이 함께 확인하면 십 분도 걸리지 않을 것이다.

우리는 사이가의 이름을 부르며 모든 방을 손전등으로

비추어보았다.

도중에 보스와 마주쳤지만, 보스도 사이가를 찾지 못했다고 했다.

"그 비밀방 말고도 사이가 씨밖에 모르는 곳이 있다든가……."

"그렇다면 찾아낼 시간이 없겠는데. 오 분만 더 찾아보고 없으면 후기의 방으로 돌아가자."

우리는 보스와 헤어져 머리 무덤으로 나갔다.

"하늘이……."

하무라가 위를 올려다보고는 중얼거렸다. 간유리 천장으로 농익은 붉은색에서 남색으로 변해가는 하늘이 보였다.

부구획으로 들어가자 단단한 물건을 밟아서 부수는 감촉이 느껴지는 동시에 유리가 깨지는 듯한 소리가 들렸다. 손전등으로 발치를 비추자 반짝반짝 빛나는 뭔가가 바닥에 잔뜩 흩어져 있었다. 자세히 보자 바닥이 유리 조각으로 가득했다.

"이건 뭐지?"

하무라는 알고 있었던 듯 바로 정체를 알려주었다.

"형광등이에요. 비밀방에 숨어 있어도 거인이 어디쯤 있는지 알 수 있도록 아울 씨가 저택에서 긁어모은 오래된 형광등을 깨서 뿌렸어요."

이번 작전에서는 최대한 세밀하게 거인의 움직임을 파악해서 신호할 필요가 있다. 어둠 속에서도 알 수 있게 소리가 나는 장치는 유효한 수단이다.

"부구획에만?"

"형광등이 모자랐대요. 그래도 제가 어젯밤에 숨어 있던 난로가 있는 방은 철문 바로 옆이라 문을 여닫는 소리가 들리니까요."

혹시나 비밀방 같은 장치가 더 없나 주의를 기울이며, 되도록 유리 조각이 적은 곳을 골라 걸음을 옮겼다. 나는 오른편 복도, 하무라는 왼편 복도로 향했다. 부구획의 복도에는 갈림길이 없으므로 누군가와 길이 엇갈릴 우려는 없다.

나는 모퉁이를 한 번 돌아서 벽을 따라 걷다가 가느다란 틈을 발견했다. 비밀방 입구와 아주 흡사했다.

설마.

틈새에 손가락을 끼우기만 했는데도 벽이 안쪽으로 움직였다. 여는 게 아니라 미는 건가. 벽 정면에 서서 힘주어 밀자 미닫이문처럼 벽이 옆으로 스르르 미끄러졌다.

홀린 것처럼 나는 눈앞에 나타난 공간으로 들어갔다.

나중에 생각해보면, 이때 왜 하무라를 부르지 않았을까.

문 안쪽의 좁은 통로는 바로 오른쪽으로 꺾어졌다. 지면은 흙바닥이다. 혹시 비밀 탈출구일까?

하지만 달아날 수 있다면 사이가는 좀더 일찍 모습을 감추었을 것이다. 그냥 몸을 숨긴 걸까.

왼쪽으로 두 번 더 꺾었을 때 쓰러진 사람을 발견했다. 지저분한 옷이 낯익었다.

나는 조심조심 다가갔다.

손전등 불빛에 비친 건 눈을 뜬 채 옴짝달싹도 하지 않는 사이가였다. 그의 가슴팍은 새빨간 피로 물들었다.

사이가의 몸에서는 맡아본 적 있는 달착지근한 냄새가 풍겼다.

그의 가슴에 꽂힌 흉기를 본 순간, 나는 말문이 턱 막혔다.

내 접이식 칼이었다.

어째서.

다음 순간, 의식이 멀어지는 걸 느꼈다. 손전등이 손에서 떨어졌다.

"……씨, 고리키 씨, 여기 계세요?"

멀리서 하무라의 목소리가 들렸다. 나는 그제야 내가 땅에 주저앉아 있다는 걸 깨달았다.

복도로 돌아가려 했지만, 당혹스러움과 어둠 때문에 다리가 휘청거려서 꼴사납게 벽에 부딪치며 겨우 걸음을 옮겼다.

복도에 있던 하무라가 비밀 통로에서 나온 나를 허둥지둥 부축했다.

"무슨 일이세요?"

"칼, 내 칼이."

그게 아니다. 사이가의 시체를 발견했다고 알려야 한다.

하지만 내 입에서는 "내가 그런 게 아니야" 하고 호소하는 말만 나왔다.

"일단 위로 돌아가죠."

예삿일이 아니라는 걸 깨달았는지 하무라는 나를 부축한 채 서둘러 부구획을 나섰다. 후기의 방으로 향하는 동안에도 아까 본 광경이 머릿속을 맴돌아서 가슴이 점점 더 세차게 뛰었다.

집합 시간은 이미 지났다. 후기의 방 앞에 모여 있던 사람들이 우리를 보자마자 달려왔다.

"뭐야, 왜 그래?"

"사이가 씨가, 살해당했어요. 비밀 통로가 있었는데 거기서 내 칼에 가슴을 찔려서."

내 설명에 모두 일제히 할 말을 잃었다.

당연하다. 거인이 아직 별관에서 나오지도 않았는데 사람이 살해당했다. 후기 때와 달리 이번에는 틀림없이 우리 중에 누군가가 범인이다.

너무 흥분했는지 하필이면 이럴 때 또 그 감각이 몰려왔다.

급격한 허탈감.

"뭐라고? 정말로 '살해'당한 거 맞아?"

나는 깊은 바다로 가라앉듯 불명확해지는 의식에 저항하며 나루시마에게 고개를 끄덕였다.

내 상태가 이상하다는 걸 눈치채고 하무라가 어깨를 흔들었다.

애써준 보람도 없이 내 기억은 거기서 뚝 끊겼다.

1층 · 후기의 방 앞 – 하무라 유즈루 – 이틀째, 오후 6시 20분

"고리키 씨!"

어깨를 흔들며 이름을 불렀지만 결국 고리키는 내 품속에서 의식을 잃었다. 뭔가 중증의 발작이라도 일으킨 게 아닐까 걱정됐지만, 호흡은 안정적이었고 혈색도 좋았다.

"기절한 모양이군요."

우라이가 옆에 무릎을 꿇고 앉아서 말했다. 사이가의 시체를 실제로 본 건 고리키뿐인데, 이래서는 무슨 상황인지 알 수 없다.

"환장하겠네!"

지금까지 의연하게 행동했던 마리아가 고함을 꽥 질렀다.

"거인뿐만 아니라, 이 중에도 살인자가 있다는 거잖아!"

"진정해, 마리아."

"어떻게 냉정할 수 있겠어, 보스? 어쩌면 알리와 구엔을 죽인 것도 이 중 한 명일지 모르는걸. 이런 상황에서는 함께 행동 못 해."

마리아는 무전기를 내팽개치고 홀 쪽으로 걸어갔다.

"어디 가?"

"사이가의 방에. 거기는 안에서 문을 잠글 수 있을 거야."

"작전은 어쩌고!"

나루시마가 침을 튀기며 소리치자 마리아는 그를 노려보았다.

"당신이 대신하면 되겠네. 이 망할 놈의 연구가 그렇게 탐나면 말이야."

"사이가의 방은 거인한테 한주먹감도 안 될걸."

"살인자와 같이 있는 것보다는 낫겠지. 몸조심해. 거인 말고 이 중 누군가가 당신을 죽이러 올지도 모르니까."

툭 내뱉은 후 마리아는 정말로 가버렸다. 사이가가 죽었다는 사태에 대한 당혹스러움과, 정체 모를 살인자에 대한 공포와, 밤이 눈앞에 다가왔다는 초조함이 우리를 궁지로 몰아넣었다. 남은 전투원은 보스와 아울뿐이다.

"본인이 하기 싫다는데 어쩌겠어."

아울은 그렇게 말하고 마리아가 버린 무전기를 주웠다.

"꾸물댈 시간 없어. 작전은 우리끼리 결행한다. 아니면 진짜로 마리아 대신 하게?"

나루시마가 아무 말도 못 하자, 아울은 "농담이야" 하고 짓궂은 웃음을 지었다.

"비밀방과 장비는 남지만 어쩔 수 없지. 나나 보스 둘 중 누가 당하더라도 작전은 실패다. 간단하지?"

마치 자신의 목숨에 전혀 연연하지 않는 듯한 말투다.

지금부터가 가장 중요한 대목이건만 또 살인이 발생한 탓에 결속이 무너진 걸 보자, 작전에서 한 발짝 떨어져 망설이던 마음이 오히려 가신 것 같았다.

우리는 이제 정말로 물러날 곳이 없을지도 모른다.

나루시마의 야망은 내 알 바 아니다. 히루코 씨를 구하기 위해서라도 반드시 코치맨이 가진 열쇠를 회수해야 한다.

"제가 갈게요."

지원하는 말이 불쑥 튀어나왔다.

"마리아 씨 대신 제가 갈게요."

이 말에는 나루시마와 우라이도 놀란 표정이었다. 보스는 내가 얼마나 진심인지 가늠하듯 물었다.

"하무라, 넌 총을 다룰 줄 모르잖아."

"은신처가 있다면, 작전에 참여할 사람은 한 명이라도 많은 편이 좋겠죠. 아울 씨가 열쇠를 가지러 간다고 치고, 그 사이에 부구획의 상황을 감시하거나 히루코 씨를 유도할 필요가 있을지도 몰라요. 그리고 일이 틀어지면 못 살아남는 건 매한가지잖아요."

"보스, 시간 다 됐어. 찬밥 더운밥 가릴 때가 아니잖아."

아울이 무전기를 내밀었다.

"섣부른 짓은 하지 마. 신호를 보내고 나면 거인이 가까이 있는 동안은 전원을 꺼놔. 나루시마나 우라이도 절대로 먼저 교신을 시도하지 말고."

반대하는 사람은 없었다. 고리키를 업은 우라이가 머리

를 깊이 숙인 후 후기의 방으로 들어갔다.

보스, 아울과 함께 걸음을 옮기자 뒤쪽에서 금속 문에 빗장을 채우는 소리가 들렸다.

주구획에 몸을 숨기는 보스를 남겨놓고 나는 아울과 함께 머리 무덤으로 나갔다.

간유리 천장으로 보이는 남색 하늘은 아까보다 한층 어두워졌다. 언제 거인이 뛰쳐나와도 이상할 것 없는 으스스한 분위기가 주변에 가득했다.

부구획으로 들어가자 나는 일단 사이가의 시신부터 확인하기 위해 고리키가 발견한 비밀 통로로 가려고 했지만, 아울이 팔을 잡아끌었다.

"뭐 해? 시간 없어."

"하지만 시신이 어떤 상황인지 확인을."

말을 끝맺기도 전에 멱살을 잡혔다.

"해야 할 일을 착각하지 마, 이 애송아."

마리아가 이탈했을 때도 초연하게 대응했던 아울이 화난 눈으로 말했다.

"우리 임무는 거인을 따돌리고 열쇠를 되찾는 거야. 그러지 못하면 겐자키를 구해봤자 저택에서 못 빠져나간다고.

범인이나 찾고 있을 여유는 없어. 쓸데없는 일에 정신을 팔았다간 죽어."

"하지만 사이가 씨를 죽인 범인은 우리 가운데 있어요. 그자가 '생존자'일지도 모른다고요."

그 순간, 딱딱한 물체가 내 배를 쿡 쑤셨다. 권총이다.

"만약 내가 범인이라면 여기서 널 죽이겠지. 그럼 만족하겠나?"

내가 아무 대꾸도 못 하자 아울은 멱살을 놓고 권총을 권총집에 넣었다.

"쓸데없는 짓 하지 마. 탐정 놀이로는 아무도 못 구해."

나는 얌전히 비밀방 중 하나에 들어가는 수밖에 없었다.

실내에 침묵이 드리우자 아울이 숨은 옆방의 문이 닫히는 소리가 조그맣게 들렸다.

흉포한 거인이 배회하는 밤이 시작된다.

추억 III

눈을 뜨자 평소와는 다른 천장이 보여서 한순간 내 혼이 다른 사람에게 옮겨 간 게 아닌가 싶었다. 하지만 청결한 흰색 시트 위에서 일으킨 몸이 내 것이길래, 어쩌다 이렇게 된 걸까 고개를 갸웃했다.

내 기척을 느꼈는지 침대를 가린 커튼 너머로 누군가가 의자에서 일어나는 소리가 나고 커튼이 젖혀졌다.

"다행이다. 몸은 괜찮니?"

하네다 선생님의 목소리를 들은 순간, 무시무시한 광경이 머릿속에 되살아났다.

해 질 녘 중정.

이상한 냄새가 나는 소각로.

불길에 휩싸인 머리.

선생님은 쪼그려 앉아 나와 눈을 마주치더니 "마음 놓으렴" 하고 말했다.

"케이가 본 건 사람 머리가 아니야. 실험용 원숭이의 머리였어."

원숭이.

그 말에 공포는 조금 누그러졌지만, 무자비한 일이라는 건 변함없다.

"원숭이라면, 후기 선생님?"

"응. 처분하기 위해 보관해둔 사체를 누군가가 꺼내 간 모양이야. 끔찍한 광경을 보고 말았구나."

일단 수긍할 뻔했지만, 그게 정말로 원숭이였을까 하는 의문이 점점 고개를 쳐들었다.

"원숭이 머리는 그렇게 안 커요."

선생님이 난감한 표정으로 입을 다물었다.

"선생님, 절 속이려고 하지 마세요. 그거 어린아이 머리 아니에요?"

"아니란다, 케이. 냉정하게 생각해보렴. 그게 아이들 중 한 명이라면, 그 애가 없어졌다는 걸 다들 눈치채겠지. 그런 뻔한 거짓말을 해본들 무슨 소용이겠니."

듣고 보니 확실히 그랬다.

"그건 정말로 실험용 원숭이였어. 다만…… 원숭이가 그렇게까지 성장하는 실험을 후기 선생님이 진행한 줄은 아무도 몰랐지. 후기 선생님은 자기 조수조차 옆에 두질 않았나 봐."

하네다 선생님이 이렇게 당혹스러워하는 모습은 처음 봤다.

"그런데 왜 머리만 덜렁 들어 있었어요? 실험 동물은 그렇게 목을 잘라서 죽여요?"

내 질문에 선생님은 또 머뭇거렸지만, "다른 아이들에게는 말하면 안 돼. 조지에게도 말하지 말라고 했어" 하고 먼저 다짐부터 받은 후 설명해주었다.

"회복될 전망이 없다고 판단된 실험용 동물은 약으로 잠재운 후 안락사시킨단다. 그런 식으로 머리를 잘라내지는 않아. 하지만 소장님이랑 다른 사람들이 후기 선생님에게 따져 물었더니, 실험에 사용한 그 원숭이는 좀처럼 죽지 않는 몸이 되었다고 밝혔대."

선생님은 자신이 꺼낸 말을 하나하나 확인하며 말하는 것 같았다.

“약을 세 배로 늘려도 잘 듣지 않고, 심장을 찔러도 움직임이 멈추기까지 수십 분은 걸렸대. 어떤 원숭이는 죽기 전에 상처가 나았다나. 그래서 확실히 숨통을 끊기 위해 목을 절단했고. 그 머리를 누군가 훔쳐서 불태운 거지.”

믿기지 않는 이야기였다. 바퀴벌레는 머리를 짓이겨도 움직인다지만. 그 말은 즉, ‘원숭이가 아닌 뭔가’로 변해버렸다는 걸까.

일전에 조지에게 들었던 ‘전쟁 때 죽은 무사가 머리를 찾아 헤맨다’는 이야기와 비슷해서 더 소름 끼쳤다.

“소장님이 상세한 실험 내용을 제출하라고 지시했지만, 후기 선생님은 입을 꾹 다물어버렸지.”

어째서일까. 후기 선생님 본인도 원인을 모르는 걸까.

“아이한테 이런 이야기를 했다는 걸 들키면 나도 혼쭐이 날 텐데. 잊어버리렴. 아아, 그리고 조지에게도 물어봤는데, 다른 동물은 너희가 그런 거 아니지?”

무슨 뜻인지 몰라서 나는 눈썹을 찡그렸다.

“다른 동물이라니요?”

“실은 그동안 누가 소각로에서 동물 사체를 태운 적이 있었거든.”

전혀 몰랐다. 그보다도.

"저희가 그런 거 아니냐니, 그게 무슨 말씀이세요? 그것도 후기 선생님의 실험용 동물 아닌가요?"

"실험용 동물이 아닌 쥐나 까마귀가 소각됐어. 사체에는 괴롭혀서 죽인 흔적이 남아 있었고."

"그렇다고 저희를 의심하시다니요."

내가 불만을 표출하자 선생님은 커다란 몸을 접다시피 구부리며 머리를 푹 숙였다.

"미안하구나, 케이. 하지만 이유도 없이 의심한 건 아니야. 네가 실신한 사이에 아이들을 체육관에 모아놓고 소장님이 설명하셨어."

소장님이 모두의 앞에서 이야기하는 건 아주 드문 일이다.

"동물 사체가 발견된 건 이번 달 들어 벌써 세 번째야. 게다가 전부 소각로 안에서 발견됐지. 이게 무슨 뜻인지 알겠니?"

어른들은 굳이 시설 안에서 동물을 죽일 필요가 없다. 시설 밖으로 나갈 수 있으니까 산이든 숲이든 남의 눈에 띄지 않는 곳에 묻으면 된다. 그런데…….

"범인은 자유로이 밖에 나갈 수 없는 아이라는 건가요?"

선생님은 "단정하는 건 시기상조지만" 하고 서두를 뗀 후 말했다.

"동물을 붙잡는 건 우리에게 몹시 어려운 일이야. 물론 덫을 사용했을 가능성도 있지만."

신체 능력이 뛰어난 아이들과 달리 어른들은 쥐 한 마리 잡는 것도 큰일이다. 하물며 까마귀를 붙잡을 수 있는 건 우리뿐이리라.

"왜 그런 짓을 했지."

"모르겠구나. 하지만 만약 범인이 아이라면 그 아이를 위해서라도 말려야 해."

선생님은 보건실인데도 담배를 꺼냈지만, 재떨이가 눈에 띄지 않자 그저 만지작거릴 뿐이었다.

"동물을 붙잡아서 죽이는 행동은 그 아이가 보내는 신호야. 유년기부터 좁은 시설에 갇혀 지내는 게 정신적으로 힘겨웠을지도 모르고, 평범한 애정이 그리워서 괴로워하는 아이가 있을지도 몰라. 우리는 연구자인 동시에 너희의 목숨을 책임지는 부모이기도 하니까, 주의해서 잘 살펴봐야겠지."

부모, 부모라. 이런 이야기를 하는 상황인데도 나는 기뻤다. 조지뿐만 아니라 선생님도 우리를 가족으로 여겼구나. 나는 친부모에 관해서 아무것도 모르지만, 하네다 선생님은 다정할 뿐만 아니라 든든해서 혼자 엄마와 아빠를 겸하는 느낌이다.

"뭐, 나야 부모로서는 한번 실패한 몸이지만."

선생님이 이 시설에 오기 전에 아들을 잃었다는 사실은 알고 있었다.

"교통사고였다면서요. 그건 선생님이 실패한 게 아니에요."

"사고 자체는 그렇지. 하지만 난 그 무렵 연구에 푹 빠져서 다섯 살 먹은 아들을 할아버지 할머니에게만 맡겨놓고 제대로 신경 써주지 않았어. 외로워하는 아들의 마음을 알아주지도 못했고. 그래서 설마 나조차 잊어버린 내 생일을 축하하려고 혼자 선물을 사러 갈 줄은 꿈에도 몰랐지."

선물을 사서 돌아오는 길에 아들이 차에 치였다고 선생님은 중얼거렸다.

바로 병원으로 옮겨졌지만 머리에 큰 충격을 받은 아들은 의식을 찾지 못하고 사흘 후에 사망했다. 차에 치이고도 아들이 손에서 놓지 않았던, 예쁘게 리본을 묶은 꽃다발은 시신과 함께 관에 넣었다.

그 일 때문에 크나큰 후회 두 가지가 가슴에 새겨졌다고 선생님은 말했다.

아들에게 좀더 신경을 썼더라면.

그리고 사람의 몸이 조금만 더 튼튼했다면.

아들은 죽지 않았을지도 모른다.

그러한 후회를 못 이겨 이혼을 결심하고 연구에 한층 매진한 결과, 이 연구소에 발탁됐다고 한다.

"아이가 이렇게 많이 생길 줄은 몰랐지만 말이야. 그러니 케이, 무슨 고민이든, 아니, 고민이 아니더라도 이야기해주렴."

선생님이 우리를 자식으로 여기는 것처럼, 조지가 내게 말해주었던 것처럼, 내게도 모두는 소중한 가족이다. 언젠가 이곳에서 함께하는 생활이 끝나고 서로 헤어져 지내는 날이 오더라도, 그리고 보통 사람과는 다르다는 시선을 받으며 살아가게 되더라도, 내게는 '여기'서 쌓은 추억이 있다. 가족의 일원으로 살아가는 시간은 계속된다.

그때 어떤 일이 떠올라서 잠깐 망설인 끝에 입을 열었다.

"실은 그저께 밤에 중정으로 나갔을 때, 후기 선생님이 한 아이와 이야기하는 모습을 봤어요."

"아이랑?"

"네. 무슨 내용인지는 못 들었지만, 아주 열심히 대화를 나누는 것 같던데요."

선생님은 잠깐 침묵을 지키다가 진지한 얼굴로 나를 보았다.

"지금까지 후기 선생님이 그런 식으로 말을 걸었다는 이야기를 다른 아이한테 들은 적 있니?"

"아니요."

"고마워. 또 무슨 일 있으면 알려줘."

동물을 괴롭히는 누군가, 그리고 후기 선생님의 정체 모를 연구와 행동. 이것들이 보이지 않는 곳에서 연결돼 있지 않을까 걱정돼서 그날 저녁은 밥이 목구멍으로 잘 넘어가지 않았다.

"와, 그래서 원숭이 머리만 들어 있었던 건가. 소름 끼쳐라."

하네다 선생님과 나눈 이야기를 들려주자 조지는 말만큼은 충격을 받지 않은 표정으로 그렇게 대답했다.

"전에 여기서 해골이 수백 개나 발견됐다고 했잖아. 몇백 년 후에 잘린 머리와 관련된 사건이 발생하다니, 여기는 저주를 받았을지도 모르겠네. 원숭이 박사도 저주가 걱정돼서 사체가 되살아나지 않도록 목을 자른 거야. 분명해."

또 괴담을 꺼내려는 조지를 억지로 만류하고, 내가 기절한 후에 무슨 일이 있었는지 물어보았다.

조지의 말에 따르면 체육관에 모였을 때 어른들은 아주 살벌한 분위기였다고 한다.

"만약 범인이 밝혀지면 붙잡아서 고문이라도 하지 않을까 싶을 정도였어."

동물이 죽임을 당한 일에 관해 소장님이 이야기할 때도 줄지어 늘어선 아이들은 주변에 서 있는 어른들의 날카로운 시선에서 평소와 다른 분위기를 느꼈고, 체육관은 심상치 않은 공기에 휩싸여 있었다고 한다.

그후로 생활 여기저기서 달라진 분위기를 체감할 수 있었다. 지금까지 친하게 대화를 나누었던 연구원들과 직원들의 태도가 서먹서먹해졌고, 눈빛에서는 처음 보는 생물을 접하듯 두려워하는 낌새가 전해졌다.

취침 시간 후에 방을 오가거나 교실 청소를 땡땡이치는 등 지금까지는 눈감아주었던 규칙 위반을 엄하게 단속했고, 어른과 아이는 처지가 다르다는 걸 의식시키듯 고압적인 말과 행동이 늘어났다.

기관에서 사찰하러 오는 날이 가까워질수록 그러한 경향이 더 강해져서, 나를 비롯한 아이들은 툭하면 얼굴을 마주보고 "요즘 이상하다니까" 하면서 고개를 갸웃거렸다.

그후로도 동물 사체가 몇 번 더 발견된 탓에 어른들의 위기감이 커졌다는 소문이 돌았지만, 출처가 확실한 정보는 아니다. 중요한 사찰을 앞두고 일어난 사건이라 어른들의 신경이 날카로워졌을 뿐, 사찰만 무사히 끝나면 원래 일상이 돌아올 것이라고 나는 낙관과 소망이 뒤섞인 마음을 품었다.

그런 와중에 사찰 외에도 우리가 모르는 이유가 있을 것이라고 조지가 주장했다. 현재의 갑갑한 분위기를 누구보다도 싫어하는 조지는 어젯밤에도 새 마술을 익혔다며 여자아이들 방에 놀러 갔다가 들켜서 호되게 야단맞았다.

수업이 끝난 후 조지는 기숙사로 돌아가려는 내 손을 잡아끌었다.

"조금만 알아보자. 선생님의 연구실은 안 되겠지만, 소장님 방은 의외로 바깥까지 목소리가 들리거든."

조지는 예전부터 모험이라는 명목으로 시설 여기저기에 숨을 곳을 만들거나 어른의 이야기를 엿듣곤 했다. 칭찬할 만한 짓은 아니지만, 나도 뭐가 어떻게 되어가고 있는지 궁금했으므로 제안을 받아들였다. 둘이서 협력하면 쉽게는 들키지 않을 것이다.

우리는 종종걸음으로 연구동 2층에 있는 소장님 방을 향해 갔다. 도중에 한 번도 어른과 마주치지 않고 소장님 방 앞에 도착했다.

정례 회의중인 듯 방에서 소장님이 크게 말하는 목소리가 들렸다.

“중지는 안 돼! 이번 사찰에서 좋은 결과를 남기면 국가 예산이 나온단 말이야. 고작 어린아이의 장난질 때문에 기회를 날리다니, 그런 멍청한 짓이 어디 있나.”

내가 조금 떨어져서 복도를 망보는 동안 조지가 문에 귀를 댔지만, 내가 있는 곳에서도 충분히 잘 들렸다.

“하지만 본부에서도 신중을 기하자는 의견이 나오는 모양입니다. 어쨌든 그 예언은 아직 한 번도 틀린 적이 없다니까요.”

“하필이면 사찰이 있는 날에 대량 살인을 예언하다니.”

예언. 대량 살인.

생각지도 못한 말이 잇따라 나와서 나는 조지와 얼굴을 마주 보았다.

“빌어먹을. 우리 연구 성과를 시샘해서 방해하려는 수작이겠지!”

걱정을 날려버리려는 듯 소장님이 고함을 질렀다. 그때 익숙한 목소리가 끼어들었다. 하네다 선생님이었다.

"이 시설의 존재는 기관의 최고 기밀 중 하나입니다. 그쪽도 외진 산속에서 연구를 진행중이라 우리에 대해 알고 있을 가능성은 없어요. 방해 공작이라고 보기는 어렵겠죠."

"본부에서도 그렇게 말하더군. 하지만 사키미인지 나발인지는 아직 능력의 메커니즘조차 밝혀내지 못해서 과학 운운하기도 부끄러운 수준의 연구인가 보던데."

"그렇지만 사이비라고 단정할 만한 요소를 찾지 못한 것도 사실입니다. 예언의 검증에 기관도 이미 상당한 인력을 투입했다니까 무시할 수도 없겠죠."

잠시 후 막막한 심정이 묻어나는 다른 사람의 목소리가 들렸다.

"……그렇다 한들 우리가 사찰을 중지하라고 진언할 수는 없는 노릇이잖아."

"그랬다가는 연구의 안전성을 스스로 부정하는 꼴이야. 우리의 염원이……."

대화가 끊기자 조지가 이쪽으로 돌아왔다. 이만 물러나야 할 때다. 우리는 아무도 없는 복도를 걸어서 연구동을 빠져나왔다.

"아까 이야기 어떻게 생각해?"

"생각이고 뭐고……."

소장님과 하네다 선생님 입에서 나온 이야기니까 믿을 수밖에 없다.

요즘 어른들의 신경이 예민해진 원인은 분명 이거다. 다른 연구 시설에 있는 예언자가 여기서 대량 살인이 발생한다고 예언했다. 그래서 어른들은 아이들 가운데 위험 분자가 있는 것 아니냐는 의심에 빠졌다.

어른들이 사건을 일으킬 가능성도 있지 않겠느냐 싶었지만, 예전에 고타가 한 말이 떠올랐다. 우리는 이미 보통 어른보다 신체 능력이 우월하다. 아이가 범인이라면 어른들은 더 두려울 것이다.

"그럼 사찰을 연기할 수는 없을까. 예언된 날만 피하면 어른들도 한결 안심할 것 같은데."

"아까 이야기 못 들었어? 그건 안 돼."

"왜?"

조지는 화난 것처럼 목소리를 높였다.

"살인이 일어날지도 모르니까 날짜를 바꿔달라고 하면, 우리 중 누군가가 위험한 인물이라고 인정하는 거나 마찬가지잖아! 그리고 우리는 똑같은 환경에서 쭉 같이 생활했어. 이 가운데 한 명이라도 위험한 생각을 하는 아이가 있다고 받아들여진다면……."

그렇구나. 우리는 모두 같은 곳에서, 같은 실험과 같은 교육을 받으며 성장했다. 같은 연구 대상이니까, 그중 한 명이라도 힘이나 감정을 통제하지 못한다면, 우리 모두에게 그런 위험성이 감춰져 있다고 판단된다.

"예산 확대니 실적 인정이니 하는 설레발을 칠 때가 아니구나……."

"그래. 이 시설, 아니, 연구 자체가 재검토될 거야."

그래서 어른들은 전전긍긍하는 것이다. 만약 예언이 백 퍼센트 들어맞는다면 이제 뭘 어떻게 해도 소용없다. 하지만 예언의 절대성에는 아직 의문이 있는 듯했다. 예언이 빗나가기를 기대하고 사찰을 결행하는 것만이 연구를 이어나갈 유일한 길이다.

"저기, 만약 연구가 중단되면 우리는 어떻게 될까. 뿔뿔이 흩어질까?"

조지는 아무 대답도 없었다. 기숙사 쪽에서 아이들이 장난치며 웃는 소리만 바람을 타고 들려왔다.

"케이, 나 말이야……."

드디어 입을 연 조지는 켕기는 마음을 감추는 듯한 표정이었다.

"실은 봤어. 우리가 소각로에서 원숭이 머리를 발견하기 전날 밤, 화장실에 가려고 복도로 나왔을 때 누군가가 남의 눈을 피하듯이 바쁘게 기숙사 계단을 내려가서 중정으로 나가더라. 분명 고타였을 거야."

충격이 심했는지 가슴이 세차게 뛰었다.

나는 중정에서 고타를 만나지 못했다.

고타는 남의 눈을 피해서 뭘 한 걸까.

몰래 동물을 죽였나? 후기 선생님과 만났나?

만약 그렇다면 고타는 실험에 사용한 원숭이의 머리를 넘겨받을 수도 있었을 것이다.

내게 힘의 중요성을 말해준 고타.

혹시 사찰이 있는 날에 여기서 대량 살인을 일으키는 것도…….

"어쩌지, 케이? 선생님들한테 말하는 게 좋을까……."

006

참극의 밤, 다시

지하 · 부구획 – 하무라 유즈루 – 이틀째, 오후 7시 30분

예전에 무향실無響室에 한 시간만 있으면 누구든 미쳐버린다는 인터넷 기사를 읽은 적이 있다. 무향실이란 이름 그대로 모든 소리를 차폐하고 흡수하는 특수한 자재로 만든 방을 말한다. 실외의 소리가 차단되는 건 물론, 실내에서 낸 소리도 즉시 사라진다. '가장 잔혹하고 효과적인 고문'이라고 평하는 기사도 있어서 흥미가 생겼다.

동영상 공유 사이트에 실제 체험 영상을 올린 사람도 있었는데, 한 시간을 머물렀다고 자랑했다. 아쉽다고 해야 할까, 미쳐버린다는 이야기는 과장이었던 듯하다.

하지만 그러한 체험자들은 어디까지나 실험이므로 결국

무향실에서 나올 수 있다는 걸 알고 있었고, 생방송을 위해 고함을 지르거나 소리를 내기도 했다.

언제 나갈 수 있을지 모르고 소리를 내는 것조차 금지된다면, 인간은 무음 속에서 몇 시간이나 제정신을 유지할 수 있을까.

들리는 것이라고는 내 몸속에서 나는 소리뿐이다. 공기가 점막을 스치고, 혈액이 흐르고, 내장이 꿈틀거리는 등 내가 살아 있음을 알리는 소리들. 지금까지 인식해온 세상의 안과 밖이 뒤바뀌고, 이것들이 내가 내는 소리인지도 긴가민가해진다. 이 소리가 사라지는 때는 내가 죽는 때다.

결코 바깥의 움직임을 놓치지 않도록 신경을 곤두세운 채, 머리 한구석으로 그런 생각을 하며 나 자신을 타이르지 않으면 견딜 수 없을 만큼, 비밀방에서 기다리는 일분일초가 괴롭게 느껴졌다.

긴장을 풀어서는 안 된다.

소리를 내서는 안 된다.

무엇보다 실수를 범하면 나를 포함해 누군가가 죽는다.

그런 압박감이 마음의 여유를 사정없이 갉아먹는다.

유일한 위안은 일정한 간격으로 전해지는 작은 땅울림이었다. 저택 근처에 설치된 제트코스터의 진동. 밖에는 아직 손님이 있다.

사람 목소리도 아니고 무미건조한 놀이기구의 소리지만, 계속 숨죽이고 있어야 하는 처지에서는 마음을 위로하기에 충분했다.

시계를 보았다. 7시 반.

이곳에 숨은 지 한 시간이 지났지만 아직 거인은 움직임이 없다. 보스의 신호를 놓친 건 아닐까 불안해져서 무전기 전원이 켜져 있는지 확인했다.

괜찮다. 잘될 것이다.

숨을 크게 들이마시고 눈을 감자, 눈꺼풀 안쪽에 히루코 씨의 모습이 떠올랐다.

내가 마리아 대신 이러고 있다는 걸 히루코 씨는 모른다. 알면 분명 화내겠지. 하지만 이건 내가 히루코 씨 옆에 서기 위해 꼭 필요한 결단이었다. 그렇게 생각하며 아까 히루코 씨의 손끝에 닿은 오른손 중지를 왼손으로 감쌌다.

삐걱.

바로 근처에서 소리가 들려서 반사적으로 몸을 경직시켰다.

숨을 멈추고 귀를 기울였다.

…….

…………….

그냥 집에서 나는 소리다. 오래된 건물에서는 흔히 일어나는 일이다.

힘이 쭉 빠져서 숨을 내뱉은 순간, 심장이 자신의 존재를 주장하듯 날뛰기 시작했다.

진정해라. 거인이 부구획으로 오면 일단 입구인 철문이 열린다. 귀에 거슬리는 그 소리를 놓칠 리 없다.

신경이 피폐해지는 시간이 계속된다.

오후 8시.

오후 8시 반.

오후 9시.

그리고.

끼이이이…….

덜커덩.

정말로?

왔나. 이쪽으로.

틀림없다. 철문이 열리는 소리다.

나는 복도 쪽 벽에 귀를 가까이 댔다.

우리는 거인이 최대한 부구획 안쪽, 홀로 이어지는 계단 근처까지 오기를 기다렸다가 보스에게 별관으로 침입하라는 신호를 보내야 한다. 거인이 갑자기 머리 무덤으로 돌아가더라도 보스가 달아날 수 있도록.

나는 더욱 귀를 기울였다.

빠직, 하고 형광등 조각을 밟는 소리가 들렸다.

아직 멀다. 시계 방향으로 걷는지, 소리는 아울이 숨은 방 쪽 통로에서 들려왔다.

빠직⋯⋯ 빠직⋯⋯.

간격을 두고 들리는 소리가 거인이 천천히 걷는 모습을 여실히 보여주는 듯했다.

그때 갑자기 소리가 멈췄다. 거인이 모퉁이를 한 번 돈 후에 멈춰 선 듯했다.

잠시 기다렸지만 변화가 없었다. 어쩌면 거인은 되돌아갈 작정일까.

침묵을 깨듯 아울이 숨은 방에서 소리가 났다.

탁, 탁.

거인인가? 아니다, 아울이 딱딱한 뭔가로 벽을 두드린 모양이다.

거인이 움직이지 않자 애가 타서 주의를 끌 생각인가.

그러자 거인이 다시 걸음을 옮기는 소리가 들리다가 또 멈췄다.

비밀방이 있는 줄 모르는 거인이 소리의 출처를 찾지 못해 난감해하는 것처럼도 느껴졌다.

이쯤에서 보스에게 신호를 보낼까. 좀더 끌어들일까.

'조금만 더…….'

나와 같은 생각이었는지 아울이 다시 벽을 두드렸다.

설마 그 때문에 참사가 벌어질 줄도 모르고서.

다음 순간 뭔가 폭발한 것처럼 굉음과 진동이 우리를 덮쳤다.

1층 · 후기의 방 - 고리키 미야코 - 이틀째, 오후 9시 30분

나는 작전 참가자들이 지하로 향하고도 꽤 시간이 지나 완전히 밤이 된 후에야 정신을 차렸다.

"사이가 씨가 살해당했다는 말에 마리아 씨가 작전에서 빠졌습니다. 대신에 하무라 씨가 가겠다고 자청했고요."

우라이의 설명을 듣고 나는 머리를 끌어안았다.

이런 젠장. 만약 하무라에게 무슨 일이 생기면 겐자키가 후기의 죽음에 관해 아는 바를 모두에게 까발릴 테고, 그럼 사이가까지 내가 죽였다고 의심받지 않을까. 내가 사이가의 시체를 제일 먼저 발견했고, 시체의 가슴에는 내 칼이 꽂혀 있다.

"고리키 씨, 아직 몸 상태가 별로십니까?"

내 안색이 몹시 안 좋아 보였는지 우라이가 걱정스럽게 물었다.

"이제 괜찮아요. 지하에 있는 세 사람을 생각하느라요."

이렇게 된 이상, 하무라가 무사히 돌아오기를 기다리는 수밖에 없다.

게다가 겐자키와 거래한 조건과는 상관없이, 나는 하무라가 죽지 않았으면 한다.

나는 침대에서 내려와 한동안 테이블에 놓인 무전기를 바라보았지만, 아무 반응도 없이 시간만 계속 흘러가자 마음을 둘 곳이 없어졌다.

나루시마는 테이블 주위를 침착하지 못하게 돌아다녔고, 아와네는 고개를 숙인 채 소파 가장자리에 앉아 있었다. 나와 우라이는 거듭 무전기를 봤다가 시계를 봤다가 했다.

긴 침묵을 유지하던 무전기가 너무나 갑작스레 미친 듯 난리를 쳤다.

오후 9시 반.

짤막한 잡음 후에 들린 건 무전기를 두드려서 신호하는 소리가 아니라, 무슨 전쟁이라도 난 것처럼 요란하게 부서지는 소리였다. 소리가 깨져서 들릴 정도였다.

뭔가가 세게 부딪치는 듯한 소리. 그리고 사람의 것으로는 믿기지 않는 포효.

그 와중에 드디어 사람 목소리가 들려왔다.

〈거인이 벽을!〉

하무라다.

전혀 예상치 못한 사태였다. 비밀방의 존재를 알아차린 거인이 벽을 부수고 하무라와 아울에게 덤벼든 것이다.

"이런 맙소사……."

아와네가 들려오는 소리를 거부하듯 귀를 막고 고개를 더 푹 숙였다.

무전기에서 다른 목소리가 들렸다.

〈대체 어떻게 된 건가요! 왜 하무라 목소리가……〉

겐자키다. 나를 추궁했던 겐자키의 모습에서는 상상도 못 할 만큼 허둥거리는 목소리로 상황을 묻는다. 겐자키에게는 하무라가 마리아 대신 투입됐다는 사실을 알리지 않은 건가.

〈도망쳐, 하무라!〉

아울이 고통에 잠긴 목소리로 외쳤다.

그러자 나루시마가 무전기를 집어 들었다.

"보스! 지금이라면 갈 수 있어!"

나는 두 귀를 의심했다.

죽을 위기에 처한 두 사람을 내버려두고 열쇠를 가지러 가라는 건가.

내가 불평을 꺼내기 전에 보스가 응답했다.

〈작전은 중지야. 거인이 예상치 못한 행동에 나섰어.〉

"잠꼬대 같은 소리 집어치워. 열쇠가 최우선이잖아. 기회는 지금밖에 없다고!"

〈안 돼. 부구획의 두 사람과 연계해서 행동하지 않으면 열쇠를 회수해도 못 돌아와.〉

"이 쓸모없는 새끼!"

나루시마는 무전기를 바닥에 내팽개치더니 테이블 위의 손전등과 중식도를 움켜쥐고 방을 뛰쳐나갔다. 그 직후에 금속 문의 빗장을 벗기는 소리가 들렸다.

"사장님! 무모한 짓 하시면 안 됩니다!"

우라이가 허둥지둥 나루시마를 쫓아갔다.

나는 어안이 벙벙했지만 일단 빗장을 채우러 다녀온 후

무전기에 대고 소리쳤다.

"나루시마 씨와 우라이 씨가 방에서 나갔어요!"

〈뭐라고?〉 보스의 당황한 목소리.

"종루로 가려나 봐요. 겐자키 씨, 거기서 나올 준비를 해요!"

하무라와 아울의 교신은 끊겼고, 보스 대신 나루시마가 열쇠를 회수하러 나섰다. 예상외의 상황뿐이지만 겐자키가 탈출할 기회는 지금뿐이다.

보스의 긴박한 목소리가 또 들렸다.

〈젠장, 못 막았어. 나루시마가 머리 무덤으로 나갔어!〉

지하 · 부구획 – 하무라 유즈루

굉음이 울릴 때마다 벽과 바닥이 흔들렸다.

거인이 벽을 부수고 아울에게 덤벼들었다.

나는 서둘러 무전기에 대고 알렸다.

"거인이 벽을!"

내 말소리를 지워버릴 듯이 한층 더 큰 진동이 방 전체를 덮쳤다. 이러다 아울이 죽겠다. 하지만 내가 뭘 할 수 있단 말인가. 거인을 막을 방법이 있기나 한가.

〈대체 어떻게 된 건가요! 왜 하무라 목소리가…….〉

히루코 씨다.

늘 이렇다. 내가 한 일은 전부 역효과를 낳는다.

"도망쳐, 하무라!"

부서지는 소리에 섞여 아울의 목소리가 들렸다.

무전기에서는 나루시마와 보스가 언쟁을 벌이고 있다. 도움을 기다릴 여유는 없다.

나는 마음을 정했다.

무전기 전원을 끈 후 손전등을 들고 비밀방에서 뛰쳐나와 거인이 날뛰고 있는 복도와는 반대 방향으로 달렸다. 형광등 조각을 짓밟으며 모퉁이를 두 번 돌아 부구획의 출구로 향했다.

철문의 손잡이를 잡고 거인이 있는 쪽으로 크게 소리를 질렀다.

"여기다, 이리 와!"

때려 부수는 소리가 멈췄다. 분명 거인이 반응했다.

"못 들었냐! 이쪽이야."

이번에야말로 무거운 발소리가 이쪽으로 다가왔다. 나는 철문을 열고 머리 무덤으로 뛰쳐나갔다.

달이 구름에 가려졌는지 머리 무덤은 완전히 어둠에 감싸였다.

자, 이제부터다.

거인은 곧 머리 무덤으로 나온다. 밤눈이 밝은 거인을 피해 도망치기는 불가능하다. 이대로는 아무 저항도 못 하고 죽는다.

생각해라. 생각해라. 생각해라.

케케묵은 밀실 트릭이 별안간 뇌리를 스쳤다.

성공과 실패의 확률을 가늠할 여유도 없이, 몸이 먼저 그 트릭을 실행에 옮겼다.

나는 손전등을 끈 다음, 철문이 열렸을 때 가려지는 벽에 찰싹 달라붙었다.

그 순간, 이 트릭을 작품 속에서 사용한 고금동서의 소설가들을 욕하고 싶은 충동에 휩싸였다.

'이래서는 문을 닫은 후에 돌아보면 끝장이잖아!'

다음 순간 두 가지 일이 거의 동시에 일어났다.

일단 주구획 쪽 철문이 열리고 누군가가 머리 무덤으로 나왔다. 보스일까.

그 직후, 커다란 소리와 함께 거인이 부구획의 철문을 확 밀어서 열었다. 철문에 얼굴이 정통으로 부딪히는 건 간신히 면했지만, 어깨에 충격을 받았다. 혹시 들켰을까?

고작 문짝 하나를 사이에 두고 거인의 숨소리가 들렸다.

몸이 뻣뻣하게 굳은 상태로 귀를 기울이자, 주구획 쪽 철문으로 나온 누군가가 머리 무덤을 내달려서 별관 쪽 철문을 여는 소리가 들렸다.

그 움직임을 포착한 거인은 놓쳐버린 나 대신 그 사람으로 목표물을 바꾼 듯했다.

문 너머로 느껴졌던 거인의 기척이 멀어졌고, 그 직후 문이 쾅 닫히는 소리와 함께 거인은 별관으로 사라졌다.

머리 무덤에 침묵이 돌아왔다.

……저런 괴물에게서 도망칠 수 있을 리 없다.

떨리는 다리를 채찍질해 다시 부구획으로 들어간 나는 아울을 찾기 위해 유리 조각을 최대한 피하며 비밀방으로 되돌아갔다.

그가 있던 비밀방은 복도에서 안쪽이 훤히 보일 만큼 박살 났다. 자동차가 세게 충돌한 것처럼 벽이 안쪽으로 무너졌다.

손전등을 켜고 이름을 부르자 대답이 들렸다. 아울은 무너진 벽에 깔려 있었다.

"괜찮으세요?"

"다리가 끼었어. 제기랄."

고통스러운 목소리지만 살아 있다. 커다란 콘크리트 잔해 덕분에 무너진 벽과 아울 사이에 공간이 생겨서 꽉 짓눌리지 않았던 모양이다.

"거인은 어떻게 됐어? 방금 나루시마가 머리 무덤으로 나갔다는 무전을 들었는데."

나도 모르게 "나루시마 씨가요?" 하고 되물었다. 컴컴해서 몰랐는데, 아까 그 사람은 나루시마였나. 머리 무덤에서 있었던 일을 알리려고 했을 때, 근처에 떨어져 있던 아울의 무전기에서 히루코 씨 목소리가 들렸다.

〈별관 출입구 근처까지 왔다가, 거인이 나루시마 씨를 쫓아서 들어왔길래 얼른 원래 있던 곳으로 돌아왔어요. 거인의 동태를 모르니까 합류는 포기할게요.〉

원래는 열쇠를 확보한 인물과 타이밍을 맞춰서 히루코 씨도 별관에서 탈출할 계획이었다. 하지만 그 계획은 백지화됐다. 이제는 거인과 어디서 딱 마주칠지 모른다.

"여기는 하무라. 아울 씨는 살아 있어요."

〈아아, 하무라, 다행이다…….〉

히루코 씨가 안도에 찬 목소리를 흘렸다.

나루시마의 무전은 없었다. 거인이 별관으로 들어간 속

력으로 판단컨대, 나루시마는 종루 꼭대기까지 다다르기도 전에 죽었을 가능성이 높다.

나는 아울을 도와 그의 다리를 벽 밑에서 빼내고, 일단 부서지지 않은 내 비밀방으로 이동했다.

아울은 오른쪽 다리가 부러진 것 같았다. 작전을 속행하기는 불가능하다.

만약 다음에 거인이 주구획으로 들어왔다는 신호가 들리면, 종루에 가는 건 내 역할이다.

그렇게 생각하자 온몸에서 피가 줄줄 새어 나가는 것처럼 한기가 느껴졌다. 내가 할 수 있을까.

"다리 좀 비춰봐. 고정해야겠어."

아울이 속삭이는 소리를 듣고 불빛을 비추었다.

부목으로 쓸 만한 물건은 없다. 하는 수 없이 아울은 윗옷을 벗어서 발목이 움직이지 않도록 묶을 수밖에 없었다.

그 밖에는 옆머리에 큼직한 찰과상을 입었을 뿐이다.

응급처치를 마친 아울이 중얼거렸다.

"왜 돌아왔어?"

그제야 거인이 별관으로 들어갔을 때, 1층으로 돌아갈 기회가 있었음을 깨달았다.

"……왜일까요."

"너, 좀 모자라지?"

아울이 도망치라고 했을 때, 나는 공포에 휩싸였으면서도 그러기 싫었다. 왜냐고 물어도 곤란하다.

—젠장. 여간해서 인간은 이치에 맞게 움직이지 않는 법이로군.

갑자기 그리운 목소리와 그리운 광경이 되살아났다.

그 사람도 남을 구하기 위해서 위험에 몸을 던졌다. 그 여름날 이후로 나 나름대로 많은 걸 배웠고 교훈으로 삼아왔지만, 결국 그 사람과 똑같은 가치관에 다다른 걸까.

그렇게 생각하자 내 행동을 후회하는 마음은 들지 않았다. 사람은 자신의 선택이 최선인지 아닌지 모른다. 할 수 있는 건 선택한 길을 꿋꿋이 나아가는 것뿐.

"모자란 건 나도 마찬가지인가. 나루시마가 죽으면 이번 일도 말짱 꽝인데, 나도 참."

아울은 그렇게 자조했다.

그후로 몇 시간은 아무 움직임도 없어서 내 정신력과 싸워야 했다. 생명의 위기를 넘기자 갑자기 몸이 피로를 호소하기 시작했다. 벌써 이틀 가까이 잠을 못 잤다.

오전 1시경에 아울이 무전기 배터리가 다 됐다는 걸 알아차렸다.

이제 한계가 찾아온 모양이다. 머리 무덤으로 나가기 전에 전원을 꺼놓았던 내 무전기를 사용했지만, 두 시간쯤 더 지나자 그것도 배터리가 나갔다. 이제 우리는 다른 곳의 상황을 일절 파악할 수 없다. 이번에야말로 절대로 작전을 속행할 수 없다는 사실에 자신이 안도했다는 사실을 깨닫고 또 자괴감이 들었다.

일출이 가까워진 오전 5시에 변화가 생겼다.

부구획 쪽 철문이 열리는 소리가 희미하게 들렸다.

반쯤 풀린 정신의 나사를 갑자기 죈 탓인지 머리가 진자처럼 덜컥 흔들렸다.

불빛을 살짝 비추자 정면에 드러누워 있던 아울도 상반신을 일으킨 모습이었다.

형광등 조각을 밟는 소리가 들렸다.

아마도 거인이겠지.

아까와 달리 부구획 출입구에서 반시계 방향으로 통로를 걸어온다.

그러다가 모퉁이 부근에서 갑자기 발소리가 끊겼다.

고리키가 발견한 비밀 통로 근처다. 활짝 열어둔 미닫이문으로 들어간 걸까.

잠시 후, 다시 형광등 조각을 밟는 소리가 들렸다. 발소리는 그대로 멀어졌고, 철문이 열리는 소리가 났다. 부구획에서 나간 것이다.

내가 안도의 한숨을 내쉬자 아울이 작게 중얼거렸다.

"해나 얼른 떴으면 좋겠네."

007 생존자

지하 · 부구획 - 하무라 유즈루 - 사흘째, 오전 7시

6시 반쯤에 해가 뜬다는 건 아와네에게 들어서 알고 있었으므로, 나는 7시까지 기다렸다가 아울을 남겨놓고 머리 무덤으로 향했다. 경계하며 철문을 열자 머리 무덤은 이미 밝았다.

주변을 둘러보자 엊저녁까지는 없었던 것이 눈에 띄어서 나도 모르게 발을 멈췄다.

바닥에 놓인 사이가의 머리가 이쪽을 보고 있었다.

놀랐지만 바로 거인의 짓이라는 걸 알 수 있었다.

거인은 죽은 사람의 머리도 잘라내서 머리 무덤에 갖다 놓는 버릇이 있다. 자기가 죽인 상대뿐만 아니라 시체라도 그런다고 어제 사이가가 이야기한 내용을 본인 스스로 증명해주었다.

다른 머리도 있었다.

나루시마의 머리다.

승산이 없는데도 위험을 무릅써야 했을 만큼 마음이 조급했던 걸까. 이렇게 많은 사람을 끌어들여 희생시켜놓고 아무것도 손에 넣지 못하다니, 화가 나는 차원을 넘어서 애처로움밖에 솟아오르지 않았다.

'그래도 포기할 수 없었던 거겠지.'

어쩌면 근본적인 측면에서는 내가 왓슨 역할에 집착하는 것과 비슷할지도 모르겠다.

만약 어젯밤의 작전에 히루코 씨의 목숨이 달려 있었다면, 이렇게 된 건 나였을 수도 있다.

눈앞에 나뒹굴고 있는 머리는, 나다.

나루시마에게 품었던 연민은 사라졌다.

나는 아울 곁으로 돌아가기 전에 사이가의 시신이 있다는 비밀 통로를 살펴보기로 했다. 거인의 위협은 일단 물러갔지만, 사이가를 죽인 범인이 누군지는 아직 모른다.

"응?"

어제부터 활짝 열려 있었던 미닫이문으로 들어가려 했을

때, 기묘한 점을 알아차렸다. 안쪽에서 향수 냄새가 풀풀 풍겼다.

후기가 뿌렸던 머스크 향이다. 어제는 이런 냄새가 나는 줄 몰랐다.

이상하게 생각하며 걸음을 옮기자 구부러진 통로 안쪽에 머리 없는 사이가의 시신이 위를 보고 쓰러져 있었다. 고리키가 중얼거린 대로 가슴에는 작은 칼이 꽂혀 있었다.

거기까지는 좋다.

시신 옆에는 고리키가 설명해주지 않았던 물건이 떨어져 있었다.

날이 피로 물든 중식도.

후기의 방에 있던 것이다. 그게 어째서 여기에?

그리고 중식도 자루에는 가느다랗게 말린 종이가 묶여 있었다. 조심스레 펼치자 본 적 있는 문장이 적혀 있었다.

틀림없다.

놈들 중에 시설의 아이가 있다.

사고 생존자가 또 있었나.

하네다의 짓?

난로가 있는 방에 숨어 있던 보스와 합류해, 함께 아울을 부축하며 1층으로 올라가자 우라이, 고리키, 아와네가 홀에서 기다리고 있었다.

어제 내가 작전에 참가할 때까지 의식을 되찾지 못했던 고리키가 제일 먼저 달려왔다.

"무사했구나, 다행이야!"

"아울 씨가 다치기는 했지만요……. 마리아 씨는요?"

"사이가 씨 방에 틀어박혀 있어. 거인이 습격했는지 문도 부서졌지만, 어떻게 잘 넘긴 모양이야."

모두 함께 후기의 방으로 이동할 때 나루시마가 죽었다는 사실을 알리자, 우라이는 해쓱한 얼굴로 말했다.

"제 탓입니다. 쫓아갔으면서 말리지도 못하고……."

"안됐지만 자업자득이죠."

아와네가 싸늘하게 말했다. 후기를 모셨던 아와네에게 나루시마는 침략자에 지나지 않았으리라.

"오히려 희생자가 한 명에 그친 건 요행이라고 봐야 하지 않을까요? 피해가 더 컸어도 이상할 것 없었어요."

아와네는 그렇게 말하며 아울을 보았다. 확실히 아울이 죽지 않은 건 요행이라고밖에 표현할 방법이 없다.

후기의 방에 도착하자 보스가 더러워진 윗옷을 닦으며

말을 꺼냈다.

"각자의 담당 구역에서 무슨 일이 있었는지 정리해보자."

어젯밤 긴급 사태가 발생했을 때 몇 마디 안 되는 무전으로 각 구역의 상황을 확인한 게 전부였고, 밤이 깊어지고 나서는 무전기 배터리가 다 돼서 교신이 중단됐다.

"그럼 겐자키 씨의 이야기도 들어볼 필요가 있겠죠. 하무라 얼굴도 보여주는 게 좋을 테고요."

고리키의 재촉에 우리 여섯 명은 별당으로 이동했다.

히루코 씨는 내 얼굴을 보자마자 힘이 쭉 빠졌는지 철 격자를 잡은 채 몸을 축 늘어뜨렸지만, 이윽고 고개를 번쩍 들더니 반쯤 찌푸린 눈으로 나를 쏘아보았다. 눈을 마주치기도 무서울 정도였다.

"네가 작전에 참가한다는 소리는 못 들었는데."

"죄송해요. 워낙 화급한 상황이어서요. 하지만 보시다시피 무사히······."

"하마터면 죽을 뻔했잖아! 왜 그런 무모한 짓을 한 거야."

내가 아무 대꾸도 못 하고 쩔쩔매자 아울이 거들어주었다.

"이 녀석은 모자라고 무계획적이지만, 부득이한 이유가 있었어. 작전을 실행하기 직전에 사이가의 시신이 발견됐거든. 그래서 마리아가 작전에서 빠졌지."

사이가가 죽었다는 소식에 히루코 씨는 미간을 모았다.

"작전을 실행하기 직전? 즉, 해 질 무렵이었다는 말씀이세요?"

첫 번째 발견자인 고리키에게 모두의 시선이 모였다. 고리키는 거북한 표정으로 고개를 끄덕였다.

"사이가 씨의 모습이 보이지 않길래 분담해서 찾다가 우연히 부구획에서 비밀 통로 입구를 발견했어요. 안으로 들어갔더니 사이가 씨가 가슴을 찔려 죽어 있더군요."

"흉기는요?"

"칼이요. ……내 칼."

히루코 씨의 표정이 더 험악해지길래 내가 보충 설명을 했다.

"고리키 씨는 어제 낮에 칼을 잃어버렸대요. 그걸 주운 범인이 고리키 씨에게 죄를 뒤집어씌우기 위해 사용했을지도 모르죠."

히루코 씨는 더이상 묻지 않고 마음을 진정시키려는 듯 페트병을 들어 물을 한 모금 마셨다.

"거인의 행동을 기준 삼아서 어제 있었던 일을 설명해봐. 하무라와 아울부터 시작할까."

보스의 재촉에 내가 제일 먼저 말을 꺼냈다.

거인이 부구획에 들어온 건 오후 9시 30분경.

거인은 시계 방향으로 통로를 걷다가 발을 멈췄다. 아울이 주의를 끌려고 벽을 두드리자, 거인이 복도에서 몸을 날려 벽을 부쉈고 아울은 무너진 벽에 깔렸다.

이때 후기의 방에 있던 사람들과 히루코 씨는 무전기로 우리에게 이변이 생겼음을 알았다. 고리키 말에 따르면 계획 속행을 지시한 나루시마와 그에 반대한 보스가 말다툼을 벌였다고 한다.

다음으로 우라이가 입을 열었다.

"애가 타셨는지 사장님은 손전등과 중식도를 들고 뛰쳐나가셨습니다. 저도 바로 쫓아갔지만 지하에서 사장님과 옥신각신하다가 떠밀려서……. 그 틈에 사장님을 놓치고 말았어요."

나는 그때 무전기 전원을 꺼둔 상태였지만, 두 사람이 지하로 향했다는 사실은 고리키가 무전으로 알렸다고 히루코 씨가 설명했다.

"저는 탈출에 대비하기 위해 별관 지하의 출입구 근처 모퉁이까지 이동했어요. 무슨 일이 생기면 바로 돌아갈 수 있도록 몸을 숨기고 있었죠."

보스는 무전을 듣고 담당 구역인 난로가 있는 방 밖의 복도에서 나루시마를 기다렸다고 한다.

"나루시마는 혼자 나타났지. 어떻게든 말리려고 했지만 들은 척도 않고 뿌리치더군."

"힘을 써서 제지할 수는 없었나요?"

히루코 씨가 지적했다. 보스가 마음만 먹었으면 나루시마를 제압하기는 일도 아닐 것이다. 보스는 웬일로 대답을 머뭇거렸다.

"……어두웠고, 소란을 피우다 거인에게 들키고 싶지도 않았거든. 더구나 작전 중지를 주장한 입장상 나한테는 그를 말릴 권리가 없겠다 싶기도 했고."

그후에 나 자신을 미끼 삼아 거인을 아울에게서 떼어내고, 머리 무덤으로 나간 이야기를 했다. 문 뒤편에 숨어 있을 때 주구획에서 나온 나루시마가 별관으로 뛰어들었고 거인이 그를 쫓아갔다는 이야기도.

"문 뒤편이라니……." 히루코 씨가 생각만 해도 아찔하다는 듯한 목소리로 한탄했다. "하무라, 그 정도까지 미스터리에 목숨을 걸 작정이니? 미안하지만 좀 질린다."

"달리 방법이 없었어요!"

히루코 씨는 내 변명을 한숨으로 받아넘기고 다시 당시

별관 상황을 설명했다.

"나루시마 씨가 별관으로 들어오자마자 망설임 없이 종루 쪽으로 달려갔다는 건 발소리로 알았어요. 작전이 잘 진행되는 줄 알았는데, 바로 거인으로 추정되는 발소리가 들려서 작전이 실패했다는 걸 눈치챘죠. 결국 탈출을 포기하고 여기로 돌아왔어요. 죄송하지만 나루시마 씨를 구할 방법이 떠오르지 않더라고요."

히루코 씨가 철 격자 너머에서 머리를 숙였다. 우라이는 힘없이 고개를 저었다.

"겐자키 씨 탓이 아닙니다. ……그런데 거인이 사장님을 쫓아간 틈에 별관에서 나가야겠다는 생각은 없으셨어요?"

"거인에게서 멀어져야겠다는 생각뿐이었거든요. 여기서 한숨 돌린 후에야 그런 선택지도 있었다는 걸 깨달았어요."

"그러길 잘했어. 어두워서 거인의 움직임을 제대로 파악할 수 없는 상황이었잖아. 철문이 여닫히는 소리가 나면 거인이 겐자키를 쫓아올 가능성도 있었어. 위험을 철저히 피해서 행동하는 게 옳아."

보스의 말에 우라이도 동의했다.

"우라이 씨, 나루시마 씨는 도중에 중식도를 떨어뜨렸나요?"

"네, 사장님의 팔을 붙잡으려고 했을 때 벽에 부딪쳐서 복도에 떨어뜨리셨습니다. 사장님은 중식도를 줍지 않고 머리 무덤으로 향하셨고요."

역시 사이가의 시신 옆에 떨어져 있었던 중식도는 나루시마가 가지고 나갔던 거였나.

대체 누가 그걸 주워서 사이가의 시신 옆에 놓아두었을까.

혼자 바닥에 앉아 있던 아울이 의문을 제기했다.

"우라이. 아까 나루시마한테 떠밀렸다고 했는데, 그렇다고 쫓아가기를 포기했다는 거야?"

우라이는 새파랗게 질린 얼굴로 몇 번 입을 뻐끔거리다가 "죄송합니다" 하고 머리를 푹 숙였다.

"한심한 이야기지만, 손전등을 잃어버리는 바람에 어둠 속을 나아갈 수가 없었습니다. 그러는 사이에 철문을 여는 소리가 들려서……. 그때 마음이 꺾이고 말았습니다."

우라이는 왔던 길을 되짚어서 후기의 방으로 돌아갔다고 한다.

"씩씩하게 쫓아가더니만, 금방 돌아와서 한심한 목소리로 문을 두드리며 열어달라길래 어이가 없었죠."

아와네의 심술궂은 말에 우라이는 굳은 표정으로 다시

고개를 숙였다.

다음으로 보스가 말하는 내용에 귀를 기울였다.

"난 지하에 계속 숨어 있기로 했어. 일단 1층으로 돌아가도 됐겠지만, 아울과 하무라가 또 습격당할 가능성도 있고 하니 거인이 주구획에 드나드는지 감시하다가 신호를 보내야겠다고 마음먹었지."

1층으로 올라가면 지하에 거인이 있는지 없는지 확인이 불가능하다. 안 그래도 나루시마를 말리지 못해서 후회스러웠던 터라 나와 아울만 지하에 남겨놓기는 꺼려졌다고 보스는 말했다.

"그러다 오후 11시경에 거인이 주구획으로 들어왔어."

그때 1층으로 올라가서 사이가의 방을 습격한 건가. 고리키가 불평했다.

"잠깐만요. 하지만 신호를 안 줬잖아요. 왜죠?"

"그 직전에 배터리가 나갔거든. 거인은 한동안 지하를 어슬렁거렸고, 딱 한 번 난로가 있는 방에도 들어왔지만 바로 나갔어. 가끔 복도에서 벽을 후려갈기는 소리가 났지만, 한 시간쯤 지나자 머리 무덤으로 나갔지."

아울과 내 무전기가 방전된 건 오전 1시와 오전 3시. 시간 차는 있지만 다른 사람들의 무전기도 어젯밤에 배터리가 다 됐다고 한다.

만약 교신이 됐다면 내가 열쇠를 가지러 갔을 거라 생각하자 복잡한 기분이었다.

거인이 주구획에 들어온 것이 그때 한 번뿐이라면, 마리아가 숨어 있는 사이가의 방을 습격한 것도 그 한 시간 사이에 벌어진 일이다.

마지막은 내 차례였다.

"오전 5시경에 거인이 한 번 더 부구획에 들어왔어요. 발소리로 추측건대 사이가 씨의 시체가 있는 비밀 통로에 들어갔다가 나간 것 같더군요. 해가 뜬 후 머리 무덤을 확인하자 절단된 사이가 씨의 머리가 놓여 있었으니, 그때 거인이 자른 거겠죠."

작전을 실행하기 직전에 사이가의 시체를 발견했고, 그 때문에 의심이 깊어진 마리아가 작전에서 이탈했다. 그리고 예상치 못한 거인의 파괴적인 행동 때문에 나루시마는 초조함과 혼란에 빠졌다. 아까 아와네가 말한 대로 희생자가 나루시마 한 명에 그친 건 요행이었을지도 모른다.

"우라이." 홀린 상태에서 벗어난 것처럼 평온한 목소리로 보스가 말했다. "이번 일은 실패야. 더는 감당이 안 돼."

"네. 저도 사장님이 돌아가신 이상, 굳이 위험을 무릅쓸 이유는 없습니다."

"그렇다면 고민해야 할 문제는 두 가지로군. 여기서 어떻게 탈출하느냐. 그리고 누가 사이가를 죽였느냐."

"우리는 경찰이 아니야. 탈출할 방법만 생각하면 되겠지. 그게 겐자키를 구하는 길이기도 해."

아울이 그렇게 반론하자 아와네가 정면으로 이의를 제기했다.

"이 중에 사장님과 사이가 씨를 죽인 범인이 있잖아요. 저는 협력 못 해요!"

"후기는 관계없잖아."

"누굴 바보로 알아요? 사장님이 이상하게 돌아가셨다는 것 정도는 저도 안다고요. 그건 '그 아이'의 짓이 아니에요. 우리 중 한 명이 범인이에요. 잡아내서 따끔한 맛을 보여줘야 해요."

사이가가 죽자 지금까지 참아왔던 뭔가가 확 터졌는지, 아와네는 어젯밤까지만 해도 심약했던 모습이 거짓말이었던 것처럼 완강한 태도로 거침없이 말했다.

"그렇게 쉽지는 않을 거야."

보스가 달래듯이 말했다.

"범인은 초인 연구의 '생존자'일지도 몰라. 후기가 일기에 그렇게 써놨어."

그 말을 듣고 아와네의 표정이 얼어붙었다.

"'생존자'라고요! 세상에……."

"그걸 말해도 되나?" 아울이 새삼스레 확인했다.

"사이가가 두 번째 피해자로 추정되는 상황이니 어쩔 수 없지."

보스의 말에 아까 내가 발견한 걸 밝힐 기회는 지금밖에 없겠구나 싶었다.

"실은 사이가 씨의 시신 옆에 중식도가 떨어져 있었는데요. 칼자루에 이 종이가 묶여 있었어요."

손수건으로 싸놓았던 종이를 보여주자 보스와 아울이 숨을 삼켰다. 나는 우라이와 아와네에게 이것이 후기의 일기장에서 찢겨 나간 부분이라고 설명해주었다.

보스의 말에 따르면 연구 자료에도 하네다라는 인물에 관한 기록이 있는데, 후기와는 다른 방법으로 초인 연구를 진행한 연구자라는 모양이다. 옛날에 쓴 일기를 보고 후기가 하네다에게 이상하리만큼 경쟁심을 불태웠다는 사실도 알아냈다고 한다.

"문제는 '생존자'가 있다는 사실을 숨기기 위해 찢어냈을 일기를 일부러 현장에 남겨놨다는 거야."

"사이가 씨의 시신이 발견돼서 거인의 소행으로 위장하기를 포기한 거겠죠. 언제라도 우리를 죽일 수 있다고 위협하려는 건지, 더는 거인에게 간섭하지 말라고 경고하는 건지는 모르겠지만요……."

"정말로 '생존자'가 후기와 사이가를 살해했다면, 보통 사람보다 뛰어난 능력을 지녔을 가능성이 커. 붙잡을 수 있다는 보장은 없어."

"하지만 아무것도 안 하면 사이가 씨처럼 살해당할지도 모르잖아요!"

아와네가 비명에 가까운 목소리로 끼어들었다.

범인의 존재를 알면서도 무시한다. 이는 어제 후기가 죽었을 때 히루코 씨가 내게 지시한 바이기도 하다.

이번에 범인은 하루에 한 명씩 그것도 남의 눈을 피해서 범행을 저질렀으니 닥치는 대로 사람을 죽이는 건 아닌 듯하다. 사이가와 마찬가지로 다들 혼자 있는 시간이 많았으니까 마음만 먹으면 좀더 많이 해칠 수도 있었을 것이다.

즉, 범인에게는 후기와 사이가를 노릴 동기가 있었다. 두 사람의 공통점은 흉인저에 산다는 것이다. 단순하게 생각하면 다음 목표물은 아와네일 가능성이 크다. 아와네가 범인을 찾아내야 한다고 주장하는 것도 무리는 아니다.

나도 이대로 수수방관해서는 안 된다는 생각이었다. 살인범을 그냥 내버려둘 수는 없는 노릇이고, 사이가가 살해당한 현장에 남겨진 일기와 중식도에 범인의 절실한 의도가 숨겨져 있는 것 같았기 때문이다.

"사이가 씨의 시신에는 그 밖에도 묘한 점이 있었어요. 여러분의 의견을 듣고 싶은데 같이 가주시겠어요?"

사람들의 시선이 모이는 가운데 창문을 힐끗 보자, 히루코 씨가 책망과 걱정이 담긴 듯한 표정으로 이쪽을 보고 있었다.

지하 · 머리 무덤 - 고리키 미야코 - 사흘째, 오전 8시

앞장선 하무라를 따라 머리 무덤으로 나가자 바닥에 놓인 나루시마와 사이가의 머리가 눈에 들어왔다.

자살한 종업원의 머리도 거인이 잘라내서 옮겼다는 이야기가 떠올랐다. 거인이 어제 두 번째로 부구획에 들어왔을 때 자른 것이리라.

하무라는 모두를 부구획으로 이끌어 비밀 통로 앞까지 갔다.

어제 시신 곁에서 맡았던 향수 냄새가 미닫이문 밖까지 새어 나왔다.

"이건 후기가 뿌렸던 향수로군."

보스가 옷소매로 코를 막았다. 비밀 통로에 들어가자 냄새가 더 강해져서, 모두 인상을 찡그린 채 걸음을 옮겼다.

사이가의 시신은 내가 보았을 때와 똑같은 자세로 통로 끝에 쓰러져 있었다. 다만 머리가 없다. 창문이 있는 벽으로 목 절단면을 향한 채 반대쪽으로 다리를 쭉 뻗은 자세다. 통로에서 보기에 머리를 오른쪽에 두고 쓰러져 있었으므로, 오른팔밖에 없는 거인이 목을 절단할 때도 시신을 움직일 필요가 없었던 듯하다.

가슴에 꽂힌 접이식 칼이 손전등 불빛을 날카롭게 반사하자 나는 심장이 꽉 쪼그라들었다.

"고리키, 저게 네 칼이야?"

"네. 설마 이런 식으로 발견될 줄이야."

수상한 설명이라는 건 나도 잘 안다. 하지만 아무도 의문을 제기하지 않아서 오히려 불안했다. 속으로는 나를 의심하는 것 아닐까. 주변에 있는 사람들의 얼굴을 볼 수가 없어서, 저주에라도 걸린 것처럼 사이가의 시신을 응시하는 게 고작이었다.

"아아, 이것 때문에 냄새가 난 거로군."

보스가 시신의 바지 호주머니를 뒤지자 깨진 향수병이 나왔다. 칼에 찔려 쓰러졌을 때 깨진 것이리라. 내가 발견했을 때는 냄새가 그리 심하지 않았지만, 시간이 흐르면서 통로에 퍼진 냄새가 미닫이문 바깥까지 새어 나간 것이다. 척 보기에도 고급스러운 느낌의 향수병이므로 사이가가 훔쳤는지도 모르겠다.

다시금 자세히 관찰하니, 시체에는 칼이 꽂힌 가슴 말고 배에도 찔린 자국이 있었다. 총 두 번 찔린 모양이다. 거기서 흘러나온 피로 옷이 검붉게 물들었다.

목 절단면 아래에 웅덩이처럼 고인 피는 이미 검게 굳었다. 그 부분에는 흙이라기보다 물이 잘 안 빠질 것 같은 점토질이라고 해야 할 토양이 드러나 있었다.

"이걸 보세요."

하무라가 시체 옆에 떨어져 있는 중식도를 손전등으로 비추었다.

"여기 칼자루 부분에 아까 보여드렸던 종이가 묶여 있었어요."

보스가 시신을 밟지 않도록 조심하며 칼자루와 칼날이 구분되는 부분을 잡고 중식도를 들어 올렸다.

"칼날 양쪽에 피가 묻었군."

그 말이 무슨 뜻인지 알아차렸는지 모두의 얼굴에 당혹스러운 기색이 번졌다.

"거인이 이 중식도로 목을 절단한 건가."

"자기 도끼는 놔두고?"

보스와 아울이 미심쩍다는 듯 말했다.

내가 시체를 발견한 게 오후 6시경.

나루시마가 후기의 방에서 들고 나온 중식도를 주구획 복도에 떨어뜨린 게 오후 9시 30분경.

거인이 주구획에 들어온 건 그로부터 약 한 시간 반 후인 오후 11시경.

그리고 하무라는 오전 5시경에 거인이 이 통로로 들어왔다고 했다.

하무라가 시체를 확인한 게 오전 7시.

시간 순서상으로는 모순이 없지만…….

보스가 손전등으로 땅바닥을 비추며 검게 변색된 피 한 복판을 손가락으로 슥 문질러서 모두에게 보여주었다.

"이미 손가락에 묻어나지 않을 만큼 굳었어."

손가락에 피가 전혀 묻지 않았다.

"혈액은 공기에 노출되면 응고되기 시작해. 이렇게 고인 피는 가장자리가 굳더라도 한복판은 오랫동안 끈적거리는 법이고. 하지만 이 피는 그렇지 않지. 내 경험상 이 정도로 완벽하게 굳으려면 아홉 시간 가까이 걸릴 거야."

"아홉 시간……. 어젯밤 11시 이전인가."

아울이 역산했다.

보스가 고개를 들어 벽과 천장을 훑어보았다.

"……새거군."

그리고 벽을 가볍게 두드리며 중얼거렸다. 확실히 비밀 통로 양쪽 콘크리트 벽은 지하의 다른 곳에 비해 덜 지저분하다.

누워 있는 시체가 올려다보는 위치에 철 격자가 끼워진 작은 창문이 있다.

손전등으로 창밖을 비춰 본 아울이 알겠다는 듯 말했다.

"건너편은 주구획의 미닫이문이 있는 방 같은데."

"아아, 짤막한 복도를 지나 창문이 있는 방 말씀이시군요."

거기라면 나도 봤다. 일부러 미닫이문을 새로 달아놓은 듯한 신기한 방이었다. 창문에 끼워진 철 격자의 간격은 팔이 들어갈 정도밖에 안 됐다.

"기온이 낮고 바닥도 물이 잘 안 빠질 것 같아. 피가 마르

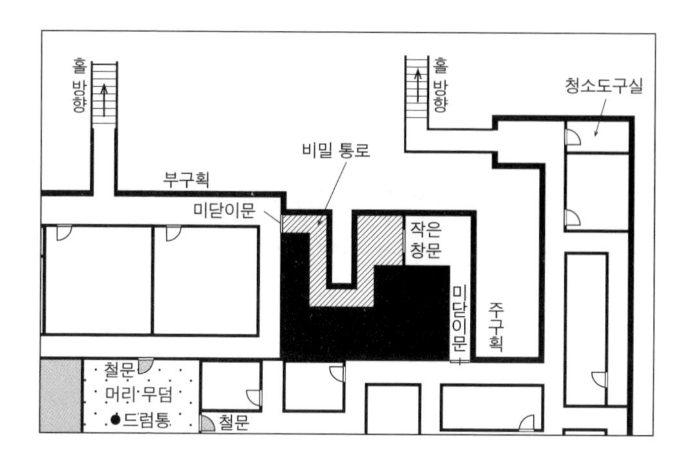

기 쉬운 조건은 아니지. 하무라, 거인이 몇 시에 여기로 들어왔다고 했지?"

"아침 5시쯤요."

"약 세 시간 전인가. 그때 목을 절단했다면 계산이 안 맞아. 그럼 어젯밤 9시 30분경, 아울이 습격당하기 전에 시체의 목이 절단됐을 가능성은?"

아울과 하무라가 제각각 부정했다.

"우리는 복도에 있는 거인의 발소리를 파악했어. 바로 내 쪽으로 왔지. 여기에는 접근하지 않았어."

"아침 5시에 들어왔을 때는 거인이 형광등 조각을 밟으면서 반시계 방향으로 나아가는 소리가 확실히 들렸고요."

이야기를 못 따라오겠는지 뒤에 있던 아와네가 머뭇머뭇 물었다.

"아까부터 무슨 이야기를 하시는 거예요?"

"사이가의 목을 자른 건 거인이 아니라는 말이야. 분명 '생존자'가 밤중에 사이가의 시신에서 머리를 잘라내서 머리 무덤으로 옮겼겠지."

거인의 흉악한 행동에서 느껴지는 공포와는 또 다른, 정체 모를 공포가 밀려와서 우리는 얼굴을 마주 보았다.

하지만 이 수수께끼에 제일 겁을 먹은 건 나였다.

또 시신의 목이 절단됐다.

정체불명의 누군가는 내가 죽인 후기의 시체에서 머리를 가져갔을 뿐만 아니라, 이번에는 내 칼을 사용해 사이가를 죽이고 사람들 몰래 목을 절단해 머리 무덤으로 옮겼다.

영문을 모르겠다. 왜 이런 짓을 하는 걸까.

현장을 한차례 둘러본 후, 보스가 거인이 부순 방도 보고 싶다길래 모두 함께 아울이 숨어 있었던 비밀방으로 이동했다.

무전기로 어젯밤의 상황은 들었지만, 손전등 불빛에 비친 벽은 상상 이상으로 상태가 심각했다. 두께가 30센티미터는 되는 콘크리트 벽에 어른이 여유롭게 드나들 만한 크기의 구멍이 뚫려서 안쪽이 훤히 다 보였다. 실내에 널린, 들어 올릴 수도 없을 만큼 커다란 콘크리트 잔해가 거인의 엄청난 괴력을 대변했다.

그때 부서진 벽을 관찰하던 하무라가 갑자기 펄쩍 물러나다 뒤에 있던 우라이와 부딪쳤다.

"왜 그러십니까."

우리는 하무라가 딱딱하게 굳은 얼굴로 가리킨 곳에 손전등을 비추었다.

부서진 벽 속에서 팔뼈 같은 것이 튀어나와 있었다.

나는 엉겁결에 비명을 지르며 옆에 있던 보스의 팔에 매달렸다.

자세히 보니 옆에는 갈비뼈 같은 것도 흩어져 있었다.

벽 속에 백골 시체가 묻혀 있던 것이다.

백골 시체는 알몸 상태로 묻힌 것 같았다. 어깨와 가슴 언저리의 뼈까지 드러났지만, 그 위에 있어야 할 두개골은 보이지 않았다. 지금까지 흉인저에서 거인에게 제물로 바쳐진 직원들이 머리 말고는 발견되지 않았다는 사실을 고려하면, 백골 시체의 정체는 명백했다.

벽 속에 시체를 묻은 사람은 물론 저택의 유지 보수를 책임진 사이가일 것이다.

"그래서 사이가 씨는 우리가 부구획을 서성거리는 걸 싫어하는 눈치였던 건가."

하무라가 한기를 떨치려는 듯 팔을 문지르며 말했다.

"아와네 씨는 이 일을 몰랐어요?"

내가 묻자 아와네는 원망 어린 시선을 던지며 대꾸했다.

"당연히 몰랐죠! 전부 사이가 씨가 한 짓이라고요. 사람을 뭐로 보고……."

"다른 시체도 전부 여기 있으려나? 보아하니 이 벽은 그렇게 새것 같지 않은데."

"……쯧."

보스가 콘크리트 벽이 얼마나 더러운지 확인하며 중얼거리자, 뒤에서 상황을 지켜보던 아울이 혀를 찼다.

"소름 끼치는 생각이 떠올랐어. 아까 비밀 통로의 벽, 부자연스럽게 깨끗해 보이지 않았나? 마치 아주 최근에 만든 것처럼."

아울이 무슨 소리를 하려는 건지 깨닫고 우리는 숨을 삼켰다.

"처음 한동안은 이렇게 보수할 벽 속에 묻는 방식으로 시신을 처분했겠지. 하지만 직원이 호출되는 빈도가 늘어나자 시신을 묻을 전용 공간이 필요해진 것 아닐까? 그게 바로 아까 봤던 비밀 통로고. 아니, 원래는 통로가 아니라 더 넓은 공간이었을지도 모르지. 시체를 자꾸자꾸 콘크리트 속에 묻다 보니 그렇게 좁게……."

나는 그저 어안이 벙벙할 따름이었다.

사이가 씨의 시신을 발견하고 충격을 받았을 때, 나는 어마어마하게 많은 시신에 둘러싸여 있던 셈이다.

1층 · 후기의 방 – 하무라 유즈루

부구획에서 후기의 방으로 돌아온 우리는 사이가를 살해하고 목을 자른 범인의 정체를 찾아내는 건 뒤로 미뤄놓고, 우선은 탈출할 방법부터 모색하기로 했다.

결국 선택지는 두 가지뿐이다.

1층 복도 창문으로 외부에 도움을 요청하거나, 우리 힘으로 도개교를 내리거나.

어느 쪽을 선택해도 이용객이나 직원에게 들켜서 소동이 벌어지는 사태는 피할 수 없다. 또한 탈출하고 나서도 문제라는 걸 잊어서는 안 된다.

밖에서 문이나 벽을 부수든 우리가 정면 출입구의 도개교를 내리든, 탈출구를 금방 막을 수는 없다. 그리고 해가 지면 거인이 세상에 풀려난다.

"우리는 경비원이나 경찰에게 신병을 구속당하겠지. 그런 와중에 여기서 벌어진 참극을 설명하고, 거인의 위험성을 이해시켜서 다시 저택을 봉쇄해야 해."

"안 될 겁니다. 불법 침입자인 우리의 말을 누가 믿겠습니까." 우라이가 비통한 목소리로 반대했다. "경찰은 저택 주인인 후기의 모습이 보이지 않는 걸 제일 먼저 수상쩍게 여길 겁니다. 후기가 죽었다는 걸 알면 수사관이 더 많이 몰려올 테고요. 봉쇄는 꿈도 못 꾸겠죠."

"……그럼 시체를 감추면 어떨까요?"

고리키가 목소리를 낮추어 제안했다. 우라이는 이번에도 반론했다.

"소용없습니다. 시체를 감춰도 이 저택의 괴이함은 감출 수 없으니까요. 그건 우리가 제일 잘 알지 않습니까."

철 격자로 막힌 창문, 이상한 구조로 봉쇄된 계단, 악취로 가득한 지하 공간. 일단 경찰이 진입하면, 위험하다고 우리가 아무리 설명해도 저택 전체를 샅샅이 조사하기 전에는 손을 떼지 않으리라.

그리고 제일 먼저 거인과 마주치는 몇 명은 분명 죽는다.

드디어 위험하다는 사실을 깨닫고 지원을 요청해도 권총과 방패로 무장해 포위하는 정도로는 어림도 없다. 영업시간이 끝나지 않았다면 이용객들도 피해를 볼지 모른다.

드림 시티는 호러 영화 저리 가라 할 만큼 무시무시한 거인의 사냥터로 변하리라.

보스가 탄식했다.

"더이상 사람이 죽는 건 피하고 싶은데."

"어떻게 될지는 하늘에 맡기고, 밖에 나가서 필사적으로 호소하는 수밖에 없어. 어차피 할 거면 빨리하는 게 낫겠지."

아울의 말대로 시간만 있으면 손님을 대피시키는 정도는 가능할지도 모른다.

"하다못해 미리 경찰에게 경고할 수 있다면……."

내가 중얼거리자 혼자 따로 떨어져서 몸을 웅크리고 있던 아와네가 고개를 들었다.

"아참! 어쩌면 연락할 수단이 있을지도 몰라요!"

다들 놀랐다기보다는 이제 와서 무슨 소리를 하느냐는 듯 의아한 표정으로 아와네를 보았다.

"사이가 씨는 사장님의 분부로 '그 아이'에게 살해당한 직원들의 뒤처리를 맡았어요. 사장님은 꼬리가 잡히면 안 된다며 직원들의 소지품도 전부 처분하라고 명령하셨지만, 값어치가 있어 보이는 물건은 사이가 씨가 보관해두었을 거예요. 어쩌면 그중에……."

"어디 보관해놨는데?"

"분명 자기 방에 숨겨놨겠죠."

현재 사이가의 방에는 마리아가 틀어박혀 있다.

놀랍게도 어젯밤에 거인의 습격을 받았다는 방의 문은 아무 손상도 없어 보였다. 만듦새가 간소해서 그런지 거인이 공격하자 문이 부서지지 않고 벽에 박아둔 자물쇠 걸고리 부분이 날아간 모양이다. 하지만 마리아가 가구로 막아놨는지 문은 열리지 않았다.

마리아를 설득하느라 아주 고생했다.

안 그래도 사이가가 죽은 걸 계기로 동료를 의심하는 마음이 부풀었는데, 나루시마의 죽음과 '생존자'의 존재를 알렸으니 의심이 더 커졌을 테지.

"부탁드릴게요. 외부와 연락을 취하면 일반인에게 피해를 주지 않고 탈출할 수 있을지도 몰라요. 더는 시간을 낭비할 수 없어요. 서둘러야 해요."

나까지 그렇게 사정사정하자 결국 마리아는 문을 막은 장애물을 치워주었다.

"허튼짓을 했다가는, 알지?"

마리아는 한 손에 권총을 든 채 우리를 맞아들인 후, 방 구석으로 가서 벽을 등지고 섰다.

보스가 크게 부서진 침대를 보고 물었다.

"다쳤다고 들었는데 괜찮나?"

"별것 아니야. 빨리 볼일 마치고 나가."

마리아는 쌀쌀맞게 대답했다. 하지만 몸을 웅크린 자세와 꽉 억누른 듯한 목소리로 추측건대 갈비뼈를 다친 듯했다.

"분담해서 찾아. 비밀방을 만든 녀석이니까 거기처럼 은밀한 공간에 숨겨놨을지도 몰라."

잠시 후 부러진 다리를 보호하며 바닥판을 조사하던 아울이 소리쳤다.

"여기, 바닥판을 치울 수 있어."

고정되지 않은 그 바닥판을 들어 올리자 아래쪽 공간에 나무 상자가 보관돼 있었다. 그리고 나무 상자에는 직원들의 소지품인 듯한 물건이 여럿 들어 있었다.

사이가는 시계, 반지, 가방, 지갑 등 물건을 종류별로 나누어서 나무 상자에 넣어놓았다. 지갑 속 현금은 빼냈지만 카드류는 남겨두었다. 그리고 아와네가 찾아다녔던 알렉산드라이트가 박힌 검은 고양이 장식품도 발견됐다.

"직원이 이렇게 많이 죽었나."

아울이 상자에 든 신분증과 면허증을 꺼내며 탄식했다.

나무 상자 하나에 통신기기들이 담겨 있었다.

위쪽에는 최신형 스마트폰, 아래쪽을 뒤지자 십 년쯤 전에 주로 사용됐던 폴더폰도 나왔다.

보스가 몇 개 꺼내서 확인했지만 당연히 전원은 켜지지 않았다. 하지만 상자 바닥에서 충전용 케이블도 두 개 나왔다. 구식 휴대전화용 케이블과 대기업의 스마트폰용 케이블이다.

"단자가 일치하는 건 전부 충전해보자. 전원이 켜져도 잠금이 걸려 있을 가능성이 높겠지만."

가령 잠금을 해제하더라도, 이미 통신 계약이 해지됐으면 사용할 수 없다. 사망한 지 몇 달, 어쩌면 몇 년이다. 직원들의 계좌에서 아직 사용료가 이체되고 있을 가능성은 얼마나 될까.

나는 손목시계를 확인했다.

오전 10시. 개장 시간이다. 일분일초가 지나갈 때마다 희생자가 나올 가능성은 커진다.

“이거 먼저 충전시켜줄래?”

고리키가 내민 스마트폰에는 천칭 모양의 고무 스트랩이 달려 있었다.

“그거 혹시…….”

나는 멍한 기분으로 고리키에게 빌린 디지털카메라를 꺼냈다. 이것과 비슷한 스트랩이 카메라에도 달려 있다.

그때 카드류를 확인하던 아울이 손을 멈추고 고개를 들었다.

그가 내민 면허증은 한 남자의 것이었다.

고리키 사토시

모두의 시선이 고리키에게 집중됐다.

고리키는 체념한 듯 어깨를 움츠렸다.

“오빠 사토시는 이곳 직원이었어요. 난 실종된 오빠를 찾으러 온 거고요. 하지만 이런 건 찾지 못하는 편이 차라리 좋았을 텐데요.”

그 스마트폰을 사용할 수 있는지 후기의 방으로 돌아가

서 시험해보기로 했다. 마리아도 궁금했는지, 경계는 풀지 않았지만 우리를 따라왔다.

한동안 사용하지 않은 탓인지 고리키 사토시의 스마트폰은 삼십 분쯤 충전하고 나서야 켜졌다. 예상대로 잠겨 있었지만 고리키가 비밀번호를 입력하자 바로 잠금이 해제됐다.

"회선은 살아 있나요?"

"응."

일단은 한 걸음 나아갔다.

"그런데 경찰에 신고한다고 우리 설명을 믿어줄 것 같지는 않습니다만."

우라이 말대로다. 이쪽의 어렵고 힘든 상황을 이해해줄 상대에게 연락해야 한다.

"당신 회사는 어때. 나루시마의 관계자라면 어떻게든 해주지 않을까." 아울이 물었다.

"이번 일은 사장님이 독단으로 조사해서 진행하셨습니다. 마다라메 기관에 출자한 것도 선선대 회장님 시절 이야기라 사정을 아는 사람은 이제 없고요. 지금 회장님께 연락이 닿더라도 경찰에 신고하는 건 변함없지 않을까 싶습니다."

"그렇다면 차라리 폭탄을 설치했다고 가짜로 협박하면 어떨까?"

아울의 입에서 과격한 제안이 튀어나왔다.

"그러면 테마파크 이용객들은 대피시킬 테고, 특별한 경찰…… 기동대였나? 그쪽에서도 출동하지 않을까?"

"그러게요, 좋은 생각인데요?"

뜻밖에도 사람들의 반응은 나쁘지 않았다. 이용객의 안전이 보장되고 장비를 갖춘 부대가 출동한다는 점에서는 지금까지 나왔던 어떤 의견보다도 뛰어나다.

그렇다고 걱정거리가 없는 건 아니었다. 보스가 미간에 주름을 잡고 말했다.

"문제는 우리가 나간 후에 저택을 봉쇄해주느냐야. 폭탄을 설치했다는 협박을 받고 출동한 이상, 저택을 철저히 조사하겠지. 자칫 별관에 손을 대면 희생자가 나올 거야."

그 이야기를 듣다가 나는 한 가지 방법을 떠올렸다.

"혹시 히루코 씨라면 어떻게 할 수 있을지도 몰라요."

"그 사람 연락처라면 외우고 있어. 옛날부터 도움을 많이 받았으니까."

히루코 씨는 그렇게 말하고 쇠창살 틈새로 받은 비닐봉

지에서 고리키 사토시의 스마트폰을 꺼냈다.

그 사람이란 예전에도 마다라메 기관에 관해 조사해준 탐정 가이도다. 대기업의 중요 인물이나 각료, 관료를 고객 삼아 일하는 특수한 탐정으로, 겐자키 집안과도 인연이 있다고 들었다.

"저도 상상이 안 될 만큼 험난한 수라장을 헤치고 다니는 사람이니까 경찰 상층부나 공안에도 연줄이 있을 거예요. 그 사람이라면 사태를 잘 수습할 방법을 찾아줄지도 모르겠네요."

말이 끝나기가 무섭게 철 격자 너머에서 스마트폰 화면을 터치하는 히루코 씨를 보고, 별당까지 따라온 마리아가 어이없어했다.

"저러다 나중에는 세계도 구하겠다."

저 의연한 태도를 보고 실은 살아남기 위해 애쓰는 거라고 알아차릴 사람이 누가 있겠는가. 함께 행동하는 나조차 히루코 씨에게는 특별한 역할을 기대할 정도니까.

히루코 씨는 가이도 씨에게 현재 상황을 대강 설명하고 전화를 끊었다. 그후로 몇 번 가이도 씨에게 연락이 왔다.

가이도 씨는 우리의 위기를 정확하게 파악하고 즉시 연줄이 닿는 관계 각처에 연락을 취하는 것 같았지만, 일이 일사천리로 진행되지는 않는 모양이다. 답변을 기다리는 동안 스마트폰을 거듭 충전해야 했다.

두 시간 가까운 협의 끝에, 겨우 희망의 끈이 이어졌다.

"현경에 기동대 출동을 요청했대요. 다만 공안과도 관련된 안건이라 조정에 시간이 걸릴 것 같네요. 마다라메 기관 하면 사베아 호수에서 벌어진 참극이 먼저 떠오르니까, 공안도 일을 신중하게 진행하고 싶은 거겠죠. 그리고 나루시마 그룹에 연락하거나 가짜 뉴스를 만들어서 매스컴의 눈을 속이는 등 할 일이 많은가 봐요."

각오는 했지만 일이 아주 커졌다.

내 본가에도 연락이 갈까. 그런 하잘것없는 생각이 머리를 스쳤다.

"조정이 언제 끝날지는 아직 모른대요. 만약을 위해 오늘 밤 후기의 방에서 지낼 생각도 해두라는군요."

불만스러운지 아울이 입을 삐죽거렸다.

"밤이 되면 거인이 돌아다녀. 그래도 구출하러 올 수 있다는 건가?"

"그 점은 믿는 수밖에 없겠죠."

탈출할 전망이 보이자 사람들 사이에도 안도감이 감돌았다.

하지만…….

"볼일 다 끝났지? 난 사이가의 방으로 돌아갈게."

마리아는 그렇게 말하고 별당에서 나갔다.

마리아를 시작으로 한 명, 또 한 명 떠나고 나와 고리키만 별당에 남았다.

걱정 하나가 정리되자, 남은 수수께끼 하나가 다시 마음을 무겁게 짓눌렀다. 즉, '생존자'인 범인은 누구냐는 수수께끼가.

살인범의 목적은 뭘까. 또 행동에 나설 작정일까.

"하무라, 내 이야기 좀 들어줄래?"

고리키가 뭔가 결심한 듯 말을 꺼냈다.

이야기를 듣고 나는 그야말로 경악했다. 첫날밤에 후기를 죽인 게 고리키였을 줄이야.

동기는 고리키의 오빠 고리키 사토시였다.

"실종된 오빠를 찾기 위한 실마리를 얻으려고 이 테마파크에 관해 취재한 지 얼마 지나지 않아 불법 고용이 자행됐다는 의혹을 품게 됐지. 여기 온 날 밤에 우연히 후기를 만나서 오빠를 어떻게 했느냐고 추궁했어."

하지만 후기는 자신의 연구를 자랑할 뿐이었다. 분노에 휩싸인 고리키는 강제로 정보를 끌어내려다가 후기를 죽이고 말았다.

"그래서 거인의 소행으로 위장하기 위해 목을 자른 건가요?"

"겐자키 씨. 내가 후기를 죽인 것까지는 당신이 추리한 대로지만, 목을 자른 건 내가 아니에요."

추리? 무슨 소리지? 히루코 씨는 내가 당황한 걸 눈치채고 미안한 듯 고리키와 거래하기에 이른 경위를 설명해주었다. 고리키의 범행을 눈감아주는 대신, 나를 지키라고 부탁한 것도.

히루코 씨가 진상에 매달리는 마음을 잃지 않아서 기쁘기는 했지만, 안타까운 마음이 더 컸다. 또 나도 모르게 보호받고 있었다. 그것도 히루코 씨가 남을 굴복시키는 식으로. 하지만 지금은 속상해할 때가 아니다.

"고리키 씨가 목을 자르지 않았다니, 그럼 어떻게 된 건데요?"

내 질문에 고리키는 순서대로 설명했다.

"난 기면증이라는 병을 앓고 있어. 간단히 말해 별안간 잠이 쏟아지는 병이라고 보면 돼. 후기를 죽인 직후에 발작이 일어나서 잠들었지만, 아침에 일어났을 때도 금속 문의 빗장은 채워져 있었어. 거인이 자외선을 싫어한다는 건 후기한테 들었거든. 그래서 후기의 시체를 놔두고 방에서 나왔지. 물론 후기의 일기를 찢어낸 것도 내가 아니야."

저택 구조를 모르는 고리키가 유일하게 아는 곳은 통용문에서 홀로 이어지는 통로뿐이었다. 고리키는 통용문 바로 옆에 몸을 숨기고 다른 사람이 움직이기를 기다렸다고 한다.

"그래서 시체의 머리가 없어진 걸 봤을 때 얼마나 놀랐는지 몰라."

"그 이야기를 믿는다면 고리키 씨가 후기의 방에서 나간 후, 후기의 시체가 발견되기까지 얼마 안 되는 시간 동안 범인이 시신의 목을 절단하고 일기를 찢어낸 셈이군요. 후기가 태운 자료와 함께 처분하지 않고 그 페이지를 가지고 있었던 것도, 이미 난로가 꺼져서 가지고 가는 편이 덜 번거로웠기 때문이고요. 그렇게 보면 앞뒤가 맞긴 해요."

히루코 씨 말대로라면 사이가의 목을 절단하고 찢어낸 일기 한 페이지를 시신 옆에 남긴 범인은, 후기의 목을 절단한 자와 동일 인물이라고 보는 게 자연스럽다.

그리고 고리키가 발견했다는 스탠드형 괘종시계 속의 핏자국에 관해서도 이야기를 들었다. 범인은 후기의 머리를 일단 괘종시계 속에 숨겨놓고, 그후에 모두가 분담해서 없는 사람들을 찾으러 다녔을 때 머리 무덤으로 옮겼을 것이라고 고리키는 주장했다. 아울, 마리아, 아와네가 지하를 수색하고 있었으니 철문 소리가 나도 신경 쓸 것 없다. 그리고 손전등 불빛으로 사람들의 움직임도 파악할 수 있다.

히루코 씨가 고리키의 이야기를 믿는지 안 믿는지, 표정만 봐서는 알 수 없었다. 어쩌면 고리키는 여전히 뭔가 숨기고 있을 가능성도 있다.

하지만 적어도 오늘 아침에 드러난, 사이가의 목이 절단된 일에는 고리키가 관여할 수 없다. 고리키는 밤새 아와네, 우라이와 함께 후기의 방에 있었으니까.

"왜 이제 와서 저랑 히루코 씨한테 털어놓으신 거죠?"

"후기를 죽인 건 겐자키 씨에게 들통났지만, 사이가를 죽였다는 저지르지도 않은 죄까지 짊어지기는 싫으니까. 범인이 일부러 내 칼을 흉기로 사용한 건, 내게 죄를 뒤집어씌우기 위해서일 거야. 범인을 알아내려면 두 사람에게 협력하는 편이 낫겠지."

"그럼으로써 우리에게 위험이 미칠 줄 알면서도요?"

히루코 씨의 신랄한 말에 고리키는 약간 기죽은 모습을 보이면서도 항변했다.

"더이상 수세에 몰릴 수는 없어요. 나도 나름대로 최선을 다할 수밖에 없다고요."

그리고 등을 돌려 별당에서 나갔다.

"저지르지도 않은 죄라."

히루코 씨가 불쑥 중얼거렸다.

"방금 이야기, 진짜일까요?"

"적어도 고리키 씨가 후기를 죽였다는 건 진짜야."

히루코 씨는 고리키의 범행임을 밝혀내기에 이른 추리를 내게 들려주었다.

새삼스럽지만 히루코 씨의 명석한 두뇌에는 혀를 내두를 수밖에 없다.

하지만 내 칭찬에도 히루코 씨는 아무 반응 없이 다른 화제를 꺼냈다.

"저기, 하무라. 다음번 미스터리 애호회 활동에서는 안락의자 탐정을 주제로 삼을 예정이었잖아."

이번 일에 개입하기 전에 그 과제 도서를 구입하려고 했었다.

"이번에 비슷한 처지가 돼보고 알았어. 이건 편해. 너랑 다른 사람들이 내가 있는 곳으로 필요한 정보만 가져오니까. 나는 그 정보를 짜 맞추기만 하면 돼."

말이야 쉽지. 히루코 씨와 거의 같은 정보를 가지고 있었는데도 나는 같은 해답에 다다르지 못했지 않은가.

"그러니까 명탐정인 거죠. 한정된 정보로 진실을 해명하잖아요."

"틀렸어. 대단한 건 의자에 앉은 탐정이 아니야. 탐정에게 필요한 정보만 가져오는 정보 제공자지. 그들은 필요불가결한 정보만 골라내서 탐정에게 제공해. 그걸 무의식중에 해내는 사람들이야말로 특수능력자야. 처리하는 정보량이 탐정과는 비교도 안 된다고."

"정보량이요?"

"넌 나와 똑같이 추리하지 못했다고 아쉬워하지만, 그건 나보다 훨씬 많은 걸 보고 많은 사람과 이야기했기 때문이야. 당연히 정보를 조합하는 경우의 수가 방대해지고, 검증에도 많은 노력이 필요하게 되지. 반면 나는 어때? 네가 무의식중에 선별한 정보와 나 자신이 얻은 얼마 안 되는 실마리를 바탕으로 추리하면 그만이야."

요컨대 이런 뜻인가.

나는 현장에 직접 가지 않고 한정된 정보만으로 추리를 해내는 것이 안락의자 탐정의 뛰어난 점이라고 생각했다. 하지만 히루코 씨 말로는 현장에 가지 않고도 추리를 구축

할 수 있도록 필요한 정보를 선별하는 정보 제공자가 더 뛰어나다고 한다.

소설에서라면 그건 물론 가독성을 높이기 위한 작가의 배려다. 사건 해결과 관계없는 정보까지 전부 열거하면, 독자는 고통스럽기 짝이 없을 것이다. 정보를 선별하는 건 소설의 창조주인 작가지 정보 제공자가 아니다.

현재 히루코 씨가 할 수 있는 일은 주어진 단서를 바탕으로 추리를 구축하는 것뿐이다. 히루코 씨가 고리키를 불러서 협박한 건, 추리를 검증하기 위한 작업이기도 했다.

"하지만 후기를 죽였다고 인정한 고리키 씨가 이제 와서 거짓말을 할 것 같지는 않아."

"어째서요?"

히루코 씨는 손안에 있는 스마트폰을 들어 올렸다.

"나는 지금까지 고리키 씨가 후기를 죽인 후, 거인의 소행으로 위장하기 위해 목을 잘랐다고 생각했어. 하지만 사이가 씨를 죽인 것도 고리키 씨 짓이라면, 사이가 씨의 시신을 해가 지기 전에 직접 발견해서 알려준 셈이야. 그건 이상해."

해가 지기 전에 시신이 발견되면 거인 외에 살인자가 있다는 사실이 명백해진다. 후기를 죽이고 거인의 소행으로 위장한 것과는 모순되는 짓이다. 또한 칼이 흉기로 사용됐음을 알린 것도 거인은 범인이 아니라고 주장하는 셈이나 마찬가지다.

두 건의 '살해'와 두 건의 '목 절단'.

이 중 후기 '살해'만 고리키의 짓이라면, 나머지는 누가 뭐 때문에 그런 걸까. 앞으로도 누군가가 또 살해당할까.

"히루코 씨, 여전히 이런 상황에서 범인을 찾는 건 무의미한 짓이라고 생각하세요?"

이미 탈출할 준비를 하고 있으니, 잘만 하면 앞으로 몇 시간 안에 우리는 경찰의 보호를 받는다. 살인범을 밝혀내는 건 그후에 경찰에 맡겨도 될 일이다.

아무 말 없이 잠깐 생각한 끝에 히루코 씨는 입을 열었다.

"적극적으로는 찬성할 수 없어."

나도 모르게 낙담할 뻔했지만 히루코 씨의 말은 아직 끝나지 않았다.

"하지만 어제 네게 말했던 이유와는 반대야."

반대? 내 몸을 지키기 위해서가 아니란 말인가.

"중요한 건 역시 목을 절단한 이유야. 범인은 왜 후기와 사이가 씨, 두 번이나 시체의 목을 잘랐을까."

목을 자르는 이유는 미스터리 소설에도 몇 가지 등장한다. 나는 예를 들었다.

“유명한 건 시체의 신원을 감추기 위해서죠. 다른 인물과 옷을 바꿔 입혀서 살해 순서를 오인시킬 수도 있고요. 머리 없는 시체가 나오면 제일 먼저 의심해야 할 트릭이에요. 다음으로 운반하기 간편하다는 것도 머리를 잘라내는 이유 중 하나겠죠. 인체가 소실된 것처럼 보였지만, 사실 머리 말고는 종이로 만든 인체 소품이었다는 트릭도 거기서 힌트를 얻은 거잖아요.”

“일단 시체 바꿔치기는 아니야. 두 번 다 목이 절단되기 전에 고리키 씨가 얼굴을 확인했으니까. 다른 트릭이 사용됐을 가능성은 부정할 수 없겠지만, 내가 주목한 점은 목 절단이 모두에게 어떤 심리적 작용을 유발했느냐야.”

트릭을 사용하는 건 보통, 불가능한 상황을 만들어서 수사를 방해하기 위해서다.

“죽은 후기와 사이가 씨의 목이 절단되자 우리는 어떻게 반응했지? 생각해보면 사실 양쪽 다 똑같은 효과가 있었다는 걸 알 수 있어.”

“똑같은 효과요?”

히루코 씨가 머리카락을 손가락에 감았다.

"고리키 씨가 의심 어린 시선에서 벗어났어. 죽은 후기의 머리가 없어진 걸 보고 사람들은 거인이 후기를 죽이고 머리를 잘라 갔다고 믿었지. 사이가 씨의 시체에는 고리키 씨의 접이식 칼이 꽂혀 있었으니 원래는 고리키 씨가 가장 유력한 용의자였을 거야. 하지만 다음 날 아침, 현장에서 머리가 사라지고 시체 옆에 중식도가 떨어져 있어서 고리키 씨는 용의자에서 제외됐어."

"고리키 씨가 다른 사람과 협력했을 가능성은 있을 텐데요."

"그게 묘해. 공범이 있다면 좀더 그럴싸한 방법으로 의혹을 풀어줄 수 있었을 거야. 애당초 고리키 씨의 칼로 사이가 씨를 죽이지 않으면 됐을 텐데. 어쩐지 모순된 짓을 하고 있어."

"범인이 고리키 씨의 물건인 줄 모르고 썼다든가…….
아, 칼에는 고리키 씨 이름이 새겨져 있지, 참."

접이식 칼 같은 걸 주우면 보통은 누구 물건인지 궁금해서 살펴보지 않을까. 게다가 이름은 로마자로 새겨져 있었다. 가령 한자에 약한 사람이 있더라도 잘못 읽지는 않을 것이다.

"범인은 거인이 돌아다니는 밤중에 위험을 무릅쓰면서까

지 사이가 씨의 목을 잘라, 범인으로 몰릴 위기에 처한 고리키 씨를 도왔어. 시간과 노력을 들여서 그런 일을 하는 사람이 우리에게 위해를 가할까?"

내 생각도 그렇다. 사이가의 시신이 발견된 시점에, 거인 이외의 살인자가 있다는 사실을 우리 모두 인식했다. 그런데도 고리키를 위해서 움직였다.

애당초 '생존자'도 이제는 거인에게 손쓸 방법이 없을 것이다. 제정신으로 되돌릴 수는 있을 것 같지는 않고, 데리고 도망칠 수도 없으리라.

내 생각을 알아차렸는지 히루코 씨는 고개를 끄덕이고 말했다.

"조금 전 의문으로 돌아가자. 우리는 범인을 밝혀내야 할까? 뭣 때문에?"

탐정과 살인범이 적대 관계인 건 미스터리 소설에서는 의문의 여지 없이 당연한 설정이다. 하지만 우리는 범인을 붙잡기 위해 여기 온 게 아니다.

"우리와 범인의 이해관계는 더이상 대립하지 않을 가능성이 있어. 그렇다면 이제 아무도 해코지를 당할 걱정 없이 구조만 기다리면 되겠지. 그런 상황에서 우리가 범인을 밝혀내려 했다가는 공연히 모두를 위험에 빠뜨리는 결과가 나올지도 몰라.”

어제 히루코 씨가 내게 수수께끼를 풀지 말라고 한 건, 범인이 나를 노리게 될까 봐 걱정됐기 때문이다. 하지만 지금은 어떤가?

범인은 탐정의 적인가.

히루코 씨는 이렇게도 덧붙였다.

“물론 현재 범인이 중도적인 입장이라는 보증은 없어. 범인이 흉인저에 온 목적조차 모르니까 말이야. 그런 의미에서는 범인을 찾아내는 것밖에 위험을 예측할 수단이 없겠지.”

후기는 죽었고, 아무도 거인을 저지할 수 없다. 그런 진퇴양난의 상황에서 범인은 왜 사이가를 죽였을까. 그 진의를 모르니까 앞으로 범인이 어떤 행동에 나설지도 예상이 안 된다. 이러한 불확실성을 타파하려고 하면 결국 범인 찾기가 대안으로 떠오른다.

다가올지도 모르는 위험을 회피하기 위한 부득이한 수수께끼 풀이.

현재로서는 그것이 최선책이라고 히루코 씨도 생각하는 듯하다.

“일단 가이도 씨한테 고리키 씨의 정보도 모아달라고 부탁했어."

"고리키 씨가 아직도 뭔가 숨기고 있다고 생각하세요?"

"이 스마트폰의 주인인 고리키 사토시를 찾으러 왔다는 건 진짜일 거야."

히루코 씨는 거기서 말을 끊고 안색을 살피듯 나를 쳐다보았다.

"……날 경멸할지도 모르지만, 이 스마트폰에 저장된 사진을 봤어."

그런가. 히루코 씨는 자담장에서 일어난 사건을 통해 내가 '죽은 사람의 물건에 무단으로 손대는 짓'을 특히나 싫어한다는 걸 안다. 내가 경험한 괴로운 일이 그 원인이라는 것도.

"나름의 이유가 있었다고 믿을게요."

고마워, 하고 중얼거린 후 히루코 씨는 말을 이었다.

"사진 폴더에 사토시 씨로 보이는 남자와 고리키 씨가 같이 찍은 사진이 가득하더라고. 남매라기보다는 사귀는 사이 같은 분위기였지. 어쨌든 두 사람이 친밀한 관계였던 건 틀림없어. 그런데 왜 고리키 씨는 지금까지 사토시 씨를 찾으러 왔다는 사실을 밝히지 않고 취재라고 속인 걸까."

"후기를 죽일 동기가 있다는 걸 들키기 싫었던 것 아닐까

요?"

"그렇다면 끝까지 숨기는 편이 상책 아닐까? 내 생각에는 아무래도 고리키 씨가 사실을 밝힐 타이밍을 노리고 있었던 것 같단 말이지."

"오늘 들어서 달라진 점은 직원들의 시신이 벽 속에서 발견된 것, 그리고 사토시 씨의 스마트폰이 발견된 거려나요?"

어쩌면 끝까지 숨길 작정이었지만, 스마트폰 잠금을 해제할 필요가 생겨서 두 사람의 관계를 밝히지 않을 수 없었던 걸까.

그러자 히루코 씨의 입에서 의미심장한 말이 흘러나왔다.

"……그렇구나, 발견된 건 머리 없는 백골 시체였어. 그래서야 정말로 고리키 사토시가 죽었는지 확정할 수 없겠지."

확정할 수 없다니? 무슨 뜻일까.

히루코 씨는 고리키 사토시가 아직 살아 있다고 주장하고 싶은 건가.

무심코 입을 다물자 창밖에서 제트코스터가 운행되는 소리와 사람들이 내지르는 어렴풋한 환성, 그리고 그 꺼림칙한 멜로디가 울려 퍼졌다.

"현실과 꿈 사이의 낙원, 드림 시티에 오신 걸 환영합니다.

우리 함께 춤춰요. 밝지 않는 날이 밝을 때까지."

헤어질 때 히루코 씨가 현재 시점에서 세울 수 있는 가설 몇 가지를 들려주었다.

그러한 가설의 검증을 중심에 놓고 조사를 진행해야 하겠지만, 무엇보다 먼저 확인해야 할 일이 있다.

별당을 뒤로하고 거실로 돌아가니 우라이가 후기의 자료를 정리하고 있었다.

"우라이 씨, 피험자에 대해 물어보고 싶은 게 있는데요."

"상관없습니다만…… 제가 더 아는 바가 있을까요?"

"우라이 씨도 자료를 꼼꼼하게 읽으셨잖아요. 나루시마 씨가 함구령을 내린 사항도 있을 것 같아서요."

미안하다는 표정으로 말없이 긍정하는 우라이에게 질문을 던졌다.

"만약 '생존자'가 우리 사이에 있다면, 겉모습이 보통 사람과 구별이 안 된다는 뜻이에요. 같은 피험자인데 왜 거인과 그토록 큰 차이가 생겼을까요?"

"그 이유를 알려면 후기의 일기에도 이름이 적혀 있던 하네다라는 연구자에 관해 설명할 필요가 있겠군요."

우라이는 수많은 자료 가운데 노트 몇 권을 꺼내서 내게 건네준 후 내용을 간추려서 알려주었다.

초인 연구는 말 그대로 인간의 신체 능력을 강화하기 위한 연구였다.

연구를 주도한 두 연구자 후기와 하네다는 각자 다른 접근법으로 연구를 진행했다.

"후기는 특수한 바이러스에 감염시켜서 유전자 정보를 바꾸는 방법을 사용했습니다. 후기 본인은 그걸 '업데이트'라고 불렀던 모양이에요. 당시 유전자 공학의 최첨단을 달리는 내용이었지만, 연구는 난항을 거듭했고 동물 실험도 거듭 실패해 인체 실험은 허가받지 못한 듯합니다."

연구 기관에서 높이 평가한 연구자는 하네다였다.

하네다는 돌출된 능력을 보이는 종족에서 그 능력을 발휘하는 '인자'를 추출해 아이에게 접종함으로써 능력을 향상시키는 방법을 사용했다.

"제2차세계대전 중 어떤 일본군 부대가 중국의 벽촌에 진군했을 때, 상처가 아주 빨리 낫는 민족을 발견한 것이 계기였답니다. 전쟁 당시에도 인체 개조 연구는 진행중이었고, 그 결과를 바탕으로 하네다가 자신의 연구를 발전시킨 거죠."

하네다는 그 밖에도 남미의 산악 민족, 북아시아의 유목민, 아프리카의 샤먼 일족 등 다양한 민족의 '인자'를 모아 성장중인 아이들의 척수에 특수한 방법으로 주입했다.

"그 아이들은 하네다의 연구 방법에 거부 반응을 일으키지 않는 '수용 인자'를 가지고 있었나 봅니다. 전국의 학교와 의료 기관에 연줄이 있었던 마다라메 기관이 은밀하게 확보한 유전자 정보를 분석해서 실험을 견뎌낼 만한 아이를 찾아낸 거죠."

아이는 후기가 아니라 하네다의 연구에 사용된 피험자였던 건가.

"하네다의 연구는 순조롭게 진행됐습니다. 피험자인 아이들은 운동 능력과 회복력이 아주 뛰어났던 모양이에요. 그런데 어느 날, 연구 시설에서 중대한 사고가 발생했습니다. 자세한 내용은 모릅니다만, 사고와 동시에 화재도 발생해서 많은 직원과 함께 아이들이 전부 희생됐다고 적혀 있었어요. 사찰하러 온 기관의 간부와 정부의 밀사도 희생됐다나요. 그런데 여기서 의문이 생깁니다. 후기가 인체 실험을 허가받지 못했다면, 후기가 데리고 나와서 감금한 거인은 누구일까요?"

"……거인은 원래 하네다의 피험자였던 아이라고요? 그 아이를 자신의 피험자로 만들기 위해 사고까지 일으켰다?"

실패를 되풀이했던 후기는 하네다가 모은 아이들의 수용 인자에 눈독을 들였을지도 모른다.

"진상은 알 수 없습니다. 하지만 마음에 걸리는 점이 하나 더 있어요. 아이의 수용 인자를 이용했더라도 동물 실험에서조차 만족스러운 결과를 내지 못했던 후기의 연구가, 어떻게 갑자기 거인 같은 규격 외의 성과를 낼 수 있었던 걸까요. 실은 거인에게 접종한 바이러스의 세부 내용이 어디에도 적혀 있지 않습니다."

동물 실험에 사용한 바이러스에 관해서는 뭔가에 씐 것처럼 연구 노트에 잔뜩 적어놓았다고 한다. 반면 유일한 성공 사례라 할 수 있는 거인과 관련해서는 생소한 바이러스 이름이 하나 적혀 있을 뿐, 상세한 데이터는 없었다.

"어떻게 된 걸까요?"

"모르겠습니다. 다만 마다라메 기관은 그 밖에도 다양한 연구를 진행했다고 들었습니다. 어쩌면 다른 연구를 하는 사람에게 공여받았다든가……."

진상은 후기밖에 모른다.

거인과 '생존자'는 겉모습과 능력 수준에 차이는 있을지언정, 같은 특질을 보유하고 있다.

"'생존자'가 후기의 손에 걸려들지 않았다면 겉모습이 일반인과 다름없는 것도 납득이 가네요. 다만 그럴 경우, 신체 능력은 얼마나 뛰어날까요?"

"일반인보다는 훨씬 뛰어날 겁니다. 단순히 비교하면 거인이 우위이지 않을까요? 후기가 일기에 몇 번이고 '하네다에게 이겼다'라고 자랑했으니까요."

'생존자'는 거인을 이길 수 없다.

그렇더라도 사태가 호전된 건 아니다. 우리는 분명 '생존자'조차 당해낼 수 없을 테니까.

덧붙여 피험자 아이들의 신원에 관해 별다른 언급이 없었다. 모두 일본인이라고 본다면 보스와 마리아는 '생존자' 후보에서 제외된다. 교포 3세인 아울은 아시아인처럼 생겼으니 보류다. 아울과 고리키, 아와네, 그리고 눈앞의 우라이. 이 네 명 중 한 명이 '생존자'인 걸까.

"저기…… 어디까지나 갑자기 번뜩인 생각이니까 다른 분들께는 말씀하지 말아주셨으면 하는데요."

어떻게든 범인 후보를 줄일 수 없을까 고민하는데 우라이가 은근슬쩍 말을 꺼냈다.

“어젯밤에 부구획에는 하무라 씨와 아울 씨가 계셨잖습니까. 범인이 제아무리 초인이더라도 안으로 들어갈 때는 철문이 여닫히는 소리가 나겠지요. 두 분 다 그 소리를 놓치셨을 리는 없을 테고요. 그렇다면 범인은 거인이 오기 전부터 부구획에 있었던 인물이라고 봐야 하지 않을까요?”

우라이가 무슨 말을 하려는 건지는 나도 금방 이해했다.

“아울 씨가 범인이라고요?”

머릿속에 딱 꽂히는 추리다. 내내 부구획에 있던 사람이라면 철문을 여닫지 않고 시체 곁으로 갈 수 있다.

하지만 이 추리는 간단히 부정할 수 있다.

“확실히 시간은 있었지만, 부구획 복도에는 형광등 조각을 뿌려놓았어요. 아울 씨가 복도로 나갔다면 형광등 조각을 밟는 소리가 났겠죠.”

시체 곁으로 갈 때와 돌아올 때. 옆방에 있던 내가 두 번이나 그 소리를 못 들을 리는 없다.

그렇게 대답하자 우라이가 예상치 못한 부분을 지적했다.

“거인이 날뛰는 타이밍에 맞춰 행동했다면 어떨까요? 거인이 벽을 부수면서 큰 소리를 냈으니 발소리 정도는 숨길 수 있지 않겠습니까.”

아울이 일부러 거인을 도발해 날뛰게 했다는 건가.

"확실히 거인이 날뛰는 틈에 시체 곁으로 가서 목을 절단할 수는 있겠죠. 하지만 비밀방으로는 어떻게 돌아오나요?"

"하무라 씨가 거인을 비밀방에서 떼어놓기 위해 머리 무덤으로 나가셨잖습니까. 그사이에 돌아올 수 있어요."

과연 일리 있는 이야기다.

하지만 이 가설에는 해결해야 할 조건이 하나 더 있다.

"잘라낸 머리는 어쩌고요. 제가 거인과 엇갈려서 돌아왔을 때 아울 씨는 무너진 벽에 깔려 있었어요. 사이가 씨의 머리를 밖으로 옮길 시간은 없었죠."

하지만 우라이는 주저하면서도 말을 이었다.

"시체 곁에 그냥 놔두면 됩니다! 오전 5시에 거인은 시신이 있는 곳으로 갔죠. 그때 잘린 머리를 발견해 머리 무덤으로 가지고 간 거라면?"

나는 평면도 뒤편에 어젯밤 거인이 주구획과 부구획에 드나든 시간을 적은 후, 우라이의 주장을 검토했다.

오후 9시 30분경, 거인이 날뛰는 동시에 아울이 비밀방을 나서서 시신의 목을 절단. 거인이 나를 쫓아 머리 무덤으로 나간 사이에 비밀방으로 돌아간다.

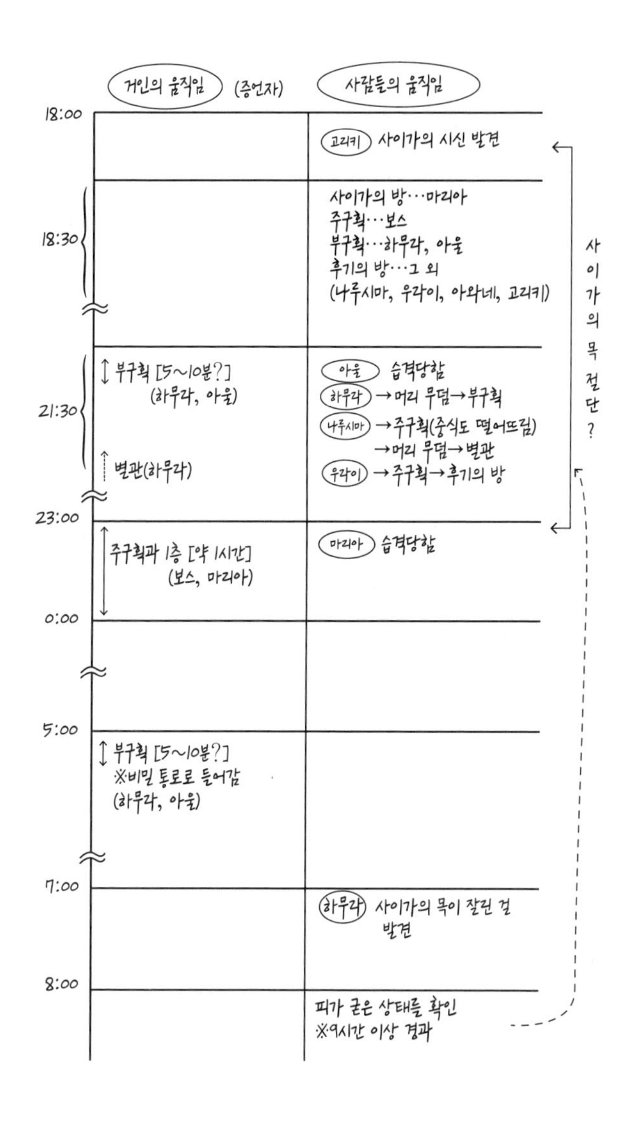

거인의 움직임
(증언자)
사람들의 움직임
18:00
고리키 사이가의 시신 발견
18:30
사이가의 방…마리아
주구획…보스
부구획…하무라, 아울
후기의 방…그 외
(나루시마, 우라이, 아와네, 고리키)
21:30
부구획 [5~10분?]
(하무라, 아울)
별관(하무라)
아울 습격당함
하무라 → 머리 무덤 → 부구획
나루시마 → 주구획(중식도 떨어뜨림)
→ 머리 무덤 → 별관
우라이 → 주구획 → 후기의 방
23:00
주구획과 1층 [약 1시간]
(보스, 마리아)
마리아 습격당함
0:00
5:00
부구획 [5~10분?]
※비밀 통로로 들어감
(하무라, 아울)
7:00
하무라 사이가의 목이 잘린 걸 발견
8:00
피가 굳은 상태를 확인
※9시간 이상 경과
사이가의 목 절단?

오전 5시경, 시체가 있는 곳으로 향한 거인이 잘린 머리를 들고 머리 무덤으로 옮긴다.

시간 순서는 맞는다. 하지만…….

"우라이 씨, 어젯밤에 어디쯤에서 나루시마 씨와 옥신각신하셨나요?"

내 갑작스러운 질문에 우라이는 허를 찔린 듯했다.

"홀 계단을 내려가서 몇 미터쯤 간 곳이었을 겁니다."

"그렇다면 아울 씨는 역시 범인이 아니에요. 목 절단에 사용된 도구는 현장에 떨어져 있던 중식도죠. 그건 나루시마 씨가 우라이 씨와 다퉜을 때 떨어뜨린 거고요. 아울 씨는 부구획에 숨은 후로 주구획에 발을 들여놓은 적이 없어요. 아침이 된 후에는 늦죠. 제가 제일 먼저 사이가 씨의 시체를 보러 갔을 때, 중식도는 이미 거기 있었으니까요."

범인은 주구획에서 중식도를 주울 기회가 있었던 인물이어야 한다.

"……아아, 듣고 보니 과연 그렇군요."

우라이는 허술한 가설을 내세운 게 부끄러운 듯 고개를 숙였다.

"서투르나마 머리를 굴려보았는데, 하무라 씨는 이미 검증을 마치셨군요."

"히루코 씨가 알려준 내용을 말한 것뿐이에요."

"……겐자키 씨가 많은 사건을 해결로 이끄셨다는 건 알고 있었습니다만, 솔직히 반신반의했습니다. 하지만 이렇게 이야기를 들어보니 마치 겐자키 씨에게는 저희에게 보이지 않는 광경이 보이는 것만 같군요."

경외감이 어린 듯한 목소리였다.

"우라이 씨, 한 가지 더 여쭤봐도 될까요?"

"뭔가요?"

"지하에서 나루시마 씨와 옥신각신하다가 떠밀린 후, 손전등을 잃어버려서 못 쫓아갔다고 하셨잖아요. 하지만 캄캄하더라도 손전등을 들고 있는 나루시마 씨를 쫓아가기는 어렵지 않았을 텐데……."

말을 꺼내자마자 후회했다. 아니나 다를까 우라이는 새파랗게 질린 얼굴로 입을 꾹 다물었다.

"죄송해요, 말을 이상하게 했네요. 제가 알고 싶었던 건……."

"싫어졌거든요."

우라이가 쥐어짜내듯 말했다.

"비서가 되고 삼 년 동안, 아무리 억지스러운 요구에도 응했습니다. 제대로 쉬지도 못했지만 오로지 상사의 지시에 따르는 것만이 제 자존심을 지키는 방법이었죠. 하지만 역시 한계였습니다. 사장님을 말리려고 밀치락달치락할 때 이런 곳에서 죽고 싶냐, 언제까지 이 사람에게 휘둘릴 거냐는 생각이 들더군요. 어느덧 손에서 힘이 빠져서 떠밀리고 말았죠."

붙잡고 있던 나루시마의 팔의 감촉을 떠올리듯 자기 손을 바라보는 우라이의 얼굴에서는 감정이 쏙 빠져나가고 없었다.

"이대로 보내면 사장님이 위험하다는 걸 머리로는 알고 있었습니다만, 몸이 쫓아가기를 거부했습니다. 어쩌지, 어쩌긴, 이제 못 쫓아가, 그런 생각을 하다가 문득 정신을 차리자 완전히 때를 놓쳤더군요. 사장님을 사지로 보냈다는 실감이 점점 솟구쳐서 저는 어쩔 줄 모르고……."

가면 같은 무표정이 서서히 무너졌고, 우라이는 양손에 얼굴을 묻었다.

"무신경한 질문을 해서 죄송해요."

나는 우라이에게 사과한 후, 도망치듯 후기의 방을 뒤로 했다.

만약 미운 사람의 등을 떠미는 게 아니라, 팔을 잡은 손에서 힘을 빼는 것만으로도 자유로워질 수 있다면. 그 순간을 아무도 보지 못한다면……. 극한 상황 속에서 어떤 선택을 할지는 모르는 일이다.

나는 복도를 빠르게 걸으며 잡생각을 떨쳐냈다.

나와 함께 부구획에 있던 아울에게 범행이 불가능했다면, 누군가 밖에서 들어왔다고 볼 수밖에 없다.

사이가가 죽은 현장부터 다시 한번 조사해보자.

그렇게 결심하고 손전등을 들고 지하로 향하려는데, 홀에서 고리키와 마주쳤다.

무슨 생각인지 계단 어귀의 위쪽에 보이는 개폐식 격자의 아랫부분에 매달려 다리를 버둥거리고 있었다. 바람막이 밑에 입은 셔츠가 올라가서 뽀얀 허리가 드러났다.

"뭐 하세요?"

내가 묻자 바닥에 착지한 고리키는 더러워진 손을 바지에 슥슥 문질러 닦았다.

"이 격자만 내리면 거인이 지하에서 못 올라오잖아. 힘껏 잡아당기면 내려오지 않을까 싶었는데, 내 몸무게로는 안 되겠네. 역시 열쇠가 있어야 할 모양이야."

"그렇군요. 하지만 여기를 막으면 거인뿐만 아니라 히루코 씨도 못 나오는걸요."

"아, 그렇구나. 미안해."

고리키는 아까 우리에게 비밀을 털어놓은 후로 속이 후련해진 것 같았다.

"지하에 가려고?"

"사이가 씨가 살해당한 현장을 한 번 더 자세히 살펴보려고요."

"그럼 같이 가자. 둘이 가면 더 안심되잖아."

아무래도 고리키는 나와 히루코 씨가 사이가 살해 사건의 진상을 파헤칠 것이라고 믿는 듯했다.

가는 길에 나는 어젯밤의 상황을 다시 확인했다.

"고리키 씨는 내내 후기의 방에 계셨죠?"

"응. 아와네에게 물어봐도 상관없어. 너랑 아울이 습격당했을 때 뛰쳐나간 건 나루시마와 우라이 씨뿐이야."

나루시마와 우라이가 밀치락달치락했다는 곳에 섰다. 만약 후기의 방에 남은 고리키와 아와네가 공범이더라도, 우라이가 여기 있었다면 시신이 있는 곳까지 오가기는 불가능하리라.

"우라이 씨는 얼마 만에 방으로 돌아왔나요?"

"오 분쯤 후였나. 나루시마를 말리지 못했다면서 침울해했어."

"마리아 씨는요?"

"한 번도 못 봤는데."

사이가의 시신이 있는 비밀 통로에 도착했다. 시신의 가슴팍에는 여전히 접이식 칼이 꽂혀 있다.

다른 희생자들처럼 시신을 옮기지 않은 건, 거인 말고 다른 사람이 죽인 게 분명하므로 현장 보존을 하는 편이 낫겠다고 판단했기 때문이다. 온도가 낮아서 부패 속도도 느리다.

나는 손전등으로 목 절단면을 비추었다.

거인에게 목이 잘린 다른 시신과 똑같아 보였다. 절단면 아래쪽의 지면에는 날붙이로 내리쳤을 때 생긴 듯 푹 팬 자국이 있었다.

"후기가 죽었을 때 아울 씨도 지적했지만, 절단면이 아주 매끄러워 보여요. 톱처럼 몇 번이고 썰어서 자른 느낌이 아니죠."

"일격에 잘랐다는 거지? 옛날에 가이샤쿠닌•이 예리한 일본도로 목을 쳐도 그러기는 쉽지 않았다고 하던데."

"경추의 기울기에 잘 맞추면 가능하다는 이야기도 있지만, 보통 사람이 중식도로 부릴 수 있는 재주는 아니겠죠."

• 할복할 때 고통을 줄이기 위해 뒤에서 목을 쳐주는 사람.

목 절단과 관련해서는 기요틴이라는 처형 도구가 유명하다. 기요틴에는 지면과 사선을 이루는 칼날을 사용했다고 한다. 그저 지면과 평행한 칼날을 뚝 떨어뜨리는 게 아니라, 식칼을 다룰 때처럼 물체에 비스듬히 날을 밀어 넣는 방식으로 매끄럽게 잘라내는 것이다.

만약 기요틴 같은 무게, 예리함, 각도도 없이 머리를 잘라내려면, 보통 사람을 초월한 속도와 힘으로 '후려쳐서 자르는' 수밖에 없으리라. 도끼라도 있으면 모를까, 조리용 중식도로는 불가능한 일이다. 거인이나 '생존자'가 아닌 한.

아니, 그렇더라도 큰 문제가 남아 있다.

범인은 언제, 어떻게 사이가의 시신 곁까지 갔을까.

어제 나와 아울이 밤새 부구획에 있었다. 삐걱거리는 소리가 나는 철문이 열리면 우리가 모를 리 없다. 어제 확인했지만, 만약을 위해 고리키를 어젯밤 내가 있던 비밀방에 놔두고 실험해보았다.

결과는 즉시 나왔다.

끼이익…….

"바로 알겠네. 금속끼리 맞물리는 소리라서 더 잘 울려 퍼지나 봐."

철문을 아무리 신중하게 다루어도 여닫히는 소리는 숨길

수 없다.

"목을 잘랐을 때는 얼마나 소리가 났을까요?"

"땅바닥을 파고들 만큼 칼을 세게 내리쳤으니까 나름대로 소리가 났겠지."

사이가의 시신이 있는 곳에 채워진 흙을 파보자 몇 센티미터 두께의 단단한 콘크리트가 나왔다. 흙 때문에 충격이 완화됐을지도 모르지만, 정적 속에서 숨을 죽이고 있던 나와 아울이 알아차리지 못할 정도였을까?

고리키를 비밀방으로 돌려보낸 후, 나는 땅에 놓여 있는 중식도를 지문이 묻지 않도록 소맷자락으로 감싸서 주워들었다. 지면에 내리치자 턱, 하고 묵직한 소리가 났지만 고리키는 고개를 갸웃거리며 비밀방에서 나왔다.

전혀 들리지 않았다고 한다.

나는 목을 자르는 걸 알아차릴 수 없었다. 소리의 유무로 범행 시간대를 압축하기는 무리일 듯했다.

그후 아직 찾지 못한 비밀 통로 같은 것이 없는지 고리키와 함께 부구획을 철저하게 조사했다. 하지만 바닥과 벽, 끝내는 빗자루를 가져와서 천장까지 두드리며 돌아다녔는데도 새로운 통로나 공간은 발견하지 못했다.

"저기, 생각해봤는데."

고리키가 갑자기 목소리를 낮추었다.

"부구획에 숨어들기가 불가능하다면 창문 너머로 잘랐다고밖에 볼 수 없지 않겠어?"

살해 현장의 벽에 있는 작은 창문은, 주구획의 미닫이문이 달린 방과 연결된다. 그쪽에서 창문 너머로 뭔가 수작을 부렸을 가능성은 나도 생각했다.

"냉정하게 생각해서 우라이 씨가 오 분 후에야 돌아오다니 시간이 너무 많이 걸렸어. 밀치락달치락했을 때 나루시마가 중식도를 떨어뜨렸다는 건 거짓말이고, 실은 사이가의 목을 자르기 위해 중식도를 빼앗은 거 아닐까?"

어젯밤 우라이의 행동이 수상하지 않다고 하면 거짓말이다. 하지만 창문 너머로 시신의 목을 자를 수 있을까.

우리는 주구획으로 이동해 미닫이문이 달린 방 안쪽으로 들어갔다.

작은 창문은 내가 서 있을 때 가슴 정도 높이다. 현장 쪽과 거의 일치한다.

창문으로 손전등 불빛을 비추자 시신의 목 언저리까지 보였고, 머리가 있던 위치는 시야에 들어오지 않았다.

"이대로는 시신에 안 닿겠는데요."

이 철 격자가 골치 아픈 건 철근이 가로세로로 조합돼 있다는 점이다. 철근의 간격은 사방 약 10센티미터 정도밖에 안 된다. 철 격자 틈새로 팔을 넣어보았지만 어깨가 걸려서 창문에서 지면까지의 절반 거리에도 손이 닿지 않았다.

"중식도를 들면 시체에 닿지 않을까?"

무리다. 내 손과 시신은 1미터도 넘게 떨어져 있다. 중식도를 던질 수는 있겠지만, 정확하게 조준하기가 어려운데다 맞히더라도 목이 단번에 절단될 것 같지는 않았다.

"창살을 힘껏 벌리면 되잖아. 범인이 '생존자'라면 그 정도는 가능할 것 같은데."

고리키가 그렇게 말했지만, 보아하니 철 격자를 억지로 구부린 듯한 흔적은 없었다.

시험 삼아 철 격자를 양손으로 잡고 힘껏 당겨보았다.

"으압, 으으으으으."

내가 생각해도 참 힘이 없다. 물론 철 격자는 꿈쩍도 하지 않았다.

그때 뒤에서 다른 불빛이 우리를 비추었다. 보스가 미심쩍어하는 얼굴로 서 있었다.

"이상한 소리가 난다 싶더니만, 뭐 하는 거야?"

범인 찾기를 한다는 건 들키고 싶지 않았지만 고리키가 먼저 대답해버렸다.

"구부린 철 격자 틈새로 팔을 넣어서 시신의 목을 자를 수 없는지 실험해본 거예요."

그 말을 듣고 사정을 대충 눈치챘는지 보스는 "나와봐" 하고 앞으로 나섰다.

보스가 조용히 기합을 넣자 근육질 팔에서 힘이 전달돼 움켜쥔 철 격자가 살짝 떨리기 시작했다. 어쩌면 이대로 구부러지지 않을까 싶었지만.

"어, 안 되겠네."

내가 중얼거리는 소리 때문에 집중이 깨졌는지 보스의 팔에서 힘이 빠졌다.

"될 것 같았는데."

고리키가 아쉬워하길래 나는 철 격자가 박힌 콘크리트 부분을 가리켰다. 아까는 없었던 실금이 생겼고 콘크리트가 조금 떨어져 나갔다.

"억지로 힘을 준 탓에 콘크리트가 깨졌어요. 분명 지하의 콘크리트는 세월이 흐르면서 강도가 많이 약해졌겠죠. 철 격자가 휠 만큼 힘을 주면 못 버틸 거예요."

콘크리트에 이상이 없었으니, 철 격자에는 힘이 가해지지 않았다고 봐야 한다.

그때 어떤 미스터리 소설의 유명한 트릭이 생각났다.

"범인이 들어갈 수 없으면, 시신을 끌어 올리면 되지 않을까요?"

예를 들어 갈고리 같은 도구를 사용해 시신을 위로 잡아당긴다. 그리고 중식도로 목을 절단한 후 시신을 도로 눕히면 된다. 이것저것 잘 따져볼 필요는 있겠지만 절대로 불가능한 방법은 아니리라.

내가 몸짓과 손짓을 섞어 설명하자 보스는 소박한 의문을 던졌다.

"그랬다간 목을 절단했을 때 흐른 피가 저쪽 벽에 묻지 않을까? 하지만 피는 바닥에만 고여 있었잖아."

그 말이 옳다. 게다가 사이가의 시신은 목을 창문 쪽으로 향하고, 다리를 그 반대쪽으로 뻗은 자세로 쓰러져 있었다. 창문으로 끌어 올린 후에 내려놓으면 벽에 기댄 자세가 될 테니 똑바로 눕히기는 쉽지 않다.

결국 창문 너머로 사이가의 목을 절단했을 가능성은 버릴 수밖에 없었다.

역시 범인은 부구획의 비밀 통로로 들어갔다고 봐야 한다.

그렇다면 주구획에서 나가지 않은 우라이는 용의자에서 제외된다.

셋이 함께 1층으로 돌아가는 도중에 내가 들고 있던 손전등이 깜박거렸다. 전지가 다 됐다.

"혹시 필요하면 내 걸 빌려줄까?"

고맙게 받으려는데 보스가 조심스레 말했다.

"조심해, 하무라. 아무래도 또 무슨 일이 생길 것만 같아."

"그게 무슨 말씀이세요?"

"내 감이 그렇다는군. 무슨 일이 생기기 전에는 늘 목덜미가 찌릿찌릿 아픈 느낌이 들거든. 직감인지 아니면 그냥 지레짐작인지는 모르겠어. 하지만 이 느낌 덕분에 위기를 넘긴 게 한두 번이 아니야. 어쩌면 겐자키의 체질과 비슷한 건지도 몰라."

나는 고리키와 얼굴을 마주 보았다.

"내가 할 수 있는 일은 이렇게 계속 순찰을 도는 정도지. 나야 스스로 뛰어든 이상 무슨 일이 생긴대도 단념할 수밖에 없겠지만, 너희는 피해자야. 목숨을 소중히 여겨."

보스는 내 어깨를 두드리고 먼저 나갔다.

나는 난감한 기분으로 보스의 뒷모습을 바라보았다.

걱정해주는 것 같기도 했고, 일종의 경고라고 받아들여도 무방하다. 고리키도 비슷한 느낌을 받은 모양이다.

"보스가 저렇게 말하는데 어쩔래?"

"만약 정말로 무슨 일이 생긴다면 그전에 조금이라도 할 수 있는 일을 해야겠죠. 사람들에게 이야기를 들어보도록 해요."

사이가의 방으로 향했다. 마리아가 틀어박힌 방이다.

"마리아는 하무라 혼자 이야기를 듣겠다고 해야 응해줄 것 같으니까 나는 안 보이는 곳에 있을게."

고리키의 의견을 받아들여 나 혼자서 문 너머에 말을 걸자 처음에는 할 이야기가 없다고 거절당했지만, 문은 안 열어줘도 괜찮다며 버티자 마리아는 대화에 응했다.

마리아의 주장은 지금까지와 변함없었다. 어젯밤 내내 사이가의 방에 있었고, 우리가 말해주기 전까지는 밖에서 무슨 일이 있었는지 전혀 몰랐다고 한다.

"거인은 몇 시쯤에 왔나요?"

"정확하게는 기억 안 나. 거인이 오기 직전에 확인했을 때는 11시가 조금 지났었어."

보스가 거인이 주구획으로 들어왔다고 증언한 시간이다. 시간상으로는 모순이 없다.

"거인에게 습격당한 후에도 방에서 안 나오셨어요? 정말로 한 발짝도요?"

약간 발끈한 목소리가 방에서 들렸다.

"한 번은 나갔지. 거인이 물러간 후 침대 밑에서 기어 나와서 문 상태를 확인했을 때. 다른 곳에 숨을까 고민하기도 했지만 결국 여기 머무르기로 했어. 한번 습격당한 곳이 오히려 안전할 것 같아서."

실내에서 이동하는 소리가 나더니 문 바로 근처에서 마리아의 목소리가 들렸다.

"유즈루, 사이가를 죽인 범인을 찾는 거지? 하지만 어젯밤에 사이가의 목을 절단할 수 있는 사람은 없었고. 아니야?"

"네, 바로 그런 상황이에요."

마리아도 어젯밤의 상황을 알고서 사이가의 목이 절단된 일에 의문을 품었던 모양이다.

"'생존자' 얘기를 듣고 생각해봤는데, 범인이 '생존자'라면 거인과 의사소통이 돼도 이상할 것 없지 않을까?"

"거인과 말이 통한다는 말씀이세요?"

도무지 상상이 안 되는 가설이지만 마리아는 아랑곳없이 말을 이었다.

"말까지 통할 필요는 없어. 범인이 자신과 적대 관계가 아니라는 걸 본능적으로 인식하고 공격하지 않을 정도의 지성이 거인에게 있다면 말이야."

"그렇더라도 범인이 우리에게 들키지 않고 부구획을 드나들기는 불가능해요."

"가능해. 보스라면 말이지."

조금 떨어진 곳에서 이야기를 듣던 고리키가 설마, 하는 표정으로 나를 보았다.

"밤중에 누가 주구획을 드나들었는지 알 수 있던 사람은 보스뿐이야. 보스라면 주구획에서 자유롭게 나갈 수 있었어."

"하지만 부구획에는 아울과 하무라가 있었는데요."

처음으로 입을 연 고리키의 목소리에 놀랐는지 마리아는 한순간 침묵했다.

"……확실히 부구획의 철문을 열면 두 사람에게 들켰겠지. 하지만 거인과 함께 드나들었다면 어떨까?"

만약 거인이 범인을 공격하지 않는다면, 함께 부구획에 들어올 수 있다. 그리고 거인이 아울을 습격하는 사이에 범인은 사이가의 시체가 있는 곳으로 가서 목을 절단한다.

"하지만 그후에 거인은 하무라를 따라서 머리 무덤으로……."

"물론 보스도 거인과 함께 머리 무덤으로 나간 거야. 컴컴한데다 문 뒤편에 숨어 있어서 유즈루가 몰랐을 뿐."

아주 즉흥적이고 운에 기대는 요소가 많지만, 보스라면 가능했다는 주장이다.

"진짜로 의심하시는 거예요?"

"생각해봐, 유즈루. 보스가 마음만 먹었다면 머리 무덤으로 나가려는 나루시마를 왜 못 막았겠어? 그런데도 보스는 나루시마를 그냥 보냈지. 아니, 막을 수 없었던 거야. 그때 보스는 부구획에서 사이가의 목을 자르고 있었으니까!"

마리아는 흥분을 가라앉히듯 숨을 한번 고르고 나서 말을 이었다.

"나는 어느 멤버와도 초면이야. 아무도 못 믿어. 유즈루도 조심하는 게 좋을걸."

좀더 이야기를 듣고 싶었지만 "이만 가" 하고 거절하길래 나와 고리키는 문 앞에서 물러났다.

"설마 보스가 용의선상에 오를 줄이야. 아까 또 무슨 일이 생길 것만 같다고 말한 건, 이런 상황을 경고한 건가. 하무라는 별로 안 놀란 모양이네."

"네, 사실 보스 범인설은 히루코 씨가 검토했거든요."

고리키가 대번에 불만스러운 표정을 지었다.

"그럼 왜 알려주지 않은 거야."

"모순점이 있기 때문이에요."

나는 히루코 씨의 추리를 한번 정리해서 말해주었다.

"마리아 씨는 거인과 함께 부구획에 침입한 보스가 거인이 날뛰는 사이에 사이가 씨의 목을 자른 후 거인과 함께 머리 무덤으로 나갔다는 가설을 내놓았죠. 하지만 거인이 날뛸 때 우리는 보스와 무전기로 교신했잖아요."

고리키도 무슨 뜻인지 알아차린 듯했다.

거인이 날뛰자 나는 즉시 모두에게 무전을 보냈다. 그러자 보스와 나루시마가 무전으로 이야기를 나누었다.

"마리아 씨의 주장에 따르면 보스는 거인이 날뛸 때 부구획에 있었던 셈이에요. 바로 근처에서 거인이 벽을 부쉈다면, 그 소리가 보스의 무전기를 통해 들렸겠죠. 콘크리트 벽을 때려 부쉈으니까 목을 자르는 소리와는 차원이 달라요. 아무리 비밀 통로 안쪽에 있었어도 무전기에 소리가 잡힐걸요."

이 점은 내내 교신을 들었던 고리키가 더 잘 알 것이다.

"그때 보스는 억누른 목소리로 나루시마와 말다툼을 했어. 그 밖에 다른 소리는 들리지 않았고."

보스가 부구획에 없었다는 증거다.

덧붙여 거인과 함께라는 조건이라면 보스가 부구획에 드나들 기회는 한 번 더 있었다.

거인이 다시 부구획에 들어온 오전 5시다.

하지만 이때 사이가의 목을 절단했다면, 현장에 고인 피는 모두가 확인할 때까지 굳지 않았을 것이다. 따라서 이 가설도 성립하지 않는다.

"보스도 범인이 아니다 그건가. 하지만 보스가 나루시마를 못 막을 것 같지는 않은데."

고리키는 아쉬움과 안도감이 뒤섞인 복잡한 표정을 지었다.

오후 2시. 구조대가 오기만을 기다리던 우리는 별당에서 히루코 씨에게 충격적인 소식을 들었다.

"구조대 편성이 중지됐대요."

"중지됐다니 그게 무슨 말씀이세요."

아침부터 이제나저제나 기다렸던 우리는 몹시 낙담했다.

"진정해, 하무라. 우리를 버린 건 아니야. 가이도 씨 말로는 현경 기동대의 NBC 테러 대책반을 보내기로 했는데 상층부에서 계획을 재검토하겠다는 연락이 왔대. 거인이라는 존재를 어떻게 다룰지에 대해서도 의견이 갈렸고, 마다라메 기관이 연관된 만큼 정보 공유에도 여러모로 신경을 쓰는 모양이야."

NBC는 핵, 생물, 화학병기를 가리키는데, 거인이 그중 어디에 속하는지를 고민하는지도 모르겠다. 애당초 이건 살인인가, 테러인가, 재해인가.

누가 계획에 제동을 걸었는지는 모르겠지만, 기동대조차 거인의 모습을 봐서는 안 된다고 판단한 건가.

"우리는 멋대로 남의 저택에 침입한 범죄자에 불과하니까 아무도 거창한 퍼포먼스를 펼치면서까지 구해주지는 않겠지. 섣불리 행동에 나서서 소란을 벌이기보다 테마파크 영업시간이 끝나기를 기다렸다가 제압하는 게 간단해."

아울은 냉랭한 웃음을 머금었다.

그의 말대로라면 상층부에서는 계획이 충분히 조정될 때까지 며칠이든 우리를 가둬두면 된다는 식으로 생각할지도 모른다. 사태가 생각처럼 진전되지 않아서 초조해하고 있자니 우라이가 슬쩍 말을 걸었다.

"겐자키 씨가 안 계셨다면 우리는 버려졌을 수도 있겠군요."

그럴지도 모른다. 겐자키 그룹이 정재계에 얼마나 영향력을 행사하는지는 모르지만, 히루코 씨는 경찰에 협력해 사건을 해결한 실적이 있다. 가이도 씨도 열심히 조정에 나서고 있다고 믿는 수밖에 없다.

"싫어, 싫다고! 이런 곳에서 죽고 싶지는 않아!"

아와네가 갑자기 소리를 지르더니, 바닥에 푹 엎드려 펑펑 울음을 터뜨렸다.

"왜 내가 이런 꼴을 당해야 하는 건데. 전부 엉망진창이야. 이제 그만 도개교를 내려서 여기서 나가요. 신고했는데 구조하러 안 오는 쪽이 잘못이잖아요!"

"도개교를 내리면 거인도 밖으로 나가잖아."

아울이 어이없다는 듯 말하자 아와네는 눈물에 젖어 엉망이 된 얼굴로 아울을 노려보았다.

"아직 해가 지기까지 몇 시간이나 남았잖아요! 구해준다는 남의 말만 믿고 도망치지 않는 사람은 죽어도 싸요. 우리는 자신의 생명을 지키기 위해 행동할 권리가 있다고요. 긴급 피난이라고 몰라요? 그건 시민의 정당한 권리라고요!"

지금까지 직원이 죽든 말든 수수방관했던 아와네가 정당한 권리를 주장할 줄이야.

우리가 뚱한 반응을 보이자 아와네는 벌떡 일어나서 정면에 있는 나를 밀치고 별당을 뛰쳐나갔다.

“어디 가려는 거지?”

얼떨떨해하는 우리에게 아울이 목발 대용으로 쓰고 있던 대걸레를 쑥 내밀며 말했다.

“보나마나 되잖은 짓을 하려는 거겠지. 빨리 쫓아가.”

명령받는 건 마음에 들지 않았지만 시키는 대로 아와네를 쫓아가자, 정면 출입구의 도개교를 작동시키는 기계실로 들어가는 참이었다.

“설마 정말로 도개교를 내릴 작정이에요?”

나는 와이어 절단기를 집어 든 아와네를 우라이와 함께 말렸다.

“이거 놔요, 놔.”

아와네는 몸부림을 쳤지만 힘으로는 당해낼 수 없다는 걸 알자 그 자리에 웅크리고 앉아 울음을 터뜨렸다. 이렇게까지 정서가 불안정한 사람이 곁에 있으면 이쪽도 기력을 빼앗긴다.

다른 사람들도 쫓아와서 꺼이꺼이 우는 아와네를 진절머리 난다는 표정으로 바라보았다.

그때 보스가 우뚝 선 도개교와 내 손에 들린 와이어 절단기를 보며 예상치 못한 말을 꺼냈다.

“이대로 구조대가 오지 않으면 자력 탈출도 고려할 필요가 있겠지."

우라이가 믿기지 않는다는 듯 고개를 내저었다.

"이제 와서 무슨 말씀이십니까?"

"인명을 최우선으로 여긴다면 이미 이용객을 대피시키긴 했을 거야. 우리는 정말 버려졌을지도 몰라. 어쩌면 우리가 탈출한 걸 계기로 경찰이 움직일 가능성도 있어."

여기까지 와놓고 구조를 기다리지 않겠다는 건가. 갑작스러운 보스의 변심에 나는 머릿속이 혼란해졌다.

희생자가 나오는 걸 그토록 피하고 싶어 했으면서, 왜.

"기계실에서 떨어져, 보스."

아울의 목소리에 돌아보자, 그가 대걸레로 몸을 지탱하며 한 손으로 권총을 겨누고 있었다. 총구가 향한 곳은 보스의 가슴이었다. 그 모습을 보고 그 자리에 있던 모두가 마른침을 삼켰다.

"바보 같은 짓 그만둬."

"그건 내가 할 말이야. 어젯밤부터 당신의 행동이 아무래도 이상하다 싶었지. 작전을 중단한 건 그렇다 쳐도, 나루시마 한 명도 못 막는다는 게 말이 돼?"

"지하는 캄캄했잖아. 어쩌다 보니 그렇게 됐어."

"아, 그러셔? 그럼 오늘 아침부터 지하를 돌아다니면서 혈흔에서 피를 모은 건 어째서지?"

보스의 표정이 약간 변했다.

"그게 무슨 소리예요? 보스는 줄곧 작전을 지휘하는 입장이었잖아요."

고리키가 의문을 제기하자, 아울은 방심하는 기색 하나 없이 총을 겨눈 채 대답했다.

"어제까지는 나루시마에게 순종적이었는데 왜 태도가 달라졌을까. 생각해보면 보스가 일보다 우선하는 건 하나밖에 없어. 이봐, 보스. 난치병에 걸린 손자를 위해 치료비를 번다고 했지?"

나도 보스에게 들은 이야기다. 하지만 돈을 벌기 위해서라면 더더욱 나루시마를 배신해서는 안 되는 것 아닌가.

"어제 작전에 나서기 전, 거인에 관해 설명을 들은 후로 보스의 태도가 이상해졌지. 후기의 자료를 다시 살펴보니 피험자와 거인에 관련된 자료가 없어졌더군. 보스, 자료를 다른 기업에 넘길 생각이었지?"

많은 동료를 희생해서 입수한 자료를 빼돌릴 생각이었다고?

보스는 아무 말도 없었다. 그 태도야말로 아울의 추리가 옳았음을 대변했다.

"어제 우라이가 설명한 거인의 특징을 간추리면 이래. '보통 사람보다 월등히 뛰어난 생명력과 회복력. 그리고 독과 질병에 강한 저항력'. 이건 난치병을 앓는 가족이 있는 사람이 간절히 바랄 능력이야."

고리키가 이해했다는 듯 고개를 크게 끄덕였다.

"나루시마를 도와서 돈을 벌더라도 손자의 난치병이 완치되는 건 아니죠. 그 자료를 효과적으로 활용할 연구 기관은 얼마든지 있어요. 그러려면 보스에게는 나루시마는 죽는 편이 나았다……."

그래서 어젯밤에 진심으로 나루시마를 제지하지 않았다.

거기에다 거인의 혈액을 시료로 채취해서 돌아가려고 한 건가. 뭐가 거인이 흘린 피인지 구분이 되지 않으므로, 피를 최대한 많이 모은 것이리라.

그리고 지금, 어떻게든 경찰에 붙잡히지 않기 위해 탈출을 제안하는 중이다…….

"비겁하다는 건 나도 알아."

보스는 말 한마디 한마디에 고통이 뒤따른다는 듯 괴로운 목소리로 말했다.

"하지만 지금밖에 기회가 없어. 난 젊었을 때부터 못나빠져서, 스물세 살에 결혼했다가 고작 몇 년 만에 이혼했지. 친권을 빼앗겨서 딸도 못 만나게 됐고. 후회막심이었고 외로웠지만, 내 폭력이 원인이었으니 어쩌겠나. 그후에 군에 들어가서 임무에 몰두했고, 요 몇 년은 용병으로서 생명이 위험한 일만 해왔는데……. 이 년 전에 친구를 통해 처음으로 딸의 연락을 받았어. 결혼을 했고 손자가 태어났으며, 그 아이가 난치병이라는 이야기였지."

생각지도 못한 보스의 고백에, 이기적이라고 생각하면서도 우리는 할 말을 잃었다.

"이게 바로 내가 지금까지 살아온 이유다 싶더군. 드디어 딸에게 속죄할 수 있다는 마음으로 무슨 일이든 받아들였어. 내가 번 돈으로 손자의 목숨이 하루라도 더 늘어난다고 생각하면 죽음조차 두렵지 않았지."

그리고 이번 일을 하다가 보스는 손자의 목숨을 구할 수 있을지도 모르는 기적을 발견했다. 수많은 사람의 목숨을 빨아들인 꺼림칙한 기적이었다.

지금이 아니면 늦는다. 보스는 남의 희생에 눈을 감을 수밖에 없었다.

설령 이 연구가 치료에 활용될 확률이 티끌만큼도 안 되더라도.

"당신 심정이 이해가 안 되는 건 아니야."

아울은 냉엄함을 유지한 목소리로 말했다.

"하지만 이번 일이 실패로 끝났다 하더라도 배신은 용납할 수 없어."

"아울 씨!"

나는 소리쳤다. 아울이 방아쇠를 당기는 게 아닐까 싶었기 때문이다.

"안심해. 아직 우리에게는 인력이 필요하니까 함부로 죽이지는 않겠어. 하지만 또 제멋대로 행동하면 다음번에는 경고 없이 쏠 거야."

아울이 권총을 내리자 보스는 "미안해" 하고 사과한 후 호주머니에서 더러워진 헝겊을 꺼내 바닥에 버렸다. 지하에서 혈흔을 닦은 헝겊이리라. 헝겊을 버린 보스는 그 자리를 떠났다.

아와네도 눈앞에서 벌어진 일에 당혹감을 감추지 못하는 표정으로 웅얼웅얼 불평을 하며 물러갔다.

우라이가 머리를 끌어안았다.

"맙소사……. 사람들 간에 신뢰가 이렇게 무너졌을 줄이야."

"뭐야, 내가 잘못한 것 같잖아."

겨드랑이에 대걸레를 끼운 채 아울이 가벼운 목소리로

말했다.

"그리고 수상한 걸로 따지면 특히나 수상한 녀석이 하나 있잖아. 제일 먼저 작전에서 빠졌고, 어젯밤의 알리바이도 불분명한 녀석이."

"마리아 씨 말씀이세요?"

마리아는 무전기도 없이 사이가의 방에 틀어박혀 있었으므로 어젯밤에 어떻게 행동했는지 확인할 방법이 없다.

"하지만 머리 무덤으로 나가려고 하면 보스에게 들킬 테고, 부구획에도 오지 않았을 거예요."

"그 선입견이 바로 열쇠야. 마리아가 '생존자'라서 거인과 함께 드나들 수 있었다고 보면 어떨까."

공교롭게도 마리아가 주장한 보스 범인설과 동일한 논리다. 거인은 주구획을 한번 드나들었으니, 그 기회를 활용하면 마리아도 보스에게 들키지 않고 이동할 수 있었을지도 모른다. 하지만 문제는 그후다.

"거인이 주구획의 철문을 여닫은 건 오후 11시에 주구획으로 들어왔을 때와 한 시간 후인 자정에 머리 무덤으로 나갔을 때, 총 두 번뿐이에요. 마리아 씨가 둘 중 어느 때 머리 무덤으로 나갔더라도, 거인과 함께 부구획으로 들어갈 수 있는 건 오전 5시죠. 그래서는 목을 절단하는 시간이 너무

늦어져서 피가 굳지 않아요."

설명이 술술 나오는 건 한번 추리했던 사항이기 때문이다.

좀더 자세하게 말하면 그 외에도 주구획의 철문이 열린 적은 있었다. 오후 9시 30분이 지나 나루시마가 머리 무덤으로 나갔을 때다. 이 기회를 이용한 경우에 관해서도 히루코 씨와 함께 검증했다.

마리아가 나루시마 뒤에 딱 붙어서 머리 무덤으로 나왔다고 치자. 거인이 별관으로 향한 후 부구획으로 돌아가는 나를 따라 들어오는 것도 아주 어렵겠지만 가능했다고 치자. 그리하여 부구획 잠입에 성공한다.

하지만 시신이 있는 곳으로 갈 때 형광등 조각을 밟는 소리가 날 테고, 사이가의 목을 절단하고 다시 나가려 해도 다음번에 거인이 부구획 철문을 여는 건 오전 5시다. 결과적으로는 그랬지만 거인이 부구획 철문을 다시 열지 말지는 알 수 없다. 더구나 나와 아울이 모두와 합류하기 위해 주구획을 경유해 1층으로 올라간 오전 7시까지 주구획 철문은 열리지 않는다. 요컨대 마리아는 방으로 돌아갈 수 없다.

실제로는 오전 7시 전에 마리아가 사이가의 방에 틀어박혀 있다는 사실을 고리키가 확인했다. 아주 희박한 성공 확률을 뚫어내더라도 마리아는 범인일 리 없다.

하지만 내 말을 듣고도 아울은 낙담하는 기색이 아니었다.

"마리아는 밤이 되기 전에 이미 부구획에 있었던 것 아닐까. 내가 하고 싶은 말은 그거야."

밤이 되기 전부터 부구획에 있었다?

"어제 오후 6시경, 사이가의 시신이 발견되자 마리아는 작전에서 빠졌지. 그때 마리아가 곧장 사이가의 방으로 갔는지 확인한 사람은 없잖아. 만약 마리아가 사이가의 방이 아니라 시체가 있는 부구획의 비밀 통로로 갔다면?"

후기의 방에서 나를 작전에 투입하느냐를 두고 상의하는 동안, 마리아는 사이가의 목을 절단한 후 방으로 돌아갈 수 있다.

내가 아울과 부구획으로 향했을 때 머리 무덤에는 아직 사이가의 머리가 없었다.

하지만 이 점은 요전에 우라이가 내놓은 가설로 해결된다. 잘라낸 머리는 시신 옆에 남겨두면 된다. 그리고 오전 5시에 비밀 통로로 들어간 거인이, 잘린 머리만 머리 무덤으로 옮겼다.

만약 마리아의 목적이 고리키의 살인 혐의를 푸는 것이었다면, 극단적으로 말해 거인이 오지 않아도 상관없다. 그러면 머리는 현장에 남겠지만, 그 시간이라면 고리키의 알리바이가 성립할 때 목을 절단한다는 목적은 달성한 셈이니까.

남은 문제는 시신 옆에 떨어져 있던 중식도다. 마리아는 무슨 이유에서인지 밤중에 한 번 더 주구획으로 내려간다. 거기서 나루시마가 떨어뜨린 중식도를 발견하고 미닫이문이 달린 방의 창문으로 시신 옆에 던져서…….

"어, 안 되겠네."

나는 단순한 오류를 깨달았다.

"저희가 담당 구역에 자리를 잡을 때까지 중식도는 후기의 방 테이블에 놓여 있었어요. 거인도 아직 별관에서 나오지 않았고요. 마리아 씨에게는 시신의 목을 일격에 자를 수 있는 도구가 없었어요."

"……젠장, 그게 있었나."

아울이 아깝다는 듯이 혀를 찼다. 참으로 까다로운 알리바이다.

해가 지고 나서 활동하는 거인.

목 절단면에서 흘러내린 후 굳은 피.

나루시마가 들고 나간 중식도.

보스가 감시했던 주구획의 출입자.

나와 아울이 감시했던 부구획의 출입자.

이 모든 요소를 해결할 수 있는 사람이 없다.

여러 사람의 범행일 가능성을 의심해야 할까. 두 명 이상이 협력하면 이 난해한 불가능 상황도 설명할 수 있겠지만, 얼마 안 되는 동료 중에 고리키 말고도 살인범이 두 명 이상 있다니, 상상도 하기 싫은 일이었다.

고리키, 우라이, 아울과 함께 후기의 방으로 돌아가자 방에는 아와네밖에 없었다.

보스와 얼굴을 마주치기가 껄끄러웠으므로 솔직히 안도했다. 하지만 아울은 달랐다.

"눈을 떼면 무슨 짓을 할지 모르니까 찾아서 데려올게."

아울은 그렇게 말하고 대걸레를 짚으며 방에서 나갔다. 저 상태로도 기죽지 않고 보스와 맞서다니 참 대단하다고밖에 할 말이 없다.

피곤한지 소파에 앉은 고리키와 우라이에게 "히루코 씨랑 이야기 좀 하고 올게요" 하고 양해를 구한 다음 나는 별당으로 향했다.

우라이에게 들은 '생존자'의 능력과 아와네를 쫓아간 후에 있었던 일, 그리고 보스가 고백한 내용을 들려주자 히루코 씨는 놀란 눈치였지만, 아울과 함께 추리한 내용으로 화제가 바뀌자 바로 냉정함을 되찾고 손가락으로 입술을 누르며 고개를 몇 번 끄덕였다.

"과연, 공범이 없으면 안 된다는 거로구나. 확실히 이 정도의 불가능 상황은 어려운 문제를 분할하지 않으면 설명이 안 돼."

'어려운 문제는 분할하라'는 요즘 미스터리 소설에서 사용되기도 하는 표현이지만, 히루코 씨 말로는 원래 근대 철학의 시조로 일컬어지는 르네 데카르트가 자신의 저서에서 제창한 사고방식이며, 마술 분야에서도 사용한다는 모양이다. 커다란 난제도 분할하면 해결할 수 있다는 뜻이다.

"문제는 분할하는 방식이야. 후기가 살해당했을 때는 고리키 씨가 후기를 죽이고, 다른 누군가가 머리를 잘라서 가져갔지. 난제가 둘로 분할된 셈이야. 사이가 씨가 살해당했을 때도 살해와 목 절단이 따로 행해졌어. 하지만 더 분할됐다면?"

"예를 들어 목을 절단한 인물과 부구획 침입을 도운 인물이 있다거나요?"

히루코 씨는 고개를 끄덕였다.

"만약 정말로 공모해서 범행을 저질렀다면 골치 아파. 후기를 죽인 고리키 씨 말고도, 다른 살인에 가담한 사람이 두 명 이상 있다는 거야."

그렇다면 나와 히루코 씨를 제외한 생존자 다섯 명 중 절반 이상이 살인에 관여한 셈이다. 그야말로 범인을 밝혀내려는 행동이 현재 유지되고 있는 질서를 어지럽힐지도 모른다.

"아니면, 좀더 단순하려나."

히루코 씨가 툭 내뱉은 한마디가 마음에 걸렸다.

"단순하다니요?"

"하무라가 아직 검증하지 않은 가설이 하나 있어. 고리키 씨가 거짓말을 했을 가능성이야."

나도 모르게 히루코 씨의 얼굴을 빤히 바라보았다. 어젯밤 내내 아와네와 함께 방에 있었던 고리키는 용의선상에서 가장 멀 텐데.

"거짓말이라니, 무슨 거짓말이요?"

"고리키 씨가 '생존자'고, 사이가 씨의 시신을 발견해 모두에게 알렸을 때 목은 이미 절단돼 있었다. 그렇게 생각하면 수수께끼가 사라지지."

예상외의 지적에 나는 굳어버렸지만, 히루코 씨의 말이 무슨 뜻인지 서서히 이해됐다.

어제 낮에는 아무나 중식도를 가져갈 수 있었다. 우리 몰래 중식도를 가지고 나간 고리키는 비밀 통로 안쪽에서 사이가를 접이식 칼로 찔러 죽인 후, 중식도로 목을 절단했다. 다만 잘라낸 머리는 머리 무덤으로 옮기지 않고 그 자리에 놓아둔다. 후기를 죽였을 때와 마찬가지로 좀더 시간이 흐른 후에 시체를 발견시켜서 거인의 소행으로 위장할 계획이었으리라.

하지만 사람들이 사이가가 없다는 사실을 알아차리고 수색에 나서자 고리키는 계획을 변경하기로 했다. 첫 번째 발견자로 나서서 사이가가 살해당했다는 사실만 알리고 졸도한 척한 것이다.

이미 해가 질 시간이 지났으므로 누구도 사이가의 시신을 확인하지 못한 채 야간 작전에 돌입했고, 다음 날 오전 5시에 부구획으로 들어온 거인이 방치된 머리를 들고 갔다.

작전을 실행하기 전에 아무도 시신을 확인하지 않는다는 행운이 없다면 실패로 돌아갈 아슬아슬한 계획이지만, 이거라면 밤중에 주구획과 부구획을 오갈 필요가 없다.

"하지만 왜 사이가 씨를 죽일 때 자기 칼을 쓴 건데요?"

"어쩌면 사이가 씨를 죽인 건 순간적인 판단이었을지도 몰라. 예를 들어 사이가 씨가 무슨 목적을 품고서 고리키 씨를 비밀 통로 안쪽으로 유인했고, 고리키 씨는 자기 몸을 지키기 위해 사이가 씨를 죽였다든가."

"칼을 그대로 놔둔 건요."

"일부러 부자연스러운 증거를 남겼을지도 몰라. 하무라가 탐정같이 행동하는 건 다들 알고 있었을 테니까. 뭐, 일부러 그랬다는 식으로 따지면 한도 끝도 없겠지. 아무튼 지금까지 나온 이야기를 정리하면 고리키 씨가 거짓말을 했든가, 고리키 씨 외에 공모해서 범행을 저지른 사람이 있든가 둘 중 하나야. 그리고 후자는 와이더닛 측면에서 수긍이 안 돼."

와이더닛. 왜 그런 범행을 저지를 필요가 있었는가.

"고리키 씨와 무관한 사람들이 범인이라면 사이가 씨의 목을 절단할 이유가 없어. 오히려 고리키 씨에게 강력한 알리바이가 있는 시간대에 목이 절단돼서 고리키 씨의 혐의가 풀리고 말았지."

"그러게요. 전에도 말했지만 고리키 씨의 칼을 흉기로 사용했으니, 고리키 씨를 곤경에 몰아넣고 싶은 건지 도와주고 싶은 건지 참. 행동과 목적이 일치하지 않아요."

여기 있는 사람들은 오빠를 찾으러 온 고리키와 우연히 만난 사이에 불과하다.

그런데 고리키를 용의자에서 제외하기 위해 여러 사람이 협력해서 행동하다니, 너무 극적이지 않은가. 그렇다면 고리키 본인이 거짓말을 했다고 보는 편이 자연스럽다.

"고리키 씨에 대해 아는 거 또 없어?"

"디지털카메라에 게 모양 스트랩을 달았더라고요. 의외로 귀여운 걸 좋아하나 봐요."

"다른 건?"

"이번 달에 스물세 살이 된다던데요."

"어, 젊네……. 저기, 그거 정말이야?"

의심스러워하는 히루코 씨를 보자 은근히 만족스러웠다.

결코 내가 무례했던 게 아니다.

"생일과 나이를 알아도 속사정은 본인밖에 모르겠죠. 고리키 씨뿐만이 아니에요. 우라이 씨는 나루시마 씨에게 품고 있던 불만이 폭발했고, 보스는 병에 걸린 손자를 위해 우리를 배신하려고 했어요. 마리아 씨가 사람들과 접촉하기를 거부하고 방에 틀어박혀 있는 것도 수상하고, 아와네 씨도 본인이 살아남기 위해서라면 물불 안 가릴 태세죠. 아울 씨는 이번 일이 허사로 돌아가니 오히려 무슨 생각인지 알 수 없어졌고요."

보스가 말한 대로다. 정말이지 무슨 일이 생겨도 이상할 것 없다.

히루코 씨는 고개를 끄덕이고 고리키 사토시의 스마트폰을 만지작거렸다.

"마다라메 기관의 연구, 드림 시티의 불법 고용, 지명수배범인 사이가 씨. 살인 동기가 될 만한 것 천지야. 추리만으로 진상을 밝혀내기는 불가능하겠지."

"두 손 드신 거예요?"

"중요한 건 살아남는 거야. 구조대가 좀처럼 오지 않아서 속이 타지만, 본관에 있는 사람들은 후기의 방에서 버티면 죽지는 않겠지. 거인을 어떻게 제압할지는 경찰에 맡기면 되고."

히루코 씨의 말은 틀리지 않았다.

그래도 뭔가 석연치 않은 마음이 내 얼굴에 드러난 모양이다.

"네가 바라는 홈스로서는 실격이려나. 그건 돌아가서 천천히 이야기하자. 그러니까 지금은 무사히 살아서 나갈 생각만 해. 한심하지만 지금은 이런 소리밖에 못 하겠네."

나는 고개를 저었다.

히루코 씨는 아무 잘못도 없다.

내 기대대로 히루코 씨는 고리키가 후기를 죽였다는 사실을 간파하지 않았는가. 그런데도 살인이 또 벌어졌고, 엄청난 무력 없이는 거인을 저지할 수 없는 것이 실정이다.

그럼 내가 히루코 씨의 생각을 부정하면서까지 떠맡기려 했던 홈스의 모습은 대체 뭐였을까. 왓슨 역할이 아니고서는 내가 히루코 씨에게 필요할 것이라는 자신감을 가질 수 없었을 뿐 아닐까.

홈스와 왓슨.

히루코 씨와 함께 행동한 뒤로 계속 언급해온 호칭이 공허하게 느껴져서, 나는 히루코 씨 곁에 있을 자신이 없어졌다.

추억 IV

마침내 사찰이 내일로 다가왔다.

도시에서 이 시설까지 오려면 시간이 꽤 걸리므로, 사찰단은 오늘 저녁에 도착해서 일단 하네다 선생님과 회합을 가진 후 연구에 관해 설명을 들을 모양이다. 그리고 내일 피험자인 아이들의 체력 측정을 견학할 예정이라고 한다.

평소대로 하면 된다지만, 말처럼 쉬운 일이 아니다.

동물을 죽인 범인이 아직 밝혀지지 않아서 시설의 분위기는 뒤숭숭하기 그지없다. 어른들의 시선이 우리의 일거수일투족을 속박했고, 아이들은 드러내놓고 말은 안 하지만 불만이 잔뜩 쌓였다. 그런 상황이 또 어른들의 경계심을 자극해서 악순환이 계속된다.

게다가 내게는 다른 걱정거리도 있었다.

고타다.

결국 조지는 고타가 후기 선생님과 만났다는 사실을 하네다 선생님에게 알리지 않았다.

겉으로야 뭐든지 상담하라지만, 아이들에게 차가운 시선이 날아드는 상황에서 고타의 행동을 고자질해 궁지에 몰아넣기는 꺼려졌을 것이다.

대신에 나와 조지 둘이서 고타의 행동을 감시했다.

만약 고타가 또 수상한 행동을 하면 이번에야말로 선생님에게 보고하기 위해서.

아이러니하게도 감시를 시작한 후로 동물을 죽이는 사건이 딱 멈춘 듯했다.

범인이 우연히 흉악한 짓을 멈춘 건지, 아니면 들키지 않게 계속하는지는 모른다. 우리는 평소와 다름없는 고타의 모습에 안도감과, 거무칙칙한 먹구름이 다가오는 줄 알면서도 그 자리에서 제자리걸음을 할 수밖에 없는 듯한 무력감을 동시에 느꼈다.

소장실 밖에서 들었던 '예언'이 가리키는 날은 내일이다.
이제 시간이 없다.

나는 고타와 정면으로 이야기를 나누기로 결심했다.

수업 시간에 나는 처음으로 조는 척을 했다. 수업이 끝난 후 공부를 도와달라고 하자, 고타는 의심하는 낌새 없이 나와 단둘이 교실에 남았다.

노트를 베끼면서 고타의 안색을 살폈지만 평소와 다름없었다. 그래도 여느 때보다 한층 말수가 적다고 느껴진 건 내 지나친 생각일까.

말을 한번 잘못하면 지금까지 쌓아온 관계가 무너진다. 그래도 기회는 지금밖에 없다고 스스로를 격려한 후, 배에 힘을 주고 본론을 꺼냈다.

"요전에 기숙사를 빠져나가서 어디에 갔어?"

내 손 언저리를 보고 있던 고타가 눈에 띄게 몸을 떨었다. 그 모습을 보고 조지의 증언이 참말이었음을 확신했다.

"……무슨 소리야."

"소각로에서 원숭이 머리가 발견되기 전날 밤, 고타가 기숙사에서 나가는 걸 봤어."

조지에게 들었다는 건 숨기고 캐묻자 고타는 목소리를 약간 낮추었다.

"날 의심하는 거야?"

"걱정하는 거야. 요즘은 어른들이 수시로 이것저것 감시하니까 불안한 게 당연하잖아. 원숭이 박사는 수상한 실험에 착수해서 아이를 꼬드기고 있는 모양이고 말이야."

그 말에 고타의 눈이 동그래졌다.

"케이도 제안을 받았어?"

"도?"

고타가 아차 하는 표정을 지었다. 무슨 뜻인지는 명백했다.

"역시 그날 밤 내가 봤던 건 고타였구나."

"말을 걸길래 이야기를 나눴을 뿐이야. 켕기는 짓은 안 했어."

머릿속에서 몇 가지 일이 서로 맞물리기 시작했다.

거대해지고 목을 자르지 않으면 죽지 않는 원숭이 괴물, 실적을 올리려고 초조해하는 후기 선생님. 그리고 밤에 기숙사를 빠져나간 고타.

"동물을 죽인 것도 고타, 너야?"

"난 모르는 일이야."

고타는 딱 잡아뗐지만 눈을 마주치지 않는 것이 그 무엇보다 확실한 대답이다.

"이상해. 그런 인간한테 협력해봤자 헛수고인데."

"헛수고라니, 말 다 했어?"

줄곧 냉정했던 고타의 목소리가 열기를 띠었다.

"정말로 약해빠진 사람의 심정을 너희는 몰라! 다들 즐겁게 지내는 모습만 봐도 나 자신이 싫어지는 기분을 어떻게 알겠어! 난 강해지고 싶어. 스스로를 좋아하고 싶다고. 헛수고라니, 잘난 척 그딴 소리 하지 마!"

처음으로 듣는 고타의 고함 소리에 나는 아무 대꾸도 못 하고 굳어버렸다.

나는 운동 능력이 좋지 못해서 아쉬웠던 적은 있어도, 나 자신이 싫었던 적은 없다. 고타를 보고도, 예를 들어 조지보다 가치 없는 사람이라고 생각한 적은 절대로 없다. 오히려 고타에게는 공부라는 특기가 있어서 부러울 지경이었는데.

하지만 고타 입장에서는 힘을 대신할 장점을 찾아주는 것조차 힘이 모자란 자신을 부정하는 짓으로 느껴지는 걸까.

깜짝 놀란 내게 고타는 더더욱 본심을 내보였다.

"지금 어른들을 보면 알잖아. 동물 사체가 발견된 것 정도로 우리를 겁내. 다음에는 자기들이 동물처럼 죽을지도 모른다는 사실을 깨달은 거야. 우리가 마음만 먹으면 어른들의 힘으로는 막을 수 없다는 사실을 깨달은 거라고. 앞으로 어딜 가도 마찬가지야. 난 힘이 있는 사람에게도, 힘이 없는 사람에게도 이해받지 못해. 너라고 다를 줄 알아? 이제 그만 현실을 직시해, 케이!"

귀를 막고 이 자리에서 달아나고 싶었다.

난 내게 주어진 곳에서 살아왔을 뿐이다. 살아갈 거라면 의미를 찾고 싶었을 뿐이다. 있을 곳을 마련해준 하네다 선생님을 위해, 연구소의 모두를 위해. 아직 제대로 본 적도 없는 세상을 위해.

어른들도 그러길 바라고, 우리는 그 바람에 부응하려고 했을 뿐인데, 왜 배신자 같은 취급을 받아야 하는 걸까.

무엇보다도 같은 환경에서 살아온 고타와 서로 이해하지 못한다는 것이 가슴 아프다.

상대가 자기보다 강하니까, 또는 약하니까 마음이 통하지 않는다니 그런 소리 하지 마. 마음이 통하지 않는다는 이유만으로 실망하지 마.

눈시울이 뜨끈해졌을 때 마음속에서 목소리가 들렸다. 조지와 하네다 선생님의 목소리다.

그래도 우리는 가족이잖아.

논리고 뭐고 없는 말이다. 그래도 두 사람이 해준 그 말이 내 마음을 구해주었다.

"우리는 가족이잖아. 고타에 대해 좀더 이야기해줘. 제대로 모르면 난 분명 후회할 거야. 나한테 신 같은 힘은 없으니까 말해주지 않으면 몰라. 대신에 약속할게. 난 절대로 고타를 싫어하지 않을게. 앞으로 무슨 일이 있어도 우린 함께야."

어느덧 눈물이 뺨을 타고 흐르는 감촉이 느껴졌다. 눈을 꼭 감자 눈물이 더 넘쳐흘렀다.

아무것도 보이지 않는 세계에서 고타가 숨을 삼키는 기척만 전해졌다.

남 앞에서 우는 건 얼마 만일까. 여덟 살쯤에 아무리 애를 써도 다른 아이들보다 달리기가 느린 게 속상해서 하네다 선생님에게 울며 매달렸던가.

내가 팔로 눈물을 슥슥 닦는 사이에 고타는 재빨리 교과서를 정리해서 나가버렸다.

"무슨 일 있었어?"

저녁 식사 시간에 마주친 조지가 내 얼굴을 빤히 들여다보며 걱정스럽게 물었다. 울었다는 걸 들켰을까.

"고타와 조금 말다툼을 했을 뿐이야. 괜찮아."

"야, 그거."

나는 당황한 조지를 진정시킨 후, 고타에게는 아무 이야기도 못 들었다고 알려주었다.

"사찰은 내일이야. 만약 정말로 고타가 후기 선생님과 관련이 있다면 오늘 밤에 움직일지도 몰라."

후기 선생님의 연구에 협력할까, 아니면 또 동물을 죽여서 사찰을 방해할까. 어쨌거나 내일 사찰이 끝날 때까지 고타의 움직임을 눈여겨보아야 한다.

우리가 무슨 이야기를 하는지도 모르고서 고타는 긴 테이블의 구석 자리에 앉아 혼자 묵묵히 밥을 먹었다.

"이렇게 하자. 같은 방이니까 오늘 밤은 내가 안 자고 고타를 감시해서 밖에 못 나가도록 할게. 대신 내일 낮에는 케이가 맡아줘. 나보다는 케이가 고타 곁에 있어도 수상하지 않을 테니까."

나는 조지의 제안에 동의했다.

"만약 고타가 뭔가 이상한 행동을 하면 어쩌지? 일이 커지면 사찰에 안 좋은 영향을 끼칠지도 몰라."

"모처럼 마련된 하네다 선생님의 영예로운 무대를 망칠 수는 없지. 다른 사람이 알기 전에 선생님한테 보고해서 잘 처리하자."

우리는 그렇게 결정하고 각자 방으로 돌아갔다.

밤에는 조지가 감시를 맡기로 했지만, 취침 시간이 지나도 눈이 말똥말똥하니 잠이 오지 않았다. 평소는 수업 시간에도 졸음이 밀려오는데.

자정이 지나자 4인실에는 잠든 아이들의 숨소리와 산바람이 가끔 창문을 두드리는 소리만 들려왔다. 아무 일도 일어나지 않고 밤이 지나가길 바라며 누워 있자니, 일 초 일 초가 정신이 아득해질 만큼 길게 느껴졌다.

마치 정지 마법에 걸린 세상에 있는 것 같았다. 뭘 해야 좋을지 모르는 상태로 온몸을 내달리는 초조함만 느꼈다.

기분 전환 삼아 화장실에나 다녀오려고, 다른 아이들이 깨지 않도록 조심스레 침대에서 빠져나와 실내화를 신고 방을 나섰다. 유리창으로 희미한 달빛이 불 꺼진 복도에 비쳐들었다. 어른들은 그래도 컴컴하게 느끼겠지만, 내게는 앞쪽이 어느 정도 보였다.

그때였다. 중정을 사이에 두고 맞은편에 있는 연구동 문이 열리고, 작은 사람 형체가 안으로 들어가는 모습이 시야 가장자리로 보인 것 같았다.

설마. 조지가 감시하고 있을 텐데.

어찌어찌 몰래 빠져나온 걸까, 아니면 우격다짐으로 뿌리친 걸까.

조지가 걱정됐지만 일단 연구동으로 들어간 형체를 쫓기 위해 서둘러 복도를 달렸다.

나는 출입구 옆에 있는 신발장에 시선을 주었다. 밖으로 나가려면 실내화를 실외화로 갈아신어야 한다. 오른쪽 구석 위에서 두 번째 단, 고타의 자리에는 실내화가 들어 있었다.

역시 아까 그 형체는 고타였다.

나는 재빨리 중정을 가로질러 연구동으로 들어가려다가 어떤 사실을 깨달았다.

야간에는 당연히 연구동 문도 잠겨 있을 텐데.

고타는 어떻게 자물쇠를 풀었을까. 연구동에 있는 사람이 도와준 걸까.

그런 짓을 할 사람은 후기 선생님밖에 없다.

연구동도 마찬가지로 고요했지만, 우리가 사용하는 기숙사와는 달리 천장에 형광등이 드문드문 켜져 있었다. 인적은 전혀 없었다.

고타가 남의 눈을 피해서 갈 곳은 후기 선생님의 연구실밖에 없다. 예전에 직원실에서 무섭게 고함을 질렀던 후기 선생님. 원숭이를 기괴한 모습으로 바꾼 것도, 내일 사찰 때 자신의 연구를 어떻게든 끼워 넣어서 홍보하겠다는 조바심에서 비롯된 결과 아닐까. 그런 후기 선생님에게 고타를 보내서는 위험하다. 나는 부리나케 연구실로 향했다.

연구실이 있는 2층에 도착했을 때, 10미터 정도 앞쪽 복도 한복판쯤에 있는 문이 벌컥 열리고 누군가가 뛰쳐나왔다. 나는 얼른 모퉁이에 몸을 숨겼다. 흰 가운을 걸치고 이쪽과는 반대 방향으로 달려가는 작은 뒷모습은 분명 후기 선생님이었다.

그가 뛰쳐나온 문에는 제2실험실이라는 팻말이 걸려 있었다.

조심조심 문을 연 순간, 고약한 냄새와 귀에 거슬리는 소음이 쏟아져 나왔다. 나는 허둥지둥 안으로 들어가서 문을 닫았다.

벽 앞에 세 줄로 늘어선 진열 선반. 거기에 빽빽이 놓여 있는 커다란 동물 우리들.

놀랍게도 그 동물 우리의 대부분이 당장이라도 선반에서 떨어질 것처럼 덜컥덜컥 흔들리고 있었다.

자세히 보자 우리 안에서 원숭이 같은 동물이 날뛰고 있었다.

원숭이 '같은' 동물이라고 느낀 건 죄다 신체 일부분, 또는 온몸이 기묘하게 커졌거나 털이 빠지고 없어서 내가 아는 원숭이와는 전혀 다른 모습이었기 때문이다.

원숭이 괴물들은 분노와 괴로움이 어우러진 듯한 울음소리를 내면서 우리 안에서 마구 뒹굴었다. 보이지 않는 적과 맞붙기라도 하는 것처럼.

이것이 후기 선생님의 실험 결과인가.

멍하니 서 있던 나는 여기에 온 원래 목적을 떠올렸다.

고타는 어디에 있을까.

우리가 덜컥거리는 소리와 귀를 찌르는 원숭이들의 소리에 섞여 방 안쪽에서 열에 들뜬 듯한 신음 소리가 들렸다. 나는 진열 선반 사이를 빠져나가 목소리가 나는 쪽으로 향했다.

그러자 방 안쪽에 환자를 옮길 때 사용하는 구급용 이동 침대가 보였다.

침대 위에는 아무도 없었다.

침대 앞쪽 바닥에서 검은 형체가 괴로운 듯 몸을 뒤틀고 있었다.

나는 달려가려다 너무 놀라서 다리가 굳어버렸다.

"……조지?"

왜 조지가 여기에.

"으으억, 으으."

고통에 찬 목소리를 듣고 나는 황급히 조지 곁에 무릎을 꿇어앉았다.

"조지, 정신 차려. 조지!"

몇 번이고 불렀지만 조지는 눈을 감은 채 고통스러워할 뿐 이쪽을 보지 않았다.

맨손으로 만진 조지의 몸은 깜짝 놀랄 만큼 뜨거웠고, 파르르 떨리고 있었다. 그뿐만이 아니다. 목과 두 팔에는 나무뿌리처럼 굵은 혈관이 불거졌고, 피부가 터질 것같이 부풀어 올랐다. 괴로워하는 조지의 모습은 우리에 갇힌 원숭이들과 비슷했다.

나는 상황을 이해하지 못한 채 조지의 이름만 거듭 부르는 것이 고작이었다.

잠시 그러고 있자니 놀라운 일이 일어났다.

"……케이?"

끙끙 앓기만 하던 조지가 내 이름을 속삭인 것이다.

변함없이 눈은 감고 있다. 목소리가 들린 걸까.

"나야, 알겠어? 정신 차려, 조지."

"미안……. 미안해."

잠꼬대하듯 조지가 말했다.

"소각로에 들어 있던 머리…… 내가 그런 거야. 그냥 사람들을 놀라게 하고 싶어서……. 정말 미안해. 그리고 지금까지 거짓말……했었어.”

“뭐?”

“몇 년 전부터 체력 검정 결과를 속여서 말했어……. 사실 난 너보다 성적이 훨씬 안 좋아. 열등생은 나였어.”

왜 지금 그런 소리를 하는 걸까.

조지는 이제 입만 자기 생각대로 움직일 수 있다는 듯이 고백을 계속했다.

“처음에는 부끄러워서 그랬지. 여자인 케이한테 지면 폼이 안 나니까. ……하지만 점점 무를 수 없게 돼서. 미안해, 미안. 그래서 고타에게도 화가 난 거야. 좋은 결과를 내지 못하는 아이는 아무 가치도 없다니, 인정하고 싶지 않았거든. 그래서 고타를 봤다고 거짓말을.”

“나중에 들을게! 정신 놓으면 안 돼.”

조지의 몸은 시시각각 변화했다. 온몸이 옷을 찢을 것처럼 부풀어 올라서 이제 조지임을 한눈에는 모를 정도였다.

“결과를 내지 못하면 앞으로 케이와 같이 지낼 수 없을 것 같았어. 그래서 강해지고 싶었지. 그게 나, 나는…… 으, 어억.”

“그만 말해! 걱정 마, 난 앞으로도 쭉 함께 있을 거니까.

우리는 가족이잖아. 반드시 도와줄게!"

나는 어쩌면 좋을지 몰라서 변해가는 조지를 끌어안은 채 그저 필사적으로 말을 걸었다.

그리고 조지에게 너무 정신을 집중한 탓에 알아차리지 못했다.

뒤쪽에서 누군가가 발소리를 죽여 다가온다는 것을.

다음 순간 뒤통수가 터지는 듯한 충격을 받았다.

008 배신

1층 · 후기의 방 - 고리키 미야코 - 사흘째, 오후 4시 30분

소파에 앉은 채 깜빡 잠들었던 모양이다.

시계를 보니 오후 4시 30분이 지났다. 방에 모인 사람들 사이에는 한층 무거운 분위기가 감돌고 있었다.

"죄송해요."

"괜찮아요. 아직 밖에서도 별다른 움직임은 없으니까요."

하무라가 그렇게 알려주었다.

이십 분쯤 전에 탐정 가이도가 겐자키를 통해 소식을 알려주었다. 현경 상부와 다시 연락했는데, 구조 계획이 마무리됐으니 차분하게 기다리라고 했다고 한다. 하지만 밖에서는 변함없이 떠들썩한 음악과 놀이기구 소리가 들려온다. 퇴장을 재촉하는 안내 방송이 흘러나올 낌새는 없다. 경찰이 행동에 나선 게 맞나 싶을 정도였다.

“우리가 가만히 있도록 얼렁뚱땅 둘러댄 거 아니야?”

아울이 농담하듯 말했지만, 그럴 가능성도 부정할 수는 없는 만큼 아무도 입을 열지 않았다.

아와네는 아까 이성을 잃고 흐트러진 모습을 보였던 것이 착각인가 싶을 만큼 조용하게 안쪽 침실의 침대에 앉아 있었다.

우라이 혼자 내가 잠들기 전부터 자주 방을 드나들며, 어제처럼 주먹밥을 준비하거나 모두의 몸 상태를 물어보거나 했다. 미안하지만 그런 배려조차 슬슬 귀찮게 느껴질 만큼 다들 신경이 예민해진 상태였다.

이틀 동안 잠을 제대로 못 자서 피로가 최고조에 달했다. 누가 ‘생존자’인 줄 모르다 보니, 이 방에 모인 사람들은 마치 약속이라도 한 것처럼 누군가 잠깐 눈을 붙였다가 깨면 다른 누군가가 눈을 붙이는 식으로 돌아가며 모자란 잠을 조금이나마 보충했다.

그때 팔짱을 낀 채 생각에 잠겼던 하무라가 모두에게 제안했다.

“지하로 통하는 계단을 바리케이드로 막는 게 어떨까

요?"

시선이 모이자 하무라는 손짓을 섞어서 설명했다.

"해가 질락 말락 할 때 구조대가 도착할 가능성이 있어요. 불필요한 가구를 쌓아놓으면 거인이 올라오는 걸 조금이라도 늦출 수 있겠죠."

사이가의 방에는 여전히 마리아가 틀어박혀 있지만, 아와네 방의 가구와 조리실의 냉장고, 거기에 이 방의 선반장 같은 것도 사용할 수 있다. 지하로 통하는 계단은 폭이 좁으니까 삼십 분 정도면 그럭저럭 막을 수 있으리라는 것이 하무라의 의견이었다.

"보다시피 내 다리는 이 모양이야. 네가 두 사람 몫을 해야 해."

아울이 붕대로 고정한 다리를 가리키자 "맡겨두세요" 하고 하무라는 고개를 끄덕였다.

"계단을 봉쇄하면 겐자키 씨와 합류할 수 없을 텐데요. 괜찮으시겠습니까."

우라이가 걱정스럽게 물었다.

"알아요. 사실 이 방책은 아까 히루코 씨가 제안한 거예요. 지금은 어떻게든 살아남을 확률을 1퍼센트라도 높여야 한다면서요."

정말이지 한없이 냉철한 아이다.

하무라의 말을 이어받아 보스가 지금까지 서로 거북했던 분위기를 싹 털어버리듯 지시를 내렸다.

“나하고 우라이, 하무라하고 고리키가 짝을 이뤄서 가구를 옮기자. 안에 든 물건은 꺼내고 최대한 가벼운 상태로 옮길 것. 아와네는 가구에서 꺼낸 물건들을 계단으로 옮기도록 해. 아울은 아와네가 옮긴 물건들을 다시 채워 넣어서 가구를 최대한 무겁게 만들어.”

과연, 이사할 때 사용하는 소소한 생활 팁이다. 그러면 나도 충분히 도움이 될 수 있다.

“마리아는 어쩔 거야?”

“일단 말은 해봐야지.”

그렇게 말하고 보스가 방에서 나간 걸 시작으로, 우리는 바리케이드를 만드는 작업에 착수했다.

홀에서 지하 주구획으로 내려가는 계단에다 각 방에서 가져온 가구를 차례차례 밀어 넣었다. 놀라운 점은 보스와 우라이의 작업량이었다. 보스는 당연하다 치고, 보스와 짝을 이룬 우라이도 우는소리 한마디 없이 가구를 차례차례 옮겼다. 나와 하무라보다 두 배는 많이 옮겼을지도 모르겠다. 호리호리한 몸 어디에서 그런 힘이 나올까 싶어 감탄하자 우라이는 "이래 보여도 이사 아르바이트를 오래 했거든요" 하고 웃었다.

결국 마리아는 방에서 나오지 않았다. 역시 협력할 마음이 생기지 않은 모양이다.

가구를 대충 다 옮긴 후, 나는 가구에 채워 넣을 물건을 옮기려고 후기의 방으로 향했다.

해가 지기까지 한 시간쯤 남았을까.

너희의 목숨은 자기 알 바 아니라는 듯이 기울어가는 태양을 우리는 손가락을 빨며 바라보는 수밖에 없다. 그래도 내 기분은 어제와 사뭇 달랐다. 기다리기만 하면 분명 구조대가 온다.

문제는 그다음이다.

나는 후기를 죽이고 말았다. 법의 심판을 받는 건 어쩔 수 없는 일이다. 겐자키뿐만 아니라 하무라에게도 이미 자백했고, 도망칠 생각도 없다. 다만 한 가지 마음에 걸리는 건, 내가 누구로서 심판받느냐다.

울적한 생각을 하며 후기의 방에 들어가니, 아와네가 혼자 있었다.

"도울게요."

"어머, 고마워요. 저는 이쪽을……."

아와네는 냉큼 안쪽 침실로 가더니 가구를 옮기느라 흩어진 먼지를 밀걸레로 청소하기 시작했다. 습관일지도 모르지만, 집주인 후기는 이제 없는데 사서 고생이다.

출창에 시선을 주었다. 창유리 너머로 요 이틀 동안 완전히 귀에 익은 테마파크의 배경음악이 들려왔다.

앞으로 다시는 유원지에 가고 싶은 생각이 안 들겠지.

“고리키 씨.”

침실에서 아와네가 조심스레 나를 불렀다.

“아까 겐자키 씨가 하실 말씀이 있다고 하셨는데요.”

왜 그 말을 먼저 안 한 걸까. 비굴한 웃음을 띤 아와네에게 건성으로 대답한 후 나는 별당으로 향했다.

겐자키와 일대일로 이야기하면 긴장된다. 상대는 기껏해야 성인이 됐을락 말락 하는 나이인데. 염라대왕에게 심판을 받을 때도 이런 기분일까.

겐자키는 철 격자에 기대어 멍하니 밖을 보고 있었다. 그것만으로도 그림이 되는 사람이다.

내 모습을 보고 겐자키는 자세를 가다듬었다.

“고리키 씨, 마침 잘 오셨어요.”

마침 잘 왔다고? 자기가 날 부른 것 아닌가?

“고리키 씨한테 부탁이 있어요.”

나는 무의식중에 방어적인 자세를 취했다. 어제 이와 같은 상황에서 겐자키에게 협박당한 걸 잊지 않았다. 자업자득이지만 이번에도 뭔가 명령하는 것 아닐까.

"만일의 경우에 대비해…… 열쇠를 가지러 갈 방법을 알려드릴게요."

나는 두 귀를 의심했다. 열쇠를 가지러 가다니?

열쇠가 있다고 추정되는 곳은 종루다. 어제도 나루시마가 거인에게 죽었다. 겐자키의 부탁이라도 그의 전철을 밟기는 싫다.

"정신 나간 소리 하지 말아요. 이대로 얌전히 기다리면 구조대가 오겠죠."

"그렇겠지만 보시다시피 테마파크에는 뭔가 달라진 낌새가 전혀 없어요. 만약 우리 중 한 명이 더는 못 참고 정면 출입구의 도개교를 내리면 날이 저무는 동시에 거인이 밖으로 나가겠죠."

그건 그럴지도 모르지만.

"저는 이 방법을 사용할 수 없고, 아무도 사용하지 않는 게 좋기는 해요. 하지만 누군가 이 방법을 알아차렸을 때 협력해줄 사람이 필요해요."

"왜 난데요?"

"하무라는 이 방법을 사용할 것 같고, '생존자'는 목적이 불분명하니까 만약을 위해 감춰두고 싶어요. 그런 점에서 고리키 씨는 '생존자'가 아니니까요."

"왜 그렇게 단언하죠?"

"다들 알아요. 후기가 '놈들 중에'라고 일기에 썼으니 '생존자'는 나루시마 일행 가운데 있겠죠. 그리고……."

강한 눈빛이 날아들어서 전부 들켰음을 깨달았다.

이건 내 죄를 폭로하는 눈빛.

역시 겐자키는 또…….

"당신은 고리키 사토시의 동생이 아니니까요."

나는 숨을 들이마셨다가 내쉰 후, 패배를 확신하면서도 한껏 허세를 부렸다.

"대체 무슨 소리인지 모르겠네. 내 면허증은 하무라도 확인했어요. 얼굴 사진도 틀림없이 나 맞고요. 그런데 고리키 사토시의 동생이 아니라고요?"

"의문스러웠던 점은 고리키 사토시 씨의 스마트폰을 발견한 당신이, 그 사람을 찾을 목적으로 여기에 왔다고 밝힌 타이밍이에요. 이 저택에서 소식이 끊긴 종업원이 많다는 건 우리 모두 이미 알고 있었죠. 그런데 왜 당신은 고리키 사토시 씨를 찾는다는 사실을 그때까지 숨겼을까요?"

"나한테 후기를 죽일 동기가 있다는 걸 들키고 싶지 않았거든요."

"그렇다면 당신이 직접 사토시 씨의 스마트폰을 찾아내고 신상을 밝힌 게 이해가 안 되죠. 확실히 통신수단을 급히 확보해야 하긴 했지만, 그것 말고도 스마트폰과 폴더폰이 발견됐으니 멀쩡한 게 있는지 없는지 확인한 후에 나섰어도 됐을 거예요. 그렇다면 그때는 이미 신상을 감출 이유가 없어졌다고 봐야겠죠."

겐자키가 사토시의 스마트폰을 이쪽에 보여주었다.

화면에는 나와 사토시가 정답게 끌어안고 찍은 셀카가 띄워져 있었다.

폴더의 사진을 삭제할 여유가 없었던 게 원망스러웠다.

"사토시 씨와 특별한 관계셨던 거군요."

겐자키는 추궁하는 게 아니라 확인하는 어조로 말했다.

부정하기는 간단하다. 하지만 스마트폰은 겐자키의 손안에 있다. 나와 사토시의 다른 사진도 봤을 테니 숨겨도 소용없다.

"네, 맞아요. 우리는 남매지만 서로 사랑했죠. 그런 관계를 함부로 밝힐 수는 없으니까 잠자코 있었지만요."

"이 사진을 처음 봤을 때, 실은 두 분이 부부라는 사실을 감추기 위해 남매라고 사칭한 게 아닐까 싶었어요. 성씨가 고리키라는 건 면허증으로 확인했으니까요. 하지만 우리에게 그런 거짓말을 할 이유가 있을 것 같지는 않았고, 어차피 나중에 경찰이 조사하면 바로 들통날 일이에요."

그렇다, 조사하면 밝혀진다. 그래서 처신하기가 까다로웠다.

"그때 이런 생각이 번쩍 떠올랐죠. 아내나 연인이면 문제가 없고, 동생이라면 곤란한 점이 있는 것 아닐까. 그 이유를 알아낼 열쇠는 고리키 사토시 씨와 당신의 공통점인 이 스트랩이었어요."

겐자키가 창문 너머에서 스마트폰을 흔들었다. 천칭 모양의 고무 스트랩이 흔들렸다.

"이 스트랩은 재질도 그렇고 디자인도 그렇고, 하무라가 빌린 디지털카메라에 달린 것과 같은 계열의 상품이에요."

"그게 뭐 어때서요? 연인이니까 커플 스트랩을 달아도 이상할 것 없잖아요."

"그렇죠. 문제는 두 스트랩의 디자인이에요. 처음에 당신의 게 모양 스트랩을 봤을 때는 그냥 디자인이 마음에 들었거나, 기념품으로 산 거라고 생각했어요. 하지만 사토시 씨의 스트랩이 천칭 모양인 걸 알고 생각이 바뀌었죠. 게와 천칭, 이 디자인에는 공통점이 있어요. 바로 별자리예요."

아아.

겐자키가 뭘 눈치챘는지 알았다.

"두 분이 각자 자신의 별자리에 해당하는 모양의 스트랩을 구입했다면, 같은 제조사의 디자인이 다른 스트랩을 가지고 있어도 이상할 것 없겠죠. 그런데 고리키 씨. 하무라에게 들었는데 당신은 이번 달에 스물세 살이 된다면서요? 3월생이라면 별자리는 물고기자리나 양자리겠죠. 그런데 당신은 6월이나 7월생의 별자리인 게 모양 스트랩을 선택했어요. 왜냐? 당신은 3월생이 아니니까. 고리키 미야코의 신분으로 생활하고 면허까지 땄지만, 기껏해야 스트랩이라고 여겼는지 그걸 살 때는 자신의 진짜 생일에 맞춰서 게 모양을 고른 거예요. 당신은 고리키 미야코가 아니에요."

야단났다. 몇 년이나 숨겨온 비밀이 이런 소녀에게 발각될 줄이야.

그건 기껏해야 스트랩이다. 그래도 고리키 미야코로서 살아가는 내가, 내 본래 정체성을 주장할 수 있도록 사토시가 신경 써서 사준 유일한 물건이었다.

"당신이 고리키 미야코가 아니라고 생각하면, 여기 온 목적을 덮어두고 있었던 이유도 설명이 되죠. 당신은 사토시 씨가 여기서 살해당했을 가능성이 크다는 걸 알았어요. 다만 시신이 어디에, 어떤 상태로 처분됐는지는 몰랐고요. 만약 경찰이 사토시 씨로 추정되는 시신을 찾아낸다면 어떻게 할까요? 보통 신원이 불분명한 시신은 일단 치아를 치료한 흔적을 조사해요. 하지만 시신에 두개골이 없어서 치아를 조사할 수 없다면? 그리고 피해자의 동생이라고 주장하는 사람이 있다면? DNA를 감정해서 두 사람이 혈육인지 확인하는 건 당연한 수순이겠죠."

그랬다가는 나와 사토시가 남매가 아니라는 사실이 들통난다. 그것만큼은 반드시 피해야 했다.

"DNA 감정을 피할 수 있는 패턴은 두 가지. 하나는 사토시 씨의 시신이나 소지품이 일절 발견되지 않을 경우. 그러면 당신이 사토시 씨를 찾으러 왔다는 사실도 끝까지 숨기면 돼요. 또 하나는 사토시 씨의 두개골이 발견돼서 치아를 조사할 수 있는 경우. 하무라 말로는 당신이 머리 무덤에 나뒹구는 두개골을 열심히 들여다봤다더군요."

사토시에게는 앞니가 없다는 알아보기 쉬운 특징이 있었다. 하지만 머리 무덤에 있던 두개골 중에 사토시의 것은 눈에 띄지 않아서, 나는 어떻게 진행될지 모르는 상황 속에서 목적을 계속 숨기는 수밖에 없었다.

"그런데 오늘, 상황이 당신에게 유리한 방향으로 움직였어요. 부구획 벽에서 발견된 백골 시체에는 두개골이 없었고 옷과 소지품도 남아 있지 않았어요. 다른 시체도 같은 방법으로 처분했을 걸로 추정됐고요."

즉, 어느 시신이 사토시인지 판단할 방법이 없다는 뜻이다.

곧 사이가의 방에서 사토시의 물건이 발견됐지만, 그건 더는 문제가 되지 않았다.

겐자키는 그때 내가 했던 생각을 짚어나가듯이 말했다.

"나중에 만약 두개골이 발견되면 치아를 조사할 수 있다. 두개골이 발견되지 않아서 신체의 다른 뼈로 DNA를 감정했는데 혈육 관계가 아니라는 결과가 나와도 사토시 씨가 아니라서 그렇다고 주장하면 된다. 거짓말이 들통날 우려가 없어지자 드디어 당신은 여기 온 목적을 모두에게 밝힐 수 있었던 거예요."

나는 어느 틈엔가 주먹을 꽉 움켜쥐고 있다는 걸 깨닫고 손에서 힘을 뺐다.

"듣자 하니 증거도 있나 보군요."

겐자키는 처음으로 미안한 듯 목소리를 낮추었다.

"실례인 줄은 알지만 가이도 씨에게 고리키 남매에 관해 조사해달라고 부탁했어요. 옛날 지인의 전화번호가 스마트폰에 남아 있어서, 기대했던 것보다 빨리 결과가 도착했죠. 이건 남매의 학창 시절 사진이에요."

겐자키가 내민 스마트폰에는 졸업 앨범에서 찾았는지 풋풋해 보이는 고리키 남매의 사진이 띄워져 있었다.

한나절도 지나기 전에 저런 걸 입수했나. 든든한 한편이 있다니 부러웠다.

아니, 그렇지 않다. 내게 고리키 사토시는 든든하니 진심으로 의지할 수 있는 사람이었다.

내가 그에게 든든한 버팀목이 아니었을 뿐.

"고리키 사토시는 본인이 틀림없지만, 고리키 미야코는 당신 얼굴과 전혀 달라요. 그리고 한 가지 더. 앨범 사진을 제공해준 사토시 씨의 옛날 반 친구에게 당신 얼굴 사진을 보여주자 기억난다고 했다는군요. '마에다 게이코' 씨. 당신은 중학교 때 사토시 씨와 같은 반이었어요."

오랜만에 듣는 이름이다. 내게는 불쾌한 추억밖에 없지만.

"거기까지 다다른 이상, 당신이 '생존자'일 가능성은 전혀 없어요. 어릴 적부터 학교에 다닌 기록이 남아 있는 일반인이니까요. 그럼 진짜 고리키 미야코는 어디로 갔을까

요?"

그렇다. 사토시의 여동생, 고리키 미야코는 가공의 인물이 아니다.

실제로 존재한다. 아니, 존재했던 여성이다.

나는 위를 올려다보았다. 눈에 들어온 건 드넓은 하늘이 아니라 갈 곳 없는 내 불안감을 대변하는 듯한 돌 천장이었지만. 이것도 정경이라면 정경일까.

"참 대단하네요."

사토시는 이제 이 세상에 없다. 어차피 난 외톨이니까 겐자키에게 발각돼도 상관없다. 나는 마음을 정했다.

"맞아요. 우리는 중학교 때 처음 만났어요. 둘 다 평범해빠진 학생이었고, 사이가 좋은 것도 아니었죠. 그래도 서로 비슷한 부류라는 감은 왔어요."

내 고향은 이렇다 할 기업체도 없는 촌구석으로, 부모님은 내가 어릴 적에 이혼했다. 나는 아버지를 따라갔지만, 그 인간은 일도 하지 않고 집에서 술만 마시는 쓰레기라 매일같이 집주인과 추심꾼에게서 도망쳐 숨느라 바빴고, 전기와 수도가 끊긴 적도 허다하다. 집으로 부를 만큼 친한 친구가 없는 것이 그나마 다행이었다.

한편 사토시도 어릴 적부터 육아를 포기한 가정에서 자

라느라 고생이 많았다고 한다.

중학교 졸업 후, 나는 고등학교에 가지 않고 동네 슈퍼에 취직했다. 한시라도 빨리 아버지 곁을 떠나고 싶었기 때문이다. 월급은 짰지만 죽어라 일해서 이 년 후에 자취를 시작했다. 하지만 자취 생활은 오래가지 못했다. 어디서 들었는지 아버지가 나를 데리고 가겠다며 찾아온 것이다. 너무 끈덕지게 찾아와서 난리를 치는 통에, 나는 거주지도 직장도 계속 옮겨 다녀야 했다.

그런 일이 몇 년이나 반복됐다. 아버지는 아무것도 못 하는 쓰레기 주제에 나를 속박하는 데는 심혈을 기울였다. 분명 혼자 지옥으로 떨어지기가 쓸쓸했으리라. 그런 건 딱 질색이다. 나는 아버지와 연을 끊기 위해서라면 무슨 짓이라도 할 작정이었다.

사토시와 우연히 재회한 건 스무 살 때였다. 사토시도 이미 자립했지만 변함없이 고생한다는 걸 옷차림으로 알았다.

동창생과 술집에 간 건 그때가 처음이었다. 우리 둘 다 성인식에도 참석하지 않았기 때문이다. 아무리 애써도 밝은 화제는 전혀 나오지 않았지만, 우리는 거리를 재듯 술잔을 기울이며 계속 이야기를 나누었다. 신기하게도 마음 편한 시간이었다.

술집 영업시간이 끝나기 직전에 사토시가 이렇게 말했다.

"동생이 집에 안 들어와."

"가출?"

사토시는 무거운 듯 느릿느릿 고개를 저었다.

"유서 같은 편지를 남겨놓고 나갔어. 석 달이나 지났지. 전화도 연결이 안 돼."

"큰일이네."

나도 모르게 목소리가 커졌지만, 사토시는 차분하게 "걔는 지친 거야" 하고 중얼거렸다.

"나도 지치긴 했지만, 걔는 지치다 못해 쉬고 싶어진 거겠지. 그저 살아내려고 기를 쓰던 이 현실을 떠나서 말이야. 도와주고 싶었지만 나도 내 앞가림을 하는 게 고작이었어."

내내 고개를 숙이고 있던 사토시가 나를 보았다.

"내 동생 호적, 필요해?"

"그게 무슨 소리야?"

"실종 신고는 안 했어. 하지만 난 알아. 동생은 이미 이 세상에 없어. 통장이고 보험증이고 다 놔두고 갔더라. 고리키 미야코로서, 내 가족이 돼서 재출발해보지 않을래?"

내 인생에 처음으로 찾아온 희망이었다. 본명은 나를 아버지에게 잡아매는 저주에 지나지 않는다. 오늘부터 다른 사람으로 살아갈 수 있다면 얼마나 근사할까.

나는 마에다 게이코로 살아온 인생을 버리고, 사토시의 동생이 되어 살아가기로 결심했다.

우리는 고향을 떠나 좁고 월세가 저렴한 연립주택에서 함께 살기 시작했다. 나는 사토시의 권유를 받아들여 야간 학교에 다녔고, 졸업 후에는 학교에서 얻은 연줄을 활용해 프리랜서 작가로 일했다. 운전면허도 고리키 미야코 이름으로 땄다.

그렇게 오 년 남짓 지났다. 생활은 빠듯했지만, 나 자신의 힘으로 인생을 개척해나간다는 실감을 난생처음 맛보았다.

하지만 난 사토시가 고민에 빠졌다는 걸 눈치채지 못했다.

어디서 정보를 얻었는지는 모르겠지만 사토시는 삼 년 전에 연립주택을 나가서 드림 시티에 취직했다. 평소 한 직장에 오래 있지 못했는데, 이번 직장에서는 월급이 올랐다고 기뻐했던 사토시. 다음 생일에는 선물을 사주겠다고 했던 사토시. 그런 사토시가 일 년 전에 실종됐다.

지금 생각해보면 불법 노동자도 아니고 가족도 있는 사토시가 거인의 제물로 뽑힌 건, 어딘가에서 흉인저의 비밀을 눈치챘기 때문이 아닐까 싶다. 내게 말하지 않은 건 처음으로 삶의 보람을 찾은 내게 걱정을 끼치기 싫었기 때문이리라. 분명 직원 중에 제물을 선별하는 후기의 앞잡이가 섞여 있겠지.

그래도 너무해, 사토시.

우리는 가족인데, 왜 좀더 말해주지 않은 거야.

왜 나를 의지하지 않은 거야.

설마 이렇게 허무하게 이별할 줄이야.

"올바른 삶이 아니라는 건 알아요. 다만 어디서 잘못됐는지는 아무리 생각해도 모르겠네요."

우리가 선택할 수 있는 길은 언제나 제한돼 있었다. 나도 사토시도 그중에서 조금이나마 우리가 행복할 수 있는 길을 선택했을 텐데.

사토시는 살해당했고, 나는 살인자다.

복수는 해냈다. 사토시의 동생이 되어 얻은 평온한 삶은 내 손에서 떠나가리라.

겐자키가 구슬픈 표정으로 이쪽을 보았다.

"만약 내가 겐자키 씨만큼 강했다면, 사토시도 내게 기댔으려나."

그래도 사토시에게는 내가 필요했다고 믿고 싶다.

겐자키가 뭔가 말하려고 입을 열었을 때였다.

후기의 방 쪽에서 누가 외치는 소리가 들렸다.

아와네에게 무슨 일이 생긴 걸까? 비명이라기보다 고함치는 소리에 가깝다.

"잠깐 보고 올게요."

그렇게 말하고 돌아가려고 했지만 방으로 통하는 문이 열리지 않았다. 후기의 방 쪽에서 잠근 것이다. 어째서?

나는 방 쪽에 대고 소리쳤다.

"저기요, 문 좀 열어주세요! 무슨 일 있어요?"

잠시 문을 두드리자 방에서 누군가 일어서는 기척이 느껴졌다.

"미안해, 고리키 씨. 당신들을 방에 들여놓을 수는 없어."

아까 들렸던 고함 소리와는 달리, 몹시 상냥한 아와네의 목소리였다.

—— 또 무슨 일이 생길 것만 같아.

보스의 그 말이 머리를 스쳤다.

"왜요?"

"곧 구조대가 올 텐데, 살인자하고는 도저히 같이 못 있겠어. 그래서 나 혼자 기다리려고. 다 당신들 잘못이야. 누가 이런 데를 오래? 하지만 걱정하지 마. 당신들은 사이좋잖아. 오순도순 도와가며 기다리면 될 거야."

아하하하하, 하고 높은 웃음소리가 문 너머에서 울려 퍼졌다.

우리는 이렇게 후기의 방에서 쫓겨났다.

1층·홀 - 하무라 유즈루 - 사흘째, 오후 5시 20분

바리케이드를 겨우 완성했다.

거인 앞에서 얼마나 효과가 있을지는 미지수지만, 할 수 있는 일은 다 했다. 이제 구조대가 오기를 기다리는 수밖에 없다.

내가 안도감에 숨을 푹 내쉬었을 때 후기의 방 쪽에서 아울의 고함 소리가 들렸다. 히루코 씨에게 구조대의 상황을 물으러 갔을 텐데 어떻게 된 걸까.

옆에 있던 보스와 우라이도 의아한 표정으로 얼굴을 마주 보았다.

이어서 금속을 세게 두드리는 듯한 소리가 들려왔다.

상황을 보러 가야 할까 망설이는데, 안색이 변한 아울이 대걸레를 짚으며 홀로 돌아왔다.

"아와네가 배신했어. 금속 문을 안에서 잠가버렸어."

조금 늦게야 우리가 처한 상황을 이해했다.

바리케이트가 완성됐으므로 주구획에도 부구획에도 못 간다.

후기의 방에 들어갈 수 없다면 어디에 숨어야 하지?

해가 지고 거인이 나오면 죽은 목숨이다.

다 함께 후기의 방으로 가보니 아울 말대로 출입구의 금속 문 안쪽에 빗장이 채워져 있는 것이, 우리는 완전히 쫓겨난 꼴이 되고 말았다.

"안에는 아와네밖에 없나?"

"모르겠어. 고리키도 보이지 않으니 함께 있을지도 모르지."

아울은 그렇게 말했지만, 고리키가 아와네와 결탁할 것 같지는 않았다.

"어쩌면 아와네 씨에게 제압당했다든가요."

"그런 난폭한 짓은 안 해요. 저는 그럴 힘도 없으니까요."

우라이의 걱정스러운 말이 끝나기가 무섭게 금속 문 너

머에서 아와네의 목소리가 들렸다.

"안심하세요. 고리키 씨는 겐자키 씨와 이야기중이라 별당에 가둬놨어요. 어떤 의미에서 누구보다도 안전한 곳에 있는 셈이죠."

우리는 번갈아 가며 금속 문을 흔들거나 걷어찼지만 빗장이 벗겨질 낌새는 없었다. 거인의 공격에 견딜 수 있도록 특별히 주문해서 만든 문이니까 당연하다면 당연하지만.

"처음부터 이럴 작정이었나."

분노를 억누른 목소리로 보스가 묻자 아와네는 뜻밖이라는 듯이 반론했다.

"설마요. 저는 어디까지나 여러분과 함께 구조되면 좋겠다는 생각이에요. 그런데 여러분이 탈출을 방해하잖아요. 그래서 어쩔 수 없이 이렇게 저 자신을 지키기로 한 거랍니다."

"후기와 사이가도 네가 죽였나."

"뻔뻔하기는. 살인자는 여러분 중 한 명이잖아요. 구조대가 오는 게 먼저일지, 죽는 게 먼저일지 운명에 맡기셔야겠네요."

아와네의 발소리가 멀어졌다. 이제 아와네의 마음을 돌리기는 불가능하리라.

아와네가 거짓말을 한 게 아니라면 고리키는 걱정 없다.

하지만 이제 히루코 씨와 이야기할 수도 없다. 구조 계획이 어떻게 진행중인지 알 방법이 없다.

보스가 손목시계를 보았다.

"앞으로 사십 분이면 해가 져. 우왕좌왕할 시간 없어. 이대로 가다가는 우리 모두 죽을 거야."

그렇다면 우리에게 남은 방법은 하나밖에 없다.

보스가 결의를 굳힌 듯 그 방법을 입 밖에 꺼냈다.

"정면 출입구의 도개교를 내리고 탈출한다. 주변에 있는 이용객은 되도록 멀리 대피시키고."

"진심이야?"

아울은 반대한다기보다 어이없다는 듯한 말투였다.

"이대로 있으면 우리 네 명만 죽겠지. 하지만 거인이 밖으로 나가면 희생자가 더 많이 생길 거야."

"해가 지기 전에 구조대가 움직이면 한 명도 죽지 않고 사태가 수습될 가능성도 있어. 거기에 기대를 걸려면 우리도 한시바삐 움직여야겠지."

"……어쩔 수 없군." 아울도 고개를 끄덕였다. "우리가 먼저 행동에 나서면 여유가 넘치던 구조대도 발등에 불이 떨어질지 모르지."

우리는 즉시 도개교 옆 기계실로 향했다.

보스는 고장 난 윈치와 도개교를 연결하는 쇠사슬 두 줄 중 하나에 와이어 절단기를 대고 양손으로 손잡이를 꽉 눌렀다. 하지만 수백 킬로그램, 아니, 1톤도 넘을 도개교를 고정하는 쇠사슬은 아주 튼튼해서 한 번으로는 절단되지 않았다.

두 번, 세 번, 네 번. 보스가 몇 번을 내질렀는지 모를 기합 소리와 함께 힘을 주자 마침내 쇠사슬이 끊어졌다. 이어서 다른 쪽 쇠사슬도 절단했지만 그것만으로는 도개교가 내려가지 않는다. 오랜 세월 방치된 탓에 다리가 접히는 부분의 경첩이 빽빽해진 것이다. 마지막은 힘껏 밀어서 넘어뜨리는 수밖에 없다.

시계를 보았다. 해가 지기까지 약 삼십 분.

보스가 우리 얼굴을 둘러보았다.

"일단 다리가 내려가면 돌이킬 수 없어. 어떻게든 주변의 이용객들을 테마파크 밖으로 대피시켜야 해."

"저희가 제일 먼저 경비원에게 붙잡힐지도 모르겠군요."

우라이가 불안을 내비치자 한쪽 다리로 버티고 서 있던 아울이 기세 있게 말했다.

"이왕 이렇게 된 김에 한껏 난리를 쳐보자고."

보스의 호령에 맞춰 넷이 함께 다리 상판에 몸을 부딪

쳤다.

하지만 도개교는 꿈쩍도 하지 않았다. 아울이 다리를 다친 게 이 마당에 와서 영향을 끼칠 줄이야.

아예 반응이 없어서 고정된 곳이 또 있는 게 아닐까 걱정이 고개를 쳐들었다.

“한 번 더.”

보스의 지시에 따라 다시 몸을 날릴 자세를 취했을 때 뒤쪽에서 목소리가 들렸다.

“대체 뭐가 어떻게 돌아가는 거야? 왜 후기의 방에 안 들어가고 여기서 이러는 건데?”

사이가의 방에 틀어박혀 있던 마리아였다. 구조대가 올 조짐이 없어서 답답했는지 상황을 보러 나온 모양이다.

“아와네가 배신했어.”

후기의 방에서 쫓겨났으며 구조 진행 상황도 알 수 없다는 보스의 설명에 마리아는 기가 찬다는 듯 위를 올려다보았지만, 바로 나와 아울 사이를 비집고 들어왔다.

“너희를 믿는 건 아니지만, 주변 사람을 대피시켜야 한다면서. 서두르자!”

약한 마음을 꺾어버리는 듯한 힘찬 목소리에 용기가 솟았다.

이번에는 다섯 명이 한꺼번에 힘을 가했다. 다친 갈비뼈가 아픈지 마리아의 입에서 앓는 소리가 가느다랗게 새어 나왔다.

시간이 흘러 모두의 호흡이 흐트러지기 시작했을 무렵, 문턱과 경첩 사이에서 작게 삐걱거리는 소리가 들렸다. 아주 느리게 기울어지던 도개교가 점점 빨리 아래로 내려갔다.

"물러나."

거대한 다리가 십오 년 동안 들러붙었던 먼지와 곰팡이를 흩날리며 쿵 쓰러졌다. 바람이 일어서 주변의 정원수가 흔들렸고, 저택 부지 앞길에 있던 이용객들이 놀라서 비명을 질렀다.

마리아가 제일 먼저 다리를 밟고 밖으로 뛰쳐나가 주변에 소리를 질렀다.

"여기는 위험해. 얼른 유원지 밖으로 나가! 누가 경비원 좀 불러줘!"

1층 · 별당 - 고리키 미야코

"문 좀 열어줘요! 안 들려요?"

나는 속에 열불이 나서 입술을 깨물었다. 계속 문을 두드리느라 손이 벌게졌다.

아와네를 계속 설득했지만 전혀 대답이 없다. 아무래도 나를 여기서 꺼내줄 마음은 없는 듯하다.

창문으로 비쳐드는 햇빛이 붉어지더니만, 시시각각 색깔이 변해갔다.

"다른 사람들은 어떻게 하려나요?"

겐자키에게 물었지만 겐자키는 이 급박한 상황을 가이도에게 알리기 위해 스마트폰을 조작하느라 대답이 없었다.

그때 멀리서 뭔가 커다란 물체를 땅에 내팽개친 것 같은 소리가 들렸다.

"구조대가 왔나?"

기대감이 커졌지만 겐자키는 스마트폰을 귀에 댄 채 고개를 저었다.

"구조 활동은 아직 시작되지 않았대요. 저건 아마도 정면 출입구의 도개교를 내린 소리겠죠."

맙소사!

도개교의 쇠사슬을 끊어서 억지로 내렸단 말인가. 그래서는 다리를 다시 올릴 수 없으니 해가 지면 거인이 밖으로 나간다.

사람들의 심정도 이해는 간다. 후기의 방에서 쫓겨난 이상, 저택에서 탈출하지 않으면 거인에게 죽는다. 하지만 이 용객에게 피해가 생기는 건 피할 수 없다.

거기까지 생각하다 비난 쪽으로 기울어지는 마음을 떨쳐냈다.

"이건 비겁한 생각이야. 누구보다도 안전한 곳에 있는 내가 이래라저래라 할 일이 아니지."

그들이 살기 위해 내린 결정이다.

겐자키도 침착하지 못한 표정으로 창 안쪽을 왔다 갔다 했다. 지금까지 두 번이나 내 비밀을 밝혀낸 겐자키도, 별관에 갇힌 채로는 어떻게 손을 쓸 방법이 없다. 겐자키가 사람들 곁으로 달려가려면 거인을 피해 우리가 만든 바리케이드를 돌파해야 한다. 거인이라면 모를까, 육체적인 힘은 부족한 겐자키에게는 불가능한 일이다.

겐자키는, 하무라가 누구보다도 의지하는 탐정은 마지막 밤을 맞이하기 전에 사건 그 자체에서 밀려나고 말았다.

"혹시 아와네가 '생존자'였던 걸까."

방심했던 나 자신이 원망스러웠지만, 겐자키는 바로 부정했다.

"아와네 씨는 첫날 밤에는 마리아 씨와, 어젯밤에는 고리키 씨와 함께 있었으니 범인이 아니겠죠."

"그건 그렇지만, 결국 사이가의 목을 절단할 수 있는 사람은 찾지 못했네요."

"아니요, 가능한 사람이 딱 한 명 있어요. 그 사람이 '생존자'라면요."

잘못 들은 게 아닌가 싶었다. 설마 겐자키는 별관에 갇힌 상태로 또 진실을 알아냈다는 건가.

"어떻게요? 하무라가 거인을 이용해 목을 자르거나 운반하는 방법까지 검증했지만 그래도 불가능했는걸요."

"중식도의 이동과 목 절단을 범인과 거인이 분담해서 실행한다는 거로군요. 저희는 그걸 '난제의 분할'이라고 표현하는데, 발상 자체는 옳아요. 고리키 씨가 후기를 죽이고 다른 범인이 머리를 잘라내서 가져간 것처럼, 사이가 씨가 살해당했을 때도 과정이 분할됐겠죠."

겐자키는 그렇게 말한 후 가느다랗고 기다란 손가락을 세웠다.

"다만 사이가 씨가 살해당했을 때는 두 번이 아니라 세 번 분할됐어요."

바깥·흉인저 앞 – 하무라 유즈루

"이 건물에서 폭발물이 발견됐습니다! 빨리 밖으로 대피하세요!"

이틀 만의 바깥 공기를 만끽할 틈도 없이 우리는 이용객들에게 소리쳤다.

아까까지 혼자 방에 틀어박혀 있던 마리아가 제일 적극적으로 목소리를 높였다. 그토록 바랐던 탈출에 성공한 뒤에도 흉인저 앞을 떠나지 않고, 윗옷을 허리에 두른 모습으로 열심히 사람들을 유도한다. 마리아가 유창한 일본어로 호소하자 이용객들은 당혹스러워하면서도 박력에 압도당했는지 아무 불평 없이 그 자리를 떠났다.

아울도 목발 대신 대걸레를 짚은 채 분투했다. 이런 역할은 어색할 텐데도, 가끔 일본인처럼 머리를 숙이며 목이 쉬어라 호소했다.

으스스한 소문으로 유명한 흉인저 내부를 한번 보려고 카메라를 들고 다가오는 이용객도 있었다. 하지만.

"얼른 나가라는 말 못 들었어!"

우라이가 지금까지 접한 그의 모습만 봐서는 상상도 안 될 만큼 무서운 얼굴과 목소리로 모두 돌려보냈다.

한번은 경비원이 다가와서 우리를 제지하려고 했다. 하지만 테마파크 경비원이 수많은 전투로 단련된 보스를 당해낼 리 없다. 내던져지고, 팔을 꺾이고, 멱살을 잡히고 매서운 호통을 들은 그들은 허겁지겁 책임자에게 연락한 후, 사정도 잘 모르는 채 이용객들을 밖으로 유도하는 일을 돕고 있다.

구조는, 경찰은 아직인가.

나는 테마파크 정문 쪽을 몇 번이나 쳐다보았다. 저녁해는 이미 산 뒤편으로 넘어가서 모습을 감추었고, 남색으로 물들기 시작한 하늘 아래, 테마파크의 외등이 켜졌다.

거인이 언제 별관에서 나와도 이상할 것 없다.

그렇게 되면 현재로서는 거인이 날뛰는 걸 막을 방법이 없다.

알고 있었다, 그런 것쯤은.

그런데도 결국 나는.

—여기서 탐정은 무력해.

머릿속에 히루코 씨의 말이 되풀이해 떠올랐다.

아니다. 히루코 씨, 무력한 건 당신이 아니다.

나다. 여기 멈춰 서서 고민만 하는 왓슨이다.

바보 같기는. 왓슨이라면서.

왓슨이 홈스 곁을 떠나서 뭘 하자는 말인가!

나는 여전히 히루코 씨에게 기대를 걸고 있다. 기대하는 마음을 버리지 못한다.

지금까지는 그게 싫었다. 히루코 씨에게 기대를 품고, 그 사람에게 의지할 수밖에 없는 나 자신이.

하지만. 내내 한탄해왔던 이 역할은, 사실 나밖에 못 하는 일 아닐까.

나는 뭐가 어찌되든 겐자키 히루코가 해내길 기대한다.

설령 겐자키 히루코가 자기 자신을 포기하더라도 나는 결코 겐자키 히루코를 포기하지 않는다.

그 순간, 머릿속에서 뭔가 번뜩했다.

맞아! 트럭에 내 스마트폰이 있지!

그리고 히루코 씨는 고리키 사토시의 스마트폰을 가지고 있다. 히루코 씨가 내 전화번호를 외웠는지는 모르지만, 어쩌면 연락이 올지도 모른다.

그 생각이 떠오르자마자 나는 흉인저를 향해 달렸다. 트럭은 남의 눈에 띄지 않게 정원수 뒤편에 세워져 있었다.

나는 발치에 있던 큼지막한 돌을 주워서 운전석 창문을 내리쳤다. 유리가 깨지자 경보음이 울려 퍼졌지만, 아랑곳없이 잠금을 풀었다. 귀중품을 모아둔 자루는 조수석 밑에 놓여 있었다. 나와 히루코 씨의 스마트폰을 꺼내 전원을 켰다.

내 스마트폰에는 전화도 문자메시지도 오지 않았다. 히루코 씨의 스마트폰은 잠겨 있었다.

아직 포기하기는 이르다. 어떻게든 고리키 사토시의 전화번호를 알아낸다면.

나는 스마트폰을 들고 흉인저로 들어갔다.

방금 탈출한 지옥. 거인이 사는 곳.

내가 알고 있는 어떤 미스터리 소설의 범주에도 해당하지 않는 살육이 자행된 곳.

흉인저는 쥐 죽은 듯 고요했다.

일단 굳게 닫힌 금속 문 앞으로 가서 고리키에게 말을 전해달라고 큰 소리로 아와네에게 부탁했다. 하지만 아무리 소리를 질러도 반응이 없었다.

틀렸다. 이제 와서 아와네를 설득할 시간은 없다.

금속 문 앞에서 물러나 홀로 이어지는 통로에 있는 내부 도개교 앞으로 왔다.

이걸 내린들 별당에 있는 고리키나 별관에 있는 히루코 씨와 말을 나누기는 불가능하다.

오히려 별관에서 본관으로 이어지는 최단 경로가 생겨

서 기껏 만든 바리케이트가 무의미해지는데다, 머리 무덤에 빛이 차단돼 해가 지기 전에 거인이 밖으로 나올 우려가 있다.

정말로 더는 어떻게 할 방법이 없는 걸까.

그때 뒤쪽에서 인기척이 느껴졌다.

돌아보자 동료 한 명이 서 있었다. 오른손에 번쩍이는 날붙이를 들고서.

1층 · 별당 - 고리키 미야코

"두 번이 아니라 세 번 분할됐다고요?"

무슨 뜻인지 이해가 되지 않아서 나는 겐자키의 말을 되뇌었다.

겐자키는 설명을 하면서 손가락을 차례대로 세웠다.

"몇 가지 조건이 얽혀 있는 탓에 사이가 씨의 목을 절단하기는 불가능하다고 여겨졌죠.

첫 번째, 하무라와 아울 씨가 시체가 있는 부구획에 밤새 머물렀다.

두 번째, 주구획의 철문으로 드나드는 인원을 보스가 밤새 파악했다.

세 번째, 현장에 떨어져 있던 중식도는 나루시마 씨가 후기의 방에서 가지고 나간 물건이었다.

네 번째, 시신 주변에 고인 피가 굳은 걸로 보건대 목이 절단되고 아홉 시간 가까이 지났으리라고 추정된다."

아침이 되기까지 부구획에 드나든 건 거인밖에 없으며, 주구획 쪽에서 창문 너머로 목을 절단하기는 불가능하다는 점도 검증을 마쳤다. 보스나 하무라의 빈틈을 노려 부구획에 드나드는 방법도 전부 부정됐다.

"설령 '생존자'가 인간을 초월한 괴력을 소유했거나, 어둠 속을 자유로이 볼 수 있다 하더라도 불가능했으리라고 하무라도 생각했을 거예요."

"맞는 말씀이에요."

겐자키는 내 말을 인정한 후 설명을 이어나갔다.

"사이가 씨 살해 사건을 '저녁에 행해진 살인'과 '야간에 행해진 목 절단' 두 과정으로 분할한 게 저희의 실수였죠. 실은 세 과정, '저녁에 행해진 살인', '야간에 획책된 위장', '이른 아침에 행해진 목 절단'으로 분할해야 했어요. 그리고 그건 '생존자'에게만 가능한 일이었고요."

"'생존자'는 우리가 모르는 특수한 능력을 가지고 있었나

요?"

"아니요. 우리는 첫날 밤부터 그 능력을 잘 알고 있었어요. 생각해보세요. 왜 야간에 사이가 씨의 목이 절단됐다고 판단했죠?"

"사이가의 시신 주변에 고인 피가 완전히 굳어 있었으니까요. 보스 말로는 피가 흐른 지 아홉 시간쯤 지났다고 했죠. 다른 사람들도 이의는 없었고요. 겐자키 씨도 사진으로 확인했을 텐데요."

"네. 경과 시간에 관해서는 저도 동의해요. 다만 그 피가 사이가 씨의 피라는 증거는 없지 않나요?"

사이가의 피가 아니다?

겐자키의 그 말에 강렬한 벼락을 맞은 것처럼 나는 생각이 정지됐다.

"우리는 흉인저에 온 지 얼마 안 돼서 초인 연구의 피험자가 지닌 특수한 능력을 목격했어요.

그들은 인간을 초월한 경이적인 생명력과 회복력을 지니고 있죠. 보통 사람에게라면 치명적일 만큼 다치고 피를 흘려도 아무렇지도 않게 활동할 수 있어요."

용병들이 쏜 총에 맞아 피를 흘리면서도 아무렇지도 않게 날뛰었던 거인.

연구 자료에 적혀 있었다는 피험자의 비정상적인 치유력.

우리 모두 일찌감치 파악했던 점이지만, 포악하게 날뛰는 거인이 너무나 괴물 같아서 그 점은 인상이 희미해졌다.

"하네다 박사의 피험자도 회복력이 뛰어났다고 자료에 적혀 있었다니까, 제 예상이 맞겠죠. 즉, 이렇게 된 거예요. 범인은 어젯밤에 부구획에 들어갈 필요가 없었다. 주구획의 미닫이문이 달린 방에 가서 창문 격자 틈새로 자기 팔을 밀어 넣고 혈관을 그어서 시신의 목 위로 피를 떨어뜨렸다. 그후에 중식도를 시신 옆에 던져 넣으면 돼요."

중식도에 묻은 건 범인 자신의 피였던 건가.

그냥 피를 뿌릴 뿐이라면 다른 동물의 피를 사용할 수도 있겠지만, 공교롭게도 거인 때문에 이 저택에는 쥐조차 한 마리 없다. 다른 시신은 전부 목이 잘렸으니 사용할 만한 피가 없다고 봐야 하리라. 사용할 수 있는 것은 범인 자신의 피뿐이다.

"보통 사람은 전체 혈액량의 약 이십 퍼센트를 단기간에 잃으면 출혈성 쇼크가 와요. 몸무게가 80킬로그램인 사람도 1.3리터 정도죠. 그러니 사이가 씨의 목 주변에 웅덩이가 생길 만큼 피를 흘릴 수 있는 사람은 경이로운 회복력을 갖춘 '생존자'뿐이에요.

범인이 흘린 피는 아침에는 완전히 굳어서, 마치 밤에 목이 절단된 것처럼 보여요. 그리고 오전 5시경에 거인이 나타나서 사이가 씨의 시신을 발견하죠. 거인은 습성에 따라 그 자리에서 목을 절단해 머리만 가지고 갔고요."

"그때 사이가의 목에서 피가 흐르지 않을까요?"

"사이가 씨는 가슴과 복부를 찔려서 피를 많이 흘렸어요. 심장이 멈춘데다 몸에 피가 거의 남지 않았다면, 목에서 흘러나오는 피는 아주 소량이겠죠."

이 얼마나 교묘한 짓인가.

후기 살해 사건 때는 목을 절단해서 거인의 소행인 것 같은 인식을 심어주었다.

사이가 살해 사건에서는 그 반대다. 거인 말고 다른 사람이 목을 절단한 것으로 위장하기 위해 트릭을 사용했다. 시신 곁에 중식도가 떨어져 있던 것도, 그걸로 밤에 목을 절단했다는 인식을 심기 위한 범인의 계략이었다.

"사이가 씨의 시신이 창문 쪽으로 머리를 향한 채 쓰러져 있던 것도, 범인에게는 호재였어요. 거인은 오른팔밖에 없으니까 만약 머리가 왼쪽에 있었으면 절단하기 쉽도록 시신을 움직였을 가능성이 있거든요. 그러면 범인이 흘린 피가 엉뚱한 곳에 남았을지도 모르죠."

"이 범인은 대체 얼마나 운이 좋은 거야."

주먹구구식의 임기응변이었을 텐데 일이 잘 풀렸다. 하지만 겐자키는 내 말을 부정했다.

"범인은 가장 중요한 부분에서 운이 없었어요. 생각해보세요. 범인은 왜 후기와 사이가 씨의 시신에서 두 번이나 목을 절단할 필요가 있었을까요? 시신의 머리가 없어져서 득을 본 사람은 고리키 씨, 당신이에요. 당신이 의심받기 쉬운 입장이었던 탓에 범인은 트릭을 짜내야 했죠."

"말도 안 돼. 범인이 날 보호하려 했다는 거예요?"

"네. 후기가 살해당했을 때는 당신이 방에서 나간 직후에 시신의 목이 절단됐어요. 타이밍이 절묘했던 것으로 추측건대, 범인이 당신과 후기의 대화를 듣고 있었다고 봐야겠죠. 그러면 의문이 하나 생겨요. 범인이 당신을 보호하려 했다면 당신의 접이식 칼을 흉기로 사용할 리 없겠죠. 그런데 왜 그런 일이 벌어졌을까요? 범인은 그게 당신의 물건인 줄 몰랐던 거예요."

"눈에 확 띄는 칼자루에 이름이 적혀 있는걸요. 주운 사람이 몰랐다니, 그럴 리 없어요."

"범인이 아니라 사이가 씨가 주웠다면요? 무슨 이유로 범인은 사이가 씨와 싸움이 났고, 사이가 씨가 든 칼을 빼앗아서 찔러 죽였어요. 그래서 당신 물건인 줄 모르고 현장에 그대로 남겨둔 거죠."

만약 그렇다면 내가 사람들 앞에서 내 칼이라고 말했을 때, 범인은 내심 동요했을 것이다. 자신이 지은 죄를 내가 뒤집어쓰는 꼴이 됐으니까.

"범인은 당신이 범행을 저질렀다는 의혹을 푸는 한편으로, 자기가 범인이라고 의심받지 않기 위한 방법을 얼른 찾아야 했어요. 그 결과가 원래 같으면 가장 신뢰할 만한 혈흔이라는 물적증거로 목이 절단된 시간을 오인시키는 트릭이었던 거죠."

내가 사이가의 시신을 발견한 탓에 필요해진 트릭. 예상 외의 사태인데다 계획을 세울 시간도 충분하지 않았기 때문에, 극히 즉흥적이고 범인 자신도 운에 맡긴 부분이 있었을 것이다. 애당초 밤사이에 거인이 확실하게 비밀 통로 안쪽까지 갈지 말지도 모르니까.

그래도 범인은 자신에게 주어진 약간의 유리한 상황을 아주 잘 활용했으리라.

사이가의 시신이 쓰러진 위치와 방향도 그렇고, 현장에 감돌던 향수 냄새도 마찬가지다. 사이가를 죽였을 때 향수병이 깨진 걸 범인도 알고 있었다면, 냄새가 서서히 퍼져나가서 거인을 끌어들일 것이라 생각했을지도 모른다.

그 짐작은 절반은 들어맞았고 절반은 빗나갔다.

거인은 두 번이나 부구획에 들어왔지만 오후 9시 30분경에는 비밀 통로에 들어가지 않았고, 오전 5시에 시신의 목을 잘랐을 때는 이미 범인이 뿌린 피가 굳어버려서 결과적으로 불가해한 현장이 만들어졌다.

그리고 트릭을 실행할 수 있었던 건 창문 너머로 피를 뿌릴 수 있었던 인물. 즉, 밤에 주구획을 이동할 수 있었던 인물로 범위가 압축된다.

"아와네 씨와 고리키 씨는 밤새 함께 있었고, 하무라와 아울 씨는 부구획에 있었죠. 자유로이 움직일 시간이 있던 사람은 보스와 마리아 씨, 그리고 나루시마 씨를 쫓아서 오 분간 방을 나갔던 우라이 씨예요."

"그 세 사람 중 누구나 실행할 수 있었을 텐데요. 범인을 어떻게 가려내죠?"

"간단해요. 범인은 후기의 머리를 잘라내 머리 무덤으로 옮긴 인물이기도 해요. 첫날 밤에 마리아 씨는 사이가 씨, 아와네 씨와 함께 숨어 있었죠. 마리아 씨는 후기의 목을 자를 수 없어요."

마침내 범인이 밝혀진다.

심장이 아플 만큼 세차게 뛰었다.

“후기의 머리를 머리 무덤에 옮기는 건 하무라가 숨어 있던 난로 방을 떠난 후여야 해요. 하지만 보스는 하무라와 합류한 후 나루시마 씨의 명령으로 사이가 씨와 함께 후기의 시체를 정리하고, 후기의 방에서 나루시마 씨와 함께 자료를 조사하느라 머리 무덤에 갈 여유가 없었죠. 즉 보스도 아니에요.

따라서 범인은.”

나는 무의식중에 바지 호주머니에 손을 넣어 그 사람에게 받은 명함을 꺼냈다. 그 사람이 바로 우리를 혼란에 빠뜨린 ‘생존자’.

명함에 적힌 글씨가 눈에 들어왔다.

우라이 고타.

우리의 침묵을 메우듯 여기 온 뒤로 질릴 만큼 들었던 짜증 나는 방송이 경쾌한 음악에 실려 창문으로 흘러들었다.

“현실과 꿈 사이의 낙원, 드림 시티에 오신 걸 환영합니다.

우리 함께 춤춰요. 밝지 않는 날이 밝을 때까지."

009 마지막 공세

머리에서 느껴지는 극심한 통증이 나를 잠의 밑바닥에서 끌어 올렸다.

조지는?

급히 일어선 순간, 또 시야가 일그러지듯 흔들려서 하마터면 쓰러질 뻔했다. 뒤통수를 만져보니 불룩한 혹이 생겼고 손끝에는 피가 묻어났다. 몸이 뜨거웠다.

누군가 날 때렸다.

일어서긴 했지만 계속 구역질이 나고 다리도 휘청거렸다. 몸은 뇌의 지시를 받아야 다양한 활동을 할 수 있으니까 머리만큼은 다치지 않도록 조심하라던 하네다 선생님의 말이 떠올랐다.

아주 잠깐 기절한 것 같았는데, 연구실의 상태가 싹 달라졌다.

선반에 놓여 있던 동물 우리는 대부분 바닥에 떨어졌고, 우리 안에 있던 원숭이들은 죽어서 너부러졌다. 몸 일부가 괴상하게 발달했거나, 온몸의 털이 빠졌거나, 아이들과 큰 차이 없을 정도로 거대해진 괴물들. 바닥에는 장작을 패는 도끼가 하나 떨어져 있었다. 아무래도 원숭이들은 이 도끼에 맞아 죽은 모양이다.

조지를 찾아보았지만 아까 쓰러져 있던 곳에는 없었다. 어디로 간 걸까.

나는 선반에 체중을 실으며 발을 내디뎠지만, 타오르는 듯한 통증과 열기에 지배당한 몸은 전혀 말을 듣지 않았다.

그 직후에 머리가 깨져서 숨이 끊어졌을 원숭이가 갑자기 고개를 빙글 돌렸다. 내가 비명을 지르자 원숭이는 "끼긱" 하고 울음소리를 내면서 덤벼들었다.

얼른 밀쳐냈지만 그 반동으로 나도 넘어졌다. 그때 아까 보았던 도끼가 오른손에 닿았다.

눈앞의 원숭이를 향해 도끼를 힘껏 휘두르자 무딘 날이 원숭이의 몸통을 후려갈기듯 베어냈다.

놀랍게도 몸이 두 동강 났는데도 원숭이는 계속 버둥거렸다.

머릿속에 누군가의 말이 되살아났다.

—확실히 숨통을 끊기 위해 목을 절단했고…….

"으아아아앗!"

나는 고함으로 용기를 북돋운 후, 바닥을 기는 원숭이의 상반신을 꽉 누르고 도끼로 목을 후려쳤다. 묵직하면서도 부드러운 불쾌한 감촉과 함께 원숭이는 움직임을 멈췄다. 그래도 또 살아날지도 모른다는 생각에, 나는 도끼를 꽉 움켜쥔 채 바닥에 널브러진 원숭이의 머리를 바라보았다.

그때 소각로에서 발견된 원숭이의 머리가 떠올랐다.

어디 보자, 그러니까.

아아, 머리가 멍하다. 온몸이 아프다.

생각이 잘 정리되지 않는다.

어쨌거나 머리와 몸을 멀리 떨어뜨려 두는 편이 나을지도 모르겠다.

조지가 원숭이 머리를 불태웠다고 그랬고.

먼 옛날에 파묻힌 머리가 중정에서 잔뜩 나왔다는 이야기도 들었지.

나는 정신이 몽롱한 와중에도 원숭이의 머리를 중정으로 옮기기로 했다.

원숭이 머리를 들고 연구실을 나서서 복도 창문을 열었다.

여기서 바로 중정에 떨어뜨릴 수 있다.

창밖으로 손을 뻗어 머리를 놓자 쿵, 하는 소리와 함께 중정에 떨어졌다.

이제 됐다. 자, 빨리 조지를 찾으러 가자.

빨리, 빨리.

하지만 너무 만만하게 생각했다.

복도를 몇 미터도 나아가기 전에 어둠 속에서 괴이하게 빛나는 두 눈이 이쪽을 향했다.

동물 우리에서 달아난 걸로 보이는 원숭이가 귀에 거슬리는 소리를 지르며 다가왔다. 게다가 뒤쪽에 한 마리 더 있었다.

나는 깜짝 놀랐다.

혼란이 연구실에서 그치지 않고 시설 전체로 번진 것이다.

귀를 기울이자 원숭이가 내지르는 소리에 섞여 멀리서

누군가의 비명이 들렸다.

혼란을 더욱 부추기듯 화재경보기 소리가 건물 전체에 요란하게 울려 퍼졌다.

이제 아무 일도 없었다고 얼버무리기는 불가능해졌다. 사찰이고 뭐고, 하네다 선생님은 연구를 계속할 수 없으리라.

그럼 우리는?

나는 차례차례 솟구치는 불안감을 억눌렀다.

괜찮아. 조지와 고타 같은 친구만, 소중한 가족만 있으면 어떻게든 될 거야.

나는 그렇게 마음을 다독인 후, 눈앞에 버티고 선 원숭이에게 덤벼들었다.

한 마리는 쓰러뜨렸지만, 다른 한 마리가 왼팔을 물고 늘어졌다.

원숭이가 맞나 싶을 만큼 힘이 엄청났다.

나는 고함을 지르며 억지로 원숭이를 떼어내고 도끼로 목을 절단했다.

"……어?"

또 창문으로 머리를 중정에 떨어뜨리려고 했는데, 어느 틈엔가 창문이 사라졌다. 이상하다. 여기에도 창문이 있었을 텐데.

하는 수 없이 머리를 끌어안고 걸음을 옮기는데, 익숙했던 시설 내부는 마치 지옥 같았다.

대체 어디에 있었는지 여기저기서 원숭이가 나타나 앞길을 막았다. 나보다 몸집은 훨씬 작지만 원숭이는 때때로 도구를 들고 머릿수의 이점을 살려서 공격해왔다.

아아, 아까 물린 왼팔이 뜨겁다. 잘 움직이지도 않아서 거추장스럽다. 오른손으로 왼팔을 잡아당기자 뜨득뜨득 찢겨나가는 소리가 났다.

나는 상처를 입으면서도 겨우 후퇴해서 조지와 선생님들의 모습을 찾았다.

여기를 지키는 거다.

우리의 보금자리를.

미래를.

그때 화재경보기 소리에 섞여 복도 스피커에서 원숭이가 울부짖는 소리가 흘러나왔다.

결국 방송 시설까지 원숭이에게 빼앗긴 건가…….

충격과 심한 통증으로 몽롱해진 머릿속에 기묘하게 변환된 원숭이의 울음소리가 울려 퍼졌다.

"현실과 ■ 사이의 낙■, 드■ 시티에 오신 걸 ■■합니다.
우리 ■께 춤■■. 밝지 않는 날이 밝■ 때까지."

1층 · 내부 도개교 앞 - 하무라 유즈루

"그런 곳에서 뭐 하십니까?"

땀에 흠뻑 젖은 우라이가 복도에 서 있었다. 손에는 아까 기계실에서 사용했던 와이어 절단기를 들고 있었다.

"해가 거의 다 졌어요. 근처에 있던 이용객들은 대피한 듯합니다만, 구조대는 제때 못 올 것 같습니다. 이대로라면……."

거인이 드림 시티에 풀려난다. 훈련받은 기동대원이 출동해도 피해가 생기는 걸 막을 수 없다.

"히루코 씨와 연락만 되면 할 수 있는 일이 있지 않을까 싶어서요."

"겐자키 씨에게 기대를 걸고 계시는군요. 최악의 상황입니다만, 저는 두 분의 관계가 눈부시게 느껴집니다."

우라이는 희미하게 웃더니 내부 도개교 옆에 있는 기계

실 문을 보며 와이어 절단기를 몇 번 펼쳤다 접었다 했다.

"우라이 씨, 이 다리를 내리시려고요? 대체 왜요?"

"거인한테 가려고요."

"대체 무슨 생각을……."

"제가 '생존자'이기 때문입니다."

우라이는 개운한 표정이었다. 이로써 오랜 세월 짊어졌던 무거운 짐을 내려놓을 수 있다는 듯이.

갑작스러운 폭탄 발언에 나는 우라이의 얼굴을 바라보는 것이 고작이었다.

"여러분이 거인이라고 부르는 괴물의 이름은 케이. 일찍이 같은 시설에서 생활한 가족이자, 제가 남몰래 사랑했던 소녀였습니다."

소녀라고!

근육이 울퉁불퉁한 우람한 체구와 난폭한 행동을 보고 남자인 줄 알았건만, 거인의 정체는 여자였던 건가.

우라이는 감정을 억누른 담담한 말투로 설명했다.

"하무라 씨도 아시다시피 저희가 있었던 시설에서 비참한 사고가 발생해, 직원들과 피험자 아이들뿐만 아니라 사찰단까지 수많은 사람이 희생됐습니다. 진상은 케이가 착란상태에 빠져서 대량 살인을 저지른 거고요. 심각한 사태라고 판단한 기관이 전모를 제대로 파악하지 않은 채 연구를 중단시켰고, 기록상으로는 저도 사망한 걸로 되어 있습니다. 후기도 참사의 원인인 케이와 함께 행방을 감췄죠."

대량 살인이라는 말을 듣자 작년에 옛 진안 지구에서 휘말렸던 사건이 머리를 스쳤다. 일찍이 예언을 연구했던 연구자가 남긴 노트에, 마다라메 기관의 한 시설에서 발생한 대량 살인에 관한 예언이 적혀 있었다. 설마 그게 초인 연구 시설에서 발생한 사건이었을 줄이야.

"하네다라는 연구자가 저를 구조해서 몰래 키워주셨죠. 하네다 선생님은 오 년 전에 암으로 돌아가실 때까지 제게 평범한 인간으로 살아가라고 부탁하셨지만, 역시 쉽지 않네요."

우라이는 지나간 시간을 그리워하듯 자신의 양손을 내려다보았다.

그는 쉰 살에 가까울 테지만 겉모습은 삼십 대 초반으로밖에 보이지 않는다. 역시 보통 사람에 비해 노화가 느린 듯하다.

그걸 주변 사람에게 들키지 않기 위해서는 경력을 수없이 갈아치우고, 생활의 터전과 인간관계도 초기화하며 살아야 했으리라.

“초인 연구는 결과적으로 많은 사람을 불행하게 만들었습니다. 산증인인 저도 더이상 남의 연구에 제 몸을 바칠 마음은 없었고요. 하지만 아직 목숨을 끊을 수는 없었습니다. 초인 연구의 비밀을 아는 후기와 함께 케이가 살아 있을 가능성을 버릴 수가 없었거든요……. 설마 그런 모습이 됐을 줄은 몰랐습니다만.”

우라이가 나루시마 그룹에 잠입한 건 마다라메 기관에 출자한 기업의 이름을 하네다에게 들었기 때문이라고 한다. 그룹 내 후계자 싸움에서 패색이 짙은 나루시마 도지라면 반드시 마다라메 기관의 유산에 흥미를 품을 것이라고 우라이는 예상했다.

우라이는 집념을 발휘해 후기가 어디 있는지 알아내는 데 성공했다.

“케이를 구해내고 후기를 심판한다. 그게 제 목적이었습니다. 그래서 제가 미처 손을 쓰기도 전에 고리키 씨가 후기를 죽여버렸을 때는 어안이 벙벙했죠.”

우라이는 자조하는 투로 말했다.

“후기의 목을 자른 건, 역시 고리키 씨를 보호하기 위해서였나요?”

“네. 사실 저는 첫날 밤에 창고로 도망쳐서 숨었습니다.

거기서 후기와 고리키 씨의 말소리가 들려서 고리키 씨의 사정을 알았고요. 제가 후기를 좀더 빨리 저지했다면 고리키 씨의 오빠분도 죽지 않았겠죠. 고리키 씨가 살인죄를 짊어지게 할 수는 없었습니다."

자신이 좀더…….

'생존자'로서 뛰어난 능력을 지닌 우라이조차 나와 같은 회한에 사로잡혀 있었던 건가.

하지만 그것만으로는 사이가를 죽인 이유를 설명할 수 없다.

"사이가 씨를 죽인 건, 그 사람이 후기에게 가담했기 때문인가요?"

"그건 어디까지나 부차적인 이유입니다. 저는 그저 케이와 했던 약속을 지키고 싶었어요. 무슨 일이 있어도 우린 함께라는, 유치하지만 제게는 무엇과도 바꿀 수 없는 소중한 약속을요."

무슨 소리지?

함께하겠다는 약속이 왜 살인으로 이어지는 걸까.

"한심하지만 여기에 오기 전까지는 그 약속도 그저 추억 중 하나였습니다. 하지만 제 생각이 틀렸더군요."

"틀렸다고요?"

"그 애는, 케이는 사람을 한 명도 죽이지 않았을지 모릅니다."

무슨 말을 하는 건지 통 모르겠다. 그럴 리가 없다. 여기 오고 나서 동료 여러 명이 거인에게 죽지 않았는가.

하지만 우라이는 내 생각을 꿰뚫어 본 것처럼 고개를 저었다.

"저도 큰 착각을 했어요. 케이는 마구잡이로 사람을 죽이는 괴물로 변한 게 아닙니다. 후기가 접종한 바이러스 때문에 뇌의 감각 영역에 중대한 문제가 생긴 거예요. 알기 쉽게 설명하자면 환청과 환각에 사로잡혀 있죠.

케이의 눈에는 인간이, 후기가 만들어낸 원숭이 괴물로 보이는 겁니다."

사고가 발생한 날. 후기는 높게 평가받는 하네다를 질투하다 못해 연구소의 허가 없이 미지의 바이러스를 두 아이에게 접종했다. 그중 한 명, 케이라는 여자아이가 제정신을 잃고 연구소에 있던 사람들을 닥치는 대로 살해했다고 우라이는 설명했다.

이 저택에 온 후에도 실마리는 있었다.

첫날 밤에 직원들의 두개골 앞에서 후기가 내뱉은 말.

—광기에 사로잡혀 죽인 게 아니야. 광기 속의 제정신이

놈들을 죽인 거지! 놈들은 사람이 아니야. 원숭이를 죽여야만 제정신임이 증명되는 거고…….

집요하게 목을 절단하는 거인.

그리고 남겨진 연구 자료의 내용을 보고 우라이는 확신했다.

"보름달의 영향으로 정신이 불안정해지면 꺼림칙한 기억이 되살아나서, 케이는 그날 밤에 있던 일을 추체험하는 겁니다. 애당초 이 저택 자체가 케이의 기억과 눈앞에 펼쳐진 광경의 오차를 줄이기 위해 연구소 환경을 재현한 건물이에요.

겐자키 씨가 계신 곳이 안전한 것도 거기가 여자아이들의 출입이 금지된 남자아이들 방에 해당하는 위치이기 때문입니다. 케이는 규칙을 잘 지키는 아이였거든요.

케이가 시신의 머리를 머리 무덤으로 옮기는 건, 예전에 연구소 부지에서 두개골이 대량으로 발견됐다는 이야기와 제가 죽였던 동물의 사체를 중정에 있는 소각로에 넣은 일 등이 기억 속에서 뒤섞였기 때문이겠죠.

그걸 깨달았을 때 저는 경악했습니다.

케이는 아직도 그날 밤에 머무른 채 싸우고 있는 겁니다!

희생자가 나오지 않도록, 모두 함께 지낼 수 있도록, 혼자 온 힘을 다해!"

거인은, 케이는 단순히 침입자를 공격했던 게 아니다.

원숭이 괴물을 해치워 아이들과 연구소 직원들을 구하고, '무슨 일이 있어도 우린 함께'라는 약속을 지키기 위해 끝없이 되풀이되는 악몽을 견뎌온 것이리라.

어떻게 받아들이면 좋을까?

케이라는 소녀가 제정신을 잃고 거인이 된 후에도 끝까지 간직했던 '소중한 사람을 지키고 싶다'라는 소망이, 이렇게 수많은 사람의 목숨을 빼앗다니.

그 사실을 알아차린 우라이는 얼마나 절망했을까, 도저히 상상도 안 된다.

"케이는 자기도 모르게 대량 살인이라는 죄를 저지르고 말았습니다. 저는 그걸 견딜 수가 없었어요. 하다못해 케이가 선사해준 '무슨 일이 있어도 우린 함께'라는 말을 이번에는 제가 몸소 실천하기로 했죠."

"우라이 씨, 설마."

무시무시한 발상이었다.

우라이는 케이처럼 살인죄를 짊어지기로 결심한 것이다. 하지만 원래 우라이가 죽이려 했던 후기는 고리키에게 살해당했다.

“살인죄를 함께 짊어지고 싶은 마음에 사이가 씨를 죽인 건가요?”

복도 창문으로 밖을 보고 시간이 없다는 걸 깨달았는지 우라이의 말이 조금 빨라졌다.

“저는 누군가를 죽여야 했습니다. 케이를 제 손으로 막을 수 있다면 제일 좋겠지만, 저로서는 저 모습이 된 케이를 당해낼 수 없어요. 케이의 죄가 늘어날 뿐입니다. 그래서 사이가 씨가 지명수배범이라는 고리키 씨의 말을 듣고 기회다 싶었죠.”

“그게 무슨…….”

너무나 큰 충격에 나는 잠시 말을 잃어버렸다.

“진짜로 지명수배범이라는 보증은 없었잖아요. 사람을 잘못 봤을 가능성도 있었는걸요.”

“옳으신 말씀입니다. 사람을 잘못 봤다면 돌이킬 수 없는 짓을 저지르는 셈이고, 이런 개인적인 이유로 사람을 죽이다니 후기와 다를 바 없지 않습니까. 좀처럼 결단을 내리지 못하고 고민하는데, 하무라 씨가 힌트를 주셨습니다.”

내가 힌트를 줬다고? 대체 무슨 소리일까.

“하무라 씨, 겐자키 씨의 위험한 면모에 대해 이렇게 말씀하셨죠."

—뭐라고 할까, 적극적으로 남에게 손을 뻗지 않는 거예요. 설령 누군가가 파멸의 길에 발을 들여놓으려 할지라도요.

"그야말로 하늘의 계시였죠. 이쪽의 사정 때문에 죽일 수 없다면, 상대에게 파멸의 길을 선택시키면 됩니다."

그 말뜻을 이해하고 나는 경악했다.

사이가가 살해당했을 때 고리키의 칼이 사용된 이유. 그리고 현장이 사이가밖에 몰랐을 비밀 통로 안쪽이었던 이유. 그 모든 것의 발단이 내 말이었을 줄이야!

"반대였어. 사이가 씨가 당신을 덮친 거야. 아니, 덮치도록 유도했어. 사이가 씨가 죽어도 싼 인간인지 아닌지 확인하기 위해서."

"맞습니다. 사이가 씨 앞에서 그가 지명수배범인 걸 알아차린 척하고, 아무 짓도 하지 않는다면 포기한다. 하지만 입막음을 하려고 드는 악인이라면……."

"자기 몸을 지키기 위해 반격한다. 그러면 정당한 이유로 살인을 저지를 수 있다……."

그렇다면 현장 상황도 납득이 간다.

사이가는 자신의 정체가 들통났음을 알고 우라이를 자기

만 아는 비밀 통로로 유인해 주운 고리키의 칼로 죽이려고 했다. 하지만 '생존자'인 우라이는 간단히 칼을 빼앗아 사이가를 죽였다. 우라이는 반격의 정당성을 확보하기 위해 흉기조차 준비하지 않았던 것이다.

"계획대로 사이가 씨를 죽이고 저는 살인죄를 짊어졌습니다. 하지만 여기서도 예상외의 일이 일어났어요. 접이식 칼이 고리키 씨의 물건인 줄은 몰랐거든요. 그 탓에 또 고리키 씨가 의심받았죠."

고리키를 보호하기도 하고 위험에 빠뜨리기도 하는 범인의 모순된 행동은 우라이의 일그러진 목적에서 비롯된 것이었다.

"제정신이 아니라고 생각하시겠죠. 아무리 핑계를 대도 살인은 살인. 제가 저지른 짓은 이기적인 자기만족에 지나지 않습니다. 그래도 아무것도 하지 않고서 끝낼 수는 없었어요. 무엇 하나 보답받지 못했던 케이를 위해서도요."

우라이는 지쳤다는 듯 숨을 푹 내쉬더니 보통 사람과 다름없이 가냘픈 웃음을 지었다.

"저희는 대체 어디서 어긋난 걸까요? 케이는 그날 밤에 죽었어야 했던 걸까요? 아니면 '가족'과 함께하는 미래를 꿈꾼 게 잘못이었을까요? 차라리 전부 잊어버리면 케이도

편했을 텐데. 만약, 만약에 저와 했던 약속 때문에 케이가 진짜 괴물로 변하지 못한 거라면.

케이에게 고통을 준 건 접니다."

나는 소리를 지르고 싶었다.

이렇게 참혹한 일이 어디 있단 말인가!

어른의 이기적인 행동 때문에 미래를 빼앗긴 소녀가, 그래도 친구를 지키고 싶다는 일념으로 사십 년도 넘게 혼자서 공포스러운 환영과 싸워온 결과가 이거란 말인가!

인간과는 동떨어진 기괴한 모습으로 변해 마침내 찾아온 친구의 말도 알아듣지 못한다. 그런데도 끝까지 소중하게 간직한 인간성 때문에 학살을 벌였고, 곧 어둠 속에 매장될 운명이다.

케이의 인생에 보답이 될 만한 한 조각의 구원조차 이 세상에는 남아 있지 않은 건가.

우라이는 감상을 떨쳐내듯 다시 기계실 문을 보았다.

"추억 이야기는 여기까지입니다. 사이가 씨의 목을 절단한 일에 관해서는 분명 겐자키 씨가 해명하시겠죠. 이제 제가 드릴 말씀은 없습니다."

우라이는 기계실로 뛰어들어 내가 말릴 틈도 없이 쇠사슬 두 줄을 잘랐다.

내부 도개교는 정면 출입구의 도개교와 달리 힘을 가하지 않아도 천천히 넘어갔다.

그와 동시에 생긴 벽과 도개교의 틈새로 머리 무덤 위쪽을 덮은 간유리 천장이 보였다.

유리 너머의 하늘은 석양의 붉은빛을 거의 잃었고, 머리 무덤에도 영원한 밤이 시작됐다.

"뭘 어쩌시게요?"

"방금 번쩍 떠오른 생각이지만, 여기에 걸어보는 수밖에 없겠죠."

그렇게 말한 우라이는 내 두 어깨에 손을 얹고 내 얼굴을 들여다보았다.

"하무라 씨, 마지막 부탁이 있습니다. 저는 소중한 사람의 손을 놓친 채 사십 년을 보내다 결국은 구해주지도 못한 주제에, 속죄한답시고 사람을 죽였습니다. 그런 제가 이렇게 결단을 내릴 수 있었던 건 겐자키 씨 덕분입니다. 앞으로 무슨 일이 있어도 당신만큼은 겐자키 씨를 책망하지 마십시오."

"무슨 말씀……."

"그리고 무력한 자신이 아무리 원망스러워도 바라는 것에 계속 손을 뻗으세요. 약하면 이제부터 강해지면 됩니다.

저와 케이가 할 수 없었던 일을 꼭 해내시기 바랍니다. 기대할게요."

내가 당혹스러워하는 사이에 우라이는 몸을 돌려 아직 완전히 넘어지지 않은 다리 위를 달려갔다.

15미터쯤 되는 다리 상판을 단숨에 내달려 작은 발판이 있는 별관 1층의 벽을 향해 점프한다. 멋진 자세로 허공을 날아서 무사히 입구에 착지한 우라이는 이쪽을 돌아보지 않고 문을 열더니 종루가 있는 왼쪽으로 모습을 감추었다.

나는 우라이를 쫓아가야 할까 망설였다.

바로 그때 다리 맞은편에 거대한 형체가 불쑥 나타났다.

거인, 케이다!

지하에 있던 케이가 내부 도개교가 내려가는 소리를 듣고 올라온 것이다.

나는 공격해 오지 않을까 싶어 얼른 도망갈 자세를 취했지만, 약간의 석양빛도 고통스러운지 케이는 도개교를 건너려 하지 않았다. 대신에 종루 방향으로 고개를 돌렸다.

큰일이다. 종루 계단을 올라가는 우라이의 발소리를 들었나 보다.

이대로 가면 코치맨과 나루시마와 같은 최후를 맞는다.

나는 온 힘을 다해 외쳤다.

"우라이 씨, 빨리 도망쳐요!"

내 경고도 헛되이, 케이는 으르렁거리는 소리를 내며 종루 쪽으로 맹렬하게 달려갔다.

종루 · 꼭대기 - 우라이 고타

먼지를 날리며 온 힘을 다해 나선계단을 다 올라가자 계단에 달라붙은 듯한 모습으로 쓰러진 사람 형체 두 개가 어둠 속에 떠올랐다.

둘 다 머리가 없다. 코치맨과 나루시마다.

계단을 올라오는 케이의 발소리가 점점 가까워진다.

얼른 코치맨의 시신에 손을 뻗었다.

이제 남은 사람들을 믿는 수밖에 없다.

쫓아오는 발소리가 바로 근처까지 다가왔다.

몸을 돌리자 나선계단을 올라온 케이가 모습을 드러냈다. 옛날 모습은 전혀 남아 있지 않은 어마어마한 거구. 그래도 자루에 뚫린 구멍으로 보이는 두 눈에서 그 옛날 케이의 눈빛을 찾는 건, 감상에 젖은 내 지나친 바람일까.

"오랜만이네, 케이. 나야, 고타."

만감을 담아서 불렀지만 대답은 없었다.

케이의 귀에는 내 목소리도 자신을 괴롭히는 원숭이의 울음소리로밖에 들리지 않는 걸까.

실은 죽기 전에 케이를 힘껏 끌어안고 사과하고 싶었다.

그날 밤의 일을. 지금까지 기다리게 했던 것을.

그리고 고마움을 표하고 싶었다.

가족인 우리를 위해 싸워줘서 고마워.

하지만 내 모습 때문에 케이가 괴로워할 뿐이라면 그만 두자.

분명 머지않아 우리는 같은 곳에 갈 수 있을 테니까.

아직 계단이 몇 단 남았는데도 케이의 눈높이는 나와 같았다.

"미안해. 내가 좀더 솔직하게 고민을 털어놓았다면 이런 일은 일어나지 않았을 텐데. 난 너무 철부지였고 고집쟁이였어. 그리고 그곳이 정말 소중해서 모두에게 약점을 보여주기 싫었어."

분명 조지도 마찬가지였겠지.

성격은 정반대였으면서도 같은 고민을 품고 있던 나와 조지. 설마 조지가 후기의 실험에 피험자로 지원했을 줄은 몰랐어.

화재가 발생한 후, 정황상 네가 조지를 제일 먼저 해친 것 같다는 사실을 알고 나는 넋이 나갈 뻔했어.

이런 사실을 넌 몰라도 돼. 네 잘못이 아니야.

다른 아이들이 모두 희생된 끔찍한 사고에서 나만 살아남은 건, 어떤 의미에서 천벌이었겠지.

그날 밤, 난 기숙사를 빠져나와서 하네다 선생님한테 갔어. 예전부터 선생님에게만은 고민을 상담했거든. 아니, 내가 남들보다 뒤떨어진다는 불만을 터뜨렸다고 해야 옳으려나. 내게 처치를 할 때만 실수하신 것 아니냐는 둥 선생님에게 참 심한 말을 일삼았지. 선생님이 내 이야기를 성심껏 들어주고 아무에게도 말하지 않겠다고 약속해서, 난 밤에 여러 번 선생님의 방에 갔었어.

그리고 난 알고 있었거든. 내가 하네다 선생님의 죽은 아들과 닮았다는 걸.

단둘이 있을 때는 선생님이 내 응석을 받아준다는 걸 알아차렸어. 아이들에게 부모나 다름없던 선생님을 독점한 그때만큼은 우월감을 품을 수 있었지.

고민을 털어놓지 못하고 벼랑 끝에 몰렸던 조지. 그런 우리를 걱정한 케이.

미안, 정말 미안해.

눈 딱 감고 내 마음을 전했으면 좋았을걸. 서로 탁 터놓고 이야기했으면 좋았을걸.

약하다는 핑계로 속에만 담아둔 채 끙끙대지 말걸 그랬어.

하네다 선생님도 돌아가실 때까지 후회하셨지.

또다시 소중한 아이들을 잃고서 마음이 망가질 만큼 괴로워하셨어.

그런 선생님을 보살피며 살아가는 동안 마치 진짜 부모 자식이 된 것 같은 기분이 들었는데, 그것도 모두에게 미안하고…….

하지만 이제 드디어 끝낼 수 있겠네.

케이가 눈앞에 서서 나를 내려다보았다. 오른손에 수많은 사람의 목숨을 빼앗은 도끼를 들고서.

이걸로 내 할 일은 끝났어.

나는 머리 위에 매달린 종에 손을 뻗어 금속으로 된 추를 세게 흔들었다.

종소리가 울려 퍼졌다.

한발 늦게 케이가 휘두른 도끼가 오십오 년에 걸친 내 삶을 끝냈다.

다들 잘 자. 그리고 엄마도.

먼저 가서 기다릴게, 케이.

1층·별당 - 고리키 미야코

느닷없이 드륵, 드륵, 드륵, 하고 도르래가 돌아가는 소리가 들렸다.

"뭐지, 무슨 소리야?"

꽤 가까운 곳에서 난 소리다. 그렇다면 떠오르는 건 기계실밖에 없다.

겐자키를 보니 같은 생각인 듯했다.

"별관과 연결되는 도개교가 내려진 것 같네요."

"왜요? 구조대가 온 건가요?"

"그럼 가이도 씨한테 연락이 올 텐데요. 대체 누가……."

겐자키의 표정이 험악해졌다.

하무라가 겐자키를 구하러 오려는 걸까.

구조를 기다리는 지금, 위험을 감수하면서까지 거인이 있는 별관에 들어올 필요는 없다. 더구나 도개교가 머리 무덤 위쪽을 막아서 좀더 일찍 거인이 머리 무덤으로 나갈 수 있다. 누구에게도 이점은 없을 텐데.

아니, 예외가 있다.

'생존자' 우라이다.

우라이가 거인의 동료라면 끝내 우리의 적으로 돌아서도 이상할 것 없다.

그래도 우라이가 아무 죄 없는 일반인들을 서슴없이 희생시킬 사람으로 보이지는 않는데.

그때였다.

댕…… 댕…… 댕…….

이번에는 드높은 종소리가 위쪽에서 울려 퍼졌다.

첫날 밤, 코치맨이 죽기 직전에 울린 종이다.

다리를 내린 사람은 종루로 간 건가?

나는 고개를 갸우뚱했다.

"혹시 거인을 종루로 유인한 틈에 겐자키 씨더러 도망치라는 뜻일까요? 하지만 자신의 목숨을 희생하면서까지?"

맞은편 창문을 보자 겐자키의 표정이 변했다.

눈이 휘둥그레졌나 싶더니 바로 인상을 찡그리고, 뺨 옆으로 늘어진 머리카락을 오른손으로 꾹 움켜잡았다.

"설마……. 하지만."

놀람, 초조함, 당혹스러움, 그리고 두려움.

중얼거리는 목소리에 다양한 감정이 뒤섞인 것처럼 느껴졌다.

겐자키가 이렇게까지 감정을 드러내는 모습은 처음 봤다. 그동안은 어떤 상황에서도 냉정했다. 날 협박할 때조차 망설이는 낌새는 털끝만큼도 없었는데.

'그렇구나.'

나는 이제야 겐자키의 진심을 살짝 접한 기분이 들었다. 지금 겐자키는 분명 하무라의 얼굴을 떠올리고 있다. 그래서 당황하고 초조해한다. 자신의 생각과 행동이 하무라에게 상처를 주지 않을까 겁내는 것이다. 그렇게 될 바에야 전부 자신이 짊어지는 편이 낫지 않겠느냐고 생각하는 게 분명하다.

그 사실을 깨닫자마자, 나는 나도 모르게 소리를 질렀다.

"의지해도 돼요!"

겐자키가 놀란 표정으로 이쪽을 보았다.

"날 봐요! 두 사람은 이렇게 되면 안 돼요! 혼자 끌어안고, 머뭇거리고, 멋대로 체념하고, 그런 건 배려고 뭐고 아니라고요. 실패와 불행을 함께 나누는 편이 몇 배나 더 행복하단 말이에요."

내가 지금 무슨 소리를 하는 거람. 생각을 제대로 정리하지도 못하고 감정만 앞서서 꼴사납게.

하지만 이건 나, 아니, 우리밖에 전할 수 없는 말이다.

"둘 다 아직 살아 있잖아요. 우는소리를 할 수 있는 것도, 불만을 터뜨릴 수 있는 것도, 호의에 기댈 수 있는 것도 진짜 멋진 일이라고요! 하무라를, 얕보지 마!"

내 의도가 똑바로 전해졌을까. 자신은 없다.

어쩌면 함께 살아가기로 했던 동반자를 허무하게 잃은 사람의 화풀이에 불과하다고 여길 수도 있겠다.

그렇지만 겐자키는 고개를 살짝 끄덕이더니 등을 돌려 뛰어갔다.

다행이다.

안도한 순간 다리가 풀렸다.

아까 내뱉은 말을 곱씹자 사토시의 소박한 웃음이 떠올라서 나는 소리 죽여 울었다.

1층 · 내부 도개교 앞 – 하무라 유즈루

"어째서……. 희생자를 내지 않으려고 이렇게까지 애썼는데."

종소리가 여운을 남기며 사라지자, 나도 모르게 우라이를 원망하는 말이 입에서 새어 나왔다.

후회뿐인 인생에서 해방되길 바라는 마음도, 이 세상이 그에게는 살기 힘든 곳이었다는 것도 이해한다. 그래도 우라이가 살아주길 바랐다.

사흘간 들려왔던 경쾌한 음악이 어느 틈엔가 꺼지고, 이용객에게 대피를 촉구하는 안내 방송이 흘러나왔다.

우라이와 너무나 갑작스럽게 작별하는 바람에 아직 마음을 추스르지 못했지만, 언제까지고 여기서 이러고 있을 수는 없다. 눈앞의 도개교를 건너면 히루코 씨에게 갈 수 있지만, 지금 상황에서는 히루코 씨를 데리고 나오는 게 더 위험하다. 밖에 있는 사람들에게 내부 도개교가 내려갔다는 사실을 알리고 서둘러 대피해야 한다.

나는 우라이가 사라진 방향으로 머리를 꾸벅 숙인 후, 홀로 달려갔다.

"야, 하무라! 어디 갔었어!"

나를 찾고 있었는지 밖에서 돌아온 아울이 고함을 질렀다.

"구조대 놈들이 드디어 테마파크 정문까지 왔어! 우리가 할 일은 끝난 거야."

"해도 졌어. 서둘러!"

마리아도 밖에서 두 손을 쳐들고 재촉했다.

두 사람을 따라 뛰걸음으로 정면 출입구를 나섰을 때였다.

내 휴대전화가 울렸다.

화면을 보자 모르는 번호로 문자메시지가 왔다. 내용은 이랬다.

〈홀로 와.〉

누가 보냈을지는 생각지도 않았다.

"잠깐, 뭐 하는 거야!"

깜짝 놀라 소리치는 마리아를 무시하고 나는 다시 저택으로 들어갔다.

홀에 도착해 주변을 둘러보자 예상치도 못했던 광경이 눈에 들어왔다.

"히, 히루코 씨?!"

부구획으로 내려가는 계단을 이틀 내내 봉쇄했던 개폐식 격자 너머.

거기에 별관에 갇혔던 히루코 씨가 있었다.

거인이 우라이를 쫓아간 틈에 탈출했나. 하지만 왜 그런 위험한 짓을 했지.

내가 의문을 꺼내기 전에 히루코 씨가 격자 틈새로 뭔가를 이쪽으로 던졌다.

"하무라, 그걸로 조작 패널을 작동시켜!"

금속이 튕기는 소리와 함께 특징 있는 모양의 열쇠가 내 발치에 떨어졌다.

설마!

얼른 열쇠를 주워서 벽에 설치된 조작 패널로 달려갔다.

열쇠를 꽂고 돌리자 전원 램프에 녹색 불이 들어왔다.

"됐다!"

올라가 있는 레버 두 개를 내리자 나지막한 모터 소리와 함께 주구획으로 이어지는 통로와 후기의 방으로 이어지는 통로의 개폐식 격자가 천천히 내려오기 시작했다. 그걸 확인한 후 이번에는 히루코 씨가 있는 통로의 격자를 올렸다. 히루코 씨는 격자가 1미터쯤 올라가자 구르다시피 홀로 나와서 외쳤다.

"됐어, 막아!"

다시 레버를 내렸다. 이제 모든 격자가 내려가면 거인은 홀로 나오지 못한다.

안심한 내가 히루코 씨에게 달려가려던 순간.

넓은 통로 저편, 내부 도개교가 있는 방향에서 묵직한 발소리가 울려 퍼졌다.
"도망쳐!"
히루코 씨가 소리치는 것과 동시에, 통로 맞은편에 거인이 나타났다.
개폐식 격자가 다 내려가기까지 몇십 센티미터쯤 남았다.
맹렬히 달려온 거인이 속력을 전혀 줄이지 않은 채 눈앞을 가로막은 격자에 충돌했다. 교통사고라도 발생한 것처럼 엄청난 충격이 건물을 뒤흔들었고, 당황해서 뒷걸음치던 나는 다리가 꼬여서 히루코 씨 앞에 넘어졌다.
거인이 혼신의 힘을 다해 충돌했는데도 격자는 멀쩡했다.
"……살았다."
그 자리에 털썩 주저앉은 히루코 씨가 신기하다는 표정으로 내게 물었다.
"하무라, 어쩜 이렇게 빨리 왔어?"
히루코 씨야말로 왜 여기에 있느냐고 핀잔을 주고 싶은 마음보다 안도감이 더 커서 나는 그저 쓴웃음만 지었다.
계속 격자를 부수려고 하던 거인이 갑자기 움직임을 멈췄다.
도끼를 쳐든 채 고개를 좌우로 돌리는 몸짓에 지금까지

느껴졌던 살기등등한 기운은 없었다.

"무슨 일이 생긴 걸까?"

거인은, 케이라는 이름의 소녀는 뭔가 생각나기라도 한 것처럼 몸을 돌리더니 그대로 슬렁슬렁 걸어갔다.

그 뒷모습을 보니 악몽에 대한 두려움은 사라진 것 같았다.

불안함과 기대감이 섞인 심정으로 친구를 찾는 어린아이 같은 발걸음이었다.

"글쎄요. 어쩌면 겨우 가족을 찾아냈는지도 모르죠."

그것이 우리가 마지막으로 본 케이의 모습이었다.

히루코 씨와 함께 저택 밖으로 나가자 마침 도착한 구조대와 마주쳤다. 앞가리개가 있는 헬멧을 쓰고 자동소총으로 무장한 모습을 보건대 특수부대이리라.

그들은 우리를 보고 잠깐 웅성거렸지만, 안쪽 상황을 간단히 설명하고 열쇠를 건네자 잘 통솔된 움직임으로 저택에 진입했다.

우리는 남은 대원을 따라 대기소를 겸한 버스로 이동했다. 대원은 다친 곳이 없는지 확인하더니 물과 수건을 주고 담당자가 올 때까지 기다리라고 했다.

보스, 마리아, 아울은 다른 버스에 있다고 한다. 또 이야기를 나눌 기회가 있을까 조금 걱정됐다.

"그나저나 히루코 씨, 어떻게 열쇠를 가지고 오셨어요?"

나는 가장 큰 의문을 꺼냈다.

우라이가 종루 방향으로 달려가긴 했지만, 설령 같은 타이밍에 히루코 씨가 움직인들 열쇠를 손에 넣을 수는 없다. 둘이 한꺼번에 거인에게 죽을 따름이다.

"내부 도개교가 내려가는 소리가 들렸을 때, 누군가 나랑 같은 생각을 했구나 싶었지. 타이밍이 아슬아슬했지만 도박해볼 가치는 있었어."

"뜸 들이지 말고 얼른 말씀해주세요."

히루코 씨는 미안하다며 웃은 후, 먼지투성이가 된 머리를 수건으로 닦으며 설명했다.

"내부 도개교가 내려가고 나서 종이 울렸잖아. 그건 우라이 씨가 코치맨 씨의 시신이 있는 곳에 다다랐음을 알리는 동시에, 거인을 거기로 끌어들였다고 알리는 신호였어."

덕분에 얼마 안 되는 시간이기는 했지만, 히루코 씨는 별관 내부를 자유로이 돌아다닐 수 있었다.

거기까지 생각하다 나는 문득 의문을 느꼈다.

내부 도개교를 내린 사람이 우라이라는 걸 히루코 씨는

어떻게 알았을까?

보스나 나일 가능성도 있었는데. 우라이가 종루로 향하는 모습을 본 걸까.

의아해하는 내게는 아랑곳하지 않고 설명이 이어졌다.

"종소리를 듣고 난 서둘러 은신처를 빠져나와 머리 무덤으로 향했지."

"머리 무덤이요? 내부 도개교로 가신 게 아니고요?"

"목적은 탈출이 아니라 머리 무덤에 숨는 거였거든. 드럼통으로 만든 소각로가 있었잖아? 그 안에 몸을 숨긴 다음, 네게 문자메시지를 보낸 거야."

우라이를 도우러 간 것도 아니고, 도망친 것도 아니다. 그 행동에 무슨 의미가 있는 걸까.

그리고 히루코 씨의 입에서 전혀 예상치 못한 말이 나왔다.

"숨어서 몇십 초쯤 기다렸을까. 내 예상대로 우라이 씨는 열쇠를 가져왔어."

"말도 안 돼요! 우라이 씨는 거인에게 죽었잖아요."

"맞아. 거인은 우라이 씨를 죽이고 그 머리를 잘라내 머리 무덤에 가져왔지. 열쇠는 우라이 씨의 입속에 들어 있었어. 난 머리 무덤에서 거인이 떠난 후, 입속의 열쇠를 꺼내서 듣고 온 거야."

충격이 등줄기를 쫙 스치고 지나갔다.

열쇠를 가지러 가면 거인에게 죽고 반드시 목이 잘린다.

반드시 목이 잘리니까 거인에게 열쇠를 운반시키면 된다.

목숨을 건 그런 계책을 우라이와 히루코 씨 둘 다 떠올렸다는 건가. 발상이 기발한 건 물론이고, 장렬한 마음으로 계책을 실행에 옮겼을 우라이를 떠올리자 말문이 턱 막혔다.

우라이가 내부 도개교를 내렸다는 사실을 히루코 씨가 알고 있는 것도 당연하다.

히루코 씨는 우라이의 머리를 보았으니까.

히루코 씨 말에 따르면 우라이는 목이 절단될 때 열쇠가 입속에서 떨어지지 않도록, 동그란 열쇠고리를 잇새에 끼웠다고 한다.

"이 작전을 성공시키기 위해서는 내부 도개교를 내리는 게 제일 중요했어. 왜냐하면 머리 무덤이 밝은 상태에서는 거인이 나오질 못하니까. 도개교를 내려서 위쪽을 가리면 머리 무덤을 컴컴하게 만들 수 있지."

그때 내부 도개교를 내린 건 별관에 가기 위해서, 그리고 거인이 머리 무덤으로 나올 수 있는 상황을 만들기 위해서였다.

"그런데 열쇠를 입수한 후에 용케 거인과 마주치지 않고 나오셨네요."

"간단해. 드럼통에 숨어서 거인이 머리 무덤의 어느 철문으로 나갔는지 파악하면 되지. 만약 거인이 주구획이나 부구획으로 들어갔다면, 난 별관 계단을 올라서 내부 도개교를 건널 생각이었어. 그럼 거인이 바리케이드에 발이 묶인 사이에 열쇠로 격자를 내릴 수 있겠지. 실제로는 거인이 별관으로 돌아가길래 부구획 계단으로 올라온 거야."

원래는 좀더 빨리 실행했어야 하는 작전이었다고 히루코 씨는 말했다. 하지만 그렇게 할 수 없는 이유가 있었다.

"이 계책의 결점은 누군가가 목숨을 내놓아야 한다는 거야. 그래서 난 얌전하게 구조를 기다릴 생각이었지."

하지만 해가 질 무렵에 아와네가 배신했다. 구조대의 도착도 늦어져서, 우리는 해가 지기를 기다리지 않고 밖으로 나갈 수밖에 없었다. 이렇듯 몇 가지 악조건이 겹친 끝에 작전이 결행됐으므로 시간과 승부를 다투게 된 것이다.

"히루코 씨는 언제 이 계책을 떠올리신 건데요?"

"어젯밤 작전이 실패로 끝난 후에 남은 방법은 이것뿐이겠다고 가슴에 담아두고는 있었지."

끝까지 아무에게도 말하지 않은 건 희생자 역할을 우리 중 한 명에게 떠맡겨야 한다는 걸 잘 알고 있었기 때문이다.

우라이가 수행한 희생자 역할은 내부 도개교를 내린 후 거인보다 먼저 종루에 올라가야 한다. 하지만 히루코 씨만은 거인이 있는 곳을 통과해야 종루에 도착할 수 있으므로, 그 역할을 수행할 수 없다. 발안자면서 희생자 역할을 남에게 떠맡겨야 하는 것이다. 그런 계책을 말할 수 있을 리 없다.

아니면 내가 희생자 역할을 맡겠다고 손을 들까 봐 걱정한 걸까. 나도 죽기는 싫다. 하지만 히루코 씨가 떠올린 이 계책만이 모두의 목숨을 구할 방법이라면, 히루코 씨에게 알리지 않고 희생자 역할을 자청했을 가능성은 있다.

하여튼 그렇듯 상식에서 벗어난 계책을 우라이와 히루코 씨 둘 다 떠올렸다니, 기적이라고밖에 표현할 길이 없다.

거기까지 생각했을 때 우라이가 했던 말이 마음에 걸렸다.

"우라이 씨는 '방금 번쩍 떠오른 생각'이라고 했어요. 왜 제게 그 내용을 알려주지 않았을까요? 협의하지도 않은 히루코 씨에게 기대를 걸기보다 제가 머리 무덤에서 기다리는 편이 성공률은 높을 텐데요."

"만약 나랑 네가 동시에 머리 무덤에 가면, 홀에서 열쇠를 받아줄 사람이 없잖아."

그런가. 지하에서 홀로 올라오는 양쪽 계단은 각각 개폐식 격자와 바리케이드로 막혀 있으니까, 누군가 홀에 없으면 조작 패널을 작동시킬 수 없다. 그러므로 나 말고 히루코 씨가 머리 무덤에 열쇠를 회수하러 가야 했던 것이다.

수긍하고 넘어가려는데 다른 의문이 솟았다.

그렇다면 '홀에서 겐자키 씨를 기다리세요'라고 알려주었으면 되지 않았을까. 만약 내가 막판에 홀로 돌아가지 않았다면 우라이의 희생도 헛수고로 끝났을 것이다.

그때 우라이가 마지막으로 남긴 말이 떠올랐다.

"앗!"

"왜?"

"……우라이 씨는 무슨 일이 있어도 히루코 씨를 책망하지 말라고 했어요. 그건 히루코 씨가 계책을 실행하지 않아서 자신의 희생이 헛수고로 끝나도 책망하지 말라는 뜻이었군요."

히루코 씨가 움직이지 않아서 우라이의 죽음이 헛수고로 끝나고, 그 탓에 더 많은 피해자가 나올 가능성도 있었다.

그래서 우라이는 내게 계책의 내용을 자세하게 말해주지 않았다.

미리 알고 있으면 실패했을 때 히루코 씨가 원인임을 깨달을 테니까.

그런 결과를 만들고 싶지 않아서 우라이는 잠자코 행동에 나선 것이다.

광기라고도 할 수 있을 만한 자기희생.

우라이는 틀림없이 범인이었다. 다양한 방법으로 우리에게 혼란을 주었고, 본인의 사정을 앞세워 남의 목숨을 빼앗은 살인자. 하지만 그는 한 명이라도 많은 사람을 구하기 위해 자신의 목숨을 바치면서까지 탐정에게 기대를 걸었고, 탐정은 그 기대에 부응했다. 서로 속마음을 한마디도 꺼내놓지 않고서.

—범인은 탐정의 적인가.

한때 품었던 이 의문이 상상 이상으로 복잡한 의미를 띠고 다가왔다.

"탐정과 범인이 저희를 구해준 거군요."

"아니야." 히루코 씨가 손가락을 뻗어 나를 척 가리켰다.

"하무라가 내 문자메시지를 알아봤으니까 작전이 성공한 거지. 내 충고에는 조금도 귀 기울이지 않는 네 덕분에. 분명 무사히 살아서 나갈 생각만 하라고 했을 텐데. 하기야 네가 스마트폰을 가지러 갈 가능성에 기대를 거는 수밖에 없었지만."

히루코 씨의 입에서 희미한 웃음소리가 흘러나왔다.

"우라이 씨와 나, 그리고 하무라. 네가 있었기에 드디어, 드디어 난 사람의 목숨을 구할 수 있게 된 것 같아."

내가 놀라서 쳐다보자 히루코 씨는 쑥스러운 듯 좌석에 몸을 푹 묻고 눈을 감았다. 아주 초췌하면서도 어쩐지 위안을 얻은 것처럼 안도감으로 가득한 얼굴이었다.

그 얼굴을 보자 나는 씐 것이 떨어져 나간 기분이었다.

히루코 씨는 지금까지 사건을 해결할 수는 있어도 살인을 막을 수는 없었기에 괴로워해왔다.

그래서 자신과 내 목숨을 위험에서 떼어놓는 걸 우선했고, 때로는 범인을 거리낌 없이 파멸로 이끌기도 했다.

하지만 오늘 히루코 씨는 처음으로 수많은 사망자가 나오는 걸 미연에 방지했다.

물론 우라이를 포함해 여러 명이 희생된 사실은 사라지지 않고, 목숨의 경중을 숫자로 따져서는 안 된다. 그래도 히루코 씨가 끝까지 생각하기를 포기하지 않고 난관에 도전했기에 이루어낸 성과다.

트릭을 파헤치거나 범인을 밝혀내는 홈스라는 역할은 히루코 씨에게 일종의 수단에 지나지 않았다.

그렇다면 나도 망설일 것 없다.

히루코 씨 곁에 있으면 앞으로도 다양한 사건에 맞닥뜨릴 테고, 목숨이 위험해지기도 할 것이다. 이번에는 어쩌다 도움이 됐을 뿐, 히루코 씨의 발목을 잡거나 쓸데없는 짓을 할지도 모른다. 갈등을 빚거나 대립할 때도 있으리라.

하지만 그게 어떻단 말인가.

"저는 왓슨을 그만두지 않을 거예요."

히루코 씨가 고개를 갸웃하는 기척이 느껴졌지만 시선을 마주치지 않고 선언했다.

"왓슨이라서 히루코 씨 곁에 있는 게 아니에요. 앞으로도 히루코 씨와 꿋꿋이 살아가기 위해 왓슨이라는 수단을 선택하는 거죠. 체질이든 숙명이든 상관없어요. 우리에게 더 나은 결과를 손에 쥐기 위해 발버둥 치고 싶어요. 저는 저 혼자 평온한 삶에 만족하고 지낼 수 있을 만큼 소탈하지는 않거든요."

"그렇구나."

목소리로 히루코 씨가 웃고 있다는 걸 알았다.

"그럼 나도 내가 바라는 미래를 차지하기 위해 홈스를 계속해볼까."

히루코 씨는 이쪽을 보지 않고 오른손을 내밀었다. 나도 오른손을 내밀었다. 힘을 얼마나 주어야 할지 몰라 어색한 악수였지만 따스했다.

잠시 후 우리가 탄 버스 밖에서 몇 명이 이야기를 나누는 소리가 들려왔다.

저택 내부의 구조 활동에 진전이 있었던 걸까.

한 남자가 버스에 올라탔다. 구조대와 달리 검은색 양복 차림에 아무 장비도 착용하지 않은 남자다. 나이는 사십 대 후반일까. 중키에 중간 몸집이고 외모에도 이렇다 할 특징이 없지만, 발걸음부터 시선까지 전부 계산하고 움직이는 것처럼 빈틈없는 인상이었다. 남자는 우리 바로 옆자리에 앉더니 자기소개도 없이 말을 꺼냈다.

"겐자키 히루코 씨와 하무라 유즈루 씨죠. 피곤하실 텐데 죄송하지만, 저희와 같이 가셔서 이야기를 좀 하셔야겠습니다."

"고리키 씨나…… 저택에 남아 있던 사람들은 어떻게 됐나요?"

히루코 씨의 질문에 남자는 "걱정 마십시오" 하고 답했다.

"덕분에 작전은 순조롭게 진행중입니다. 일단 저희는 먼저 이동하게 됐어요."

나는 남자의 이야기를 들으며 이제 어떻게 될까 싶어서 속으로 한숨을 쉬었다.

지금까지도 사건 후에 형사나 공안 경찰 같은 사람에게 진술한 적은 있었다. 하지만 마다라메 기관과 관련된 사건에 얽힌 것도 벌써 세 번째고, 이번에는 스스로 현장에 뛰어들었다. 겐자키 집안의 영향력을 등에 업어도 진술 청취만으로는 끝나지 않을지도 모른다.

"가이도 씨는요?"

"이동한 곳에서 만날 예정입니다. 솔직히 말씀드리면 겐자키 씨를 어떻게 다루어야 할지 저희도 머리가 아파요. 아아, 그리고……."

남자가 승강구를 돌아보는 것과 동시에 어떤 사람이 버스에 올라탔다.

역시 양복을 입은 남자다. 별생각 없이 힐끗 본 후 눈앞의 남자로 시선을 돌리려고 했을 때, 머릿속에서 어떤 기억이 불꽃을 튕겼다.

"앗, 어어어어!"

히루코 씨가 먼저 목소리를 높였다.

기억 속 모습보다는 조금 살이 빠졌을까. 오랜만에 재회했는데도 그는 삐친 것처럼 퉁명스러운 표정이었다.

나는 보면 볼수록 양복이 어울리지 않는 뚱뚱한 청년의 이름을 반갑게 불렀다.

"이런 곳에서 다시 만날 줄은 몰랐네요, 시게모토 씨."

옮긴이 **김은모**
경북대학교 행정학과를 졸업했다. 일본어를 공부하던 도중에 일본 미스터리의 깊은 바다에 빠져들어 헤어나지 못하고 있다. 아직 국내에 소개되지 않은 다양한 작가의 작품을 소개하고자 노력하고 있다.
옮긴 작품으로 이마무라 마사히로의 『시인장의 살인』 『마안갑의 살인』, 아오사키 유고의 『노킹 온 록트 도어』, 후지사키 쇼의 『신의 숨겨진 얼굴』 『살의의 대담』, 이치카와 유토의 『젤리피시는 얼어붙지 않는다』, 오타 아이의 『범죄자』, 누쿠이 도쿠로의 『나를 닮은 사람』 『프리즘』 『미소 짓는 사람』, 기타야마 다케쿠니의 『인어공주』, 마리 유키코의 『여자 친구』를 비롯하여 우타노 쇼고의 '밀실살인게임' 시리즈, 미쓰다 신조의 '작가' 시리즈 등이 있다.

흉인저의 살인

1판 1쇄 2023년 10월 18일
1판 2쇄 2023년 12월 13일

지은이 이마무라 마사히로
옮긴이 김은모

책임편집 지혜림 | **편집** 임지호 | **외주편집** 박신양
표지디자인 최윤미 | **본문디자인** 이주영
저작권 박지영 형소진 최은진 서연주 오서영
마케팅 정민호 서지화 한민아 이민경 안남영 왕지경 황승현 김혜원 김하연 김예진
브랜딩 함유지 함근아 고보미 박민재 김희숙 박다솔 조다현 정승민 배진성
제작 강신은 김동욱 이순호 | **제작처** 영신사

펴낸곳 (주)문학동네 | **펴낸이** 김소영
출판등록 1993년 10월 22일 제2003-000045호

주소 10881 경기도 파주시 회동길 210
문의 031-955-1901(편집) 031-955-2696(마케팅) 031-955-8855(팩스)
전자우편 editor@elmys.co.kr | **홈페이지** www.elmys.co.kr
인스타그램 @elixir_mystery | **트위터** @elixir_mystery

ISBN 978-89-546-9568-8 03830

엘릭시르는 출판그룹 문학동네의 장르문학 브랜드입니다.